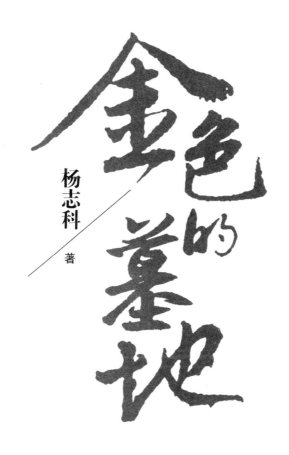

金色的墓地

杨志科 著

作家出版社

1

　　"旋风，红彤彤的旋风，大家都来瞧啊，墓地显灵啦！"一个疯老头子，手里举着一把孜孜燃烧的香火，在匡家峪村铺满鹅卵石的大街上东奔西颠，呼唤左邻右舍，来街上观看神奇的红旋风。他穿着一身宽大的黑色粗布衣裳，体型枯瘦，面颊干黄，皱纹里藏满了污垢，头顶秃得明晃晃的，下巴上稀稀拉拉长着几根白色的胡须。别看他貌相丑陋，行为卑俗，但要说起他的当年，那可是有着一段非同寻常的经历。抗日战争期间，他曾是匡家峪村抗日民兵大队第三分队分队长，在大队长匡火鼎的指挥下，带领他手下的四十多个生龙活虎般的民兵，打伏击，炸碉堡，埋地雷，搞夜袭，打过无数个胜仗，立下过汗马功劳。在一次战斗中，敌人的一颗子弹从他的左眼穿过，从后耳根钻出来，险些丢了性命。被摘除眼球的左眼窝，落下一个像老鼠洞一样的深坑。受到损伤的脑神经，让他时常处于一种半是糊涂半是清楚的状态。老汉大名叫卢老七，由于伤残原因，村里人有的唤他疯七爷，也有的戏称他为"独眼龙"。一群土孩子追在他的身后，他喊一句，孩子们跟着喊一句，叽叽喳喳地跟着起哄。奔走呼喊上一阵子，卢老七就会停下脚步，站在街上，对着村南方向，口中念念有词，向旋风中的魂灵祈福。黄色的火苗在香头上呼呼地燃烧着，火苗后面拖着一道灰色烟雾，宛若一缕荡漾着的灰丝带，弥散着扑鼻的香气。

匡家峪村地处太行山脉，村的南边有座山叫韩王山，山势险峻，层峦叠嶂，林木苍郁，云遮雾罩，在阳光的照射下，山上经常会出现一种奇特的魔幻般的光影，若似瑶池仙境，神秘莫测。山脚下有片方圆数百亩的墓地，墓地中上千座用水泥堆砌而成的坟头，一排一排的，犹如演兵场上的士兵，由低向高整齐地排列在山坡上。坟墓中葬的全都是抗日英烈，包括当年驻匡家峪八路军独立师牺牲的九百多名将士，以及匡家峪村抗日民兵大队战死的近百名民兵。解放后，这里建成了抗日烈士陵园，成为人们瞻仰和祭祀抗日英烈的革命圣地。

说来也蹊跷，不知是地势缘故，还是墓地真的有灵，从这里刮起来的旋风，跟别处的旋风还就是有点不一样。它经常从墓地生起，在外围旋上几个圈，而后仍回到墓地，在原地消失；它高大无比，上触天，下触地，犹如一筒擎天巨柱，蔚为壮观；它气势威猛，时常裹挟着尘土沙石、枝叶草屑，扶摇直上，飞速旋转，直刮得遮天蔽日，昏天地暗，令人惊诧不已。

每次旋风升起，卢老七就要发一阵疯，惊呼墓地显灵了。有趣的是，每逢村里遇到大事，卢老七都能通过与旋风的对话，得出吉凶祸福之类的预判。尽管他的预判多数都不准确，但人们仍然愿意抱着浓厚的兴趣不厌其烦地从家里跑出来听他的疯话。在人们的印象中，韩王山自古就是一座神山，是盘龙卧虎之地，许多神奇的故事至今还广为流传。自打这里葬下这么多的抗日将士，人们对韩王山的想象力就更加丰富更加奇妙了。一些擅长编故事讲故事的人，逮住这些活生生的素材，一串串脍炙人口的故事便被他们活灵活现地给编造出来了。在他们的口中，抗日英烈们变成了受上天委派，帮着人间拿妖除怪的天兵神将。打走了作恶多端的小鬼子，他们把尸骨留在人间，魂灵又回归到天上去了。还说，卢老七本就是他们其中的一员，是死过几死又活过来的人，别以为他的话都是疯话，他与墓地中的英魂心有灵犀，他的心灵可是通着天呢！经讲故事的人这么一描绘，加上卢老七神神叨叨的一惊一乍，许多人尽管嘴上说不信，可心里还是犯嘀咕。

不大工夫，街上就聚集了数百口子，男女老少拥在一起，踮着脚尖，伸着脖子，眺望着村南墓地上呼呼升起的旋风。"出来了，战友们都出来了，你们看，副大队长李要东，一分队分队长韩六子，地雷大王匡金虎，侦察员匡漫水……他们，他们都在旋风里头呢！"卢老七一边呼叫，一边对身旁的一位小伙说："世勇，快看，你亲爷李要东，瞧他那股精神劲，还是当年那个样子，看见了吧？"世勇捉住卢老七的手，热情地应和道："七爷，只要你能看见，我都能看见。"世勇理解卢老七思念战友的心情，不想让他扫兴，本来看不见却假说看见了。卢老七接着又捅了下站在他脸前面的一位中年男人，说："靠社老侄子，你爹，匡漫水，看见了吗？"匡靠社对卢老七阴阳怪气的话听着有点烦，没好气地说："胡说，哪有我爹，我怎么看不见。"卢老七急了，怒骂道："王八羔子，你爹分明就在里头，怎么说看不见，你瞎啊？"匡靠社似乎逮住了把柄，咕咕一笑，当即反唇相讥："七叔，咱让大伙儿看看，是你瞎还是我瞎？"众人哄然大笑。被揭到短处的卢老七，红着脸，照定匡靠社的屁股抬腿就是一脚，随后又攥着手中的香火往匡靠社身上烫，匡靠社就跑，卢老七就撵，没撵几步，匡靠社自知失礼，慌忙返过身来作揖求饶，卢老七将他大骂一通方才罢手。刚把匡靠社治服，有个叫匡二蛮的小伙又出来戏逗卢老七："七爷，你老别发火，咱实话实说，看见就说看见，没看见就说没看见，刚才你说我的爷爷、地雷大王匡金虎也在里面，我睁大眼睛看了又看，怎么也看不见。七爷，你看这样好不好，你不是说民兵们都在旋风里吗？那你就把他们全都请到村里来算了，让他们跟各自家人见见面、叙叙话，也好让家人们放心。如果你能把他们都请回来，俺们保证信你的话，谁不信谁是个王八，好吗？"

众人嘻嘻哈哈又是一阵大笑。

卢老七一只好眼翻着天，一只瞎眼坑像口冷峻的枪眼，咻咻咻地向外喷着蓝色的火焰，嚷道："臭小子，大白天说梦话，他们都是神，人和神哪能见面？"觉着时辰已到，卢老七不愿再理会他们，规规矩矩往北墙根一站，双手捧着燃烧殆尽的香火打躬作揖，开始向旋风中的魂灵祈求：

"哎嗨呀，战友们，我卢老七有桩心事要求你们，如今村里盛传什么分田风，有的说是福，是好事，有的说是祸，是退回旧社会，闹得鸡犬不宁乱纷纷；哎嗨呀，战友们，旋风代表你们的魂；是福是祸显显灵，给俺个清楚的交代明白的心；是福你就停下来，不要再刮了，是祸你就刮到傍黑六时零七分。"

刚才还在说笑的人们，听卢老七这么一念叨，嘈杂的大街上顿时变得静如一片死水，空气仿佛都凝固起来了。从人们沉闷的脸色和恍惚的眼神里就能看出，他们的心里一定是揣着什么纠结的事，期待这位疯老头子能给求出一个好的兆头。

一九八零年的春天，是一个阳光明媚、处处都洋溢着新气象的美好季节。由于她刚刚从寒冬中脱胎而来，融融的暖意里时常夹杂着阵阵寒流，清新的空气时常被裹着沙尘的大风搅得混混沌沌。外人可能有所不知，卢老七念叨的所谓的"分田风"，其实就是村里目前正在推行的土地大包干。就是这么样一个新生事物，由于人们认识上的分歧，从村干部到群众，生生分成了针锋相对的两大派。党支部书记匡火鼎主张推行，大队长卢旺堆却极力阻挠。一、二把手都尿不到一个壶里去，群众出自个人利益的考虑，支持哪一方，反对哪一方，自然都有自己的倾向。

外围站着一个人，面无表情，一声不响，自始至终都在静静地听着卢老七的念叨。这人五十岁上下，穿一身灰色涤纶制服，杂白毛，留着大分头，高颧骨，大长脸，左腮上有一块鸭蛋大小的红痣，红痣上长着一根不下两寸长的白毛。村民们都说，这根毛是他心绪好坏的晴雨表，心情好的时候它软绵绵地耷拉着，心情不好的时候它就会翘起来，像根蝎子钩，恶瘆瘆地向上翻着。这人不是别人，正是匡家峪村的二号人物，堂堂的副支书兼大队长卢旺堆。他一只手夹着烟卷，观着旋风，悠闲地吞云吐雾，一只手不时掸一下落在涤纶制服上的烟灰。当卢老七念叨完那些祈祷的话，卢旺堆便从外围凑到卢老七跟前，和颜悦色地问道：

"七叔，旋风多会儿显灵啊？"

卢老七把将要燃尽的香头向天上一抛，如天女散花一般腾在空中，身边的人只怕被香头烫着，纷纷抱头躲闪，疯老汉笑得前仰后合，然后才回卢旺堆的话：

"快了快了，马上马上。"

话音刚落，风势果然就小了一圈。又停了片刻，旋风带着漫天风沙，像被神葫芦吸着一样，呼呼啦啦，哧哧溜溜，闪电般便在墓地消失得无影无踪了。混沌的天空顿时晴空万里，一轮白日高悬，散发出耀眼的光芒。

卢老七喜兴得手舞足蹈起来，边跳边叫，显灵了，显灵了！分地，大包干，是福不是祸，是吉兆不是凶兆，好日子就要来了！转过脸嘻嘻一笑，冲着卢旺堆说：

"大队长，我说的不错吧？"

卢旺堆沉着脸，锁着眉，长在腮帮子红痣上的那根又粗又长的白毛，好像高速公路收费站的拦车杆，晃晃悠悠地就挺起来了，白毛的末梢渐渐向上弯起，瞬间便弯成个可怕的钩状。周围的人一看糟了，猜着卢大队长就要发火了。果不其然，心怀叵测的卢旺堆，冲着卢老七就是一顿大吵："什么福？分田单干是福吗？亏你还是从旧社会过来的人，苦还没有吃够是不是？"而后又转向群众，大声喊道："乡亲们，土地大包干，说白了就是分田单干，这怎么会是福呢？卢老七神志不清，满嘴疯话，大家都不要听他的。"

自打年初村党支部做出推行土地大包干的决定以来，村民中赞成与反对的意见始终就没有停止过。一些目光敏锐的人对此一针见血地指出，村民思想不统一，根子其实在干部。大包干毕竟牵扯着各家各户的利益，对谁有利，对谁不利，各自都有各自的盘算。卢旺堆正是利用了村民中的反对意见，明里纵容，暗里支持，存心把水搅浑，逼迫匡火鼎撂挑子，自己好取而代之。卢旺堆话音一落，街上的人们就乱哄哄地争论起来了，争得唾沫星子满天飞，红了脖子黑了脸。

卢老七倒落得逍遥，一个人坐在地上，背靠着半截土墙头，冲着暖洋洋的太阳，两只手伸进裤裆里，悠然自得地逮起虱子抓起痒痒来了。不知谁往他的脸前丢了只烟头，卢老七像老猫发现了死耗子，赶忙爬过去，捡起来往嘴上一叼，然后从地上跳起，钻出熙攘的人群，舞着喊着："墓地显灵了！好日子就要来了！"向街的一头跑去。

有个小伙，骑着一辆破旧无光吱吱呀呀响个不停的自行车，车后驮着一位姑娘，摇摇晃晃地迎着卢老七走来。到了跟前，两个人下了车，亲切地问道："七爷，你这是干什么去呀？"卢老七见是他们两个，像个受了委屈的孩子一样，把卢旺堆冲他发火的事说出来了。小伙勃然大怒，对身后的姑娘说："哼！卢旺堆这是怎么了，干吗冲一个残障老头子发这么大的火？"遂安慰了几句卢老七，跨上车子，驮上姑娘，直接就骑到了群众聚集的街头。

小伙叫匡世宗，二十来岁，将近一米八的个头，长得膀大胸阔，四肢健壮，相貌堂堂，加上他一身大黑大蓝的粗布衣裳，看外貌完全不像是个毛头小伙，倒像是个老成持重的中年汉子。他长着一张棱角分明的红脸膛，宽阔的额头像冉冉升起的一轮红日，挺拔的鼻梁像凸起的一座山脊，乌亮的眼球像山鹰的眼睛一样炯炯有神。姑娘是他的叔伯堂妹，芳名匡世玉，十九岁，身材苗条，脸蛋白净，两根乌黑的短辫，像拨浪鼓一样擦着她的耳根摇来晃去。从小学到高中，兄妹俩一直同级同班，从来就没有分开过。如今他们在县城上高中，今年就要毕业高考了，由于课程赶得紧，不遇礼拜天，平时难得回一次家。

他们的爷爷就是村党支部书记匡火鼎。上两个礼拜回家的时候，他们就感觉到爷爷的情绪有点反常，平时他是个爱说爱笑的人，尤其是见了孙子孙女，那股亲热劲就别提有多高涨了。现在他突然变得心神不宁精神抑郁起来，让兄妹俩顿生一种不好的预感，觉得爷爷肯定有什么烦心事瞒着他们。他们问过爷爷，但爷爷不说。后来还是奶奶吴桂贤悄悄向他们吐露了实情，爷爷原来是为土地大包干而闹心。匡世宗是个孝顺孩子，见爷爷不高兴他就心疼。他想帮帮爷爷，让爷爷尽快渡过这一关。可他还是个学生，哪懂得什么土地大包干。既然打定主意要帮，自己就得先吃透上头精神，然后才能决定怎么帮。也就是在本周，他翻遍了学校阅览室里的有关报纸刊物，走访了县里的有关部门，向农村政策方面的专家进行了虚心请教。领导是这样向他解释的：当前，农村改革如火如荼，对生产经营模式，各地农民都在大胆地试，大胆地创。小段包工也好，联产责任制也好，土地大包干也好，各种生产经营模式目前都还处在一种试验阶段，什么时候试验成功了，试验出一个被大家共同认可的、与现有农村生产力水平相适应的、可供普遍推行的生产经营模式，上头才有可能以红头文件的形式，适时发出一个决定，要求各地统一执行。但现在还不到时候。政策专家们还对他说，当前，各级干部的主要任务就是带头解放思想，虚心向群众学习，尊重群众的首创精神，不要前怕狼后怕虎，不要横挑鼻子竖挑眼，更不能打击群众的积极性。

匡世宗年轻有文化，经县里的人这么一解释，心里像亮起一盏灯一样马上就豁然开朗了。开始提出搞大包干的时候，爷爷本来没有多少顾虑。后来由于卢旺堆的反对，爷爷才变得顾虑重重小心谨慎起来。爷爷毕竟是过来人，一辈子经历了那么多的政治运动，挨过那么多的批斗，有点顾虑也可以理解。六十年代初，匡火鼎就在村里搞过"小包工"。"文革"时期这事竟成了他的一条主要"罪状"。卢旺堆当时是大队长,是匡火鼎一手培养起来的年轻干部。运动一来,卢旺堆的脸就变了,变得比舞台上表演的变脸戏法都快。他自封为红卫兵司令、村革委会主任,对培养他的匡火鼎进行了没完没了的批斗。偏偏在这个时候,匡火鼎在北京做大官的老首长——抗战时期驻匡家峪八路军独立师原政委肖军——也被当成走资派打倒了。卢旺堆抓住他跟肖军之间的关系大做文章,批判他是肖军安插在匡家峪的黑爪牙,复辟资本主义的急先锋。当时的大街上、大队部、家门口,到处都贴着声讨肖军、批判匡火鼎的大字报。大字报里还夹杂着一些漫画,漫画画得十分丑陋,却又缺乏功力。有一张漫画至今他还记忆犹新:画面上画着一辆飞速行驶的马车,车帮上写着"复辟资本主义"一行字。赶车的人是肖军,站在车上,手里挥着鞭子,抽打着辕中奔跑的马,嘴里吆喝着:"认准资本主义大道,快跑!"漫画中的马,画的是匹人头马,如同法国酒"XO"的商标,马身上写着"匡火鼎"三个字,头上边还写着匡火鼎的旁白:"老马识途,不会迷失方向。"那个时候,匡火鼎晚上挨斗,白天照样坚持工作。他整天乐呵呵的,逢人便说:"抗战的时候,小鬼子都没有要了我的命,我就不信他卢旺堆,一鸡巴能把天戳破。"就这样,卢旺堆折腾了一年多,最后不仅没有把匡火鼎打倒,自己反倒被逐出了支部班子,副支书、大队长都不让干了。有人说,匡火鼎北京熟人多,光独立师的老首长就有一大帮,他卢旺堆哪里是匡火鼎的对手?纯粹是姥娘看外甥——瞎忙活;坷垃地撵旋风——空费劲;瞎子点灯——白费蜡。卢旺堆下台之后,不可一世的他马上就变成了一副奴才相。他多次求见匡火鼎,又是赔礼道歉,又是表决心悔改,痛哭流涕的样子着实让人动容。匡火鼎看他认错态度蛮诚恳,心一软,就让他官复原职了。复职以后,卢旺堆野心不死,心里仍然觊觎着党支部书记的位置。心想既然"文革"时没有把匡火鼎打倒,那就来一次和平演变,反正他年纪大了,秋后蚂蚱——蹦趑不了几天了，哄他开心，取得信任，到时让他自动将权力交给自己。为了达到这一目的，他除了小心谨慎地配合匡火鼎的工作，还主动托媒人将自己的独生女儿卢花，许配给了匡火鼎的二孙子匡世勇，指望以此来拉近与匡火鼎的关系。

今年年初，党支部在研究由匡火鼎亲自提出的推行土地大包干的工作时，卢旺堆一反常态，奴才相说变就变，变成了一副凶神恶煞的黑脸。他一面讲"一大二公"的优越性，一面指责匡火鼎只顾低头拉车，不知抬头看路，批评他是死不悔改的老右倾。当时群众中流传着一段顺口溜，是这样说的："大包干儿，各顾各儿，过得孬好靠自个儿；今儿分地，明儿牵牛，拆了牛棚分砖头；辛辛苦苦三十年，一夜退回解放前。"卢旺堆时常以这段顺口溜，作为群众反对大包干的佐证来批评匡火鼎。"匡叔，你都六十多岁的人了，做事怎么总是心血来潮？以往的教训还少吗？领导目前只是口头上泛泛地号召，让下面大胆闯、大胆试，并没有一定要求落实。大包干以前就被当作资本主义受到过批判，现在又要搞，今天说它对，明天又说它错，搞错了谁负责啊？你是不是觉得，过去挨批斗挨得还不过瘾，还想再挨一次？经卢旺堆这么一吓唬，被历次运动整怕了的匡火鼎，一颗火热的心马上就凉了下来。一面是上头压，一面是下面顶，被夹在中间的匡火鼎，感觉像坐在鏊子上被煎烤一样难受。就在这当口儿，北京那边打来了电话，来电话的不是别人，正是老政委肖军。前不久他刚被平反昭雪，现已官复原职。"祝贺你啊老政委，我们终于等来这一天了。"匡火鼎激动得忍不住老泪纵横。他如实汇报了村里的工作。肖军不满意，开口就批评："我的匡大队长，你啥时变成小脚妇女了？当年那个天不怕地不怕风风火火打小鬼子的匡火鼎哪去了？人老思想不能老啊！革命老区要带头搞改革，没有改革就没有活路，只有改革才能让老区人民尽快富起来，不然我们就没法向老区人民交代。"被批了一头虚汗的匡火鼎，只一个劲地说："一定一定……

请老政委放心……老区不能落后……"

放好自行车，世宗和世玉走进人群中间，一声不响地听着人们纷乱而激烈的争论。村民匡靠社、瘸三晃，还有一个叫仙桃的年轻女人，如同三英战吕布一样围着一个叫卢小九的小伙，辩论得正难解难分。世宗世玉站在一旁，没有听几分钟就被卢小九发现了。他中止与三个人的辩论，礼貌地问道："世宗哥，啥时回来的？""刚回来。"匡世宗说，"老同学，你们这是吵什么呀？跟斗鸡似的。"卢小九是匡世宗初中时的同学，从小就十分要好。说："世宗哥，也就是刚才，疯七爷老毛病又犯了，冲着旋风神呀鬼呀地数叨了一阵子。数叨中他说了一句话，说墓地显灵了，大包干是福不是祸，好日子就要来了。也就是这么一句话，竟然把大队长卢旺堆给惹恼了，劈头盖脸就把七爷吵了一顿，而后又把村民们教训了一顿。这不，经卢大队长这么一把火，就把这场争论的大火给点起来了。我只为七爷说了几句公道话，匡靠社、瘸三晃、仙桃三个人就不依了，好像我欠他们家八辈子祖债一样，围住我就没完没了地争论起来了。世宗哥，你是城里的学生，见多识广，你来评评这个理，是他们的错，还是我的错。"

匡世宗呵呵一笑，向三个人跟前凑了两步，说："靠社叔、三晃叔，仙桃婶子，墓地会不会显灵，我不说你们心里也清楚。我只是想说，七爷他那么大年纪了，又身负残疾，你们用不着跟他较真儿。墓地里的英烈，是他生死患难的战友。七爷对战友们的感情，不是我们这些常人所能体会得到的。人都残成了这个样子，还念念不忘为乡亲们祈福，难道不值得我们这些后来人去理解去尊重他吗？"

三个人辩解道："说实话，我们计较的并不是疯七爷，而是土地大包干。大队长刚才说了，土地大包干就是分田单干，分田单干就是复辟旧社会。你说，在大是大非面前，难道我们这些生在新社会长在红旗下的贫下中农子弟能听之任之坐视不管吗？"

话听着倒是怪冠冕堂皇的。"土地大包干怎么能与分田单干混为一谈，二者本就不是一码事。"匡世宗带着刚刚从县里学来的政策知识，底气十足地说，"实行土地大包干，只是土地经营方式上的一种变革，土地的集体所有制性质并没有因此而发生改变。这么做的好处在于：明晰了生产责任；体现了多劳多得；还经营自主权于农民；鼓励一部分人勤劳致富。这难道不好吗？"

匡世宗有理有据的解说，使得周围的人渐渐都停止了争论，纷纷围拢过来。

匡靠社今年三十多岁，尖嘴削腮，骨瘦如柴，支棱着头发，趿拉着鞋片，涂满油垢的衣裳亮得跟镜子似的，散发着扑鼻的汗臭味。他有个烈士父亲，就是疯七爷刚才说在旋风里显灵的那个匡漫水。多年来，匡靠社仗着根红苗正出身好，整天吊儿郎当不干活，群众称他大懒汉，队长叫他"鬼见愁"，至今连个媳妇都没混上。一说大包干专门就是为治像他这样的懒汉，他便一头扑到卢旺堆的麾下，帮着人家跟匡火鼎闹。听了匡世宗刚才的话，他像被人捏住了睾丸一样就跳起来了，指着匡世宗的鼻子吼道："你一个毛孩子，乳臭未干，胎毛未退，竟敢在长辈们面前不知天高地厚地信口开河，你懂不懂啥叫社会主义优越性？社会主义优越性就是人人有饭吃，不能饿死人。照你这么说，地都分到户了，那些不能干活的瘸子、疯子、傻子、瞎子、哑巴、鳏寡孤独、老弱病残、没人没手的户，让他们怎么办？都喝西北风啊？都把他们饿死啊？"卢小九听得不耐烦了，当面揶揄道："匡靠社，你说社会主义不能饿死人，应该再加上一句，社会主义同样不能养懒汉，你说是吧？"匡靠社的脸唰的一下就红了，羞得像猴腚一样，在众人嘻嘻哈哈的取笑声中，他厚着脸皮说："我懒我有资格，我祖上三代佃农，我爹为国捐躯，抚养烈士子女是集体的义务，难道不应该吗？你倒想偷懒，你有这个资格吗？""靠社叔，这就是你的不对了，"匡世宗批评道，"像你这样的出身，村里多的是，有几个像你这么懒的？"

匡靠社不服气，梗着脖子还要犟嘴，却被憋着一肚子火气的瘸三晃将话头抢了过去。他四十岁不到，瘸腿，黑皱脸，杂白头，杂草一样的发根下，布着一层像虮子一样的饲草粉末，一身补丁摞补丁的旧衣裳，穿在他歪歪扭扭仿佛一棵枯老树干的身上。他的家里，除了一个病恹恹的老婆，还有五个不大懂事的孩子，人多劳力少，生活的确很困难。队里为了照顾他，安排他当饲养员，大小牲口喂着七八头，每天挣十分工，加上按人头分的粮食，吃饭还可以凑合。听说大包干以后要分牲口拆牛棚，饲养员不能干了，这下可把他惹急了。他颠着瘸腿，趔着膀子，向匡世宗嚷嚷道："小子，你站着说话不腰疼，跟你爷爷完全是一个腔调！你说，像我这样的家庭，残的残，病的病，老的老，小的小，以后靠什么生活？打算把俺全家的嘴都封住啊？请转告你的爷爷，他就是说一千道一万，也解决不了俺家的吃饭问题，谁也别想搞大包干，谁如果坚持要搞，我就把俺全家搬到他家去住，让他给养着，大不了拼上这条命！"

匡世宗看他很冲动，微笑着安慰道："瘸叔，先别激动，实行大包干并不是说困难户都不管了，困难户又不只你一家，大队一定会给予统筹考虑的，你就放心好了。"瘸三晃一口气还没有缓过来，那个叫仙桃的女人像鸡叫一样尖声尖气地就嚷起来了。看样子她就三十来岁，长得白白净净的，穿得花花绿绿的，说话娇里娇气，走路像个风摆柳，一看就是个轻浮不安分的主。她有个双腿残废的丈夫，叫卢双石，别说干活儿，连生活都不能自理。卢旺堆看在本家兄弟的分上，就安排这位弟媳妇在生产队当上了仓库保管员。保管员是个美差，不受风吹日晒，工分跟整劳力挣得一样多，仙桃自然要感恩这位自家哥。可惜好景不长，实行大包干的风声很快就传到了她的耳眼，有人还添油加醋地对她说，实行大包干以后生产队就解体了，仓库保管员就当不成了。惶惶不安的仙桃赶忙找见卢旺堆，问他有没有这回事。卢旺堆说上头根本没有这个精神，这都是匡火鼎一个人的主意，想当保管员就叫上一伙儿人去跟匡火鼎闹，他不答应，你们就不让他吃饭，不让他睡觉，闹得越大越好。仙桃果然听话，纠集一帮人天天到大队、到家里哭叫，弄得匡火鼎整日不得安宁。刚才匡世宗的一番话，不仅没有将仙桃安抚住，激烈的情绪反而更厉害了。她边哭边可怜巴巴地哀求道："世宗侄子，小婶我求你了，看在俺家半死不活的男人的分上，请你回家跟俺火鼎叔美言几句，让他收回他的主意吧，不要再搞大包干了。"说着就坐在地上，天啊地啊地号啕。

前边的三个人刚说罢，接着又有几个人争着抢着诉说起各自的家庭困难，说来说去都是同样一个要求——取消土地大包干。回来之前，匡世宗在向县有关部门咨询政策的时候，完全没有想到群众会提出这么多的具体问题。除了像匡靠社这样的懒汉有点胡搅蛮缠，瘸三晃等人反映的情况还是有一定道理的。对于少数人合情合理的担忧，匡世宗尽管一时讲不出具体的解决办法，但他仍然愿意当着大家的面讲几句宽心话，让大家理解，让大家放心。他说："即便实行大包干，集体也不会抛下大家不管，请大家相信，党支部一定会处理好这些问题的。"他的话设身处地，充满感情，人群中顿时爆发出热烈的掌声。站在人群外围的卢旺堆，先是抱着幸灾乐祸的心态在看匡世宗的笑话，没想到到了最后，竟然是这样一个结果。也就是从这次开始，匡世宗就成了卢旺堆心目中的一颗钉子。

2

匡家峪位于太行山腹地，三面环山，一面临河，山清水秀，物阜民丰。位于村南的韩王山，山势险峻，雄关漫道，险隘重重，自古就是兵家必争之地。传说秦末楚汉相争，大将韩信曾在此屯兵打仗，韩王山也因此而得名。村子的北边有条云青河，清澈的河水沿着绿树成荫的河道，弯弯曲曲，呜呜咽咽，由西向东蜿蜒而去。继韩信之后，明代大将军朱云青曾在沿河两岸率兵镇守，抵御西部乱匪。由于他治军有方，秋毫无犯，百姓为感念他的英明，后就把这条河称为云青河了。

历史上的事往往会重复上演，被古人看重的军事要塞，到了现代军事家的眼里，这里仍然是兵家必争之地。一九四零年秋，八路军独立师一支数万人的队伍，奉上级之命，浩浩荡荡开进了韩王山、云青河一带。部队在这里驻守了五年多，坚持一边发展壮大抗日革命根据地，一边同日寇展开浴血奋战，直至抗战胜利，才由此转战到全国其他战场。期间，独立师师部就驻扎在匡家峪，使这个看上去很不起眼的小山村，一夜之间就变成了这支部队乃至整个根据地的心脏。

部队刚进驻匡家峪的时候，匡火鼎当时并没有在村。因为背负一桩人命大案，迫使他在外地逃亡了五年多。

一九三一年，匡火鼎的父母由于偿还不起本村大地主张善义家的阎王债而悬梁自尽，年仅十岁的匡火鼎，从此成为了一个没爹没娘的孤儿。性情倔强的他，从小就抱定了一个杀人的心，决意要除掉张善义，为父母报仇。

一天，他突然被大地主张善义从家中抓走了，说人死账不烂，父母欠下的债，要由他来加倍偿还。小火鼎灵机一动，觉得机会到了，没有反抗就顺从地应下了。他每天起早贪黑为地主家放牛，却连顿饱饭都吃不上，并且经常挨打受骂。好在地主家里还有个患难小伙伴，给了他坚持下去的勇气。这位小伙伴不是别人，正是匡火鼎现在的老婆吴桂贤。她比匡火鼎大两岁，小时候的命运跟他一样，都是来地主家干活顶债的。每当小火鼎挨打受气，桂贤姑娘都会像一个大姐姐一样来安慰他，有时还会偷来馒头、窝头送他吃。匡火鼎觉得桂贤是个有情有义的姑娘，就把为父母报仇的想法悄悄说给她听。桂贤既同情，同时又为他捏着一把汗，劝他不要急，要等待时机，君子报仇十年不晚。匡火鼎依了桂贤的劝告，把仇恨埋在心底，从不露半点声色。

一九三五年，十五岁的匡火鼎已然长成了一条汉子，他人高马大，力大无穷，而且头脑聪颖，机智过人。几年的苦难生活，让他和桂贤由起初姐弟间的相互疼怜，渐渐就生出了爱的火花，在一次私相约会中，彼此便吐出了爱的心声。

高大魁伟的匡火鼎，让做贼心虚的张善义越来越担惊受怕了，感觉他像是埋在身边的一颗定时炸弹，随时都有夺去他生命的可能。"当断不断，必招自乱，不除掉这个小东西，留着他早晚是一条祸根。"张善义歹意一起，接着就要准备动手了。一天夜晚，他把匡火鼎吴桂贤叫到后院正房，以给他们介绍婚事为名，摆了一桌订婚酒宴。他预先在酒中下了毒，打算将匡火鼎一举除掉。

不料这事被伺候在张善义身边的女仆吴桂贤瞧出端倪，遂暗中送信，嘱咐匡火鼎有所提防。宴席未开始，张善义先就装出一副宽厚仁慈的样子，说："侄子，当初为欠我家的一点债，不想你的父母竟然为此而寻了短见，早知道他们这般轻生，那点债我宁愿不要。"说着便挤出几滴泪来，"为了弥补我的过失，看你孤儿一个怪可怜的，就让你来我家干些粗活，也好让你生活上有个依靠，这些年如有照顾不周的地方，还请你多加包涵。"匡火鼎早已不是从前的那个年幼无知的放牛娃了，面对张善义的假慈悲，他神色坦然，举止得体，装出一副感恩戴德的样子，回应说："多谢张伯伯再造之恩，不是你将我收留，小侄恐早已流落街头，生死难料了。"张善义话锋一转，接着说："现在你长大成人了，桂贤姑娘也已年逾豆蔻，你们两小无猜，青梅竹马，堪称天作地合的一对。常言说，一个人情要送到底。我想做你们的媒人，让你们结为百年之好，也算对得起你早亡的父母了。怎么样，你们满意吗？""好，好，俺们愿意，谢谢张伯伯的美意。"匡火鼎和吴桂贤齐声表示感谢。张善义凑前一步，端起匡火鼎面前已经斟满酒的酒杯，边祝贺边劝他把酒喝下。匡火鼎灵机一动，恭维地笑了笑，说："东家对我恩重如山，一辈子我都报答不尽，你是长辈，该敬酒的应当是我。"伸手端过张善义座位前的酒杯，说了句"侄儿先喝为敬了"，一口便喝了下去。而后盯着张善义，一声连着一声地催他喝下。老奸巨猾的张善义，故作惊慌地将手哆嗦了一下，酒杯当的一声就丢在了地上，一边支支吾吾为自己掩饰，一边端起另外一只杯向匡火鼎敬酒。细心的吴桂贤在桌子下面悄悄踢了下匡火鼎的脚，示意他往地上看。匡火鼎向地上瞟了一眼，心里不由得颤抖了一下，洒在地上的白酒竟然变得跟血一样鲜红。心想，看来桂贤说的一点儿不错，酒里果真有毒。性情刚烈的匡火鼎，新仇旧恨一起涌上心头，嗖的一下拔出藏在腰间的短刀，大喝一声便扑将过去，照定张善义的胸前，扑哧扑哧连着戳了数刀，作恶多端的张善义连喊一声"救命"都没来得及就倒地身亡了。匡火鼎不敢怠慢，趁着夜深人静，拉上吴桂贤便连夜逃了出去。

两个人避开大道，摸着黑在山梁沟壑间疲于奔命。到了天快亮的时候，他们已逃出村庄几十里路，估摸已脱离险境，就在一条溪谷间歇了脚。喝了几口清水，洗了洗身上的血迹，惊恐不安的一对小恋人，连坐下来喘口气都不敢，赶紧地又逃走了。一直奔波了三天三夜，最后在一片深山老林里寻得一座山洞，便当作自己的家安顿了下来。这里有山有水，可以开荒种地，也可以砍柴换钱，养家糊口倒是不成问题。

一九四零年冬，听说家乡来了共产党八路军，领导穷人打日寇，斗地主，分田地，这下可把匡火鼎和吴桂贤给高兴坏了。小两口商商量量，决定立即返回自己的家乡，结束这人不人鬼不鬼的逃亡生活。这天，匡火鼎打点好行装，让桂贤骑在毛驴上，抱着他们刚出生的儿子匡大山，经过几天的路途劳顿，回到了阔别已久的家乡匡家峪。

家门没进，他们就直接找到了八路军师部所在地——大地主张善义的家。匡火鼎把驴拴在门前的树上，领上抱着孩子的吴桂贤就闯了进去。独立师师长陈志峰、师政委肖军这会儿正在院里聊天，一见到他们，便热情地问候："这位老乡，有事吗？"匡火鼎拉着媳妇双双跪在地上，先向首长报告了姓名身世，接着便声泪俱下地痛诉起地主张善义逼死父母，后又加害于他，害得他和媳妇多年逃亡在外的悲惨遭遇。他恳求首长让他参加八路军，为父母报仇。肖军急忙将他们挽起，然后跟陈志峰低声议论了几句，回头便对匡火鼎说："小伙子，你来得正好，部队目前正在动员群众组建抗日民兵队伍，我们打算让你做匡家峪村抗日民兵大队大队长，不知你心下如何？"匡火鼎闻听此言，上去握住首长的手，激动地说："八路军就是我的再生父母，只要能让我打鬼子、杀坏蛋，就是丢了这条命，我匡火鼎也决无怨言。"

早在几年前，村里人就传说匡火鼎死了，被县警察局逮住枪毙了。如今他突然出现在匡家峪，感觉就像阴尸还阳、鬼使神差、从天上降下来一个红脸金刚似的。当年刀劈地主张善义的壮举，再一次被乡亲们从记忆中翻腾出来，夸他有骨气，有胆量，敢作敢当，是条汉子。另外还听说，他一回来，就被陈肖首长任命为村里的抗日民兵大队长了，村里人无不感到惊讶和新奇，一窝蜂拥到他家的土坯房小院，都想亲眼目睹这位具有传奇色彩的小英雄。

一阵亲情寒暄过后，匡火鼎抓住时机，一边把刚从师首长那里学来的抗日救亡的大道理讲给乡亲们听，一边号召村民积极报名参加村抗日民兵大队。也许是受到他传奇身世的影响，仅用了几天时间，一支拥有上百人的村抗日民兵大队就正式宣告成立了。匡火鼎担任大队长，匡华堂、李要东担任副大队长。大队下属三个分队，分别由韩六的、卢大旺、卢老七担任分队长。他们都是匡火鼎从小的伙伴，一说要打鬼子，谁都不甘落后。

村抗日民兵大队建起来不到两个月，匡火鼎就由师政委肖军亲自做介绍人，正式加入了中国共产党，并成为匡家峪村第一任党支部书记。到现在，他在党支部书记的岗位上已经干了四十多年。

解放后，在上级的扶持下，匡火鼎对葬在韩王山下的一百多个抗日民兵、八百多个八路军将士的陵墓重新进行了排列、加固、整修、绿化，因山就势建起了一座庄严肃穆的烈士陵园。

陵园门朝北开，门内有一片广场，广场上矗立着一座烈士纪念塔，塔上有肖军的亲笔题字：抗日英烈与世长存。纪念塔后面有一座革命烈士公墓。广场东西两侧各建了一排瓦房，一排五间，东西对称。东面的一座瓦房是八路军独立师纪念馆，西面的一座瓦房是匡家峪村抗日民兵大队陈列室。陈列室隔为南北两个房间。南边三间为陈列室，摆放着抗战期间民兵们用过的土枪、土炮、地雷、大刀、长矛之类的武器。北边两间为守墓人的住房，常年住着抗日民兵大队依然健在的五位伤残老民兵。陈列室内靠南山墙的位置竖着一块大理石石碑，碑上刻有抗日民兵大队纪事铭文。冲门墙上挂着一面战旗，是抗日民兵大队抗战期间留下的最后一面大队队旗。旗面上弹痕累累，血迹斑驳，遍布烟道火痕。旗面上写有"匡家峪村抗日民兵大队"一行大字，据说是由师政委肖军当年为抗日民兵大队亲笔题写。字迹虽已残破，却依旧苍劲雄浑、气吞山河。

原抗日民兵大队的老队员，包括匡火鼎在内目前健在的总共还有十七个人。其中十二个人在各自家里生活，靠老婆和儿女们照顾，五个人没有成家，生活上无依无靠。到建起陵园和房子，匡火鼎才把他们集体安排在陈列室北头的两间屋子住下。从五十年代初开始，他们一起生活，一起为烈士守墓，到现在已经过去将近三十年了。这五个守墓人中，一个是原抗日民兵大队副大队长匡华堂，战斗中失去一条腿，现在靠一根拐杖走路。一个是原抗日民兵大队二分队队长卢大旺，身上有多处枪伤，一遇阴雨天就犯病。一个是原抗日民兵大队旗手匡土根，当年被打断一只胳膊，现在只能靠一只手生活。一个是原抗日民兵大队机枪手三愣子，枪子不长眼，偏偏就击中了他的胯下，手术时将胯下的那一堆东西全都割掉了，活活变成了一个被阉过的"太监"。一个是原抗日民兵大队三分队队长，被人称为"独眼龙"的卢老七。

每年清明节前夕的三月十八日，匡火鼎都要组织全体村民在烈士陵园举行公祭大会，让子孙后代铭记村史，立志报国。公祭日设在这一天，意义不仅在清明节，更为值得纪念的是发生在一九四二年的这一天，由日寇一手制造的惨绝人寰的"3·18惨案"。

在建设陵园的同时，匡火鼎还把八路军独立师司令部旧址——大地主张善义的旧庄园——也是他做过五年放牛娃、留下许多童年记忆的地方——进行了一番修缮、布置和陈设。土改的时候，穷人只分去了地主家的浮财，房产已归村集体所有，因此才得以完好无损地保留下来。几年之后，这里就被列入了第一批国家重点文物保护单位。前后院的房子都还是老样子，一色真砖到顶的旧式瓦房。他住过的那两间牛棚，仍然孤零零地坐落在庄园的西北角，里面除了两个冷冰冰的石牛槽还在，他喂过的两头大黄牛如今早已不知去向。各个房屋内部的布设，包括师部作战室、各首长宿办室、各部门办公室，原来是什么样子，现在还是什么样子，当年的旧物大都安然地在里头放着。

工作上遇到烦心事，匡火鼎总爱到八路军独立师司令部旧址或者烈士陵园去走走看看，仿佛一到这里，所有的烦心事都会被抛到九霄云外。今天，他怀着闷闷不乐的心情，不知不觉又一次来到了烈士陵园。从年初到现在，转眼已过去了半年，和煦的春天已然进入了炎炎盛夏，可村里的土地大包干工作依然没有多大进展。这期间，匡世宗向他汇报过部分困难户的意见，也提出过解决这些问题的建议，老政委肖军也专门给他打过电话，然而，由于卢旺堆的极力阻挠，加上匡火鼎思想上顾虑重重，虽然他付出过努力，但都无果而终。

反对的人其实就那么十来户。人虽不多，但他们抱团抱得很紧，好像是有组织有预谋的一样，变着花样，玩着手法，轮番向匡火鼎发难。群众的不正常表现，引起了匡火鼎的怀疑。联想到历史上卢旺堆的一贯表现，他觉得，这一次肯定又是他在作怪，没有他从中插手，少数人也不会这么样地狂躁。这么多年来，只要一遇风吹草动，卢旺堆就会以革命派自居，高喊激进口号，迷惑少数群众，趁乱抢班夺权，这是他惯用的伎俩。推行土地大包干尽管不是什么政治运动，但在卢旺堆的眼里，这无疑是上帝送给他的又一次死鱼翻身的机会。他十分擅长上纲上线，大包干本来属于纯生产经营性质的一次变革，但这事一到他嘴里，就变成了维护和反对集体化道路的重大政治问题。在匡火鼎看来，卢旺堆就是故意给自己出难题，让他骑虎难下，上下不落人，最后逼着他自动下台交权。"历史上有过那么多的教训，他怎么就没长进呢？唉，算我眼瞎，怎么就培养了这么个不成器的东西！"匡火鼎边走边忧伤地哀叹着。

匡火鼎已年过六旬，身子骨还算硬朗。他喜欢剃光头，刚剃过的脑袋，圆滚滚的如同一块斗大的鹅卵石。他长着一副紫糖色的大方脸，脸上千褶百皱，像太行山脉一样沟壑纵横。当年打小鬼子的时候，他的个头、他的长相，跟他的大孙子匡世宗现在的样子几乎一模一样，站着像座塔，坐着像架山，走路像刮风，嗓门如洪钟，吼一声都能把小鬼子吓个半死。现在他虽然老了，但当年的英勇杀气仍然依稀可见。他弓着腰，倒背着胳膊，撅嗒撅嗒走进墓地，远远望见匡华堂、卢大旺、匡土根、三愣子几个守墓人正在给坟前墓后的花木浇水，又见卢老七像只野马一样在墓地里疯癫着奔跑戏耍。匡火鼎转身走到蓄水池边，掂起放在池边的两只空水桶，从池里灌满水，捡起放在地上的扁担，一头钩住一只桶，挑着就朝几个人跟前走去。

匡火鼎同几个老战友一边浇树一边聊天。大胖子匡华堂一只手拄着拐杖，移动着肥胖的身体，一只手拿着水瓢，从水桶里舀一瓢水，往树根倒一瓢，嘴里还嘟嘟囔囔地批评匡火鼎："老哥，不是我说你，你对卢旺堆也太过迁就了，像'文革'后期的那一次，本来他已被撤职，可你架不住他的几滴眼泪，让他重新又进了班子。说句不好听的话，你这就叫养虎为患，自作自受。"一向工于心计、行事稳重的卢大旺赶忙就提醒："华堂兄，你不要忘了，火鼎哥跟卢旺堆可是儿女亲家啊，咋好意思撕破脸皮呢。""狗屁！"匡华堂气不平地说，"啥儿女亲家？哪有亲家操摆亲家的？"三愣子倒是直来直去，说："火鼎哥，快刀斩乱麻，干脆给乡里打个报告，撤了他算了。""各位各位，我跟你们想的都不一样。"匡土根掂着半桶水，摆动着像只红萝卜一样的半截残臂，以息事宁人的口吻说："依我说，火鼎哥就该让位，老了就认老了，别不服老，无官一身轻嘛！退下来之后加入我们的队伍，一起吃，一起住，一起说笑，多痛快啊，给个知县都不换哩。"匡火鼎纠结地说："说退容易，我早都不想干了，可退下来之后让谁干？让给卢旺堆？你们放心吗？"几个人都被问哑巴了。

"爷爷们——过来歇会儿吧——别累着——"

几位老人朝着喊话的方向望去，原来是世宗、世勇、世玉三兄妹，他们一人手里拎着一包东西，站在陈列室门前，手在嘴上架着，可劲地朝这边呼叫。"收工吧，孙子们又来给送好吃的了。"匡华堂拄着拐，挺着大肚子，喜乐乐地说，"三愣子，去把卢老七叫来，一块吃饭。"几个人把桶里剩下的水倒进树根，挑着空水桶，歪歪趔趔就朝住处走。

匡火鼎大老远地就问世宗："不是忙着高考吗，考试结束了？"

"结束了，从今天开始，学校就放假了。"世宗说。

匡华堂从腰间掏出钥匙，打开屋门，将世宗他们让进屋内。灰头土脸的两间大屋子，周遭摆着五张木板床，床上叠着铺盖，床下放着臭袜子旧鞋，穿过的脏衣裳揉作一团，塞在各自的床头上。院里有一间灶房，里面生着一个煤炉子，炉子旁边支着一块木板，木板上零乱地摆放着锅碗盆瓢和黑乎乎的油瓶盐罐。做饭大家一起动手，吃饭的时候大家围坐在一张旧方桌前，中间放上一盘老咸菜，一人手里抱着一只大青瓷碗，呼噜一口饭，夹一口老咸菜，有说有笑，其乐融融，跟六零年吃大食堂一样。匡火鼎的老伴吴桂贤，时常惦记着这几个抗日老民兵的身子，隔三岔五就会做些好吃的，让孙子们送过来，为他们改善生活。

卢老七一进门，慌不迭跑到桌旁，挨个儿翻腾世宗他们拿来的东西。地上放着一袋子生鲜蔬菜，桌上放着一兜子热腾腾的馒头和韭菜猪肉馅大包子，另外还有一罐子刚炖好的老草鸡。卢老七一手拿着包子，一手举着鸡腿，这边咬一口，那边咬一口，冲大家嘻嘻一笑，像个孩子一样撒腿就跑出去了。卢大旺炒了一盘大白菜，三愣子洗了几根顶花带刺的嫩汪汪的黄瓜，配上世宗他们拿来的鸡块和大包子馒头，一顿美味午餐就算置备齐了。兄妹三个没回去，陪着几位老人就吃起来了。吃饭中间，匡火鼎问世宗世玉：

"考得怎么样？给爷爷们汇报汇报。"

匡世宗很有把握地说："自我感觉良好，估计下不来六七百分。"

匡华堂说："能考个啥样大学？"

没等匡世宗答话，匡世勇就说："考个重点大学没问题。"

匡火鼎和几个老人都齐声夸赞世宗有出息。

匡华堂接着又问世玉："玉儿，你呢？"

世玉看上去不像世宗那么有底气，吭哧了半天才说："我哥考得比我好，我是没希望了。"

世宗赶忙鼓励："小妹只会自我谦虚，本科考上考不上，考上大专应该没问题。"

世玉没接话，低下头，白脸蛋上泛起阵阵羞红，泪珠子在眼眶里转来转去。

匡火鼎安慰道："玉儿，别不高兴，大学不要咱，不是还有匡家峪收留你嘛。"扭过脸指着匡世勇对世玉说，"你二哥去年就不上学了，现在是一边上班一边养牛，家里地里两头不误，两头母牛一年添了两个牛犊，能卖一千多块，如果养上二十头，一年就是个万元户，不比上大学强？"

世玉没有答爷爷的话，觉得再说下去恐怕要哭出声来了。她转身从床底下拿过一只洗衣盆，挨着床铺把老人们掖在枕头底下的脏衣裳一件一件放进盆里，端着就去了院子，一边埋头洗衣裳，一边暗自落泪。

对于世玉的心思，爷爷们看不透，可世宗心里是明白的。自从考入高中，小妹的心思就渐渐不安分了，学校那么多男孩她不爱，却偏偏爱上了他这个当哥的。匡世宗曾劝她放弃这样的念头，并且吓唬说，这事若让爷爷奶奶知道了，非把咱俩的腿打断不可。可世玉不听劝，像吃了秤砣铁了心，想出各种理由来说服世宗。说心里话，匡世宗也并不是不爱世玉，但他的爱是藏在心里的，假如没有家庭这层关系，他恨不得跪下向世玉求婚。一晃三年过去了，匡世宗始终没有松口，害得世玉跟丢了魂似的茶饭不思。如今高考结束了，一想到自己高考无望，马上就要同自己心爱的人天各一方，匡世玉的心里就像坠河落井的小绵羊一样抓狂。刚才，匡世宗本想追到院里劝说世玉几句，却又怕被爷爷瞧出破绽，惹出麻烦。他心里清楚，土地大包干目前仍然在困扰着爷爷，原先想帮没时间，现在放假了，帮爷爷的心思再一次涌上了他的心头。说："爷爷，有件事想跟你商量商量。"

匡火鼎说："啥事？"

匡世宗说："我和世勇世玉都商量好了，想利用假期时间帮你落实大包干。"

匡火鼎一听就笑了，说："好啊，但有个原则，只准出主意，不准介入村里的实际工作。村里情况复杂，我不想让你们蹚这混水。"

3

年初的那场街头争论，至今还萦绕在匡世宗的心头。由此他
得出一个结论：要想顺利推动大包干，一要宣传好上级政策，进一
步解决群众的思想认识问题；二要采取切实有效的措施，帮助少数
困难家庭解决好实行大包干以后的生活出路问题。面对如此复杂
的问题，令这位热情高涨、涉世不深、现今仍是个学生的匡世宗
一时间犯了难。几天来，他把问题持成辫子，摊到爷爷面前，逐
个跟爷爷商量对策。完了之后仍然觉得心里没底，于是他就跑到
凹店公社，与党委书记林中青共同探讨。随后又跑到昌史县县城，
向县委书记关东州当面请教。

关东州是去年刚上任的昌史县县委书记，四十岁出头、中等
身材，衣着朴素，圆胖脸，小眼睛，高鼻子，举止斯文，性情憨
厚，一看就是个出身平民、务实肯干的父母官。来昌史县工作不
足一年，他就跋山涉水，访贫问计，走遍了全县的村村寨寨。出
于对老区的关心，他曾多次来匡家峪搞调研，有时也会在匡火鼎
家里吃饭，世宗赶上放学在家，总要操持几个菜，同爷爷一起陪
关书记喝上几杯。有过几次接触，两个人就成了好朋友，匡世宗
也因此给关东州留下了很好的印象。匡世宗这次冷不丁地闯进门，
让关东州感到既突兀又惊喜。刚坐下，关东州就问起村里的工作，
匡世宗如实做了汇报。当得知大包干工作至今仍然没有进展时，

关书记就有点不满意，说，匡家峪曾是革命老区的心脏，对别的村影响很大，你们村不带头，别的村都按兵不动，回去告诉你爷爷，得抓紧哩。顿了下又问，你爷爷是不是遇到什么阻力了，有顾虑？匡世宗不愿意暴露村里的问题，只说，爷爷说了，一个月内保证完成任务。匡世宗汇报了他带来的问题，满以为关书记能给他一个明确而满意的答复，结果却令他大失所望。关东州只是原则性地说，农村改革是新生事物，没有现成的路子可循，只要能让老百姓尽快富起来，什么办法都可以试。关东州边说，边从案头翻出几份文件送给世宗，让他回去后帮助匡火鼎认真学一学，把上头精神吃透。临别时，关东州还嘱咐世宗代他向他的爷爷问好。

从县里回来之后，匡世宗不顾高考疲惫，带上兄弟匡世勇和妹妹匡世玉，便登门上户开始做群众工作了。世宗记着，在年初的那次大争论中，反对大包干最激烈的当数饲养员瘸三晃了，这次如能先行将他攻下，对其他群众无疑是个鼓舞。于是在这天上午，三个人首先来到了位于街北的饲养棚，来见这位全村出了名的困难户了。饲养棚坐北面南，一溜六间厦子，其中三间做牲口圈，两间做生产队仓库，另外一间是瘸三晃的住处。院子的西南角，垛着一垛为牲口预备的谷草，谷垛旁围着一群鸡，正埋头刨食谷粒。一只大红公鸡挤在众草鸡中间，好像一位嫔妃如云的帝王，威风凛凛，不可一世。树荫下拴着一头大黄牛，见了他们就跟没看见似的，只管眯着眼，一边反刍，一边慢条斯理地甩着像掸子一样的尾巴，驱赶着身上的牛虻。

牲口们大都上班去了，这会儿正是瘸三晃出粪、清圈、打扫卫生的时间。兄妹三个要帮他清扫，瘸三晃不让，说牛圈脏，气味不好，丢下手中的扫帚，拽住世宗就往牛棚外面拉。四个人坐在树荫下，拉了几句家常，话题就拐到了土地大包干上。跟上次一样，瘸三晃一开口就讲起了自己难以为继的家境，边说边流泪，痛苦的样子着实让人为之心酸。来之前，匡世宗就为他考虑好了今后的生计，开门见山便说：

"瘸叔，我想让你开个蜂窝煤厂，你觉得怎么样？"

从前，瘸三晃在县煤建公司蜂窝煤供应站当过临时工，后来因为老婆生病而辞职回家。这些年，随着蜂窝煤的使用由城里向农村普及，开办蜂窝煤厂的念头早在几年前他就有了，只因为手头拮据，有心无力，美好的打算不得不束之高阁。说："我何尝不是这样想，可开不起呀。"

"全部下来需要多少资金？"世宗问。

瘸三晃说："买一台蜂窝煤机大约一两千块，加上辅助设备和流动资金，下来怎么也得三千多。"

匡世宗说："这样吧，钱由我们三个先给你垫上，将来赚了钱就还，赚不了钱就别还，保证不找你的后账。你看好吗？"

"真的假的？不是跟叔开玩笑吧？"瘸三晃颤巍巍地从地上站起，疑惑地盯着匡世宗。

"真的。"世宗说。

瘸三晃感动得眼泪一下子就涌出来了，他一瘸一拐地走上前去，拉住世宗的手，扑通便跪在地上，激动地说："老天开眼，让我遇到救命菩萨了，俺全家都要感谢你们哩！"为让世宗放心，接着又说："钱只会赚不会赔，到时我一定加倍偿还。"

匡世勇上前把他搀起，扶他坐到石墩上，问道："怎么样，这下该同意搞大包干了吧？"

"没得说，当然同意。"瘸三晃神气十足地说，"只要蜂窝煤厂一开，一年赚上三两万不成问题，手里有了钱，还愁种地？自己种不了可以雇人种，再不行把地转包给别人种。生活上有了指望，我干吗还要反对大包干啊？"说罢又意犹未尽地补充了一句，"有句话我不得不说明，以前我反对大包干，完全是出于我的家庭情况，绝对不是受卢旺堆的挑唆故意跟火鼎叔作对，这一点请你们谅解。"

"谅解，没人埋怨你。"世玉说。癞三晃无意中提到卢旺堆的挑唆，这引起了世玉的注意，接着便机巧地问道："刚才说你没有受卢大队长的挑唆，别人呢，别人受他挑唆了吗？"

癞三晃言辞闪烁，不好意思当面揭露卢旺堆，但在世玉的反复追问下，他还是如实说了："从年初到现在，为了鼓动群众阻止大包干的推行，卢旺堆伙同副大队长卢犬，一直在背后做反面工作，有时纠集一帮人在家开会，有时夜里偷偷溜出去，像只串家老鼠一样钻东家进西家，撺掇一些人反对大包干。像卢早起、匡靠社、仙桃、绿毛豆、石墩子这些人，都是卢旺堆用来反对大包干的得力干将。我虽然没有当过官，但一看卢旺堆这套做派，我就猜他心里必定有鬼。"

"什么鬼？你指的是哪一方面？"世宗问。

"这不是明摆着嘛，逼你爷爷下台，由他取而代之。"癞三晃说完又觉后悔，"我只是猜测，咱哪说哪了，出门可不能说是我说的，我怕卢旺堆报复。"

匡世宗此前也多多少少听到过一些这方面的反映，但他认为，群众是通情达理的，只要把上级政策向群众讲清楚，诚心实意地帮助他们解决实际困难，他就不信群众会跟着他卢旺堆跑。今天，癞三晃的转变不仅让他看到了群众对美好生活的迫切向往，同时也让他增强了同卢旺堆争夺群众的信心和希望。离开饲养棚，匡世宗带着他的两个兄弟妹妹，又满怀信心地到别的户做工作去了。

路上，匡世玉悄声说："世勇哥，你回家吧，别跟着我们了。"

"咋了？"匡世勇猛地怔住了。

世玉说："咱们的行动一旦被卢旺堆知道，他肯定会恼怒你的。我跟世宗哥倒不怕他，我只是为你担心，怕因为这事影响你跟他闺女卢花的婚事。"

"你是说他会退婚？"世勇说。

"怎么，你觉得不可能？"世玉说。

28

"不会不会，即便想退婚，他也得问问他闺女同不同意，卢花对我百分之百，不是他这个当爹的想退就能退得了的。"匡世勇对自己的未婚妻坚信不疑。

连续几天的走访，让他们碰到了各种各样的问题。他们坚持对症下药，针对不同的家庭情况，采取不同的解决办法。走访中他们发现，大多数家庭对大包干还是持拥护态度的，认为大包干给了他们种植上的自由，针对市场需求，可以种植收益高来钱快的经济作物，这比单纯种粮食要强多了。但是，即便是这些拥护大包干的户，思想上也存有不少顾虑。有的就问，土地到户了，牲口机器都分了，生产队解体了，这叫不叫单干，是不是倒退？一些人还担心政策多变，并且编出顺口溜说给世宗他们听："党的政策像月亮，初一十五不一样；今天包，明天收，变来变去像耍猴；心里吃不上定心丸，投入再多也白花钱。"面对群众的顾虑，世宗一边向他们讲政策，讲大包干的好处，为群众解疑释惑，一边积极向大队反映情况，建议延长大包干时间，稳定承包地块，防止年年变动，鼓励群众大胆向土地投入。走访中，匡世宗还遇到了跟瘸三晃差不多情况的几个身带残疾的村民，怎么办呢？匡世宗马上就想到了瘸三晃的蜂窝煤厂，经与瘸三晃商量，就答应他们将来都到瘸三晃的蜂窝煤厂上班，几个人当然都求之不得。工作最难做的当数匡靠社这样的懒汉，尽管世宗在他身上费了不少口舌，鼓励他变得勤快起来，但他依然故我，嬉皮笑脸，没有丝毫的悔改之意。

兄妹三人的行动很快就被卢旺堆知道了。这天下午，他把副大队长卢犬，以及匡靠社、卢早起、绿毛豆、石墩子等几个信得过的村民叫到家，对群众中由于匡世宗的思想攻势而出现的纷纷转头拥护大包干的现象密商对策。他让几个人每人分包几个重点户，采取利诱和恐吓两手策略，软硬兼施，争取群众，迅速扭转被动局面。

散会之后，卢旺堆闷闷不乐地从家里来到大街上，准备亲自去见见匡靠社、瘸三晃和仙桃，一来想摸摸他们的底，看他们是否真的动摇了；二来也想听听匡世宗都跟他们讲了些什么。在年初的那场街头辩论中，初露锋芒的匡世宗给他留下了既可恨又可怕的印象。他原以为他是个学生，不会掺和村里的事，没想到他还是真的出手了，而且一出手就打乱了他的整个计划。匡世宗匡世玉反对我也就算了，没想到匡世勇也没远没近地跟着他们一起同我作对。再怎么说，我卢旺堆也是你匡世勇未来的老丈人，常言说不看僧面看佛面，不看鱼情看水情，卢花对你那么好，看在她的面子上你也不应该这样对我。你可以不支持我，但至少你应该在我和你爷爷匡火鼎之间保持中立，你怎么可以明火执仗地来反对我呢？你让我的面子往哪搁呀？恨上来他就想到了退婚，可他又顾及女儿的态度。他边走边想，不知不觉就来到了匡靠社家。街门开着，院里脏得没法下脚。北屋是三间土坯房，院子高，屋地低，进屋就像跳坑里一样。天都半后晌了，匡靠社还在土炕上撅着屁股睡懒觉。炕上铺着一张破席，臭袜子脏衣裳零乱地丢了一炕，一群红头苍蝇在炕上追腥逐臭，像战斗机一样嗡嗡乱飞。他把匡靠社从炕上叫醒，责怪道，瞧你把这屋子糟蹋的，简直就像个猪圈。只知道你懒，没想到你会懒成这个样子，可惜世界上没有懒汉竞赛，如果有，夺冠的肯定是你。匡靠社穿着裤衩，光着膀子坐在炕沿上，扇着扇子，懒洋洋地说，光棍一条，给谁讲究啊？卢旺堆问，匡世宗他们来找过你吗？来过，匡靠社说。他都对你说啥了？卢旺堆问。劝我支持土地大包干。匡靠社说。你是怎么回答的，答应人家了？卢旺堆赶着追问。你把我看成啥了？我是那种朝三暮四之人吗？反对大包干，支持你旺堆哥的主张，是我匡靠社铁定的主意，他就是说破天，我也不会随他的。匡靠社的态度令卢旺堆大为欢喜，夸道，我就知道，靠社弟是个明白人。屋里的味道让人实在受不了，简单聊了几句，卢旺堆便告辞了。随后又来到饲养棚，瘸三晃的态度同样令他满意。当卢旺堆问他是不是准备建蜂窝煤厂时，瘸三晃使了个明修栈道、暗度陈仓的手法，只几句话就把卢旺堆给打发走了。本来他已悄悄地开始筹建蜂窝煤厂了，却对卢旺堆说，没有的事，都是随话答话，哪有钱建蜂窝煤厂啊。卢旺堆欣喜地说，没建就好，建了就麻烦了。麻烦？什，什么麻烦？瘸三晃明知他想说什么，却故作惊讶地问。卢旺堆语带威胁地说，麻烦就是割你的资本主义尾巴，建好也得给你拆了！卢旺堆的话吓得瘸三晃心里猛地一揪，就想，怪不得世宗预先提醒他，说俺家的院子大，要俺把蜂窝煤厂建在自家的院子里。他还说，建到家就是家庭副业，政策上允许；建到外面就是私营企业，政策不允许。为防止卢旺堆找碴儿，他要俺必须这么做。他还说，即便将来卢旺堆知道了，蜂窝煤厂作为政策允许范围内的家庭副业，量他卢旺堆也奈何不得。世宗这孩子真好，又替俺垫钱，又帮俺防着卢旺堆，厂子要是办不好，俺是对不起他哩！望着卢旺堆远去的背影，瘸三晃忍不住骂道，没他妈的一个正经心眼，就记着一个字：权。

离开饲养棚，卢旺堆转身拐进仙桃家住的街北的一条胡同。他边走边想，我就说嘛，匡靠社瘸三晃都是土地大包干的铁杆反对派，怎么会轻易地就被匡世宗征服呢？仙桃是自家弟妹，估计她更不应该变卦。胡同宽不到一米，两侧都是用石头垒起来的房屋和院墙。房子不高，伸手就能摸到房檐。一家一户从房檐下伸出墙外的烟囱，突突突地冒着黑色的炊烟，袅袅炊烟将胡同塞得烟雾缭绕，呛得卢旺堆又是咳嗽又是打喷嚏。眼前有一堵院墙，只有齐胸高，墙内有个猪圈，家里的女人蹲在圈坑沿上，撅着白光光的屁股正在拉屎。一头猪拱在她的屁股底下，吃一口，抬抬头，两眼盯着女人的屁眼，如同盼天上掉馅饼一样急不可耐地哼哼着。卢旺堆向墙里斜了一眼，赶紧捂住嘴，忙不迭地走了过去。

胡同尽头，路西便是仙桃家，卢旺堆抬头一看，街门倒锁着，停都没停就继续朝北边走去。走过仙桃的房子就是田野，刚收割完小麦的地里，眼下已是一片绿汪汪的秋苗。布谷鸟在天上成双成对地飞来飞去，嗓子都叫哑了还在不停地叫。蝉儿们趴在路旁的树枝上，完全不顾路上行人的心情，自娱自乐地聒噪着。悬在西边的太阳依然热辣辣的，玉米苗被晒得打了蔫，虫儿们躲在秋苗的叶子下面乘凉，一只黑狗蹲在路旁，伸着鲜红的舌头，望着卢旺堆，哈哧哈哧地喘着粗气。树荫下歇着一群男女，女人在做针线活，男人有的在地上下棋，有的枕着锄把睡大觉，都歇到半下午了还没有动工。有人突然喊了一句：大队长来了，快干活吧！人们被惊得一骨碌就从地上爬起来了，拿起锄头，排开地垄，一边埋头锄地，一边偷瞟着路上走得越来越近的卢大队长。卢旺堆只当没看见，走过劳动人群，径直向云青河边走去。瞅着卢大队长人已经走远，人们随后便松了一口气，为侥幸躲过一顿批评而沾沾自喜。卢旺堆背着手站在河岸上，像一位视察工作的领导，漫不经心地向四处张望着。云青河河道宽阔，河道两边是白茫茫的沙滩，中间淌着一股水量不大却一年四季长流不断的溪流。溪流在卵石中奔淌，荡起团团浪花，发出动听的声响。蛙儿在水边鸣唱，鱼儿在水中追逐，不时有俏皮的小鱼跃出水面，却不小心跌落在石头上，紧张得又是折身又是翘尾，小嘴一张一合，仿佛呼喊救命。

河堤西边来了一个女人，腋下夹着个洗衣盆，沿着堤坝向他走来。大老远地就喊：

"旺堆哥，干什么呢？"

"哦，是弟妹啊，我来地里查看一下秋苗旱情，洗衣裳了？"卢旺堆搭讪着。

说话间仙桃已走到跟前，她将装满湿衣裳的洗衣盆转到身前，盆的里沿在肚皮上搭着，一只手揽着盆的外沿，两只眼睛矫情地瞟着卢旺堆，感恩地说："哥，不是你让俺当队里的仓库保管员，这大半晌的哪有工夫出来洗衣裳哩。"仙桃都三十岁的人了，打扮得仍跟个姑娘似的俊俏。两条油滚滚的大辫子，不长不短，正好搭在她凸起的乳峰上。碰到人的时候，她会有意无意地摆弄一下辫子，时而甩到肩后，时而搭在胸前，将与她说话的男人时常撩拨得心麻肉颤。当保管员不受风吹日晒，白净的脸皮跟剥了皮的葱白一样柔嫩。她的个头不高不低，身上的肉不臃不赘，纤腿细腰，丰乳肥臀，看哪哪让人舒服。最抢人眼球的要数她那双与众不同的眸子，眼角微微上翘，睫毛稍稍上卷，明亮的眼球像泉水一样清澈，像月亮一样恬静，像海浪一样摄魂。有人说她有闭月羞花之貌，沉鱼落雁之容，铁打的汉子只要被她瞧上一眼，立马就失魂落魄了。

仙桃也是命苦，前年刚嫁过门，孩子还没顾上生一个，丈夫卢双石就因故致残了。他原是县城某企业的临时工，因为厂房坍塌，砸伤了双腿，导致下肢截瘫，更倒霉的是让他失去了生育功能。守着一个残废男人，二十几岁的仙桃，觉得跟守寡没有什么两样。家里的事地里的活儿，全磕在了仙桃头上。遇到女人干不了的事，她都得去求人，旁人高低给个脸色，她都受不了，时常偷偷伤心落泪。她想过要改嫁，却又怕人说三道四，无奈之下只好凑合着过。

仙桃一只手捏着辫梢上用紫色丝带打成的蝴蝶结，眉眼含情地说："旺堆哥，到俺家坐会儿吧，晚上我给你做好吃的。"

卢旺堆本来想询问一下她对大包干的想法，后又觉着地里干活儿的人多，让人瞧见影响不好，就说："你先回去，随后我过去，正好有几句话要问你。"

仙桃见大队长接受了她的美意，两只勾魂的杏眼顿时放出迷人的光焰，说了声："我等你，不见不散。"蜂腰一扭，美臀一摇，擦着卢旺堆的身子就闪了过去。

仙桃进得家门，看了一眼坐在轮椅上的丈夫卢双石，问："喝水不喝？解手不解？"卢双石说："不，你忙你的。"仙桃放下洗衣盆，先将洗净的衣裳搭在晾衣绳上，而后到茅房撒了一泡尿，回头洗罢手脸，进到北屋，坐在梳妆台前，拿出膏脂粉墨，忙不迭地搽脸描眉抹口红。化完妆，转身从衣柜拿出一件素底白花连衣裙穿在身上，站在镜前上下打量，不由得抿嘴一笑，两个诱人的酒窝便在她粉嫩的腮骨朵上闪跳起来。

她掂了一只竹篮子，跨出屋门，就向街门走去。

卢双石看着一身艳妆的女人，忍不住问道："仙儿，有啥喜事了，拾掇得这么漂亮？"

仙桃止住脚步，回头说："一会儿咱哥来家，晚上在家吃饭，我去买些下酒的肉食来。"

双石诧异道："哪位哥？北京的还是上海的，值当你这般张罗？"

仙桃边走边说："旺堆哥呀。"

双石没好气地说："一个三竿子都打不着的哥，值当这样破费？莫非你有事求他？"

"没事。"仙桃头也没回，一摇一摆，说着就走出了街门。

人都看不见了，卢双石还望着街门筒子高一声低一声地怪怨……

仙桃出得街门，径直去往前街大麻子开的肉食铺。她低着头，辫子在胸前搭着，面颊被抑制不住的兴奋催得阵阵泛红。她一边走，一边猜想着旺堆哥，不知道他这一次说话算不算数，会不会真的要来，假如真的来了，俺该如何应酬，如何把他的心拴住，让他有了这一次的体验，以后还想第二次第三次，一辈子都念着俺的好。俺已多次向旺堆哥暗示过俺的心意，料他应该懂得俺的心，可他始终没有接受俺的约会。这次会不会来，俺心里照样没底。没当仓库保管员以前，俺每天都得像个男劳力一样去地里上班，参加集体生产劳动。有时去晚一步，黑三队长逮住俺就吵，眼瞪得像牛，嗓门大得像打雷，吵得比骂的都难听，故意让俺在社员跟前丢人现眼。不挣工分就分不到粮食，没粮食就吃不上饭，再苦再累俺也得撑着。白天累得要死要活，回家还得服侍双石。到了夜晚，打发完双石睡下，俺却一个人守着孤灯，像尼姑坐禅一样忍受着无边的寂寞。

有一次队里分粮食，离家很远，要跑到东北地打麦场上。俺背着分下的沉甸甸的半袋子小麦，咬着牙往回走，走一步歇一步，累得俺气喘吁吁汗流浃背。看到分粮的都是男人，唯独俺是个女人，心里就一阵酸楚。一次回来的路上，俺不小心踩到了一块砖头上，腿一软，身子一歪，扑通一下就摔倒了，粮食压在俺身上，砸得俺浑身酸疼腿打颤，想爬都爬不起来。说来也巧，旺堆哥恰好跟在俺的身后。他推着一辆独轮平头车，车上放着他家分的麦子，见俺摔倒在地，放下推车就跑到了俺跟前。他心疼地埋怨着，先把粮袋子从俺的背上掂下来，然后弯下腰，像哄孩子一样一边哄，一边拽住俺的胳膊往起拉。俺龇牙咧嘴地趴在地上，嚷着腰疼腿软，站不起来。旺堆哥倒是会疼人，转身将俺的麦子放到他车上，回头从地上将俺抱起，让俺趴在他车上的粮袋子上，骨碌骨碌一口气就推到了俺的家门口。放稳车，旺堆哥先把俺抱到屋里的床上，回头又把分给俺的那半袋子小麦掂进来。他站在屋地上，拍打着身上的尘土，以一个大伯哥的口吻，对着双石和我说："弟妹，我兄弟身子不方便，以后有事就吭一声，都是本家，别不好意思。"俺一边表示感激，一边喊双石："我把腰趔着了，多亏咱哥相助，快给哥倒碗水喝。"双石他一边自嘲地责备自己没用，一边推着轮椅来到桌旁，掂起桌上的暖水瓶倒水。大哥赶忙制止，说不喝不喝，转身就往门外走。俺不能下床，不能送他，只能用话来表达俺的心意。就喊："哥——，哥——，谢谢你了，改天俺请你喝酒。"旺堆哥在门外应了一声"不客气"，推上平头车就走了。

俺躺在床上，心里仍在回味着旺堆哥路上英雄救美的一幕。当旺堆哥伸手将俺从地上抱起来的时候，俺闻到了一股男人的气味，一股同双石身上别样的气味。气味沁人心脾，如甘泉一样钻进俺的鼻孔，流进俺的气管，渗进俺的肺叶，沁入俺的血管，通过肝脏和心脏，迅速流遍了俺的全身，感觉就像注入一针莫名的神露，让俺瞬间迷醉，沉浸于一种难以言表的酣畅淋漓的快感之中。他好像故意在用力抱俺，将他的心脏同俺从未开怀的硬邦邦的奶子紧紧地贴在一起。俺听见了他怦怦的心跳，感觉他的怀里好像揣着一只小啄木鸟，轻轻地啄碰着俺的乳头，啄得俺心乱如麻、瑟瑟地颤抖。快两年了，还没有哪个男人像这样亲密地抱着俺。俺一面感激旺堆哥的热情相助，一面享受着男人身上的气味，忍不住凄然泪下。

自打这次开始，俺的心里就再也放不下他了。他比俺大将近二十几岁，俺不是喜欢他的年龄，更不是喜欢他腮上的那块像猪腰子一样的红痣，俺是崇尚他的威严，羡慕他手中可以用来保护俺一个小女人的权力。当自家男人在人前失去尊严的时候，家里的女人自然不能坐以待毙，寻求其他男人的呵护，也许是女人的本能，或许是被逼无奈。除去这层意思，俺也有寻求精神安慰的一面。医生说了，正常的性生活有益身体健康。为了俺的健康，俺也得找人给自己调理调理，不能把俺生生憋屈死。找年轻人调理如同吃生猛海鲜，找年纪大点的调理如同吃温火炖老牛肉，感受不同，却各有各的滋味。俺想入非非了，俺在为自己的不守妇道寻找着各种借口。俗话说，情人眼里出西施，这是指男人看女人。反过来，男人在女人的眼里，为什么就不能情人眼里出吕布、出罗成、出马超呢？人都说旺堆哥长得丑，可俺看他比吕布比罗成比马超长得还精神还帅气。他虽然瘦点，但瘦得苗条；他的头发虽然白点，但白得庄重；他的脸上虽然有快红痣，但它是一块福痣、一块富痣、一块官痣，没有它，旺堆哥也许还当不上官呢，没有它，俺压根儿就当不上仓库保管员。人都说他痣上长的那根毛看了瘆的慌，其实他们都不懂，那根毛是官的美髯，是金银财富高官厚禄，少了它不行。那天俺趴在他推的小车上，感觉就像新媳妇坐轿一样，他的一扶一摸，他的一言一语，他的一呼一吸，样样都给人温暖，让人心动。后来，俺在大街上碰见了他，主动提出让他来俺家喝酒，感谢他上次帮俺。而他却装腔作势，躲躲闪闪，连正眼都不敢看俺一眼。不管他怎么装，他的那双若即若离、惶遽不安的眼神是哄不了俺的，他心里分明有俺，却又不敢大胆地亲近俺。时隔没几天，俺又一次在街上碰见了他，这回俺学精了，不像上回那么张扬了，趁人不注意，俺假装与他搭讪，把一张预先写好的纸条偷偷塞进了他的手里，约他晚上到村后云青河畔散散步，说说心里话。也不知他忙，还是把纸条给丢了，俺在河边一直等到半夜，也没见到他的人影。今天来不来，就看他守不守信用了。这已经是第三次请他了，再不来，俺就一辈子不搭理他了。

仙桃从大麻子肉食铺买了一只烧鸡，半斤猪头肉，半斤羊杂碎，掂上竹篮就往回走。心想已经过去大约一个时辰了，旺堆哥说是随后到，估计这会儿快该来了，俺得回去等他，不能让人家等咱。

卢旺堆站在河岸，望着仙桃渐行渐远的背影，忍不住自言自语道，哎呀，真个仙女下凡！……可惜她红颜薄命，落得这般凄苦！今晚无论如何也要见见她，不能再失信于她了。他想去晚一点儿，等双石睡下再去，免得他碍手碍脚。太阳还有一竿子高，为了消磨时间，他走过河心小桥，上到河的北岸，沿着通向邻村的土路继续朝北走。走不到几百米，他忽然觉得想要拉屎。正好路旁有个打麦场，场上有几堆已经发黄的麦秸垛。他两手掂着腰带，急颠颠跑到垛的背面，捋下裤子就往地上蹲，不料却蹲在几棵尖溜溜的麦茬上，他哎呀一声将屁股撅起，伸手一摸，见有血，随即抓了一把土，捂在屁股上。正在解手，麦秸垛旁边隐隐约约传来一阵笑声，卢旺堆恍惚听得是闺女卢花的笑声，天都黑了，她在这里干什么呢？

卢旺堆捡了一块土坷垃擦了擦屁股，掂上裤子系好腰，蹑手蹑脚绕到垛的北侧。他忽然发现垛的下面有个被掏空的大约半人高的洞，笑声恰恰就是从洞里传出来的。洞是打麦子的时候看场人夜里的住处，里边散发着刺鼻的霉气味，呛得猫在洞口的卢旺堆鼻腔直发痒。他揉了揉鼻子，生怕打喷嚏惊动卢花。他屏住喘息，忐忑不安地听着洞内的动静。只听了片刻他就明白了，跟卢花在一起的还有个男人，正是卢花的未婚夫——匡火鼎的二孙子——匡世宗的二弟——匡世勇。

　　就在一年前，卢花和匡世勇都还跟世宗世玉一起在县一中读高中。去年年初，两个人好像商量好了似的，说不上学就一齐不上了。辍学没有几个月，卢旺堆和老婆孙冬梅就主动托仙桃做媒人，来跟匡家提亲，仙桃也是能说会道，来回跑了两三趟，匡卢两家就结为儿女亲家了。一个是大队长卢旺堆的独生女，一个是支部书记匡火鼎的二孙子，可谓是门当户对，两情相悦，街坊邻居提起来没有不赞美的。自打订婚之后，卢花世勇经常背着人秘密约会，有时跑到深山沟，有时在云青河畔，今天却跑到村后的打麦场，钻到麦秸垛里来亲热了。

　　订婚的时候两家还算和好。今年逢上土地大包干，卢旺堆跟匡火鼎的关系便骤然紧张起来了。每当想起冤家对头匡火鼎，他就后悔当初不该订这门亲事。可当他看到卢花跟世勇那种如胶似漆般的热乎劲，又不忍心毁掉这门亲事。

　　猫在麦秸垛根偷听的卢旺堆，此时此刻的心情仿佛蘸着辣椒面吃甜点一样五味杂陈。他担心洞中的闺女把持不住自己，为的一时心欢而弄假成真。他想惊散他们，将闺女吵上一顿，可他又没有这个勇气。因为他今晚还要见仙桃，不能因为孩子的事坏了自己的心情。于是他轻手轻脚地向后退了几步，顺原路向村里走去。

　　入夜都八九点钟了，仍不见旺堆哥过来，急得仙桃心里翻上倒下。她一会儿出门看看，一会儿返回屋里，里外跑个不停，焦

38

躁的样子像一只发情的母狗。她站在家门口，手里拿着一把瓜子，一边嗑，一边等。

北边的胡同口突然出现一个黑影，像幽灵一样渐渐向她靠近。她躲在门垛子后面，向外探着半个头，当黑影走近门垛，并确认是卢旺堆时，她的心猛地向上一提，便惊喜地扑了过去，拦腰抱住卢旺堆，娇嗔道："哎呀我的个娘，请你比三请诸葛都难，哥，你怎么这会儿才来？"

卢旺堆不做解释，用下巴指了指小院："他睡了吗？"

仙桃心领神会："放心吧，他早都睡了。"

卢旺堆机警地推开仙桃："快进去，别让人看见。"

走进街门，仙桃插好门闩，拉着卢旺堆的手就进了她家的小南屋。北屋的门窗黑乎乎的，像一只沉睡的怪兽，卢双石阵阵粗犷的鼾声从窗口溢出小院，在空气中荡漾。鼾声给了卢旺堆些许安慰。小南屋是放杂物的地方，仙桃今天特意将屋里拾掇了拾掇。摆了一只旧木床，床前放了一张单屉小木桌，桌上摆了酒菜、酒杯、筷子、茶杯和一壶沏好但又放凉了的茶水。

卢旺堆一进屋，感觉喉咙里像着了火一样干渴，端起茶壶，嘬住壶嘴，咕咚咕咚仰起脸就往嘴里灌，一壶凉茶一气就让他喝完了。

"瞧把你渴得。"仙桃微笑着提起暖水瓶向茶壶续水。

没有凳子，两个人只好肩并肩地坐在床沿，对着面前的小桌，像同桌的两个小学生。仙桃以卢旺堆来得晚为由，先就提出罚酒。卢旺堆说："该罚该罚，三次相约，两次违约，一次迟到，实在惭愧，对不起了弟妹。"喝完一杯，仙桃给满一杯，连着喝了八杯还不放过。随后，他恭恭敬敬地站起，弯腰打躬，点头哈腰，双手将仙桃脸前的酒杯端起来，说："请弟妹赏脸，让大伯哥敬你三杯，权当是对三次违约的赔礼。"

仙桃笑吟吟地接过酒杯，说："不能说敬，大敬小，活不老，你这不是折我的寿吗？哥，快坐下，我自己来。"仙桃将酒杯贴到朱唇，只稍稍一抿，立马便皱起脸尖叫起来，"辣，辣，太辣了，哥，你替妹喝了吧。"卢旺堆麻利地向仙桃跟前挪动了一下屁股，贴近她的身子，一只手握住她白净柔润的手腕，另一只手托住她的后脑勺，生生将一杯酒灌倒了仙桃的嘴里。仙桃把酒吞咽下去，大嘴哈着酒气，颇有体会地说："猛喝比慢抿好，觉不出辣，反而有种香香甜甜的味道。"卢旺堆鼓励说："这就对了，来，还有我敬的另外两杯，都把它喝下去吧。"仙桃不再忸怩，哧溜哧溜又干了两杯。

男女搭配，干活不累；男女对酌，千杯不多。不消一个时辰，两个人不知不觉就喝了一斤多。仙桃的白脸蛋，被酒烧成了光鲜的粉团，两只酒靥像星星一样在粉团上欢蹦乱跳。一双微翘的眼睛，变成了两只会说话的鹦鹉，它们的话语犹如一束束蓝色的激光，击打着对方长着红痣的脸庞。良辰美酒，佳人做伴，卢旺堆不禁酒兴大发，来时的顾虑、紧张、装模作样，早已丢在了一旁。仙桃劝一杯，他喝一杯，杯杯喝干，滴酒不剩，喝罢将酒杯向空中一举，口朝下，底朝天，让仙桃检验。喝到激情时，仙桃竟动起大杯劝他喝，卢旺堆巧言推辞，仙桃不依，边撒娇边将两个鼓囊囊的奶子贴在卢旺堆的身上蹭来蹭去。卢旺堆被蹭得魂飞肉颤，架不住几句劝就乖乖地举手投降了。他仰起脸，张开像漏斗一样的嘴巴，让仙桃举起酒杯，从半空往里倒，上面哗啦啦啦响，下面咕咚咕咚咽，仿佛往老鼠窟窿里灌水。

卢旺堆即使是个神仙，也架不住仙桃如此挑逗，醉意蒙眬的他，一把将仙桃揽在怀里，一面心疼地叫着宝贝，一面抖着手为仙桃剥去身上的衣裳，饿狼一样就把雪人一样的仙桃裹在了床上。可怜身下的老木床，吱吱呀呀地呻唤不住——"我不行了，你们别晃了，我快要散架了！"——老木床痛楚地哀号着。不多会儿工夫，就听嘎吱一声惨叫，老木床四肢折断，咣当一声便跌趴在地，两个人如同从云头坠落，惊叫着便滚在了地上。老木床撞翻了小木桌，小木桌上的杯盘壶碟、水酒菜肴，哗啦啦掀翻一地。吃剩的鸡头跳跃着扑到门前，瞪着两只圆溜溜的小眼睛，伸着硬邦邦的尖嘴，仿佛在啄食洒在地上的残羹。两个人慌忙从地上爬起，穿上衣裳，赶忙清理地上的杯盘狼藉。

剧烈的响声震醒了睡在北屋的卢双石，他披了一件衣裳，从床上挪到靠床的轮椅上，推着就来到院子，冲着南屋高声大喊："仙儿，仙儿，咋了？跟闹地震似的！"

仙桃怕双石看见屋内的乱象，只打开一个门缝，装作没事人的样子，黑灯瞎火地冲着院里的卢双石说："睡吧，没事。"

卢双石转过轮椅，一边往北屋推，一边怨声怪气地说："天都快亮了，有话不能明天说嘛！"

仙桃应和着把门重新关上。向惊魂未定的卢旺堆说："哥，你不是有话要跟我说吗，啥事啊？"卢旺堆定了定神，把在匡靠社、瘸三晃那里说过的话对着仙桃又问了一遍，仙桃的坚定表白，让卢旺堆再一次受到了安慰。

4

　　在摸清各家各户真实情况的基础上，匡世宗伙同世勇世玉经过数天的苦思冥想和激烈争论，一个令人满意的土地大包干的实施方案，便从世宗住的小西屋顺利诞生了。方案内容共有五条：第一，大力宣讲上级精神，端正群众的思想认识，解决好土地大包干"姓社"还是"姓资"的问题。第二，由党支部做出决定，规定大包干一定五年不变，给群众一个定心丸，消除群众的怕变心理。第三，把土地经营权交给群众，喜欢种什么就种什么，什么来钱快就种什么，支持多种经营，鼓励带头致富。第四，本着就地取材、就地加工、就地销售的"三就地"精神，大力发展家庭副业。第五，种地确实有困难的户，在不改变土地经营权的同时，可以将耕地转包给劳动力多的户代种。

　　匡火鼎听了他们的汇报，紧张得腮帮子都抽搐起来了，惊讶地说："老天爷！你们可真敢想，就不怕卢旺堆抓辫子？"

　　世宗说："先别管卢旺堆，你就说你同不同意，卢旺堆那边我自有办法对付。"

　　"我当然同意，"匡火鼎说，"我只是不想把跟卢旺堆的关系搞得太僵，毕竟还有世勇和卢花这门亲事，撕破脸对谁都不好。"

　　匡世勇宽心道："放心爷爷，事情坏不到那个地步。"

　　匡世玉也跟着安慰："爷爷，我哥办法多着呢，听了之后管保你满意。"

成竹在胸的匡世宗，接着就把自己的主意讲出来了。他建议匡火鼎召开一次群众大会，就要不要推行土地大包干的问题来一次公开投票表决。而后按照表决结果，实行"分而治之"，赞成大包干的可以包地，反对大包干的可以不包地。对反对大包干的户，大队可以按照他们的户数人数，把应该包给他们的地划在一起，让他们单独成立一个生产队，继续吃他们的"大锅饭"。一个村同时存在两种生产经营模式看起来是有点乱，但乱有乱的好处，好处就在于有了对比，让大家在对比中识别优劣，在对比中转变思想，这比硬逼着他们去接受自己接受不了的东西要顺心得多。等大锅饭吃不下去的时候，不用你去动员，这些人就会自动归顺到大包干这边来。匡世宗的这个建议并非一时冲动，连日来的登门走访，做群众工作，为他提出这一方案奠定了决心。他相信群众的大多数是赞成大包干的，反对的只是极少数。投票结果一旦出来，卢旺堆即便不同意，他也不敢同大多数群众公开作对。

听完世宗的讲述，匡火鼎惊喜地伸出大拇指，夸道："好一个'分而治之'，爷听你的，就这么干。"

随后，匡火鼎依照世宗的设想，在多数干部群众的支持下，前后折腾了半个月时间，总算是按计划实现了既定目标。拥护大包干的户该包的地全都包下去了；反对大包干的户，包括卢旺堆、卢犬、匡靠社、仙桃、卢早起在内仅剩下九户。经大队批准，允许他们新成立一个所谓的红星生产队，由卢旺堆兼任小队长，匡靠社任副队长，仙桃因为有卢旺堆的照顾继续当仓库保管员，带领这九户群众继续吃他们的"大锅饭"。

多年来，生产队的分配制度大都实行"二八开"，即工分分配占二，人头分配占八。就是说，即使不参加劳动，一个工分不挣，单就按人头分配的粮食也可以养活自己。正是由于生产队这种所谓的优越性，才养活了一个又一个的"懒汉"。卢旺堆对匡靠社不放心，提醒说，兄弟，现在跟过去不一样了，满打满算红星生产队才九户三十几口人，人少了，水浅了，养不起懒汉了，嘱咐他不能再像过去那样不干活白吃饭了。匡靠社嬉皮笑脸地说："不蒸馒头争（蒸）口气，说啥咱也不能输给那些包地户，你放心，我一定会改。"

自从兼上红星生产队队长，卢旺堆的工作比过去忙多了。每天天不亮，他会第一个起床，跑到大街上先撞上两遍钟，然后再挨门挨户督催呼叫，"张三李四，起床了，该上班了"。自觉一点的听见钟响就会带着农具出来，不自觉的三遍两遍督促都出不了门。看着那些包地户举家老小争先恐后地往地里跑，卢旺堆的心里就很不是滋味，心里一急，脾气就见长，见谁不上班，逮住就是一顿猛吵，甚至以开除队籍相威胁。

说过要痛改前非的匡靠社，开始表现还算不错，上班按时按点，干起活来有模有样，可没过两个月，他的老毛病又犯了，不是装病，就是推屎拉尿，无论卢旺堆怎么催怎么吵，他都摆出一副死猪不怕开水烫的样子，死活都催不到地里去了。

这天早晨，两遍钟敲过，队里多数人都被催到了大街上，就差副队长匡靠社了。"他妈的，副队长都懒成这个样子，生产队以后还怎么办下去！"卢旺堆骂咧咧地甩掉手中的半根烟蒂，气汹汹地再一次去督促匡靠社了。已经被喊了两遍的匡靠社，这时仍然在炕上蒙着头睡大觉。几只老鼠在他的身上窜来窜去，一见卢旺堆推门进来，便惊慌失措地钻进了洞里。卢旺堆从门后捡起一把笤帚疙瘩，照着匡靠社的屁股就是一阵猛打，边打边骂："娘的，我就知道你狗改不了吃屎，不想干就早点滚蛋，别他妈的占着茅坑不拉屎。"

匡靠社被打疼了，忽地掀起被子，光着腚跳下炕。"狗日的，你敢打我？不用你赶，老子早都不想干了。"上前揪住卢旺堆的衣领，啪啪就是两个耳光。恼羞成怒的卢旺堆，扯住匡靠社的一只胳膊，像抡死狗一样就把他重重地甩在了地上。匡靠社虽说年轻，但身单力薄，打他不过，嘴却不肯服软。他驴一样滚在地上，一边吼打死人了，一边揭卢旺堆的老底子，说他多吃多占集体粮食，拿集体粮食半夜三更换烧鸡吃，换酒喝；骂他跟自家弟妹仙桃明铺夜盖，流氓成性，不知羞耻。卢旺堆本想教训一下就罢手，没想到匡靠社竟敢抖搂出他的这些见不得人的事，气急败坏的卢旺堆，扑上去又是一通拳打脚踢。

邻居匡二狗听到吵骂声就跑了过来，见卢旺堆欺负自家兄弟，不问青红皂白，挥起拳头就扑向卢旺堆。匡靠社见来了救兵，一骨碌从地上爬起，顺手抄起一根木棍，照定卢旺堆劈头盖脸就是一顿猛抽。卢旺堆头上被打了个血窟窿，血流了满脸，淌了一地，像杀猪一样嘶叫。

站在大街上等着出工的社员，闻讯后一起跑了过来，几个男人一拥而上，奋力将双方拦开。大家七嘴八舌，纷纷责怨匡靠社和匡二狗。被打得头破血流的卢旺堆，在大家的劝说下，狼狈不堪地被搀去找赤脚医生包扎伤口。

自打干上红星生产队队长，卢旺堆起早贪黑，忙前忙后，一天都没有消停过。白天他要带着大伙参加生产劳动，晚上还要开会安排第二天的农活，忙得一天到晚屁股不沾家。他本想干出个样子，证明一下干集体比干大包干强，没想到一个仅有区区九户的生产队，领导起来比他当村里的大队长都难。更让他没有想到的是，由他任命的副队长匡靠社，竟敢毫无顾忌地对他这个堂堂的大队长大打出手。他想给自己拾拾面子，让派出所将两个人抓去治罪，转念一想他又打消了这个念头，觉得匡靠社也就是个懒汉二流子，没必要跟这号人较真儿。较真儿过了头，惹恼了他，让他四处宣传自己的那些丑事，反倒对自己不利。在家养伤这几天，匡火鼎和大队伙计们都来家里看望过他，街坊邻居来看他的也不少，耳边听到的话，大都是劝他随大溜，解散红星生产队，把地分给各户，让大家各干各的，免得淘神。卢旺堆顾及面子，纵然心有所动，却始终不肯松口。

当天傍晚，匡靠社来家里找匡火鼎，进门就说自己后悔了，站错队上错船了，上了卢旺堆的当了，一天也不想在红星生产队干了，请求大队分给他承包地。匡火鼎老脸一耷拉，逮住就把他殴打大队长卢旺堆的错误日娘剥奶奶地臭骂了一顿。匡世宗见爷爷吵得越来越凶，赶忙劝说匡靠社去向卢旺堆赔礼道歉，求得人家谅解。至于承包地的事，世宗半是劝说半是怂恿地对他说，目前你是红星生产队的人，归卢旺堆领导，大队不可能未经卢旺堆的同意擅自把地包给你。除非你们九户里头多数户要求包地，解散红星生产队，否则这事就很难办。匡靠社似乎明白了世宗的意思，表示回头就去联合另外几户去找卢旺堆，逼着他解散红星生产队。匡世宗是这么考虑的，卢旺堆挨了打，准已心灰意冷，其他户人心浮动，已然失去了方向。这个时候只要稍加动员，给他们一个台阶下，多数户准会背离卢旺堆，回到大包干的正道上来。匡靠社走后，匡世宗征得爷爷同意，当晚就带着世勇世玉深入到九户家中，挨门挨户进行劝解动员。

世宗的工作果然收到了效果。没出三天，八户社员便串通起来，结伙来到卢旺堆的家，当着面对他说，红星生产队没法再办下去了，该到散伙的时候了。卢旺堆摸了摸头上尚未痊愈的伤口，余恨未消地瞥了匡靠社一眼，少气无力地说："队长我是不想当了，再当下去恐怕要被别人给打死了，你们爱咋着咋着，反正我是不管了。"卢旺堆一松口，八户社员一窝蜂跑到大队部，纷纷向匡火鼎提出包地要求。

不出三五天，包括卢旺堆一家在内，九户原来合在一起的耕地，重新被大队一户一户丈量开了。匡家峪村的土地大包干，从此掀开了崭新的一页。之后没过几年，匡家峪根据上级政策精神，便将土地大包干正式过渡为全国统一的"土地承包制"了。

红星生产队解散之后，气急败坏的卢旺堆生了一场大病，一个多月没出家门。恼羞成怒之下，卢旺堆生出一个出人意料的报复匡火鼎的想法，决定立即解除闺女卢花跟匡火鼎的二孙子匡世勇的婚约。他不顾老婆和闺女的反对，把订婚书和男方给的彩礼一并交给当初的媒人仙桃，让她立即将这桩婚事退掉。仙桃看卢旺堆心意已决，知道劝也没用，只好照他的吩咐行事。

　　提亲时皆大欢喜，媒人被捧为恩人，退婚时两相抱怨，媒人成了风箱里的老鼠，两头受气。本来想在两家之间讨个人情，没想到会走到今天这一步。碰到这种事，当媒人的也只能认倒霉。仙桃揣着婚书和彩礼，满脸晦气地行走在铺满鹅卵石的大街上。拐了两个弯，看看来到匡世勇的家门口，她止住了脚步，抬头看看虚掩着的木板门，隔着门缝瞄了瞄用石头垒成的围墙里的小院，心里就犯嘀咕，"别犹豫了，早晚的事，今儿不见，明儿也得见，躲不过的……"

　　她用力吭吭了两下，清了清嗓门，壮了壮胆，轻轻推开街门，怯怯地迈进了小院。她看了看院子南头的养牛棚，两头母牛只顾埋头吃草，连看都不看她一眼。两只刚出生不久的牛犊，叉着腿，撅着腚，头在母牛的胯下埋着，嗑着奶穗，咕噜咕噜地吮着香甜的奶汁。"嫂子，嫂子在家吗？"她一边呼着世勇娘，一边走进用青砖和土坯盖起来的小北屋。

　　天已经半后晌，匡世勇下地干活还没有回来。父亲匡大地坐在地上，守着半簸箕玉米粒，细心地向外拣碜，正给母牛准备精饲料。母亲裘菊香坐在炕头上，正给儿子缝补裤子。两口子望见仙桃，急忙放下手中的活，喜眉笑眼地迎了上去。菊香拉住仙桃的手，热情地说："她婶，有阵子没见你了，快进来坐。"转身就去沏茶。

　　仙桃坐在迎门的椅子上，一边喝茶一边给匡大地头上戴高帽："哥，你真行，不仅种地是把好手，养牛也是个行家，家里一次就添了两只牛犊，村里人都羡慕你哩。"

匡大地抓下裹在头上的白毛巾，挠着头皮说："世勇不是要娶媳妇吗，不设法添补几个钱咋成？"

仙桃离开座椅，凑到炕沿前，拿起针线筐里的旧裤子看了看，对菊香说："世勇正处对象，别老让他穿这补丁衣裳，应该给孩子置买两件新的。"

裘菊香笑了笑，语带寒酸地说："他婶，有粉谁不知道往脸上搽哩，家里不是紧巴嘛。"转而又取悦仙桃，"世勇的婚事多亏有你做媒，俺全家都要谢谢你哩。"

匡大地也跟着帮腔："你嫂子说得是，家里有事你尽管说，我没空还有世勇呢，千万别客气。"

听着两口子的千恩万谢，仙桃心里像揣着二十五只小老鼠——百爪挠心。她心里清楚，今天不是来听奖赏话的，待会儿说出真相，两口子一准都会翻脸，能不挨他们的骂就算烧高香了。对于卢旺堆为什么要退婚，她心里比谁都明白。可那种理由是不能往桌面上拿的。于是她就胡编了一个强人所难的理由，以此来引出退婚的话题。

仙桃说："大地哥，嫂子，女方最近提出一个要求，想让世勇到县里谋个公事干干。"

"公事？什么公事？"匡大地懵懂地问。

仙桃说："出去当干部、当工人呀。村里的姑娘，有好几个都攀上了在外面做公事的女婿，卢花觉着眼羡，非让我来跟你们提提这事。"

"这，这恐怕不好办。"匡大地为难地说。

仙桃说："世宗他爸不是在部队当团长吗，让他给县里哪个领导打个电话不就成了？"

裘菊香犯难地说："他大伯远在千里之外，咋好意思让他为家里事作难哩。"

48

仙桃低沉着脸，鼓起勇气说："我打开窗户说亮话吧，女方说了，假如世勇找不到公事做，这桩婚事没准就要吹了。"

　　菊香一听，一出溜从炕沿跳在地上，嗓门一下就升到了高八度："仙桃，女家这叫没事找事，订婚的时候他们干啥了？当时他们要提出来，许我们行，也许我们不行，现在提出来，这不是存心刁难人嘛！他卢旺堆家多高的门楼啊，离他俺勇儿就找不下媳妇了？"

　　"是……是，都怨我多嘴……"仙桃灰溜溜地说。

　　匡大地赶忙劝菊香息怒，问仙桃："女家果真想退婚？"

　　仙桃抖动着两只手，从衣袋里掏出女方退来的订婚书和彩礼钱，包括给她的十块钱媒人礼，颤颤巍巍地放在了桌子上。说："这不，东西都退回来了，还会有假？"顿了下又说，"世勇如果能尽快找到工作，这门亲事兴许还有救。"她明知世勇找不到工作，却故意拿话搪塞。

　　"放他娘的狗屁！俺勇儿就是打一辈子光棍，也不会娶他卢旺堆的闺女！"裘菊香气得捶胸抓腚，大骂女家是无赖小人，横生枝节。她忍不下这口气，一跺脚就往门外走，决意要去跟女家论个高低长短。

　　"勇儿他娘，"匡大地拽住菊香的胳膊，"你听我讲，当初订婚是他们求的咱，现在退婚又是他们先开的口，不守信用出尔反尔丢人的应该是他们，你没必要跟他们生那闲气。再说了，退婚或许是卢旺堆一个人的主意，他老婆孙冬梅怎么想，闺女卢花又是怎样一个态度，现在都不清楚，假如卢花还恋着咱勇儿，经你这么一闹，岂不是坏了孩子们的好事？"

　　匡大地的话像一瓢凉水倒进了沸腾的锅里，一下就把裘菊香的一腔怒火给浇下去了，往地上一坐，天一声地一声地就号啕起来了。

　　从地里干活回来的匡世勇，这时已站在街门筒子听了好一阵子了。从小北屋飘出来的话，像凛冽的寒风，飞驰的箭矢，刺痛着他的心。他靠在门道墙上，喘着粗气，怔怔地望着正在吃奶的牛犊，脸色一会儿苍白，一会儿蜡黄，脑袋像只快要涨裂的气球，身子像被掏空了一样，茫然失措地在天上飘来飘去。就在几天前的一个晚上，他跟卢花还在云青河畔，踩着迷人的月光，甜言蜜语地亲昵了大半夜，她怎么可能说变心就变心了呢？如今村里的姑娘们，也许是被贫穷给吓怕了，选女婿都选到了饥不择食的地步，男方即使人样一成没一成，但只要在外面有工作，哪怕是搬运工、下煤窑、扫大街、掏大粪，都像香饽饽一样被一大群姑娘围着抢。卢花啊卢花，你如果也有这样的想法，当初就不该追我。或者半道后悔了你就当面跟我讲，咱好说好散，我匡世勇宁可打光棍也绝不会赖着你。什么海枯石烂？什么白头偕老？什么生死相依？全是他娘的戏弄人的鬼话！

娘的无可奈何的哭叫，一声声撕裂着他的心肺，他无法忍受这种屈辱，将手里的锄头咣当一声扔在地上，不顾一切地闯进小北屋，嚷道："娘，你哭什么？谁都别怨，怨就怨儿子没出息。咱人穷志不能短，他卢旺堆的闺女就是个天仙，我也不会再娶她！"说完，倔倔地回到自己的房间，仰面朝床上一躺，两眼直勾勾地望着房梁，肚子憋得鼓起尺把高。

第二天一大早，匡火鼎和老伴吴桂贤刚刚起床，匡大地和裘菊香便慌慌张张地从自己的家跑过来了，进门就喊："爸，妈，不好了，你们的孙子，世勇他……他离家出走了……"

正在打扫院子的匡世宗，见二叔二婶闯进门，一副气急败坏的样子，就觉着可能出大事了，丢下扫帚，跟着就跑进了爷爷奶奶的北屋。

匡火鼎、吴桂贤、匡世宗一起凑过来，急急地询问："咋了？世勇跑了？为啥？"

大地和菊香就把昨天下午仙桃来家退婚的事细说了一遍。然后把匡世勇留在自个儿床上的一张纸条递给世宗，让他给二位老人念念。纸条是这么写的："爷爷奶奶并爸妈，勇儿走了，我想找个很远很远的地方静静心透透气，你们不要找我，不用为我操心，我没有傻到要死要活的地步。请你们保重。再见。世勇留言。"

世宗念罢，裘菊香流着泪对二位老人说："瞧你们的孙子，人不大气性不小，这不分明是拿退婚来赌气嘛！爸，妈，你们快想想办法吧，勇儿一旦有个好歹，俺们一家子可怎么过呀！"

吴桂贤愤然道："当初我就不同意这门亲事，可你爹非要成，结果还是被卢旺堆给捉弄了。"

匡火鼎凄然一笑，说："两个孩子都愿意，你让我咋说？"

"现在不是相互埋怨的时候，找人要紧。"匡世宗打断爷爷奶奶的话，"我和世玉到县城去找，看世勇在不在火车站汽车站。二叔二婶、三叔三婶分头到邻村各个亲戚家去看看，回来再向爷爷奶奶汇报。"

连着找了好几天，村里村外，亲戚朋友家，县城的汽车站、火车站，该找的地方都找了，哪儿都没见着世勇的踪影。一家人垂头丧气地碰在一起，除了对匡大地、裘菊香说些宽慰的话，再想不出其他招数来了。

5

匡火鼎住的小院，南边有两棵柿子树，北边有两棵石榴树。柿子树枝繁叶茂，果实累累，如棚似伞一样的树冠，将半个院子罩得阴凉宜人，清香四溢。石榴树正处在盛花期，缀满枝头的石榴花红彤彤的似一团火，映红了小院，映红了屋里屋外，也映红了家里老老少少每一张笑脸。今天，家人们聚在匡火鼎的小北屋，为匡世宗考入全国著名学府——北京华克大学——而设宴祝贺。席间，二叔匡大地和裴菊香两口子，因为儿子匡世勇的离家出走，依然面带愁容，哀声不断；三叔匡大禾和陶金凤两口子，也因为闺女匡世玉的高考落榜，怎么都高兴不起来。世玉妹子在家生闷气，世宗去了几趟都没有把她叫来。本来想聚在一起喜庆喜庆，却被喜庆中的不幸蒙上了一层低沉的愁雾。

世玉把自己关进小西屋，已经几天不吃不喝了。两只齐肩短辫乱蓬蓬的，白净的脸盘挂满了泪痕，哭得眼泡都肿起来了。匡大禾、陶金凤两口子，为闺女的事急得团团转，又是端水送饭，又是苦心相劝，可闺女的心情却丝毫都不见好转。

傍晚，陶金凤端了一碗荷包蛋挂面来到小西屋，对头朝里脚朝外躺着的世玉说：

"玉儿，起来喝碗汤面，娘刚做的，还特意加了你喜欢吃的香菜花哩。"

宝贝闺女闭着眼，动都没动。

"世玉，你都几天没吃饭了，这样会饿坏身子的，听话，快起来吃。"金凤轻轻拍了下闺女穿着呢绒袜子的脚，心疼地说。

气歪歪的世玉，腾地把脚挪开，怪声怪气地嚷道："别烦我了，让我一个人静一会儿好不好！"

"这孩子，怎么这么犟？你要气出个好歹，娘活着还有啥意思哩……"说到伤心处，陶金凤竟呜呜咽咽地哭起来了。

世玉在想什么，只有匡世宗心里最清楚。为劝说世玉，他已经来过两次了。傍黑一放下饭碗，他便再一次来到三叔家。正在北屋吃晚饭的匡大禾和陶金凤，见世宗踩进小院，像发现救星一样就扑了上去，半哭着脸说："大侄子，快去劝劝你妹子，只有你能跟她说上话。"匡世宗安慰了三叔三婶几句，转身去了匡世玉住的小西屋。房内黑黢黢的，世宗打开电灯，关上屋门，回头坐到床边，伸手拍了下世玉的脚腕，说："我是你哥，快起来，跟哥说说话。"世玉头在一边扭着，跟睡着了似的。原以为是爹娘又来唠叨，后听见是世宗，她的鼻子一酸，泪珠唰地就掉下来了。世宗看着心疼，拉过世玉的手，将三个指头摁在她的手腕内侧，故弄玄虚地说："小妹，让哥为你诊诊脉，哥只要一摸，就知道你害的什么病。"世玉仍然不理不睬。停了一会儿，世宗半是认真半是挑逗地说："呵呵，小妹，你的脉象摸着有点乱，好像不只为没考上大学而气恼，应该还有别的事在扰乱你的心思，能跟哥说说吗？"世玉挪动了一下屁股，忍不住呛出一句："你比我清楚，还用我说！"世宗明白，世玉刚才的话，就是他跟她之间的那点小秘密。望着为了爱而痛不欲生的世玉，世宗再也按捺不住烈火一样的情感涌动，一把将世玉从床上拉起来，伸出两只结实的臂膀，将她紧紧地抱在了怀里。动情地说："小妹，对不起，是哥害苦了你。"世玉把脸埋在他的怀里，先是抖着胸脯抽噎，抽噎声越来越紧，后就放声哭起来了。上高中的时候，她苦苦追了世宗两三年，尽管世宗碍于兄妹关系这层屏障，对她的求爱表现出一种神情恍惚、举止不定、若即若离的样子，但她仍然能感觉得到世宗向她传递的那种强烈而真挚的爱意。如今世宗真的要离她而去了，她没法去阻止他，只有在家生闷气。

说心里话，世宗是喜欢世玉的，外表美是一方面，但更让世宗敬重的，是世玉的那颗为人宽厚、勇于担当、任劳任怨的心。世宗就想，谁要能攀上这么个老婆，那可真是一辈子修来的福。从世玉身上，世宗仿佛看到了奶奶吴桂贤的影子。奶奶的心比天高，比海阔，天大的事她都能容得下；奶奶的肩膀比山壮，比铁硬，再重的担子她都能扛得起。不是奶奶以她的大义大德支撑着这个家，这一大家子压根儿就不可能走到一起，更不可能和美美地过到现在。

匡世宗从小就听说，爷爷身边有四个儿子，除他爸匡大山为爷爷奶奶亲生，另外的三个叔叔匡大地、匡大禾、匡大柱，都是抗战时期爷爷和奶奶收养的烈士遗孤。在当时那个年代，爷爷黑夜白日忙着打小鬼子，奶奶在家一手托养着四个孩子，每天除了为吃饭穿衣发愁，还要东躲西藏时刻提防着小鬼子的狂轰滥炸。四个孩子能有今天，全是奶奶用生命和心血换来的。

事情的原委，还要追溯到一九四二年三月十八日的那天深夜。当时村里的人都在熟睡，上百个鬼子趁着夜黑人静偷偷潜入到了匡家峪，试图一举歼灭抗日民兵大队。说来也巧，驻村部队和师首长，昨日刚刚离开村子，说是要出远门打大仗，临行时还把警卫师部的任务交给了匡火鼎领导的抗日民兵大队。也许敌人就是趁大部队不在才来偷袭的。睡梦中的匡火鼎被哨兵唤醒，褂子没顾上穿，光着膀子掂着枪就跑到了大街上。面对即将进村的强敌，匡火鼎指挥若定，一边让党员干部组织村民转移，一边为聚集在大街上的民兵下达作战指令。敌人大概是掌握到了从大队长到一般民兵的住宅示意图，因而改变了以往的战法。敌人将部队化整为零，组成多个小股兵力，从村子四周分头潜入民兵的宅院，准备实施入户突袭。鉴于这一敌情，匡火鼎当即决定，将队伍分成若干作战小组，分头埋伏在民兵住宅四周，依仗对地形熟悉的优势，同敌人展开巷战。刚刚布下埋伏，小鬼子三个一组五个一伙，果然从村子的各个方向偷偷摸进来了。躲在角落里的各民兵小组，冷不防从暗处蹿出，得用刺刀用刺刀，得勒脖子勒脖子，没等敌人反过神来，就被撂倒了几十个。小鬼子中了埋伏吃了亏，随即便展开疯狂反扑，一场激烈的巷战顿时在村子的各个角落打响。

守卫在李家胡同的民兵小组，在与敌人的血战中不幸全部战死。敌人翻墙入户，对住在该胡同的几户民兵进行挨户搜查。正在家中养伤的抗日民兵大队副大队长——就是前边卢老七说到的旋风中匡世勇的亲爷爷李要东——此时跟老婆和他们未满周岁的儿子李小牛，正躲在自家屋里的地窖内。没想到，儿子小牛的一声啼哭，竟被敌人发现了他们的隐身之处，一家三口就这么落到了敌人之手。反正已活命难逃，不如跟敌人拼个鱼死网破。李要东一边盘算，手就去腰间摸枪，没等把枪掏出，敌人的子弹就已经穿透了他的胸膛。正在抱着孩子拼命掩护丈夫的妻子，随着敌人的第二声枪响，跟着也倒在了地上。李小牛趴在母亲的怀里，声嘶力竭地哭叫着。小鬼子将李小牛抓起，举到半空，才要往地上摔，忽听啪啪啪一阵枪响，几个鬼子还没搞清哪打来的枪，就一个个应声倒地了。也许这孩子命不该死，正好被火速赶来的匡火鼎给救下了。匡火鼎吩咐身边的民兵，抱上孩子火速去找吴桂贤，把孩子交到她的手上。

匡火鼎为失去一位能征善战的副大队长，一位跟他多年生死与共的战友，不由得痛哭失声，"要东哥，你的血不会白流，不把小鬼子赶尽杀绝，我匡火鼎誓不为人！"怒气冲天的匡火鼎，带上随行的几个民兵随后就赶到了民兵一分队原分队长韩六子家。韩六子已在半年前的一次战斗中牺牲，匡火鼎因为放心不下他的家人，就匆忙跑过来了。屋内的一幕立时就把他惊呆了。韩六子的妻子光着身子躺在炕上，两只乳房被敌人割掉了，肚子也被敌人用刺刀劐了个大开膛，一堆肠子摊在炕上，血还在汩汩地流。匡火鼎痛心地自责道："六子兄弟，我来晚了，没有保护好你的家人，哥对不住你呀！"一边流泪，一边拉过一条被子盖在韩六子媳妇的身上。转念想起他们的儿子韩臭，几个人就屋里屋外地查找，四处都看了，不见人也不见尸。才说要离开，忽而传来几声微弱的呻吟，凭借直觉，匡火鼎径直走到靠墙角放着的一口盛放粮食的大缸跟前，用力挪开缸盖，伸手扒开缸内的烂棉絮和旧衣裳，发现韩臭果然被藏在缸里。匡火鼎惊喜地抱出已经被闷得奄奄一息的孩子，交到民兵手上，嘱咐他快给吴桂贤送去，一定要让她想法保住孩子的生命。被仇恨气红了眼的匡火鼎，带上身边的几个民兵，再次杀向了敌群。

战斗一直持续到天亮，上百个小鬼子除少数逃窜外，大部被歼灭。战斗中牺牲的民兵，加上被杀的无辜村民，算下来也不下五六十人。在一分队的奋力抵抗下，八路军师部安然无恙。在后来召开的全师庆功大会上，师司令部为匡家峪抗日民兵大队荣记集体一等功。一九四二年三月十八日这一天，也因此被称为匡家峪村史上的"3·18惨案"。

时隔半年之后，边区东部农村突发大面积蝗灾，师政治部群工处处长何楚亮，妻子彭华，受师政委肖军的派遣，一起前往赈灾。临行前，他们把只有几个月大的儿子何远征，托付给了匡火鼎的老婆吴桂贤代养几天。只说到乡下工作一段时间就会回来的，谁知两口子这么一走，竟然成为跟儿子的永久诀别。两口子头天住在灾区农村的老乡家，第二天夜间就被当地的汉奸给杀害了。尸体运回到匡家峪，匡火鼎依照师首长的意见，把他们跟本村牺牲的民兵一起葬在了韩王山下。肖军含着泪对匡火鼎说："小何小彭都是广东人，当过红军，经历过长征，十几年来一直跟着我闹革命，他们的牺牲，是全师的重大损失。小远征是烈士的一条根，我代表他的父母，拜托你和桂贤把他抚养成人。"

家里一下添了三个差不多大的孩子，而且还都在哺乳期，一个孩子的奶水现在要分给四个孩子吃，这让吴桂贤感到难以招架了。白天还好说，她可以求助于邻居家几个有奶的媳妇轮流帮着给喂奶。可到了夜里，饿上来四个孩子像狼崽子一样齐哭乱叫，桂贤只能以自己两只干瘪的奶子穷于应付，一会儿给这个唫唫，一会儿给那个嗻嗻，孩子吸不出奶，哭得反倒更厉害了。家里没有别的东西可喂，好在就点小麦面，等孩子们饿的时候，她就半夜起床熬面糊，一人喂上半碗，就都不闹了。匡火鼎担心桂贤的身子，提出让邻居给抚养两个。桂贤不同意，说孩子是你救来的，在他们死去的爹娘面前，你发誓要为他们把孩子抚养大，我就是再苦再累，也不能让你在人前说不起话。桂贤对烈士遗孤的眷顾之情，深深打动了匡火鼎。

现今四个孩子四个姓，名字谁跟谁都不沾边，让人一看就知道是几方几家凑在一起的'攒班子戏'。匡火鼎觉得，这样既不利于弥合孩子们心灵上的创伤，也不利于一家人情感上的融合。于是他决定，让孩子们都随匡姓，名字重新取，正式确定他和孩子们之间的父子关系。顺着大儿子匡大山的名字，他把李要东的儿子李小牛改名为匡大地，把韩六子的儿子韩臭改名为匡大禾，把何楚亮的儿子何远征改名为匡大柱。匡火鼎问老婆这么叫行不行，吴桂贤喜盈盈地赞美道，听着很大气，叫着也上口，俺大字不识一个，你说好就好，俺都依你。

一九五八年，十八岁的大儿子匡大山当兵走了，后来从部队上找了媳妇成了家，生下了他们的儿子匡世宗，如今匡大山已经是部队上的团长了。二儿子匡大地、三儿子匡大禾长大成人以后，匡火鼎先后为他们盖了新房娶了媳妇，小日子过得还算温馨。匡大柱长到九岁那年，也就是一九五一年，被在香港的姨娘接走了，直到现在也没有他的音信。每每提及匡大柱，匡火鼎吴桂贤时常会抱怨他没良心，说他父母的尸骨都还在匡家峪埋葬着，纵然不为养父母，也该回来为自己的亲生父母烧烧纸圆圆坟。老人的心情完全可以理解，匡大柱毕竟被他们风里雨里养活了九年。

爷爷奶奶当年的故事，对匡世宗产生了潜移默化的影响。他崇拜爷爷，同时也敬重奶奶。桂贤奶奶身上闪耀着的伟大人格，不知不觉就在他的脑海中形成了他对女人善恶美丑的一种标准取向。他甚至认为，如果要找媳妇，仪表美与不美权当其次，只要她的那颗心仿似奶奶就好。妹妹匡世玉就是他心仪已久的对象。

过去，在对待世玉的求爱上，世宗时常闪烁其词，半推半就，既想应诺，又顾及家人的反对，尤其是爷爷奶奶。如今他要上学走了，是时候给世玉一个透底的交代了。他松开世玉，扶她坐在床沿上，深情地说："世玉，你的心哥全都理解，但你要等哥上完大学，回来再谈这件事。尽管三叔不是爷爷亲生，咱俩没有血缘，但总归是一家人，咱俩的事不比旁人，必须从长计议，不能操之过急，惹怒爷爷奶奶、三叔三婶，反而于事无补，弄巧成拙。"

世玉扑闪着两只充满疑惑的眼睛，盯着世宗说："只要你心里有我，别说等四年，等十年八年，甚至一辈子，我都愿意。但愿四年之后，你不要给我从大学领回个嫂子来。"

"放心，哥心中只有你，纵有一百个天仙，也难抵我小玉妹一个。"

听了这些通心彻肺的话，世玉的白脸蛋上顿时露出灿烂的笑容。她依偎在世宗的身边，温情地说："哥，到了学校，记着给我常来信，我会想你的。"

明天就要上学走了，头天晚上，匡世宗正在小西屋收拾行囊，就听有人敲门，转身一看，原来是卢旺堆的闺女卢花。她蓬着头，垂着脸，红着眼圈，没精打采地靠在门框上。匡世宗赶忙停下手，拍了拍褂子的前襟，迎上前去，和悦地说："啊，卢花妹子，好稀罕，快进来，坐，坐。"卢花被世宗拉到屋里坐下，撇着嘴，泪珠子扑扑簌簌就掉下来了。世宗有点莫名其妙，不知道卢花为何这般伤心，遂反复追问，问也不答，越问哭得越痛，泪珠滴在鼓起的胸前，将姑娘的短袖的确良白褂浸湿了一大片。懵懂中，世宗猛地想起她跟世勇退婚的事，心里就猜，难道退婚不是卢花的本意？是她爹自作主张？一股同情之心禁不住油然而生。问道："卢花，我正想问你，你跟世勇的事，为啥会闹到这步田地，是你俩闹别扭，还是有别的什么原因？"卢花气恼地站起来，用两只白净的小手拭了拭眼泪，将退婚的前因后果来龙去脉里里外外一股脑儿诉说了一遍。听罢，世宗长叹了一口气，心想怪不得爷爷说，卢旺堆退婚完全是出于跟他的成见，就说："卢花，早知如此，你就该及时找见世勇，讲清缘由，说明你还在爱他，世勇也许就不会离家出走了。"卢花羞答答地说："俺不是没想过，可俺没料到他会跑得比兔子都快，头天刚退婚，第二天就听说他跑了。俺知道，世勇是带着对俺的恨出走的。他肯定在骂俺绝情，骂俺攀高枝、趋炎附势、薄情寡义。俺想了，俺必须找到他，当面把话向他说清楚，让他知道俺是咋想的，让他不再恨俺，让他回心转意，他就是跑到天南海北，俺也要跟他见上一面。"卢花走前一步，抓住世宗的手，泪眼汪汪地哀求道："世宗哥，听说明天你就要上大学走了，俺来就是想拜托你一句，到了北京帮俺打听打听世勇的消息，打听到了就给俺来个信儿，随后俺就去找他。"世宗动情地说："难得你有这份心，请放心，只要能找到他，我一定把你的心事说给他。"卢花感激世宗对她的理解。

第二天一大早，许多得知消息的人提前就来到大街上，都想送一送有史以来村里走出去的第一位大学生。匡世宗右肩上背着一个蓝布包，左肩挎着一个军用帆布兜，一边和家人唠着亲情，一边朝村头的公交车站点缓步而行。街上的人们纷纷拥上前去，拉住他的手亲切地寒暄。

59

"大侄子，这是一点核桃，带着到北京吃。"张家大叔掂着一篮子干果直往世宗手里塞。

"兄弟，这是你嫂子头天晚上为你煮的咸鸭蛋，带上，路远，饿了就点补点补。"姓匡的一个大哥边说边就拿着鸭蛋往他兜里装。

世宗面对热情的乡亲，嘴里不住地说着，谢谢了，东西就算了，不好带。

懒汉匡靠社凑到世宗面前，伸出大拇指夸道："老侄子，叔早就看你不是凡人，怎么样，被我说中了吧？考上大学等于是中了状元，将来官帽一戴，小汽车一坐，洋烟一叼，整日吃香的喝辣的，再不用来咱这穷山沟里出苦力流臭汗了。"

世宗笑了笑，说："少废话，说说你的地，种得怎么样？别都撂荒了。"

"荒不了，荒不了，孬好收点就够吃了，少孩子没老婆，收多了也没用。"匡靠社摇头晃脑地说。

世宗说："什么收多了没用？多余的粮食可以换成钱，存起来，将来可以讨老婆用。"

"又拿叔开玩笑，就我这寒酸样儿，谁肯嫁给我？"匡靠社自嘲道。

世宗眉头一蹙，煞有介事地说："只要你照我说的去做，我敢担保，不出三五年，定有女人求上门来。"

匡靠社的脸唰地就红了，腼腆地说："果真有那一天，叔要好好谢谢你哩。"

两个人的对话，引得街上的人们嘻嘻哈哈乱笑。

恰在这时，大街前方突然传来一阵粗放的歌声：

水儿清，地儿肥，
布谷鸟儿声声催；
牛儿叫，马儿咴，

哥哥扶犁妹相随；

春儿种，秋儿实，

支前送粮打倭贼。

……

　　这是一首全村人再熟悉不过的歌谣，早在打小鬼子的时候，全解放区就传唱起来了。这首歌的作者，就是大字不识一斗的抗日民兵大队副大队长匡华堂，凭着他的一张嘴，硬是反反复复给哼出来的。今天，十几个民兵老战士站在大街上，在匡华堂的指挥下，专门为匡世宗举行了这样一个特殊的欢送仪式。

　　"好，唱得好！再来一首！"人们围着唱歌的老战士大呼小叫。

　　匡华堂挂着拐杖，跐着一条残腿，大嗓门呼唤着就要走到跟前的匡世宗："孙子，你能考上大学，爷爷们都为你高兴，大家没啥好东西送你，只想给你唱支歌，让歌声伴你进京。"顿了下又说："误不误你上车，还想听吗？"匡世宗望着与他结下深厚感情的英雄老战士们，激动地说："谢谢各位爷爷，误不了上车，唱吧，大家都爱听。"匡华堂起了一句头，雄壮的歌声再一次回荡在大街小巷的上空："大刀，向鬼子们的头上砍去，全国爱国的同胞们，抗战的一天来到了……"

　　唱完歌，世宗赶忙过去同老人们握手告别，夸他们歌唱得好，祝福他们健康长寿。匡华堂、卢大旺、匡土根、三愣子等人一起围过来，握住世宗的手，含着泪说："孩子啊，你真给爷爷们争脸啊！匡家峪能出你这么个后生，俺都觉得脸上有光哩！"匡土根垂着半截残臂，用一只好手拽着世宗的衣袖，恋恋不舍地说："你这一走，我们这几个老家伙就再也吃不上你给挑的水送的粮了。"世宗理解老人的心情，指着身边的小妹匡世玉说："土根爷爷，不怕的，我走后还有她呢。"匡世玉赶忙给老人们透露了一个消息，说："爷爷们不必担心，世宗哥已经帮我们新成立了一个伤残军人服务小组，有后街的四喜、小北门的文涛、还有张家胡同的水罐和翠翠，共五个人，我是组长，我们会经常到烈士陵园看望你们的。"匡土根赶忙说："好，好，还是世宗想得周到。"正在大家依依惜别之时，疯七爷在一旁又跳着舞着吼起来了："旋风——红旋风——大家看哪，墓地里的战友们都来给世宗送行来了……"街上的人们一起把目光投向东南方向，果然有一股旋风腾空而起，旋风裹挟着沙石树枝，雄赳赳气昂昂地朝村子涌来，瞬间飘到村边，犹如一群天兵天将，飞跃沟沟坎坎，掠过房顶树梢，转眼就来到大街上，旋风亲吻了一下街上的人们，绕了一个圈，调转头就回墓地去了。

6

　　入学第一天，匡世宗就遇上了八路军独立师老政委肖军的孙女肖菡。跟世宗一样，她也是今年刚入学的新生，而且跟世宗同班。肖菡自幼生在北京长在首都，浑身上下都散发着一股大都市里妙龄少女的现代气息。她上身穿着一件乳白色齐腰短褂，下身穿一件褪了色的灰蓝色牛仔短裙。最与众不同也是最招人眼的地方是她的两条秀腿，腿长占去身长的三分之二，上下匀称，腴而不赘，光润柔滑，净白细腻，细得甚至看不见汗毛孔，白得看不见哪怕是米粒大小的一颗黑斑，就连前膝后腘都看不见一丝的褶皱。因为身条修长，她觉得没必要再穿高跟鞋来加长自己的身高，所以她更加钟爱穿运动鞋。她的后脑勺上，揪着一根顺溜柔滑的马尾辫，像钟摆一样随着她走路的倩影而摇曳。匡世宗第一眼看到她，就被她的窈窕身姿所吸引。心想，上回在村里见她可不是这个样子，两年没见，现在变得都不敢认她了。城里的姑娘就是赶时髦，这要在农村，一双腿藏在裤筒里，露出点脚腕都嫌别人笑话，再好的美腿也被埋没了。她讲着一口流利的京腔，两只不薄不厚的红唇一张一合，讲出的每句话每一个字，都仿若从钢琴里蹦出来的一个个音符，清脆悦耳，动人心弦。奶奶龚秀珍说她的性格像她的爷爷肖军，胆大泼辣，伶牙俐齿，心直口快；爷爷肖军又说她的相貌仿她的奶奶龚秀珍，天生丽质，姿色出众。也许她兼具了两位祖辈的双重基因。

肖菡虽然身在北京，却对千里之外的革命老区一往情深，匡家峪的寸山滴水，一草一木，仿佛都牵挂着她的心。几年前，她随奶奶龚秀珍、爸爸肖洞生和母亲丁然去过一次匡家峪，当时就住在老房东匡火鼎的家。那些天，她陪着奶奶和爸爸妈妈去韩王山烈士陵园扫过墓，挨户看过健在的村抗日民兵大队的老战士，他们不顾山道崎岖，徒步七八里路，去奶奶生爸的狼牙洞亲身体验过一番。每到一处，肖菡都会用随身携带的相机不停地拍照，回来还要伏在桌子上，写下她一天的亲历感受。除了跟大人们一起活动，大部分时间她都跟世宗世勇世玉在一起玩，有时爬山，累得一身香汗；有时到云青河里逮小鱼抓青蛙，弄得浑身泥水；有时也会到山上采些野菜，回来自己动手熬粥，尝试一下抗战时期八路军的生活。

"世宗哥，听说你来北京上学，爷爷想让你到家坐坐，可以吗？"刚入学不久，肖菡就代表家人向匡世宗发出邀请。

"方便吗？"一说去首长家，匡世宗就有点却步。

"没什么不方便。"肖菡说。

在家的时候，世宗经常听匡火鼎讲起老政委肖军的传奇故事，他也早想见见这位戎马一生、战功卓著的开国元勋。就答应了。

周末，匡世宗在肖菡的陪伴下，一起来到了她的家。原以为京城大官的宅院应该像皇宫那样气派，没想到却是一处既普通又简陋的老式民宅。世宗就想，跟他老家的土坯房小院相比，应该没有多大差别，只是院子大了一点，房子多出几间，不是门口站着两个仪表庄严的武警，他简直不敢相信这里就是首长的居处。

院内的花圃旁，有位老人正在弓腰莳花，发现肖菡领着一位小伙子踩进门，老人拍了拍手上的土，喜乐乐地便迎了过来。老人穿一身半新不旧的深蓝色中山装，一双黑色布底鞋，敦实的身材，斑白的头发，红润的脸庞，稳健的步履，看上去格外的矍铄

64

硬朗。世宗低声问身边的肖菡，这位就是肖爷爷吧？肖菡说了声是，世宗便紧跨几步，上去握住肖军的手，热情洋溢地说，肖爷爷，你好，我叫匡世宗，匡火鼎的孙子。肖军哈哈一笑，说，不用介绍，看长相，看走路，我就猜出七八分了。老政委的和蔼可亲，让世宗的一颗紧张的心立马就放松了一半。龚秀珍和肖洞生、丁然，听见说话声便赶忙从屋里走了出来，一家人有说有笑，像迎接贵客一样欢迎世宗。

匡世宗被让进北上房客厅，依长幼而坐，一边饮茶，一边热情地交谈。客厅内布设简朴、庄重、典雅，一看就知道这里是接待重要客人的场所。迎门的墙壁上，挂着一幅肖军的墨宝，写的是一首毛主席的诗词《沁园春·雪》。西山墙上，挂着两张用玻璃镜框镶着的黑白老照片，一张是肖军和独立师原师长陈志峰在太行山上的合影，一张是肖军抱着儿子肖洞生，同夫人龚秀珍，在房东匡火鼎院子里石榴树前的合影。靠窗户根摆着一张长形桌案，案上铺着一块沁满墨渍的黄色毛布，一旁摆着笔墨纸砚，闲暇之余，老政委会写写字。七十多岁的肖军，说起话来仍然是思维敏捷，十分的健谈。聊了几句学校的生活，肖军就向世宗询问起匡火鼎、吴桂贤以及那些抗日老民兵的身体和生活状况。当世宗说出他和世勇世玉一直在热心照料老民兵时，肖军频频点头，夸他们兄妹做得好。肖军随后又关心起村里的土地大包干，说年初的时候他跟匡火鼎打过电话问过这件事，感觉匡火鼎当时比较为难，不知道现在进展得怎么样了。对此世宗当然清楚的很，汇报起来更是头头是道有条不紊。当得知是世宗帮助匡火鼎闯过了这一关时，肖军禁不住赞许道，我就说嘛，搞改革还是年轻人，你们有文化，框框少，有闯劲，比我们这些老家伙强多了。他以期待的目光盯着世宗，说，你爷爷该六十出头了吧？世宗说是。肖军说，回去告诉你爷爷，就说我说的，奔波一辈子了，该交班歇歇脚了。又说，大包干只是个开头，今后农村改革的任务还很繁重，必须大胆起用年轻人。世宗连说对对，心里却为由谁来接爷爷的班而犯愁。

"肖爷爷，村里人都在念叨你呢，盼望你能抽时间回匡家峪走走。"世宗大胆地发出邀请。

肖军抽了口烟，不无遗憾地说："早都想回去看看，身不由己啊。"

坐在世宗身边的肖菡，见爷爷又在推辞，起身便坐到肖军身边，拉住肖军的手又摇又晃，嗲声道："爷爷，你就是再忙，也该抽时间去一趟嘛，不然乡亲们会说你坏话的。"

"嚯，是吗？你说，他们会说我什么坏话？"肖军故作惊讶地问。

肖菡眨巴眨巴眼睛，口无遮拦地说："会说你官做大了，忘本了，不是他老婆努着大肚子被乡亲们抬着，冒着小鬼子的飞机炸弹去狼牙洞生他的儿子的时候了。"

"呵呵，瞧孙女这张嘴，可真够厉害的！"祖孙二人斗嘴，引得大家一阵好笑。

其实，肖军又何尝不想去老区走走看看，建国初期因为工作忙，后来又受困于接连不断的政治运动，如今他刚刚出来工作，一时还难以了却自己的心愿。

女儿提到狼牙洞，引发肖洞生颇多感慨。对肖军说："爸，你没去过狼牙洞吧？"肖军说没有。肖洞生说，"上次我们去了，那真叫一个险，我就想，在当时那种万分危急的情况下，也不知道乡亲们是怎么把我妈，还有她肚子里的我，抬到狼牙洞里去的。"

"听见了吧爷爷，就凭这一点，你也该去匡家峪一趟。"肖菡借势相逼。

"好好，听孙女的。"肖军笑哈哈地拍打着肖菡。

匡家峪到狼牙洞，说起来虽只有几里路，但一路都是盘沿在陡峭山崖上的羊肠小道，来回一趟还真的不容易。上次去匡家峪，在肖菡他们一家三口的要求下，匡火鼎、吴桂贤和匡世宗陪他们专门去了一趟，亲历过当年那次险情的吴桂贤，一路上详述了事情的经过。

事情发生在一九四二年深冬的一天，据情报得悉，日寇的一个旅团，大约一千七百多人，携精良装备，由西面日寇占领区出发，前往战局吃紧的东部某战区驰援，当日夜间要路过八路军抗日根据地。上级要求师长陈志峰、师政委肖军，集中优势兵力，在敌人途经的路上打一场伏击战，全歼敌东去之援军，为东部战区我兄弟部队解除外围隐患。陈、肖首长接到上级指令后立即展开排兵布阵，命令部队傍晚的时候要全部进入伏击圈。匡火鼎的抗日民兵大队这次也被拉了上去，全力配合大部队作战。

怀胎足月的龚秀珍，这会儿正挺着大肚子躺在匡火鼎家小西屋的土炕上。部队临出发前，肖军专门从师部跑过来看望了龚秀珍，告诉她今夜有作战任务，照料她的事就托付给桂贤妹子了。其实龚秀珍这会儿已经感觉出分娩前的微微阵痛，但她没有向丈夫说明，装作没事人，让他只管放心去。

夜里十点左右，伏击战就打响了，远处传来的枪炮声仿佛惊动了腹中的胎儿，小家伙忽然就踢腾起来了，仿佛急着要出来，看看外面的世界究竟发生了什么。龚秀珍被踢得疼痛难耐，抓着吴桂贤的手，连声地呻唤，豆大的汗珠子淌个不止，一缕缕湿漉漉的头发，散乱地搭在枕旁、抿在她苍白的面颊上。吴桂贤已煮好剪脐带用的剪刀，正要准备接生，忽听门外的天空，传来一阵鬼怪般的尖叫声，数架敌机呼啸着从村子上空掠过，炸弹随即便落到街巷院落，让个平静的小山庄，顿时变为了一片火海。面对突如其来的变故，吴桂贤心里只有一个念头，匡火鼎他们不在，保护夫人的平安就只有靠她自己了。她把自己的四个儿子藏在屋内的地洞里，嘱咐大儿子匡大山看护好三个小弟弟，随后找来两个留守的民兵，用担架抬上龚秀珍，自己拎着一兜子接生用的东西，冒着敌机的轰炸，急急忙忙就往大山里转移。

"桂嫂，抬哪儿去啊？"两个抬担架的民兵急慌慌地问。

"老地方，狼牙洞，最数那里安全。"桂贤干脆地说。

几天前的一场雪，到现在还没有融化掉，一片一片的披在山谷上，斑驳的样子宛若一张硕大的黑白花奶牛皮。半个月亮在残云缝里俏皮地游动着，光线忽明忽暗。脚下的路，远处的山，身边的林，到处都是灰蒙蒙的一片。飕飕的北风吹得清冷清冷，仿佛要把人冻在路上，塑成一组夜幕下的蜡像。仰卧在担架上的龚秀珍，身上搭着被子，难受得翻来滚去。跟在身旁的吴桂贤一次次地安慰："龚大姐，忍着点，别乱动，路不好走。"他们沿着崎岖的山路，踩着被冰雪覆盖的路面，走一步滑一步，歪歪扭扭地向前行进，随时都有掉进悬崖的危险。突然有一架敌机从头顶掠过，尾部随即飘出一个模糊的黑点，随着落地越来越近，黑点渐渐变成一条小鲸鱼，忽忽悠悠向他们游来。炸弹落在离担架不远的山坡上，随着一声巨响，碎石泥土便腾空而起，如陨石雨一般，呼呼啦啦从天而降。吴桂贤一边骂："该死的小鬼子！"一边吩咐民兵放下担架，三个人一起用身子护住担架上的龚秀珍。

约摸走了两个多小时，龚秀珍终于被平安地抬到了狼牙洞。幸亏没有把孩子生在路上。民兵找来树枝柴草，在洞内燃起火，为躺在麦草秸上的龚秀珍驱寒。随后，桂贤把两个男人赶出洞外，让他们回避，她要准备接生了。孩子有点难产，桂贤倒是有些手段，没捯饬几下就把孩子给整出来了。是个男孩。小家伙一声尖啼，竟把洞外树杈上的鸟雀扑棱棱惊飞一群。

新生儿的降生，恰好迎来前方战事大胜告捷，我军全歼日寇一个旅团，并缴获了大批军用物资装备。黎明时分，部队胜利凯旋。肖军顾不得掸去身上的征尘，叫上匡火鼎便一起跑到家来看望龚秀珍。刚被抬回家的龚秀珍，这会儿正坐在炕上喝着吴桂贤为她熬的南瓜小米粥。当她含着泪说出所遭遇的险情时，肖军被感动了，对吴桂贤他们再三表示谢意。他摸着孩子毛茸茸的小脑袋，说："就叫他肖洞生吧，也算对他出生地的一个纪念。"

......

肖洞生料理好中午的饭菜，招呼匡世宗餐厅落座。历史的情缘，让匡世宗感觉像回到了自己的家，他一边频频敬酒，一边声情并茂地跟每个人交谈。他指着西山墙上挂着的肖军和陈志峰的合影照，向肖军询问道："陈司令的身体现在好些了吗？"

"老样子，还在军区医院住着，能不添病就算不错了。"肖军面色低沉地说。

世宗说："从家来的时候，爷爷特意嘱咐我，让我代表他去医院看望看望陈师长。"他把目光移到肖菡的脸上，"妹子，你陪我一块去吧，你人熟，好进门。"

肖菡说："可以。门口的警卫把得很严，我不去，你还真的不好见。"

谈着谈着大家就扯到了世宗的婚事上。龚秀珍就问："世宗，有女朋友了吗？"

"没，没，没有。"世宗脸一红，迟疑了一下，"不急，毕业以后再说吧。"

"我赞成！"肖军说，"当学生就要专注学习，谈女朋友会分心的。"

"爷爷，我们同学里头，有好几对都谈上了，这叫时髦，你懂不懂？"肖菡俏皮地跟肖军辩解。

龚秀珍盯着孙女，笑眯眯地问："听这口气，好像你也谈上了？"

"没有，目标倒是发现一个……"肖菡含情脉脉地瞟了世宗一眼。

"谁呀？说来让我们听听。"龚秀珍仿佛窥出点什么，异样的眼神在肖菡和世宗的脸上来回滚动。

肖菡羞红了脸，抄起饭就往嘴里填："现在保密。"

"鬼丫头。"龚秀珍没好意思继续追问。

世宗敏感地移开龚秀珍的视线，心里怦怦直跳。

7

　　转眼半年过去了，匡世宗在肖菡的陪伴下，利用课余和周末时间，找了大半个北京城，也没寻见匡世勇。他们去过几个建筑工地，去过一些正在招工的工厂、门店，也去过几个人员杂乱的文化娱乐场所，但都是高兴而去，扫兴而归。家里的爷爷奶奶、二叔二婶，为世勇的事不断打来电话，催他务必当心，一定要想法找到世勇。每每想到家人的急迫心情，世宗的心里就像压着块石头一样坐立不安。

　　一天晚上，匡世宗从学校门岗接到二叔匡大地从村大队部打来的电话，二叔兴奋地告诉他，世勇来信了，人就在北京，让他按照信上说的地址抓紧去见见世勇。匡世宗惊喜万状，压抑已久的心情顿时就心悦气爽了。

　　当日天色已晚，明后两天还要参加学校组织的校外社会实践活动，匡世宗不想失去这次机会，只得将寻找世勇的事暂时向后推一推。两天之后，匡世宗从外地回来，一下大巴车就遇上了等在校门口的卢花。她掂着一个蓝色小布包，神色疲惫，两眼迷惘，惴惴不安地徘徊在学校的大门口。见到世宗，卢花喜出望外，对世宗说，她是昨晚上的火车，今天一早就来到了北京，已经在这里等他大半天了。世宗问她是不是听到了世勇的消息才专意赶过来的。卢花说消息是从世玉姐嘴里听到的。还说，来的时候她只给娘说了一声，没让爹知道，怕他不同意。两个人边走边说，穿过一排排教学楼，绕过位于校园中心的清水湖畔，世宗将她带到了自己住的学生宿舍。

下午上完课，世宗带着卢花和肖菡，按照匡世勇信上提供的地址，搭上公交车就找去了。一下车，燕春胡同就出现在他们的眼前，胡同口的墙角上，钉着一块黄艳艳的小铜牌，铜牌上清楚写着"北京市祥瑞大街209号"。胡同内只一户人家，倒是省得打听。古朴典雅的门楼，油黑厚重的木板门，看了就让人想象到这是一座清代留下的老宅，早年在这里住的，不是巨商豪富，便是达官贵人。匡世宗踏上台阶，轻轻敲了几下门，没人应答，又敲了几下，门吱地闪出一个缝，里边露出半张水嫩的女人脸，二十来岁，面庞白皙，半截辫，两只哭红的眼圈，仿若白纸上盖着的两个鲜红的印章，神色惶遽地盯着世宗："找谁？"

匡世宗谦和地说："大姐，向你打听一下，北京市葛氏建安公司是不是在这里办公？"

红眼女人怯怯地说："是，是啊。"

匡世宗说："有个叫匡世勇的小伙子在不在这里？"

女人一脸的疑惑，像只受惊吓的小鸟："你，你们是——"

世宗说："我是他老家的哥，我叫匡世宗。"接着又介绍，"这位叫卢花，是他的未婚妻，这个是我的同学肖菡。"

女人听说匡世勇老家来人了，忐忑的心方显得稍加平静。打开门，将三个人让进院里，在当院的一棚葡萄架下坐定。女人边沏茶边自我介绍，说她叫苗雨，两年前从山西老家出来，跟随葛氏建安公司的老总葛喜来在北京做房地产生意。她跟葛喜来是同乡，因为有点文化，人样长得也算可以，于是葛总就把她弄到身边当起了随身秘书，当着当着彼此有了感情，就做了他的老婆。

世宗忍不住赞叹，你家男人也真的出息，年纪轻轻，身手倒是不凡，能在首都站得住脚，可是不简单哩。

说起丈夫能干，苗雨频频点头。说，看我年轻不是？是的，算你没看走眼，我今年刚好十九岁，可我丈夫不年轻了，他都四十多岁了，光建筑就干了十几年了。

听苗雨这么一说，卢花感到不可思议，以鄙视的眼光瞧着她，半是讥讽半是赞美地说，嫁给一个父辈男人，他肯定知道疼你哩。

疼不疼倒是其次，我主要是看他在事业上有所成就。咱们做女人的，找男人不就图个过日子有靠头嘛。话说到此，苗雨突然转过身，两手掩面，莫名其妙地哭起来了。

世宗早看她眼圈红肿，情绪不对劲，却又不便相问，忙道，老板娘，你这是怎么了？

苗雨号啕着，突然爆出一个惊天的消息，你们大概不知，葛喜来……匡世勇他们……他们全都给公安抓走了，老天爷呀，我的命怎么这么苦啊……

什么，什么，都被公安抓走了？三个人不敢相信自己的耳朵。

苗雨抹擦一把泪，哽咽着说，前天深夜，人还在睡梦中，家里突然就闯进来一帮民警，吓人呼呼地宣布：葛喜来、匡世勇因犯走私汽车罪，现予立即逮捕，并没收家庭财产。逮捕令一下，几个民警就动手抓人，另有几个民警就开始抄家。两个人被戴上手铐，连句分辩的话都不让说，旋风一样就给带走了。我光着身子蜷缩在被窝里，浑身哆嗦成一团，吓得尿了一褥子。人离去之后我才哭出声来，感觉像天塌了地陷了一样，说实话，当时想死的念头都有。葛喜来这个该死的东西，平时做事从来都不让我过问，假如知道他在做违法的事，说啥我也不会答应的。

匡世宗越听越来气，抓起手中的杯子，啪地就摔了个粉碎，像头发疯的狮子，一边骂，一边在院子里踱来踱去。真他妈的不是东西！自个儿胡闹不算，还要把我家兄弟往邪道上引，他怎么忍心让一个孩子帮着他做坏事？他还是人吗？！

苗雨又号啕起来。

肖菡操着一口京腔，尖声怪气地跟着吵……

卢花趴在花岗岩石桌上，气得浑身抖作一团……

苗雨接着便讲起匡世勇来公司上班的经过。两个月前的一个早晨，葛喜来去建筑工地巡查，当他走进工地东南角的一座材料房时，忽然发现里面躺着一个人，只见他满脸黑乎乎的，浑身涂满煤尘，光着脚，胳膊在胸前抱着，饥饿空凉地蜷缩在一堆烂柴草上。葛喜来将他唤醒，问他叫啥，哪里人，来京所为何事。小伙子惊恐地从柴堆上站起，提了提裤子，目光在葛喜来的脸上身上瞟来瞟去，好像做贼被人逮住了一样心虚。面对高大魁梧神色威严的葛喜来，他不敢说谎，一口气就把自己的身世、年龄、文化程度、来京目的，交代了个清清楚楚。还说，只因来时扒了一夜的运煤火车，才把自己弄成了这种黑不溜秋的样子。葛喜来盘问完，脸上的凶相一扫而光，觉得匡世勇忠厚老实有文化，便当面邀他来自己的公司上班，并且让他做总经理秘书。匡世勇万分欣喜，感恩不尽，随口就答应了。葛喜来把他从工地领回家，让他洗了个热水澡，换了一身新衣服，还专门为他拾掇了一间屋子，跟我们两口子一起吃住。俺家丈夫信赖他倚重他，人前人后、迎来送往、洽谈生意、家里家外，啥事都靠给他干，跟自家人一样不分你我。除了为总经理服务，空闲的时候世勇也常帮我做些家务，帮我买菜洗衣做饭，陪我逛商场、看电影、到野外游玩。也许是年龄相近，脾气相投，世勇来家时间不长，便让我对他产生了依恋心理，觉得时时步步都离不开他了，哪天他要是不在身边，我的心里总觉得空落落的。这回两个人被抓走，我对世勇的思念，比对俺家那口子还要强烈。说实在话，在这个家，我就是一个地道的守家婆，公司的事，包括这次走私汽车，葛喜来从没向我透露过一个字，假如我早先知道，我是绝不会允许他这么做的。世勇虽然参与了，但我想他肯定不晓得内幕，也不懂得啥叫走私，否则他是不会跟着葛喜来胡闹的。今天对着你们三位兄妹的面，我向你们真诚地道一声歉，实在对不起了，你们如果有气就冲我来，愿打愿罚随你们的便，只要你们觉得心里解气。苗雨说着就给三个人磕头，左一个罪过右一个谅解地求告。

这么远跑来北京，卢花本来想见到世勇，当面向他解释一下退婚的事，消除他对自己的误会，没料到竟会是这样一个结果。她两眼傻呆呆地望着头上的葡萄架，欲哭无泪，欲怒无言，只觉得六神无主、满脑子一片慌乱。坐在身旁的肖菡，早已看出卢花内心的痛楚和不安，她凑过去宽慰了几句，没想到这一劝，倒像决了堤的黄河，把卢花憋了一肚子的泪水全都给抖搂出来了。肖菡拍着她的脊背，疼怜地说，想哭就哭吧，哭出来比憋在肚子里好。

天已经黑了，看着可怜巴巴的苗雨，匡世宗已不忍心再给她过不去。临走时对苗雨说，下步他要去公安为世勇讨个公道，希望苗雨能如实向警方提供情况。苗雨当即表示，只要能为世勇开脱，做什么她都愿意。

大街上华灯初亮，人车川流，世宗、卢花、肖菡怀着满腹惆怅离开了四合院，搭上公交车，急匆匆就往华克大学赶。三个人在学校食堂一起用过晚餐，随后到校园内的小湖旁，边散步边商量如何向公安诉明案子的真相，想法让世勇尽快出狱。睡觉的时候，肖菡回了家，腾出女生宿舍的床铺让卢花住。

几天之后，二叔匡大地再次把电话打到了学校门岗。急巴巴地问世宗："大侄子，你怎么一直不回电话？找到世勇没有？"

听着二叔的大呼小叫，世宗的脑子里早已乱成了一团麻。他不知道该怎么向二叔汇报世勇的情况，说自己学习紧，没顾上去找？二叔显然不会相信；说去找了，没找见？这样说二叔会更不放心；照实里说更不行，那样不仅二叔二婶承受不住，全家人都会被急坏的。紧要关头，世宗只好编瞎话来搪塞二叔。

在随后的一段时间里，匡世宗带着卢花、肖菡，以及可以为世勇作证的苗雨，隔三岔五就要去北京市皇家坎公安分局为世勇诉理求情。当着局长李杰的面，匡世宗像个辩护律师一样据理力争。苗雨讲着一口老家的方言，边说边哭，把案子的罪过全都推到了丈夫葛喜来的身上，想方设法为世勇开脱。关键时候苗雨敢于仗义执言，让世宗和肖菡甚为感激。卢花却觉得怪怪的，她不为自己的丈夫辩护，却极力为世勇开脱，这让她感到有点反常。她甚至怀疑，这个跟世勇年纪差不多的小女人，会不会偷偷爱上了世勇？考虑到打官司目前还离不开她，卢花只好忍气吞声。按照常理，向李杰局长讲一讲匡世勇革命烈士家庭背景，对案子或许会有帮助，但世宗没好意思讲出口。肖菡倒没想那么多，上来就把世宗世勇的家世全都给抖搂出来了。李杰一听，还真的为世勇的不幸大发了一阵感慨。说，他会认真考虑世宗的诉求，请他相信法律的公正，耐心等待处理结果。

一个月之后，法院的判决就下来了：主犯葛喜来获刑三年，从犯匡世勇获刑六个月。

案子判了之后，家人就可以探监了。这天，匡世宗和卢花掂着慰问品，正在监狱会见室等候，就见匡世勇在两个狱警的看押下走进来了。他穿着一身肥大并带有特殊标记的囚服，手脚没戴刑具，两条胳膊软软地垂着，迈着像抽了筋一样的两条腿，少气无力地跨进了会见室。他站在屋地上，被剃光了的脑袋泛着青灰，像只冬瓜一样在胸前耷拉着。狱警铁青着脸，讲了几句会见纪律，转身就离开了。

匡世勇梗着脖子，羞愧中透着恼怒，倔强中伴有不服输的傲慢，见了世宗和卢花，睬都不睬一下。面对此情此景，卢花忍不住失声痛哭，扑上去抱住世勇，边哭边用前额撞击他的胸膛，将憋闷在心里的怨恨，一股脑儿地向他倾诉："世勇哥，你真的好狠心啊！你怎么就不问问俺是咋想的，抛下俺就偷跑出来了。俺爸他不讲理，可俺的心从来没有动摇过，俺千里迢迢来京找你，就是想当面向你表达一下俺的心愿，俺爹怎么想怎么做俺不管，俺有俺的主意，俺的主意就是继续做你匡世勇的媳妇，希望你能体谅一下俺的心情……"卢花的话让匡世勇一下明白了当初退婚的真相，几个月来淤积在心里的恼恨，顿时化作阵阵懊悔。他眼中闪烁着惭愧的泪花，先说了句"对不起，"然后口气一转，说："忘了我吧，我已经不值得你爱了，以后就不要再来看我了。"说罢将脸扭在一旁，偷偷地抹了一把泪。

卢花像掉进冰窟一样寒心，她激烈地拍打着他的胸膛，痛苦地嚷道："我不嫌，我不怕，只要你还活着，我会一直等你。"匡世勇看着卢花令人痛心的哭相，犹豫了片刻，轻轻地摇了摇冬瓜头，再次表示拒绝。

匡世宗劝开卢花，拉世勇坐下，将他离家出走这段时间卢花所受的情思之苦一一说给他听，劝他不要伤了卢花的心。匡世勇羞愧难当地说："哥，不是我有意伤她，让她嫁给一个罪犯，一辈子在人前抬不起头，这不是坑她吗！"世宗力劝道："什么罪犯不罪犯，卢花可从来没这么认为，她是铁了心地爱你。"世勇显然是被感动了，从他充满彷徨的眼神里，已经显露出他内心的矛盾和纠结，然而直到最后，他也没能给卢花道出一个明白的应诺。世宗理解他此时的心情，退婚的阴影未散，接着又锒铛入狱，这对于一个初出茅庐涉世不深的年轻人来说着实是个不小的打击，现在让他顺顺当当地接受卢花的爱，显然还不是时候。他现在最需要的是理解，是关怀，是鼓励，而不是一味地埋怨、责备和追逼。相信经过一段时间的交流和磨合，他们的感情还是会和好如初的。想到这里，匡世宗劝了卢花几句，让她冷静一下，不要再逼着世勇表态了。

在讲到家人对世勇的挂念时，世宗希望他能给家里打个电话，如实说明目前的处境，好让家人有个心理准备。一说打电话，匡世勇像火燎腚一样急慌慌地予以制止，说："千万不可以，不仅我不能打电话，你们两个也要为我保密，我不想让家人知道我的丑事，我丢不起那个人。哥，卢花，只当我求你们了，千万不要把我的事说出去，好吗？"世宗卢花见他如此顾及自己的面子，就答应为他保密。匡世宗语重心长地说："兄弟，不知者不为过，受人之骗，懵懂中做点错事，也没什么大不了的，吃一堑长一智嘛。你如果想干事，出狱之后可以从头再来，哥不是在北京嘛，有哥帮你，你一定会重新干出个样子来的。"也许这句话道出了世勇的真实想法，冷漠的情绪顿时就激动了，上前跟世宗卢花合抱在一起，含着泪说："哥说的不错，我会重新站起来的！"

　　会见时间已到，从门外走进来两个狱警，连声催促他们离开。临别时世宗再次叮嘱世勇："好兄弟，争口气，回头我们再来看你。"

　　今天能与世勇见上面，卢花心里已经感受到了莫大的慰藉。尽管不比花前月下，也少了往日的喁喁私语和亲密的肢体缠绵，尽管会见的场景令人沮丧、令人尴尬、令人痛心，但能把想说的话当着他的面说出来，把想表达的心意表达出来，这已经让她感到了某种满足。对于世勇一再拒绝恢复他俩的婚事，卢花并未因此而灰心。她是这样想的，别看世勇嘴冷，其实他的心还在爱着她，说拒绝只是他违心的话。也许他对退婚的事依然怨恨未消，也许觉得我的爱是一种施舍、一种怜悯、一种假惺惺的表演，也许他在暗示，你不是爱我吗？真爱就等着我，等我重新站起来，然后我才能接受你的爱。他就是这么个人，脾气倔上来像头驴，摔一次跟头就觉得颜面丢尽、自惭形秽，没资格再谈情说爱了。相信过段时间冷静下来以后，他一定会回心转意的。

　　接下来的日子，卢花天天都来监狱探望世勇，有时狱警让见，有时不让见，不让见她就在门外等，在门外哭，从早等到晚，从早哭到晚，像个乞丐一样在监狱门外缠着不走。卢花的真情把狱警都感动了，他们送来水让她喝，送来饭让她吃，并帮着给世勇捎话，帮着疏导世勇的思想，时间一天天过去了，但世勇始终不为所动。匡世宗不忍心卢花受此熬煎，劝她回老家住上几个月，平静一下心情，等到世勇出狱后再过来见面，也许到了那个时候，不用劝，世勇自己就想明白了。卢花不听世宗的劝告，说，男人坐着监，自己却回老家躲清闲，她于心不忍。一天，她突然说出一个令世宗始料未及的想法，说她不想回老家了，要留在北京，为别人做保姆。匡世宗觉得这倒是个不错的主意，就没有再强劝她回去。过没几天，匡世宗靠家在北京的几个同学的帮助，很快就给卢花找到了一个用保姆的人家。

家庭男主人叫干支栋，三十五六岁，年纪不大就谢了顶。为的装潢门面，只得借用鬓角上的几缕稀薄的发丝，披在白光闪亮的头皮上。大学毕业以后，干支栋曾在一家国营汽车制造厂当技工，后来下了海，辞去了公职，借着改革的机会，自己开了一家私营汽车配件加工厂。老婆白烨在银行当职员。九岁的女儿干小敏正在上小学。依照主人要求，卢花上班以后就在主人家吃住，除了干好洗衣做饭、拖地抹桌子这些家务，每天她还要骑自行车接送干小敏上下学。白天忙碌一天，晚上她还主动帮干小敏补习功课、教唱儿歌、学跳少儿舞蹈。有着高中文化、并且心灵手巧、能歌善舞的卢花，当保姆时间不长，很快就博得了家主人的信任和喜欢。

从卢花的嘴里，干支栋两口子听到了匡世勇的不幸，并且为卢花对爱情的执着而感动。干支栋仗义地对她说，别生气，妹子，耐心等，好事多磨，有情人终成眷属。如果世勇愿意，出来之后可以到我的公司来上班。干支栋的真诚厚道，让卢花感激不已。

对着世宗，卢花常提起干支栋，说他为人厚道，慷慨仗义，有胆有识，思维超前，能吃苦，勇于创业。还说，当人们的思想还在左右摇摆、犹豫观望、对形势捉摸不定的时候，他却不顾风险，破釜沉舟，丢掉铁饭碗，成为北京市第一批个体私营企业的弄潮儿，而且干得有声有色。听着卢花绘声绘色的夸赞，匡世宗忍不住就想去结识结识这位天不怕地不怕的私营企业主干支栋。在卢花的引见下，匡世宗亲自登门，见到了干支栋。一说到他跟卢花的关系，又说是华克大学的高才生，干支栋喜出望外，拉开桌子，摆上酒肉，像招待老朋友一样就跟匡世宗喝起来了。两个人推杯换盏，边喝边谈。干支栋从自己下海办厂，谈到他未来的宏图大愿；从当前的新形势，谈到改革开放的大趋势；从南方个体私营经济的蓬勃兴起，谈到北方发展滞后的种种原因，彼此谈得甚是投机。匡世宗学的是经济专业，研究的是市场经济，干支栋的高谈阔论，让他眼界大开，受益匪浅。自此之后，一有机会两个人就会聚在一起，渐渐就成为了好朋友。

苦苦等了几个月，终于盼来了匡世勇被刑满释放的这一天。这天，匡世宗租了一辆苏联进口拉达牌小轿车，拉着卢花肖菡，一大早就来到皇家坎监狱门口，迎接匡世勇出狱。他们问狱警什么时候放人，狱警以疑惑的眼神看着他们说，匡世勇昨天就出狱了，你们不知道？他是被一个叫苗雨的女人给接走的。三个人大感意外，就问，不是说今天出狱吗，怎么提前了呢？狱警解释说，昨日苗雨在监狱哭闹了一下午，说她丈夫的公司取缔以后，被解散的员工这几天经常成群结队来家里讨要所欠的工钱，并且说如果不给工钱，就到市里集体上访。她说她一个女人家，根本不清楚公司里的事，必须由匡世勇帮她去处理。局领导考虑再三，最后还是答应了苗雨的请求，提前就把匡世勇释放了。提前出狱本就是件好事，没必要跟狱警再纠缠下去。三个人客气了几句，离开监狱，估摸世勇在苗雨家，就直接去了燕春胡同。有位守家的老太太告诉他们，苗雨因为付不起房租，几天前就把房子退了，搬哪去了不清楚。

世宗以为，迟上几天，世勇帮助苗雨料理完家里的事，肯定会来学校找他，或者会打个电话让他宽心的。结果等来等去，半个月过去了，世勇却如石沉大海一样音信全无。匡世宗生气地对卢花和肖菡说："看到了吧，这就是我的兄弟，做事从不按规矩出牌。"卢花忧心地对肖菡说："姐，你我都是女人，女人看女人应当比男人看女人更敏感、更细微。我恍惚觉着，苗雨那小女人，好像不是个什么好鸟！我怀疑世勇是被她勾引跑了，你有没有同感？"肖菡笑了笑，说："不会不会，别胡思乱想，世勇不会轻易上她的当。"在匡世宗的安排下，三个人分头行动，展开了一场旷日持久的全城大搜救。

8

　　葛喜来入狱，毁掉了苗雨所有的寄托跟希望。她想过回山西老家，老老实实待在家里，做个农民，再也不想去城里享受什么荣华富贵了。然而，当她一想到老家的黄土高坡，想到东西南北风卷着黄土沙尘没日没夜地刮，想到牵着毛驴驮着水桶沿着山间小道到十里之外的河滩里拉水吃，她的主意马上就动摇了。如此一个丧家犬似的回家，她觉得没法见爹娘，宁可要饭，她也要留在北京。自从家里被抄，手里的钱已所剩无几，沉重的房租让她不得不退掉那座仅仅住了一年多的舒适小院。她没有生过孩子，也没有亲戚跟在身边，不管干点啥，自己养活自己应该不成问题。家里已没有什么值钱的东西，她只拿了一条被子，一些日常所需的零碎用品，便含着眼泪离开了这座曾经令她引以为豪的宅院。大街上人头熙攘，却没有一个她所熟悉的，更没有一个可怜她的人为她安排一处容身之地。想到葛喜来在的日子，想到往日前呼后拥富足一时的奢华生活，她忍不住潸然泪下。她先是找了一座烂尾楼，没住几天，就被人驱赶出来了。后来她又来到棚户区，觅到一处拆迁拆了半截、仅剩下一间张牙舞爪、岌岌可危的破平房，就凑合着住进去了。白天她在附近的小饭馆给人打工，端盘子洗碗，勉强维持自己的生活。晚上一个人守在被拆去了门窗、四处透风的房子里，像个孤魂野鬼，像个穷困潦倒的乞丐，更像一只流浪狗，惊怵不安地度过一个个漫长的夜晚。困境中她想到了暗恋已久的匡世勇，此时如果有世勇陪在身边，她也不会有这般孤寂和没落。再有几个月世勇就可以出狱了，他说过，出狱之后他将留在北京继续打拼，不混出个人样来誓不为人。到时候，能跟着世勇一起干，自己的境况肯定要比现在好得多。世勇毕竟是个男人，而且是个有主见有理想的男人。他们两口子对匡世勇有知遇之恩，相信他不会忘恩负义对她不管不顾。至于三年之后的情景，苗雨连想都不敢想，一想起来就如噩梦缠身。到了那个时候，葛喜来已经是个将近五十岁的半大老头子了，继续跟这样一个倾家荡产身无分文的刑满释放犯当老婆，除了丢人败兴、吃苦受罪，对他已经没有什么好图的了。想到这些，苗雨突然生出一个异想天开的想法——她要缠住世勇，用真情来感化他，了却同葛喜来不到两年的短暂姻缘，改嫁给匡世勇做老婆。她跟他年龄般配，有感情基础，又同为落难之人，假如能走到一起，应该是一个既现实又理想的归宿。要实现这一打算，苗雨首先想到了世勇的前女友卢花。卢花虽说已经跟世勇退婚，但他们的感情并没有完全破裂，破镜重圆的可能并不是没有。论相貌论感情论文化，她觉得自己一点儿都不比卢花差，差就差在自己是个已婚嫁过的人，而卢花还是个黄花大闺女。他俩是同乡，身边又有多嘴多舌的匡世宗和肖菡为他们促合，想把他们分开，恐怕不是自己所想象的那么容易。她觉得最好的办法就是不让他们两个见面，阻断他们旧情复燃的机会。正是出于这样一个目的，苗雨才向警方编了个"百人堵门要账"的理由，头一天就把他从狱中给接走了。

"嫂子，你准备领我去哪？"

"到咱家啊！"

"哪个家，燕春胡同？"

"不是，那里的房子早已经退掉了，房租太高，住不起啊。退了房之后，我像个难民一样四处颠沛流离，后来在棚户区找到一间没人住的老房子，你不在的这段时间，我一直住在那里，虽说简陋，但总比没房住要好。"

走到街口，世勇不走了，一屁股蹲在地上，心事重重地望着街上的行人，低声咕哝了一句："嫂子，我想去华克大学，见见我哥，顺便也问问卢花还在不在北京。"

"以后机会多得是，干吗非现在去？"苗雨蹲在世勇的身边，急慌慌地劝道，"就你现在这个样子，你哥和卢花见了一准将你训斥一顿，蹲监狱本来就够倒霉的了，出来之后再受别人的奚落，吃别人的白眼，听别人的冷嘲热讽，你受得了吗？受不了咋办？吵？翻脸？闹掰？与其说那样，倒不如现在就跟我走，到家先洗洗澡，换身衣裳，我给你做点好吃的，调整一下心情，然后咱们商量商量今后的出路，选择一项挣钱的营生，等你过得像个人样的时候再去见他们，难倒不好吗？"

"也，也好，就听你的。"

苗雨心怀叵测，巧舌如簧，极力挑唆引诱。匡世勇羞于见人的心理恰恰被她抓住，心一横，稀里糊涂便跟着苗雨走了。他大概不知道，匡世宗、卢花、肖菡三个人这会儿正心急火燎地满大街找他。棚户区地处偏僻，便于隐蔽，能把匡世勇藏在这里，苗雨有种如愿以偿的安慰和踏实。她把水准备好，让世勇洗着，自己掮上个袋子就去了大街，准备买些酒食，回来为他压惊。

世宗世勇嘴说是兄弟，但毕竟没有血缘，无论长相还是脾气性格，两个人都有着明显的差异。匡世勇个头敦实，四肢粗短，肤色黝黑，汗毛发达，不像世宗那样高大帅气。他的脑袋长得有点与众不同，眉额前凸，人称门楼头，圆鼓鼓地像扣着一只黑砂锅，好像专门是为了给藏在眉额下面的一双又大又圆的豹子眼遮风挡雨似的。虽然他的形象有点丑陋，但他却颇有女人缘。前边有卢花，后边有苗雨，争着抢着爱他。以她们两个的话说，别小看世勇的门楼头，里边可装着一兜子智慧呢。人虽然偃点，但他很有主见；皮肤虽然黑点，但他很仗义。与男人打交道，他准够朋友，与女人打交道，他准够大丈夫。哪个女人要是跟了他，准有安全感。

从头到脚擦洗了一遍，犹如抖去了浑身的枷锁，让他感到无比的轻松。他独自站在旧房拆迁留下的一堆瓦砾上，望着远处的高楼大厦，望着棚户区里的袅袅炊烟，望着天上自由飞翔的灰色白色黑色的鸽子和一群群嗡来趸去的麻雀，刚刚走出高墙大院的他，突然觉得自己真的自由了。他伸出双臂，望着蓝天白云，忍不住大声呼道："自由了——我自由了——"

一个小时以后，苗雨掂着一兜子东西从外面回来了。匡世勇赶忙跑上前去，从她手里接过袋子，说："谢谢嫂子这般破费，手里的钱不多了吧？以后要省着点花。""钱多钱少也不在乎这一顿，大喜的日子，应该祝贺祝贺。"苗雨喜眉笑眼地一边应和，一边拿出刚从街上买来的一身新衣服，说："赶紧换上，刚买的，驱驱狱中的晦气。"

屋地上有块半截水泥预制板，苗雨拿过一把笤帚，扫了扫预制板上的尘土草屑，对世勇说："把酒菜摆上去，就拿它当桌子吧。"世勇说："不比从前了，凑合着点吧。"边说边将盛满肉食的几个一次性饭盒、一瓶北京二锅头、两个白瓷碗、两双木筷子放在预制板上，像在酒店里摆席坐大桌一样，摆得整整齐齐、像模像样的。随后又从屋外搬来几块旧砖，一边放上一摞，当凳子坐。世勇打开酒，一人倒了半碗，而后便站起来，对苗雨说："嫂子，世勇不成器，事没多干，倒给你和葛总惹下不少麻烦，你们对我的好，今生今世我也报答不完。"说毕，冲着苗雨毕恭毕敬地鞠了一躬，接着又是一躬，说是鞠给身在狱中的葛喜来的。"千万使不得，快别这样。"苗雨赶忙阻止，"葛喜来把你害成这样，你还老念着他，你可真够义气的。""滴水之恩当涌泉相报，不是他当初把我收下，说不定到现在我还在大街流浪呢。"匡世勇念念不忘葛喜来的旧恩，接着说，"我倒不认为他是有意害我，跟我一样，他也是个来城里闯荡的农民，加上没文化，他哪懂得什么叫走私？""不说了，不说了，咱们喝酒。"苗雨端起盛好酒的两只碗，递给世勇一只，亲热地说，"来，为祝贺你重新获得自由，为我们两个落难之人再次团聚，干杯！"两只碗当地一碰，脸一仰，脖子一抻，像小鸡喝水一样都喝干了。

匡世勇一边倒酒，一边关心地询问："嫂子，下步你有什么打算？是继续留在北京，还是想回老家？"

苗雨翻了世勇一眼，说："想回去早就回去了，还用等到现在？我苦苦等你半年，为的就是跟着你留在北京继续干。"

"留下好，留下咱们一起干，来，为了我们合作愉快，干！"

第二碗酒又干了。

"嫂子，你酒量可以呀。"

"见了你高兴，谈不上什么酒量。"

匡世勇看着苗雨已经透出红润的白脸蛋，问："嫂子，去看望过葛总吗？他如今怎么样？"

"只顾看你了，哪顾得上看他。"

"为啥？"

苗雨垂下头，脸红得跟石榴花似的，没有作答。

匡世勇以为苗雨仍然在为丈夫的不幸而痛苦，便安慰说："嫂子，别不高兴，想开点，三年转眼就过去了，到时候葛总一出来，我就把你毫发无损地交还给他，让你们重新团圆。"

"谢谢你这么重情重义。"苗雨淡淡地应了一句。

"应该的，人敬我一尺，我敬人一丈；今日受人一把米，明日还人十斗粟。做人要有良心，不能忘本。"匡世勇拍着胸脯，情绪激昂，情真意切，"嫂子，我觉着，葛总现在最不放心的就是你，你应该去看看他，让他知道你还记着他，还在等他，你一去，就是对他的最好安慰。这样吧，以后咱俩一起，每个礼拜去看他一趟，好不好？"

苗雨凝着脸，对世勇的话无动于衷。她故意岔开话题，说："以后就不要嫂子嫂子地叫了，听着心里怪别扭。往后你我就兄妹相称，我叫你哥，你叫我妹子，或者叫我苗雨、小苗、雨儿，都行，这样才显得亲切。"

"不行不行，你是葛总的夫人，叫嫂子天经地义，哪能随便改口。"世勇说。

"你觉得我俩像夫妻吗？像父女还差不多。"苗雨说。

"你是不是后悔了？"

"有点。"

"有新目标了？"

"嗯……"

"谁呀？"

"你。"

"胡说！喝多了吧？"

"我说的是心里话。"

"你是葛总的夫人，乘人之危，夺人之妻，你要陷我于不仁不义啊？"

"我不管，你可以不答应，但我是铁了心的。"

"行了行了！喝酒喝酒！嫂子，你可真会开玩笑。"

苗雨是认真的，而世勇却认为她在说醉话。

几天之后，两个人在街上租下一间门店，干起了销售"天丽牌"奶茶的营生。多亏房主心善，租金先欠着，答应延到一年头上再补交。新进的商品也是从厂家赊来的，售完一批交一批钱，一批滚着一批往前走。据市面上的人对他们说，"天丽牌"奶茶是市内一家中日合资企业"天丽饮品公司"生产的产品，其口味新潮，营养丰富，老少皆宜。一些人还神乎其神地说该产品具有抗衰老、预防骨质疏松、增强身体免疫力等诸多功效，目前在北京市场可谓是风靡一时，老的少的男的女的都争着喝，居家、外出、朋友相聚，谁如果不喝上一杯天丽牌奶茶，准会被人讥嘲为消费观念落伍、土老帽。正是由于有这样好的市场行情，经过几天考察，他们才决定开这样一家小店。"天丽小店"的牌子朝门脸上一挂，选了个吉利日子，放了一挂鞭，他们就开始营业了。他们少进快销，加快周转，将上一次的盈利转为下一次进货的本金，一个月不到，营销额就翻了两番。

生活上他们过得十分节俭，别说吃肉，就连口青菜都舍不得吃，一天下来就煮碗干面条，熬碗小米粥、玉米糊，外加一碟老咸菜就打发了。吃饭上可以凑合，夜里睡觉可就不好办了，房就这么一间，以前住的那间破平房早已拆除，一对孤男寡女，住一起不合适，不住一起又没有别的去处，这可把世勇愁坏了。想不出别的办法，匡世勇只好让苗雨在店内住，自己搬着铺盖卷到街上胡乱找地方凑合。没过几天，苗雨不干了，说自己单独住店里害怕，夜里光做噩梦，非要世勇回来跟她做伴。世勇虽再三拒绝，却架不住苗雨的死缠活赖，便依了她。除去货架柜台，空下的屋地就只能摆下两个地铺，两铺之间就一尺相隔，夜里躺下，肢体磕碰在所难免，好在睡觉时都穿着衣服，也少了肌肤上的相互刺激。

躺在身旁的苗雨，像一炉火似的烤得匡世勇天天都难以入睡。他试图让自己静下来，只当身边没有这个女人，可他又抵御不住异性对他的巨大诱惑。他担心自己失控，做出对不起葛总的事来，便从铺上爬起，说他不习惯，睡不着，还是到外头住为好。说着就往起卷被子。

苗雨好不容易才把世勇弄到一块来住，如何能轻易让他离开。她一骨碌滚到世勇的铺上，抱住世勇的腿腕子，身子在被子上压着，哼哼唧唧，嗲里嗲气，说啥都不让走。"我怕，夜里有鬼，有小偷，有地痞流氓，你就不怕我被他们欺负被他们绑架走？你走我也走，你去哪儿我去哪儿，我离不开你。"苗雨死乞白赖。

在世勇的心目中，苗雨就是位高不可攀的贵妇人，他的年龄虽然比她大一岁，但他却十分敬重她，张口必称夫人、嫂子，从未直呼过她的名字。如今这位年轻漂亮的老板娘，冷不丁地做出这样的举动，这让他感到既无奈又诚惶诚恐。"嫂子，快放开，不要这样，我不走就是了。"他不得不再一次做出妥协。

受过男人滋润的苗雨，本以为今夜可以依偎在这位心仪已久的小男人的怀里，纾解一下长时间的寂寥，没想到世勇的反应却像冰霜一样冷漠。苗雨以为他是个没有开荤的小男人，他的羞怯和故作一本正经的样子，让她感到更加可亲可爱。"哥，现在的你我，已不是昨天的你我，我已不是你的嫂子，更不堪为你的老板娘，你也不是我的雇员，更不是我随意支使的奴仆，以后咱俩就是一根藤上的瓜，一棵树上的鸟，一汪池水里的鱼，一条船上的伴侣，一块云彩上的雨滴，你是哥，我是妹，妹疼哥，哥疼妹，哥哥受苦妹流泪，你我好比鸳鸯鸟，比翼双飞永相随。""又来了，又来了，你满嘴胡说些什么呀！"世勇怒嗔道。

一天深夜，世勇在外面跟几位朋友喝了一场酒，喝得有点多，走路都有点东倒西歪了。回到天丽小店，他掏出身上的钥匙，轻轻打开门和灯，往地铺上一看，一道白光如雷鸣电闪，将他的两眼刺激得金花乱迸，不由得向后倒退一步。他赶紧把门关上，揉了揉酒意惺忪的眼，再向地上观看时，原来是苗雨，雪人一样赤条条地仰卧在地铺上熟睡。两只鼓囊囊的奶子，像两个小太阳一样放射出夺目的光彩。他的心跳骤然加速了，喉咙里仿佛被一块烫嘴的红薯堵着，紧张得气都喘不过来了。他惊愕地张着嘴，喷着雾一样的酒气，两眼冒着红光，眼球像钉在苗雨身上一样傻愣愣地看着发呆。如此透彻透亮地观摩一个裸体女人，他还是第一次。即便是前女友卢花，他也没有这般敞亮，这般淋漓尽致地看过她身上的任何一个零件。青春期的萌动，让他对女人有过各种魔幻般的猜想，就像人类猜想宇宙空间一样，女人身上的一个毛孔、一个肚脐眼、一块肥囊囊的肉，都让他感到无限的神秘而想入非非。此时此刻，装在肚子里的半斤"二锅头"好像变成了一群蜈蚣、一堆蚂蚁、一帮蚯蚓在他的血管里摩挲、攀爬，搞得他周身刺痒，四肢抖索，下身鼓胀，只想俯下身，在那两只小太阳上温馨地亲上一口。就在他难以克制自己的冲动时，街上突然传来一个男人的呻唤声，低沉的声音犹如远方响起的闷雷，呼呼隆隆敲打着他的心，瞬间把趴在他身上的一堆堆蜈蚣、蚂蚁、蚯蚓全都给惊吓跑了。恍惚中他觉得是葛总在皇家坎狱中发出的呻唤，他在告诉他：要好好保护好苗雨，她是你的嫂子……这声音宛若一缕清凉的风，一盆冰凉的水，从门缝塞塞窜窜地吹进来，驱散了他的醉意，吹醒了他混沌紊乱的头脑。他深吸了两口气，定了定神，弯下腰，拉过苗雨身边的被子，为她轻轻盖上。然后和衣躺在自己的铺上，头一挨枕头，便呼噜呼噜地睡着了。

苗雨其实在装睡，她精心设下的"裸肉记"，本想诱世勇上钩，没想到又一次失算了。她控制不住自己的火一样的欲望，撩开被子，悄悄跳到世勇的铺上，身贴身地将他抱住，嗅着他身上迷人的酒气和汗味，摩挲着他结实的、沁满微汗的胸脯，在自我编织的幻觉中陶醉了。据说，人在睡觉的时候，由于受身边环境的刺激，脑子里往往会产生某种似是而非的梦幻。身子受凉的时候会梦见在冰凉的河水里洗澡，点着灯睡觉的时候会梦见失火，饿着肚子睡觉会梦见吃上了美味佳肴。大概是由于苗雨的温存和缠磨，匡世勇也开始做梦了，梦见自己和卢花在一起，在老家打麦场的麦垛里厮磨缠绵。他像一条笨拙的蟒蛇，翻过身，脸朝着苗雨，伸出一只胳膊，哼哼唧唧地将她抱住，吧嗒吧嗒嘴，咕哝道："花儿……花儿，都是我不好……不要离开我……我对天发誓……我……"断断续续的呓语，让苗雨的一颗热烘烘的心一下子变得冰凉冰凉的了。她绝望地推开世勇搭在她身上的胳膊，退回到自己的铺上，对卢花的嫉妒、怨恨、复仇的心理，如干柴烈火一样骤然升腾起来了。

苗雨像块粘糕一样没日没夜地缠着世勇，想甩甩不掉，想躲躲不开，说重了她哭，说轻了她不听。世勇心想，再这样下去，久而久之，非做了她的俘虏不可。这天，小店房山头的一条夹道引起了世勇的兴趣。夹道宽一米，深丈余，临街的口敞着，底部是一堵墙。他钻进夹道，仔细打量了一番，心想如果将夹道改造成一个小屋子，晚上住这里也蛮不错。这样既可以躲开苗雨的纠缠，又可以让她不感到孤独害怕，岂不是一举两得？说干就干，他从建筑工地上找来一些废木料和旧油毡，买了几条塑料绳和一包铁钉子，偎住夹道后墙，先把屋顶搭好，然后又钉了一扇栅栏门，为防风雨又在栅栏门的花格子木框上罩了一层油毡。仅用了一天工夫，一处可以遮风挡雨的小屋就搭建成功了。他把夹道内的杂草、碎砖、狗屎、人尿清理干净，铺上草垫子，抻开被卷，当天夜里人就住进去了。苗雨明知世勇有意在躲避自己，却也没去硬加阻拦，因为她知道，劝也没用，只好随他便。

一年之后，他们如愿以偿地挣了一把。不安于现状的匡世勇，早已将目标从市郊瞄向了市内，打算在市内繁华的大街上租一间像样的门店，开一家天丽牌奶茶超市。匡世勇未雨绸缪，旧的门店还未到期，他便在市内提前物色并租下了一座小楼。小楼一层四间、上下八间。一楼开店，二楼生活住宿。等原来的小店租期一到，他们便交清租金，退了房，兴高采烈地搬到闹市区了。

在市区做生意，景况要比郊外好得多。这里不仅人多、顾客多，而且消费意识超前，消费水平也比郊外高出一大截。新超市一个月的收入，差不多相当于郊外小店收入的七八倍。晚上关门盘点的时候，两个人大把大把地数着票子，兴奋得整夜整夜睡不着。

除了经营上的差异，市内人的穿衣打扮、生活方式与郊外人相比差异也是显而易见的。他们穿着讲究，仪表端庄，举止优雅，飘逸洒脱，无论男人女士，个个都显得那么的绅士和温文尔雅。相比之下，匡世勇觉得自己太土，不像超市大经理的样子。土老帽会被人瞧不起，不利于经营也妨碍与人交往。于是，搬到市内时间不长，他便毫不犹豫地扔掉了从家里穿来的粗布衣，从头到脚换上了一色名牌。原来一两个月都顾不上理一次发，现在他五天一整形，十天一烫染，小分头梳得油光闪亮。他新雇了三名店员，其中一个叫云遮月的男孩和一个叫米采儿的女孩做门店营销员，帮着苗雨料理店内业务；另外一个叫骆荻的女孩，是世勇特意招聘来的随身女秘书。她是位新毕业的大学生，年纪比世勇稍大，二十三四岁，要人有人，要才有才，才貌双全，行事稳重。匡世勇跟葛喜来当过秘书，深知秘书的重要，有一个好的秘书做参谋，胜过千军万马。他让一个漂亮的女大学生做秘书，还有另外一个意思就是为自己装潢门面，改变自己龌龊不堪的老土形象。他新买了一辆华沙牌客货两用小轿车，正好骆荻会开车，也省了再找司机。每次出门，世勇都会风度翩翩地坐在骆荻一旁，一会儿看看响个不住的"BB机"，一会儿拿着"大哥大"打电话打个不停，感觉有种从未体验过的大老板才具备的风光体面。志得意满的匡世勇，好像早已把曾经的阴影从脑海里抹去。

过去这一年多，他无时无刻不在想念着世宗和卢花。每当想起他们，他的心里就有一种难以言表的自责和悔恨。有时候他会跑到华克大学，躲在门口远远地向校园里偷窥，哪怕只看到世宗的一个背影，他的心里也会好受些。怎么不见卢花呢？是不是因为自己态度冷酷，觉得婚事无望，回老家去了呢？他胡乱地猜测着。

躲避了一年有余的匡世勇，终于有勇气来见自家哥匡世宗了。今天，他穿着一身西装革履，白色的衬衣、鲜艳的领带、笔挺的裤缝，衬得他格外的精神。小分头一丝不乱，分缝处仿佛拉着一条白线，泾渭分明地将头发分为两半。也不知道抹的是发胶，还是炒菜用的花生油，大概是抹多了，使左右分开的头发像扣着两块铁瓦，显得僵硬而结板。他坐在骆获身旁，催她把车开快点。当车开到华克大学门口时，他没有像从前那样站在门口偷窥，他摇下车窗，理直气壮地跟门卫打了声招呼，径直就开进了校园。

车在校园兜了个圈子，他从车内隔着玻璃望见了世宗。世宗身边还跟着一个女孩，两个人肩并肩，窃窃私语，悠然自得，亲密地漫步在校园内的小湖旁。"女孩是谁呢？"他不由得想到卢花，"是她吗？"仔细看时，又觉得不像，"是哥的女朋友？"他让骆获把车停好，跟着自己一块去见匡世宗。

人还没走到跟前，他就大声地呼喊起来："哥——，世宗哥——"

匡世宗扭过头，疑惑了半天也没有认出是谁。大概是因为匡世勇的这身行头迷惑住了世宗的眼睛。迟疑间人已跑到近前，匡世宗方才认出是世勇。他惊喜地喊了一声，"兄弟！真的是你吗？"几步跨上去，伸开双臂，便同世勇紧紧地拥抱在了一起。

"可算见到你了……兄弟，哥不是在做梦吧？"世宗的眼里噙着激动的泪花。

"都怨兄弟不好，老让你为我操心……"世勇哽咽道。

"别说了，只要你平安，比啥都好。"

世宗向他介绍肖菡。肖菡微笑着望着世勇说："认识认识，咱们见过面的。"说着伸出一只白嫩修长的美臂来跟世勇握手，世勇一只手握上去，一只手拍打着前额，恍然地说："想起来了，想起来了，你是肖菡，老政委肖军的孙女，几年前你去匡家峪的时候咱们见过面，瞧我这记性，真是笨死了。"

世勇转过脸，眉眼诡异地望着世宗，问："哥，是未来的嫂子吧？你好有眼光哩。"

世宗白了他一眼，"哪有的事，别胡说。"

肖菡恬静地笑了笑……

匡世勇问起卢花，问她还在不在北京。

世宗说:"卢花一直都在等你,眼下给人当保姆,"而后看了下骆获,问世勇:"这位是?……"

"哦,呵呵,哥,别误会,小骆,我的秘书。"

"呵!兄弟好生厉害,秘书都配上了?"

"只图工作方便,没,没别的。"匡世勇神气十足地说。

世宗提议,一块坐世勇的车,到干支栋家叫上卢花,一起到他的超市参观参观,完了晚上一起吃顿饭,庆祝一下兄弟相聚。

世勇、肖菡都表示赞同。

到了超市,三个人先跟呇雨以及店里的营销员云遮月、米采儿寒暄了几句,随后便在世勇的陪伴下,从一楼到二楼,边走边看,边问边谈,里里外外参观了一遍。看完超市天就黑了,三个人被世勇安排在就近一家酒店,围坐在一间宽敞别致的雅间里,就你谦我让地喝起酒来了。大家一边饮酒,一边畅叙彼此的思念之情,席间气氛欢乐而又甜蜜。造成兄弟分离的责任,匡世勇知道错在自己,所以一场酒下来,就只听他一遍又一遍地检讨认错赔不是了。世宗肖菡齐夸他能干,白手起家,一年不到就办起了大超市,真的不简单。听到大家的夸赞,匡世勇越发飘飘然起来了,他理了下油黑锃亮的小分头,夸夸其谈地讲述起自己的创业经过,自始至终透出一种很有成就感的神气。为了证明自己已今非昔比,他从腰间摘下"BB机",连同"大哥大"一起放在桌子上,向三个人炫耀起来。他说,这两件东西都是来自美国的洋玩意儿,名字叫移动手机,不用电话线,不用接电源,想在哪打在哪打,想在哪接在哪接,非常方便。方便是方便,但价格昂贵得很,两件下来要花两三万块,北京市目前也没有多少人买得起。随即他又介绍起两个洋玩意儿如何配套使用。说BB机一天二十四小时开机,大哥大一般不开。谁想与他联系,须先打BB机,上面有来电显示,一看就知道是谁打来的电话。不想回电话可以不理他,想回电话就把大哥大打开,依BB机上的来电显示拨通对方的号码就可以通话了。世勇说，他对这两个洋玩意儿好有一比，大哥大好比是首长，BB机好比是为首长值班的通信员，BB机一响，好比是通信员向首长报告有人找，首长愿意回电话就回电话，不愿意回电话就不用理他，可以减少许多不必要的电话干扰。世宗、肖菡都是第一次见到这洋玩意儿，拿在手里一边把玩一边赞叹，感觉非常的新奇。卢花无心赏玩世勇的大哥大，也不跟世勇搭讪，像个受屈的小媳妇一样低着头，没精打采地坐在那里玩弄衣角。匡世宗早已察觉到了卢花的心思，忙打断世勇的夸夸其谈，说："老弟，先不要谝摆你的洋玩意儿了，今天没对外人，你跟卢花的婚事，究竟打算怎么办？"匡世勇发了一会儿呆，看了看世宗和肖菡，然后把目光转到卢花身上，随即他就做出了一个出人意料的举动。他从桌子的一侧转到卢花跟前，像进庙拜神一样，整理了一下衣冠，规规矩矩地往地上一跪，郑重其事地向卢花求婚了。恳求道："花儿，本来我已经没有勇气再爱你了，是你一次一次地用真情打动了我，唤回了我爱你的勇气。今天算我正式向你求婚，好妹妹，嫁给我吧，我会一辈子对你好。"说着，从口袋拿出一个早已备好的紫色的戒指盒，打开盖，将盒子里的一只嵌着红宝石的金光灿灿的黄金戒指拿在手上，虔诚地对卢花说："这是我几个月前从北京的一家金店专门为你选购的，它一直带在我的身上，今天当着哥和肖菡的面，请允许我亲手把它戴在你的手上。"匡世勇突如其来的举动，让坐在一旁的世宗和肖菡惊喜不已，不由得为他鼓掌叫好。世宗鼓励道："老弟，这就对了，大丈夫就是要敢爱敢恨！"也许这样的求婚来得太迟了，因爱而生的怨愤积累得太多太多了，卢花因此没有马上接受世勇的求爱。她背转脸，伤心地抹着泪，嗔怨道："你起来吧，我承受不起！我的心早已经被你给磋磨碎了，眼泪也为你流干了，嗓子也为你哭哑了，脑子也为你气糊涂了。我不知道你是咋想的，狠心撇下亲人不见，却跟着那个狐狸精一起鬼混。如果你爱她，你就跟她走，我不拦着你！”看着满腹委屈的卢花，匡世勇移动双膝，跪行到卢花身旁，一面为她揩泪，一面赔不是，请求卢花原谅。看着他们爱恨交加生死离别的样子，世宗、肖菡齐声劝道：“卢花，世勇跪也跪了，错也认了，你就不要再不依不饶了。他不是说了嘛，他跟苗雨之间是清白的，你应当相信他才是。快，把手伸出来，让世勇给你戴上。”安慰了好一阵子，卢花才慢慢恢复了一点平静。几滴泪珠挂在她的腮边，如雨打莲花一般艳丽动人。饱含柔情的眼神，像电火花一样扑扑闪闪地在世勇的脸上点击着。她把一只白净的小手伸在世勇的脸前，让他把戒指给自己戴上。然后从凳子上站起来，双手将世勇扶起。世宗、肖菡一边鼓掌喝彩，一边起哄：“亲一个！亲一个！喝一个交杯酒！”卢花微笑着歪转头，两鬓含羞，双腮绯红。世勇不管不顾，伸出两手，捧住卢花的脸，像小鸡啄米一样，吧唧吧唧就亲起来了。两个人随后又端起杯，臂挽着臂，忸忸怩怩喝了交杯酒。世宗、肖菡看在眼里，喜在心上，欢呼着为他们祝福。

9

刚入校的时候——更准确地说应该是前年去匡家峪的时候——肖菡就一眼看中了匡世宗。叫一见钟情也好，叫单相思或者暗恋也好，反正从那个时候起，世宗烙在她心里的影子就再也抹不去了。说来也巧，就在她想世宗想得魂牵梦绕的时候，两个人却意外地走进了同一所大学。她觉得这是天意。

一年多的大学生活，让她进一步了解了世宗，也更加坚定了对世宗的爱。她觉得是时候了，该向世宗吐露自己的心声了，再晚了恐怕会错失良机。

恰好这两天学校过节放假，肖菡约上匡世宗，一起去了距京城一百多里以外的自然风景区——仙鸟谷野游去了。她想利用这个机会，向世宗谈谈自己的心事，看他做何反应。因为兄弟重逢，世勇和卢花又重归旧好，匡世宗的心情因此变得格外轻松，当肖菡约他出去玩，世宗没有犹豫，便欣然答应了。

风景区方圆百里，区内山岭起伏，河谷纵横，满山遍野的林木郁郁葱葱，遮天蔽日，如浩瀚的大海，碧波荡漾，一望无际。在数条河谷中，最富盛名的要算是仙鸟谷了。仙鸟谷因为鸟多而得名，因为鸟儿给这条河谷带来的美轮美奂的奇妙景观而扬名。

匡世宗和肖菡在女导游小曼的引领下，沿着河谷两侧绿荫下的人行道，跟在长龙般的人流中，一边观赏美景，一边听小曼的讲解。小曼看上去就十七八岁，体型瘦小，面容清新，穿着入时，举止麻利，讲起谷内景色，如数家珍一样侃侃而谈。河谷呈东西走向，不算太宽，南岸到北岸大约就一百多米。两岸绿树掩映，藤蔓缠绕，宛若两道绿色的防洪屏障。形态各异的奇山怪石，像点缀在绿荫屏障上的一块块奇珍异宝，将游客的兴致一波连着一波地推向高潮。谷底淌着溪流，时而湍急如奔，时而静默如镜。一些游人望水生渴，忍不住蹲在河边，掬上几口，顿觉心旷神怡。幽静的河谷是鸟儿们的天堂。导游小曼向他们介绍，这里栖息着一百多个种类、数万只鸟。比较名贵的有白鹭、丹顶鹤、绿孔雀、紫鹦鹉、红雉、黄鹂、白眉鹃、雉鸡、八哥、猩红雀、黑头雀、白头雀。不同品种的鸟类，生活习性差异很大。有的栖息在树上，有的隐居在石缝里，有的群居在山洞，有的在河滩的沙土上筑巢。有的喜欢吃昆虫，有的喜欢吃植物的种子或是树上的果子，少数也有以食动物的肉为生的。来这里的鸟儿都是自愿的，想来就来，想走就走，来去自由，没人强迫它们。河谷内有成群的鱼虾、树上有丰硕的果子，泥土里有源源不断的昆虫，可以让它们饱食终日，衣食无忧。凡是来这里的游人，进门前就受过保护鸟类的告诫，没人对鸟儿做出不礼貌的举动。人的亲善让鸟儿们更加肆无忌惮，觉得不必为受到人类的攻击而担心。鸟儿们像俏皮的孩子一样，随意地扒在人们的肩上、头上、手上，扑扇着色彩绚丽的翅膀，扭动着毛绒绒的脖子，瞪着圆溜溜的小眼睛，用它们温暖的小嘴在游人的头上手上啄吻几下，以表示它们对人类的友谊。

　　肖菡牵着世宗的手，像个跟屁虫似的一步都舍不得离开。导游小曼挤眉弄眼地说："不用问我就能猜到，你们两个都是在校的大学生，而且是一对恋人。"匡世宗赶忙否定："不对不对，我们是兄妹。"肖菡挽住世宗的胳膊，笑眯眯地问："曼导，你是根据什么说我们是恋人的？"小曼将她瘦削的脸蛋向上一扬，神气十足地说："做导游的见你们这样的人见多了，是兄妹是恋人一眼就能认出。"世宗轻蔑地笑了笑，说："你这个小曼，本来猜错了还吹大话，再次告诉你，我们真的不是恋人。"小曼瞪着眼，不服气地瞟瞟世宗又瞥瞥肖菡，问："肖姐你说，是我猜错了，还是匡大哥故意蒙我？"肖菡勉强一笑，笑得既不自然也不情愿，一语双关地说："这事你需要问他，决定权在他手里，他说是就是，他说不是就不是，我是想做恋人，人家不接受，我有什么办法。"小曼又要接嘴，匡世宗赶忙阻止，说："导游同志，闲话少叙，我问你，下面还有什么好看的？"小曼似乎觉出话说得有点多，忙抱歉不好意思。说，真正好看的还在后头，前方不远处有个景点叫"鹊桥会"，再往前还有"百鸟朝凤""孔雀开屏""鹦鹉学舌""千鸟布阵""仙鹤祝寿"等七八处景点，想要全部看完，没有两天时间是不够的。

说话间就到了"鹊桥会"。许多游客在这里驻足，等着看下一轮的表演。肖菡问导游，鹊桥会就是古代传说中的七月七牛郎织女喜相逢吧？小曼眼一翻，嘴一咧，做了个鬼脸，说，是的是的，非常有意思，正适合像你们这样的小情人的口味。肖菡微笑着点了点头。小曼疲惫地坐在一块石头上，让两个人随便找个地方观看，看完后回原地找她，她就不陪他们了。匡世宗应了一声，拉着肖菡就往人堆里钻，本来想找个方便观看的地方，结果都不合适。肖菡拽住世宗的胳膊，指着水里的一块石头说，站在那上面怎样？世宗瞄了瞄，见那石头位于河中间，前有头，后有尾，黑油吧唧的像卧在水中的一头半掩半裸的河马。"好，让我背你过去。"匡世宗挽起裤腿，鞋让肖菡掂着，搬起她赤裸着的两条白净而修长的大腿，起身就往水里迈。

"哥，小心脚底。"

"没事，哥从小就是在河里长大的，别说一道小溪，即便是长江黄河，哥也照样可以把你托过去。"

水虽说不深，但并不好走。大大小小的鹅卵石沉满河底，一

98

脚踩滑，便有摔倒的危险。世宗弓着腰，走两步就往起耸一耸肖菡的身子，小心翼翼、亦步亦趋地摸着石头过河。水渐渐漫过了他的膝盖，流势也由缓到急，石块和泥沙都在随水流而滚动，每挪动一步，脚下的泥沙很快就会被掏空，好像一群泥鳅在脚下挖穴打洞。鱼儿像海鸥一样成群结队地在水下追逐着他，时而啄他的脚丫子，时而啄他的小腿，感觉痒痒的。匡世宗像位熟练的水手，很快便将肖菡平安地背到了河马石的旁边。

"你别动，待我把你抱到石头上。"匡世宗一只手托着她的大腿，一只手抓住她的胳膊，身子慢慢向侧边一倾，肖菡便从背上稳稳地滑落到他的胸前。他双手将她托起，悠悠地放在河马石的背上。"站稳了，小心滑下来。"世宗关心地说，随即抬起一条腿跨在河马石上，纵身一跃，便跳了上去。河马石像头瘦驴一样拱着脊背，身上又光又滑。肖菡蹲在河马石上，看着滚滚的水流两腿直打哆嗦。世宗搀住她的胳膊，扶她站起。谁知不到几分钟时间，肖菡就喊眼晕、腿抖、天旋地转，呼叫世宗赶紧将她抱住。匡世宗让肖菡站在他的胸前，双臂揽住她的腰，告诉她，眼要往前看，不要低头看水，眼就不晕了。肖菡背靠在世宗的怀里，像只受惊吓的小鸟，娇声嗲气地说："哥，靠在你身上，感觉心里踏实多了。"

河谷的前方，有座钢丝桥横拉在半空。钢丝绳的两端固定在两岸的水泥墩子上。所谓的桥面，是由平行的、间距不到一尺的四道钢丝绳组成，上面没有铺木板，也没有别的什么防护设施，除非你会踩钢丝，否则是难以通过的。桥面的两侧，各有四道横着竖排起来的钢丝绳作为护栏。

停没多时，桥北端的水泥墩子上，一位打扮成老道模样的男人，双手挥舞着彩色旗帜，跳着轻盈的脚步，风车一样在平台上旋转。他穿着一件白色长袍，袍子的前襟后背画着各种仙鸟。他脚上蹬着一双鸟头白靴。他的头发、胡须全是白的，仿佛霜打雪染一样。他的头顶上绾着一个陀螺型发结，发结上卧着一只白头雀，说是一只假鸟，看着却跟真的一样活灵活现。他的眉毛又白又长，从眼角一直垂到颧骨上，像两只将要吐丝作茧的蚕虫。茂密的胡须宛若一团飞舞的棉絮上下翻滚。他自称是白眉鸟仙，天宫鸟神转世，能唤动天下所有的鸟儿听从他的指挥。白眉鸟仙在北桥头的平台上舞了一阵子，突然间腾起双腿，撒开袍袖，踩着光滑的钢丝绳，犹如一簇白色的云朵，向桥的南端飞去。在南桥头的平台上，继续耍起他刚才的舞姿。他将弯曲起来的食指放进嘴里，鼓起腮帮子，连声吹着口哨。口哨清脆悦耳，像悠扬的琴声在浩如烟海的林子的上空飘荡。三遍口哨吹过，就见四周的林子里，一阵接着一阵地发出扑棱棱唰啦啦的响声，鸟儿们听见号子声，睡觉的不敢再睡觉，觅食的不敢再觅食，像士兵听见出征号子一样，一齐向目的地集结。只片刻工夫，上千只各色各样的鸟儿就落满了钢丝桥，它们在一起嬉戏打逗，各自讲着不同的语言尽情地鸣啭，像朋友聚会一样兴高采烈、热闹非凡。所谓的"鹊桥"转眼便搭建成了，只不过不是传说中的喜鹊一种鸟。鹊桥架起后，装扮成牛郎和织女的两个男女演员，分别从南北两个平台上扑向桥的中央。他们脚下踩着钢丝，两臂平行展开，如履平地一般，一边舞着长袖，一边泪眼汪汪地呼叫着对方，倾诉着思念之情。十几分钟过后，牛郎织女终于在桥心会面。两个人先是拥抱悲泣，缠绵厮磨，后便牵起手在钢丝上旋转起舞，舞姿婆娑，丝带飞扬，如行云流水，动人肝肠。"绝，妙，钢丝上竟然能翩翩起舞，天下少见！"桥下的游人交相赞叹，掌声像刮风一样一阵接着一阵。

"哥，抱紧我，我头晕。"

"又怎么了？"

"你摸摸我的心，跳得很乱。"肖菡抓住搂在她腰间的世宗的手捂在她的胸脯上，"感觉乱吗？"

"是不是中暑了？"

"不。我是为这个神话故事而哀伤，看看他们，想想自己，倒觉得我还不如人家牛郎织女。虽然人家被强权分开，却爱情犹存，一年还能见上一面。而我呢，我想爱的人，人家却不爱我，想爱爱不上，不爱又难以罢手，比起牛郎织女来，我觉得，我的命运比他们还要悲惨。"

"鬼丫头，又挖苦我，小嘴比刀子还快！"

"这可是你自认的。"

鹊桥会表演完毕，拥在路上和河滩的人群便渐渐散去。一些人沿着河谷右边的甬道继续前行，一些人插进左边的甬道顺路返回。世宗将肖菡从河马石背到水边的滩地上，穿上鞋，叫上导游小曼，打算看下一个节目表演。这时天已过午，两个人在路旁的糕点车上买了面包、榨菜、火腿肠权作午饭，随着游人边吃边走。走了不到二十分钟，叽叽喳喳的鸟叫声便扑面而来。小曼说前面的景点就是"百鸟朝凤"，非常值得一看。她眉飞色舞地介绍着，世宗和肖菡的心情也随之起舞。景点转眼就来到了，只见两岸的树上，谷底的溪水里、河滩上，到处都落满了色彩艳丽的俊鸟。它们一个个粉墨登场，各显神通，放声高歌，宛若一场群星璀璨、气势恢宏的文艺大汇演。一群群的红头雀、黑头雀、白头雀在树的枝桠间蹦来跳去，它们的身材短小玲珑，叫声杂乱无章，听起来宛似大铁锅炒豆子崩出来的声音。林子下面的草丛中，一群雉鸡和火鸡杂乱在一起，雉鸡为自己一身漂亮的羽毛和长长的雉尾而趾高气扬，而火鸡个个都像褪了毛的白条鸡，裸露着疙疙瘩瘩的红里透紫的鸡皮，样子显得特别的丑陋。它们像参加歌咏比赛一样，扯着嗓子，张着又硬又尖的嘴，吱啦吱啦地叫着。黄鹂在枝头鸣啭，白鹭在空中呢喃，帅哥丹顶鹤站在浅水里，抻着细长的脖颈，像吹长筒子喇叭一样对天吼叫。河边的树荫下，有一片碧绿的水洼，洼旁有棵紫藤树，歪歪扭扭的枝干伸向洼的上方，倒映在洼中的影子，像蛇一样肆虐地蠕动着。水面上浮着一个乒乓球大小的彩色小球，一双双雌雄搭配的鸳鸯，围着那只彩色小球奋力地追逐着，争抢着，仿佛在表演一场水上球赛。看着一对对相亲相爱、配合默契的鸳鸯，肖菡忍不住又一次触景生情。"哥，瞧那鸳鸯们，多亲密呀！比起它们来，我倒像是一只孤鸟。""又来了，云里雾里的，让我猜啊？"世宗说着便拉住肖菡的手，"走，跟我来，到岸上林子里歇一会儿。"世宗觉得该到坐下来跟肖菡好好谈谈的时候了，老这样下去，是会害了人家闺女的。两个人爬到岸上，钻进岸边的林子里，避开河谷间的嘈杂，在一棵大榕树下的石凳子上坐下。

世宗开门见山，直奔主题，说："老同学，你真的爱上我了？还是在跟我开玩笑？"

"你终于开窍了，我还以为你是傻梁山伯，永远都听不懂我的话呢。"肖菡手里拿着一根细长的干树枝，心不在焉地一截一截地掐着。

"如果你真有这个想法，我还是劝你早些放下为好。"

"为什么？"

"咱俩的条件悬殊太大。"

"你是指门第？"

"这只是其中之一。"

"你也太迂腐了，"肖菡嗔道，"爱情是高洁的，怎能与门户高低扯在一起？"

"另外就是异地带来的不便，"世宗说，"你在北京，我在匡家峪，一个大都市，一个穷山沟，随我进山你不同意，随你进京我做不到，你说这该咋办？"

"这有啥难办的，"肖菡轻松地说，"想来京，我就帮你找工作，不想来，我就随你进山。说心里话，那年匡家峪一别，回来后我就再也忘不了它了。那里有爷爷战斗过的足迹，有讲不完的英雄故事，有美丽富饶的山水田野，有风清气正的民风，有憨厚诚实的百姓，有一天如果我能为老区人民尽一点绵薄之力，那将是我终生之幸事，我死而无憾矣！"

"瞧，你越说越来劲了。"世宗说，"别学朝阳沟里的银环，没干三天就后悔了。"

"后悔归后悔，但人家终归还是坚持下来了。"肖菡说，"还有拒绝我的理由吗？有就统统讲出来，让我一条一条驳回你。"

"当然有，我对你说过的。"

"说你已经在家订婚了，是吗？"

"是啊，你不信？"

"能否报上那女孩的姓名，年龄，家住何地何处，她爸妈是干什么的，请如实道来。"肖菡像审犯人似的穷追不舍。

匡世宗支支吾吾，左支右绌，窘迫的样子像个偷吃了糖果的孩子。如果不是担心过不了爷爷奶奶这道关，把他跟世玉的关系光明正大地讲出来又有何妨？可是他没法讲，只得以"目前保密，不方便讲"来搪塞。

"咯咯咯咯……"看着匡世宗难为情的样子，肖菡不禁好笑，"别再哄我了，我都向世勇卢花调查过了，他们都说，你在家乡根本就没有女朋友。"

……

10

在匡世勇的再三恳求下，卢花辞去了保姆，告别干支栋一家，来到世勇身边，帮他操持起超市来了。让卢花过来，匡世勇是在事后才向苗雨做出解释的，并且告诉她，他们两个已经恢复了恋爱关系，希望她能理解，善待卢花。苗雨哪里能忍得下这口气？小白脸上早已蒙上了一层灰，气得愣在地上半天没说出一句话。她本想当面跟世勇闹翻，逼迫世勇立即将卢花赶走；后一想又觉不妥，凭世勇的脾气，凭他对卢花一直以来念念不忘的感情，明着赶肯定是赶不走的，不如来个顺水人情，先接受，而后再从长计议。于是她装出一副善解人意的样子，为他们重新走在一起表示祝福。

有卢花陪伴的这段日子，苗雨感觉世勇对她的热情好像放了气的血压计，银色的汞柱哧溜哧溜就泻到底了。二楼上有三个卧室，三个人分别住着一间。就好像两头草驴守着一头叫驴，两个女人为争夺一个男人自然不能消停。在过去，每天夜里苗雨都会厮守在世勇的身边，谈情说爱，打情骂俏，天天玩个通宵。如今来了个卢花，原来的境况一下子就被改变了，她感觉自己像个失宠的深宫怨妇，越来越忍受不下去了。过来这一两年，世勇虽说没有答应与她相爱，但她已经感觉到，世勇的心正在渐渐向她靠近，只要再拖上一年半载，等卢花的影子从他的心里完全消失掉，她觉得世勇肯定会回过头来爱她。然而，当想到由她和匡世勇省吃俭用含辛茹苦打拼下来的产业转眼就要拱手让给卢花时，她的肺都要气炸了。她甚至有一种预感，他们两个一旦成为名副其实的夫妻，自己极有可能被卢花逐出小店，到时候即便匡世勇看着老面子老感情有心挽留她，恐怕也当不了他身边的那个女人的家了。当断不断，必招自乱。她容不下这个与她争宠夺爱的女人，她要让卢花再次从她的眼皮子底下彻底消失掉。

这天下午，趁着匡世勇外出办事，苗雨按照自己精心设计好的陷阱，玩着着套让卢花往里跳。前阵子，有家客户欠了店里一笔货款，苗雨说自己去过了，没要回来，说卢花是老板娘，身份高，她一去，人家肯定给面子。卢花没有想那么多，走出店门，搭上一辆出租车就去讨账了。

车开出不到几百米就停下了，司机向候在路旁的看样子像朋友的两个年轻人打了一个手势，示意他们上车。两个年轻人分别从车的左边和右边打开后车门，脖子一缩，慌手慌脚地就往车内钻。卢花见钻进来两个蓄着红发和绿发仿佛染色球一样的毛茸茸的圆脑袋，心里不由得一阵紧张。这分明就是两个小混混，跟这种人挤在一起，不会有什么好。卢花心里烦，起身就要下车。红脑袋伸出两只手，咧着像蛤蟆一样的大嘴，笑嘻嘻地说："干吗这么不给面子？坐，坐，陪我们说说话。"卢花被摁回到座位上，红绿脑袋一边一个，把卢花夹在中间，小车便箭一般地开走了。

"司机同志，你怎么搞的？哪有半道加客的道理？停车，我要下车！"卢花不安地呼叫着。

"他们都是我的朋友，正好顺路，搭一段就下去了。"司机一边敷衍，一边猛踩油门。

司机是位中年男人，满脸毛，圆眼睛，尖鼻子，豁嘴唇，跟猫好有一比，故红绿脑袋都唤他猫哥。

三个人每人点上一支烟，边抽边用暗语交谈着。

"猫哥，接货的人找到没有？"红脑袋问。

"放心，找到了。"猫哥很有把握地说。

"价钱谈妥了？"绿脑袋接着问。

"谈妥了，"猫哥举起一只巴掌，"这个数。"

"给的价不高啊，你是不是吃人家的回扣了？"红脑袋疑神疑鬼地说。

"他妈的，老子费了几天的劲才找到这么个买主，你们如若不信，趁早就此散伙，不去也罢。"猫哥虚张声势地说着就要停车。

红绿脑袋赶忙说好话："开句玩笑，何必当真呢！快走快走。"

几个人的对话并没有引起卢花的注意，只觉着车开的方向不对，忙问司机："你这是往哪儿开呀？错了，该往南开呢。"

"拐个弯，先把他们放下，回头就送你。"司机搭讪着。

车上烟雾缭绕，呛得卢花直咳嗽。两个小混混紧贴着她的身子，一边说着不堪入耳的污言秽语，一边动手动脚，放肆地对她进行调戏。卢花前挪后错，又是躲闪又是呵责，无论她怎么施展保护自己的招数，却都阻止不了来自对方的骚扰。出于姑娘家的敏感，一个恐怖信号顿时浮现在她的脑海：这是辆黑车，自己被劫持了。可怕的后果促使她几度想挣脱小混混的阻拦，试图跳车逃生，却都没能成功。

车已经开到市郊，却仍然没有停下来的意思。卢花越发感到紧张了。路两旁的庄稼地，飞也似的掠向身后。路旁的白杨树上，若似黑色绣球一样的老鸹窝，一个接一个地向后飘去。前方不远处，突然出现一片黑压压的东西，将整个路面都占满了，车到近前时方知是一群老鸹。老鸹们围着一只死绵羊，争先恐后地啄食着臭气熏天的羊肉羊皮羊腿羊脑和羊的眼珠子。一些叼着肉的老鸹，兴高采烈地飞到树上，将肉喂给伏在窝里的孩子，转身飞回来继续跟大伙儿抢肉。飞上树和飞下树的老鸹，在半空里形成了一个上下流动的又黑又亮的景观。急速行进中的出租车，来不及躲闪，冲着老鸹群便冲了上去。数百只老鸹被悉数惊起，黑压压，光灿灿，哗啦啦，扑棱棱，腾起的老鸹群顿时在车的挡风玻璃前架起一片黑幕，几乎挡住了前方的视线。有几只老鸹躲闪不及，迎头撞在挡风玻璃上，撞得头破血流，呱呱地叫着被甩在路旁，抖着腿，张着嘴，发出尖利的哀鸣。猩红的老鸹血在挡风玻璃上淌流，玻璃被撞出一个洞，血流透过玻璃洞滴进车内方向盘前面的仪表台上，滴滴答答，流了猫哥一裤腿。

　　冲过老鸹群，接着穿过几个村庄，挂满血迹和老鸹翎毛的出租车，像个杀人犯一样将北京城远远地抛在了身后。太阳跌在山尖上，红得像一盆血，将它身边的云、脸前的山、遍野的树，全都涂抹得血淋淋的。卢花的脸被染成了红色，泪珠像血滴一样挂在她粉嫩的腮边。她声嘶力竭地哭着叫着，两只手抓着车门上的把手，几次欲跳车逃跑，却都被红绿脑袋无情地阻止住了。临近半夜时分，两个小混混左右夹攻，卡住卢花的脑袋，强行扳开她的嘴，将一瓶下有迷魂药的矿泉水灌倒了她的肚子里。半个时辰不到，卢花便迷迷糊糊地昏睡过去了。出租车趁机开进路旁的山沟里，三个罪恶的歹徒像野兽一样生生把她给轮奸了。

　　直到第二天下午，卢花才苏醒过来。她揉了揉酸涩疼痛的眼睛，睁眼看了看身边的情景，发现自己原来是躺在一个陌生的农家屋子里的木板床上。房子共三间，好像是新盖好不久。房顶上的梁檩裸露着白茬，散发着浓浓的松香味。白灰墙平滑光亮，亮得能照见人影。玻璃窗户上挂着彩色花卉窗帘，两只鸳鸯在窗帘上亲昵嬉戏，栩栩如生，玲珑可爱。地上的桌椅衣柜，炕上的铺盖，窗根的梳妆台，所有的摆设都一色簇新。卢花明白了，这家主人估计是刚过完喜事，自己是躺在人家的洞房里。她感觉周身疼痛，四肢酸软，试着想爬起来，胳膊腿却又不听使唤。在她挪动身子的时候，顿觉下身疼得异常，好像针扎刀割一样难受。蒙眬中她猛然生出一阵惊悸，一定是那三个挨千刀的，半道上将自己给糟蹋了。姑娘羞惭地将头埋在胸前，捂着被子，痛不欲生地啜泣着。

"姑娘，你醒了？喝碗鸡汤吧，我妈刚给你炖的。"一个男人打开屋门，手里端着一只碗，小心走到床头，和气可亲地说。

卢花止住哭，擦了下两只泪眼，抬头看了看床前站着的男人。这人有三十多岁，个头矮小，骨瘦如柴，弯腰拱脊，脊梁上好像扣着一口锅。"这位大哥，我这是在哪里呀？"卢花抬起头，瞪着一双惊惧的眼睛问道。

"俺村叫汤小庄，这里就是俺家。"男人龇着牙，微笑着介绍。

"这里距北京多远？"

"说远也不算远，三百多里路。"

"大哥，你贵姓？"

"俺姓汤，叫汤良，不嫌你笑话，俺从小得过佝偻病，直不起腰，别人给俺起了个绰号，叫俺汤罗锅。"

"谢谢你汤大哥，你救了我的命，将来我会报答你的。"卢花吃力地从炕上爬起，接着说，"饭就不吃了，我得马上走，改日再来登门拜谢。"

"什么什么？"汤罗锅被弄得一头雾水，"你是俺的媳妇啊，难道你不知道？送你来的那三个人没向你讲清楚？俺可是出了大价钱的！"

汤罗锅的话，让卢花一下明白了发生在昨天的可怕的一幕。她望着站在地上的这位瘦弱短小口称自己男人的人，情不自禁地笑了起来："哈哈哈哈……哈哈哈哈……"洪亮的笑声里充斥着冷傲、悲涩、凄楚。稍顿了一下，她便将自己昨日下午被劫持被拐卖的经过向汤罗锅细说了一遍，而后跌跌撞撞地下了床，扑通朝地上一跪，泪眼汪汪地求告汤罗锅放她一条生路，来日做牛做马也要报答他的大恩大德。

汤罗锅望着受人欺凌、强烈要求逃命的卢花，天性柔弱的他不由得生出一股同情心。怎么会是这样？早知道是这么个结局，说啥他也不会出大价钱买这么个心不甘情不愿的媳妇。他觉得自己很窝囊，放了她苦了自己，不放她又苦了人家姑娘，两种念头在他的心里激烈地挣扎着。他猛地想起了父亲临终前曾经说过的话："爹这辈子最大的歉疚，就是没能给良儿娶上媳妇，没能抱上汤家的孙子。爹离开人世之后，你一定要为爹圆了这个心愿。"一想到爹的话，汤罗锅留下卢花的念头马上就坚定起来了。他一边向卢花苦苦地哀求，一边就讲出了一个自以为做出了巨大让步的两全其美的办法："姑娘，想走可以，但必须为我生一个儿子，只要能圆了我爹的心愿，我立即放你走。"

卢花坚决不肯答应罗锅的挽留，继续闹着要走。她设法逃跑过几次，但都没有成功。为了防止她逃跑，汤罗锅在门上特意加了两把锁，黑夜白日不让她出门。

半个月之后，卢花在汤罗锅及其家人的胁迫下，被迫跟他举行了一场血泪充斥的婚礼仪式。后来，卢花果然为他生了一个儿子。至于孩子是汤罗锅的还是那三个人贩子的，连她自己都不得而知。儿子一到手，汤罗锅兑现了自己的诺言，答应卢花丢下孩子，独自离开他的家。看着卢花宁死也要离他而去的坚定决心，他也只能做出这种无奈之举。一个黎明的早晨，卢花梳洗完毕，拎上一个蓝布包，吻了下床上的孩子，强忍着满眼的泪水，抬腿就往门外走。汤罗锅从背后喊了一句："孩他娘，你真的要走啊？"卢花停下匆匆的脚步，怔在院子里，本想回头跟他说几句临别的话，踌躇片刻，她终于头也没回，拔腿就跑出了汤家的宅门。

村子被晨雾笼罩着，街上灰蒙蒙的空无一人，像地宫一样闷得人喘不过气来。偶尔也会听到几声鸡鸣狗叫，给死气沉沉的村子增添一点活力。高高低低的土坯房七倒八裂地戳在街道两旁，像一群散兵游勇，静默地送别这位饱受蹂躏的姑娘。她担心汤罗锅变卦，像往常逃跑一样再把她抓回去。她把蓝布包挎在肩上，甩开双臂，像只刚刚逃出狼窝的羔羊，沿着大街，顶着晨雾，拼命地向村外逃跑。当她冲出村口、跑出村外数百米远的时候，她不由得停下了脚步，扭头回望村口，见汤罗锅怀里抱着她未曾满月的儿子，站在村口的土疙瘩上，眼巴巴地望着她的背影。她听见了他哀号般的呼唤，也听见了孩子的嗷嗷啼叫，孩子的哭声像猫抓一样揪着她的心。她很想沿路返回去，重新看一眼襁褓中的儿子，但强烈的逃命欲望促使她不得不忍痛割爱。她慢慢转过身，走一步扭一回头，继而便撒开双腿，向着前方的大山里跑去。

天傍黑的时候，她已经逃出汤小庄五六十里路了。刚生过孩子的她，身子还十分的虚弱，不是心劲涨着，她简直不敢相信这么远的路是用自己的双脚一步一步跑过来的。她瘫软地坐在路旁的草地上，饥肠辘辘的肚子驱动她打开蓝布包，抓住汤罗锅为她准备的干馍，就大口小口地啃起来了。吃完馍，喝了几口路沟里布满蚊蝇的臭水，踉跄着又上路了。

这天，一位农民打扮的老汉，神色匆遽地来到天丽超市门口，冲着站在店门口的苗雨问道："你们店的经理是不是叫匡世勇？"苗雨瞅着老汉，只见他面目干黄，深陷在皱纹里的两只眼睛，仿佛开裂的核桃，闪烁着焦急的光芒。说："匡经理外出了，你找他有事？"

老汉走进超市，颤抖着双手，将搭在肩上的包裹放在柜台上，从包裹里拿出一封信、一双女人穿的紫色夹布鞋、还有一件枣红色短袖褂子，一起捧给了苗雨。

"这是？……"苗雨不解地问。

老汉说："打开信看看你就知道了。"

苗雨打开信纸，双手捧在胸前，眼珠子在信纸上左右滚动。

信的第一段内容是这样写的：

好心的路人：如果你捡到这个包裹，请你务必将它送到北京市天丽牌奶茶超市，交给超市经理匡世勇。包内有一百元钱，权作对你的酬谢，万望收下。

表达完对路人的寄托之意，信的第二段内容就是写给匡世勇的了：

世勇哥，当你收到这封信的时候，我已经跳进滚滚的乌水河，与你阴阳两隔了。离开店里的那天下午，我是受苗雨的指派，独自去向拖欠货款的客户讨债的。那天正好店门前停着一辆出租车，好像是专门为我准备的，我没有多想，搭上车就走了。谁知刚上车，就被车上的三个人贩子给劫持走了。半道上，他们用蒙汗药将我灌昏，趁我不省人事的时候把我糟蹋了。当我苏醒过来的时候，已经是第二天的下午。我躺在一个陌生的农户家的床上，被一个叫汤罗锅的男人照料着。他对我说，他的这个村子叫汤小庄，在北京的西北方向，距北京三百多华里。他说他是出大价钱把我买下的，是让我做他的老婆，为他生儿子。在他的严格看管下，我逃不能逃，死不能死，只得以泪洗面，含恨度日。时间不长我就怀孕了，后来便为他生下了一个儿子。现在我虽然逃出来了，但我已经没脸再去见你，也不想乞求你的谅解、继续做你的女朋友。世勇哥，老天爷不让咱俩做夫妻，这就是我的命。愿你一生平安，来世再见吧。

你的女友卢花

苗雨看完信，心里既惊喜又紧张。惊喜的是卢花永远地离开了，再不用担心她抢走世勇了，紧张的是这封信一旦落入世勇之手，自己就彻底败露了。她匆忙地把信塞进口袋，把卢花的鞋和衣裳塞进柜台，便催赶着老汉快些离开。

恰在这时，匡世勇从门外进来了，与走到门口的老汉撞了个满怀。老汉端详着衣冠楚楚的匡世勇，就问："你是匡经理吗？""是啊，怎么了？"匡世勇以为是顾客，心不在焉地瞟了老汉一眼，几步就走进了店里。"大伯，你走你的，欢迎下次再来。"苗雨催着老汉往外走，生怕他说漏了嘴。老汉刚走下台阶，犹豫着又转身走进店里，冲苗雨说："把东西还给我，我要亲手交给匡经理。"

"东西？什么东西？"世勇好奇地瞪着老汉。

老汉问道："你有个女友叫卢花？"

"是啊，怎么，你见着她了？"一提卢花，世勇的神经就绷紧了。

老汉像报丧一样哭咧咧地说："她跳河死了……你，你这孩子，是不是做出啥对不起她的事了？"

"什么？她跳河死了？真的假的？"匡世勇不敢相信自己的耳朵。

"不管真的假的，见了东西你就知道了。"老汉蹙着眉，盯着若无其事的苗雨，督促说："快把东西拿出来，让匡经理看看。"

苗雨掩藏不住，只好将卢花的信、鞋和裤子全都拿了出来。匡世勇看了信，又翻看了鞋和裤子，确认都是卢花的。他双手捧着卢花的遗物，像傻了一样仰着脸呆在地上，无声的泪水沿着他抽搐的面颊滴滴答答流个不止。"卢花——卢花呀——你死得冤哪！"他痛苦地呼喊着，转身冲向门外，开上车就去了华克大学。

到了校门口，正好碰上从仙鸟谷游玩回来的世宗和肖菡。听到这个消息，匡世宗感觉有些蹊跷。分析说，卢花扑河并非老汉亲眼所见，也没有其他目击者可以作证，单凭从河边捡到一封信和两件衣裳就说卢花扑河死了，证据显然有些牵强。不过，不管卢花真死还是假死，信上提供的信息，起码为公安破案提供了一条新的线索。想到卢花过去对苗雨的种种猜忌，世宗就问，自从卢花去了你的店里，苗雨的表现正常吗？两个人有没有为了你而争风吃醋？世勇摇摇头，说，挺正常的，没什么。世勇显然没有如实交代。哥，你是怀疑苗雨设局陷害卢花？世宗反问道，你觉得呢？不会不会，世勇说，苗雨即便有这个心，也没有这个胆。肖菡有点心急了，打断两个人的话，督促他们赶紧把信送给公安。

李杰局长根据卢花在信上提供的线索，迅速展开了案件侦破行动。民警们兵分两路，一路去乌水河实地查看；一路去京北的小汤庄找汤罗锅，调查事实真相。几天之后，三个人贩子悉数落网，审讯中他们对苗雨重金收买他们，让他们充当人贩子将卢花卖掉的犯罪事实供认不讳。待公安去抓苗雨时，苗雨已经逃之夭夭。

11

连着几个月，公安方面既没有发现卢花的更多信息，也没有抓到苗雨，案子一时陷入困局。匡世勇为卢花的含冤死去而悲痛欲绝。令他没有想到的是，陷害卢花的凶手竟然是苗雨。这么多年，他一直把苗雨带在身边，悉心地呵护，不让她受半点伤害，指望将来能让她跟葛总重新团聚，谁知她不知好歹，竟然对卢花下此毒手。在怀恨苗雨的同时，他也觉得自己难辞其咎，不是自己惯着苗雨，念念不忘她和葛总的那点旧恩，她也不敢如此的胆大妄为。一想到这些，世勇的心里就像插着一把刀子，痛苦得一夜一夜地睡不着。

人手少了，世勇也不想新增雇员，省一个人省一份开支。司机就不设专人了，自己凑合着开，腾出骆荻做副经理，带着云遮月、米采儿共同打理店内业务。出了这等丑事，自然会影响店里的经营。经过一阵子萧条，在匡世勇的竭力挽救下，超市生意渐渐又恢复了正常。

这天，超市门口突然停下一辆满载着天丽牌奶茶的轻型运货汽车。车上的人进到超市，找见世勇，自称是天丽饮品公司销售部人员，并出示证件证明自己的身份。来人热情地向匡世勇介绍说，目前他们公司正在开展一项促销活动，商品价格比原来降低了一成，而且免费送货上门，机会难得，敦促世勇抓住机会多进一些货。来人巧舌如簧，能言善辩，几句话就把匡世勇糊弄得信以为真了。他没有做进一步了解，稀里糊涂就卸下多半车，并如数付了价值数万元的货款。

事隔三天，两个穿着工商制服的人员找上门来，面色严肃地指责匡世勇，说他违法经营，贩卖假冒伪劣商品，勒令停业整顿，并处罚金五万元。

匡世勇被搞得一头雾水，气急之下便跑到天丽饮品公司，想要讨个说法。他上到办公楼，一脚踹开总经理办公室的红漆门，冲着屋内正在伏案办公的一位年轻女士大声喝问：

"你是公司老总吗？"

"哦，我就是……"女士放下手中的笔，抄着一口生涩的汉语，边说边离开桌案。她泰然自若地理了理乌黑的齐耳短发，抻了抻雪白的短袖真丝衬衫，下意识地掸了下粘在过膝的黑纱裙上的纸屑，迈动穿着黑色高跟鞋的轻盈的脚步，踩着油光闪亮的猩红色大理石地板，发出均匀的颇具节奏感的嘎蹬嘎蹬的声响，满面微笑地走到匡世勇面前。她的身条不高不低，不瘦不赘；她的脸庞白如皓月，细如凝脂；她的举止落落大方，端庄文雅；她的眉眼款款多情，笑容可掬。她一边让座劝茶，一边向这位看上去比她并不年轻，样子长得粗短黑胖，梗着门楼头，瞪着豹子眼，看起来既陌生又吓人的男子，谨慎地询问着。

女老板的仪表，以及她身上散发出来的与众不同的气质，让匡世勇怒不可遏的火气一下子降温不少。他不喝茶也不落座，耐着性子，讲述了天丽饮品公司销售部人员打着送货上门的幌子，向他兜售假冒商品的经过。他责问那女士，你们是大生产商、大公司，连你们都不讲信义，让我们这些做零售的小店怎么在市场上立脚？你们的行为已经给我造成了巨大损失，今天如果不能给个说法，明天咱就法庭上见。"原来如此，我说他怎么一进屋跟骑着虎一样。"年轻女士一边在心里念叨，一边向世勇解释说，这位先生，你肯定是搞错了，我可以明白地告诉你，本公司的产品，既没有降价这一说，也没有送货上门这项业务。依我猜测，一定是不法商贩冒名我公司产品，捞取不法利益，败坏我公司名声。你放心，本公司一定要查清事实，给你一个实事求是的交代。对匡世勇行为上的粗鲁和无端指责，年轻女士不仅没有怪罪，反而夸他是位有正义感、值得信赖的好客户。

既然话都说到这个份儿上了，匡世勇觉得也没必要再继续揪着不放了。他坐到沙发上，端起已经放凉的茶水，咕咚咕咚一口气就喝干了。女士为他续上水，亲和地说，我非常喜欢你这样的直性子，以后咱们做个朋友好吗？世勇绕开她的话，问："你说话的口音，我听着怎么那么别扭，你不是本地人吧？"

"我是日本人，我叫美贺子，汉语水平是差了些。"女士恭敬地递上自己的名片。

"什么？你是日本人？"匡世勇惊愕得眼珠子直想迸出来，稍加缓和的脸色，顿时又变得恐怖起来了。名片看都没看一眼就甩到了地上，而后他抬起屁股，抓起脸前的茶杯，当啷一声就摔在了地板上，碎玻璃像冰碴子一样溅得满天飞，茶水溅得四面开花，溅在美贺子雪白小褂上的茶渍，像一朵朵浅黄色的野菊花。匡世勇戳着美贺子的鼻子，厉声骂道："说了半天原来你是小鬼子的后代，早知如此，我绝不会经营你们的产品！过去小鬼子杀中国人，现在你们又来剥削中国人、欺诈中国人，你们还有没有一点儿人性？"

匡世勇过来虽然一直从这里进货，但他从来都没有想到日本人会在中国开公司。他本来就在气头上，一听说美贺子是个日本人，他的脑袋瓜子一下子就涨大了。一时间，惨死在日寇屠刀下的爷爷李要东、小妹匡世玉的爷爷韩六子、四叔匡大柱的父母何楚亮、彭华他们，以及匡家峪被日寇杀害的上百口子亡灵，仿佛全都从匡家峪的烈士陵园，驾着红彤彤的旋风，隔山过海飞到了他的面前，他们一起哭着、叫着、怒吼着，呼唤世勇为他们报仇。从小就对小鬼子怀有刻骨仇恨的匡世勇，此时他的脑瓜子就像一颗超级地雷，"日本人"三个字好比被点燃的一根引信，引信呲溜呲溜地打着火花、闪着蓝光，冒着白烟，迅疾就把那颗超级地雷给引爆了。匡世勇跑到墙角，抄起一根像锹把一样粗细的白色塑料管子，返身扑向美贺子，像战场上冲锋陷阵的战士，照定美贺子的头上、脊梁上、屁股上劈头盖脸地就是一阵乱打。边打边骂："小鬼子，我日你八辈子祖宗！今天不打死你这个小杂种，我就不是李要东的孙子！"美贺子双手抱头，弯着腰在地上闪来躲去。"……你听我说……我不是小鬼子……你这个人怎么能这样？——来人啊——救命啊——"惶急之中就往门外逃，刚跑到门口，脚一滑，人摔倒了，两只高跟鞋翻着滚丢在一旁。她赶紧从地上爬起，光着脚丫子，顺着楼道，扭着圆浑的屁股，蹬蹬蹬地向楼梯方向狂奔。匡世勇追在身后，举起塑料管子又要打，却被闻讯赶来的两个保安奋力挡住。随保安一起来的还有一位年轻女子，慌慌张张跑到美贺子身边，小心地将她搀起，一瘸一拐地就往楼下架。匡世勇红着眼，夯着膀子，两手端着塑料管子，仿佛端着一杆步枪、准备要拼刺刀似的戳着两个保安的鼻子怒声呵斥："你们还是不是中国人？是中国人就去打小鬼子，干吗要帮她？"两个保安听不懂他的话，以为他是个神经病，不甘示弱地挥舞着拳头，想上去抓住他可又不得近前。匡世勇丢下两个保安，一返身跑到美贺子的办公室，抢起塑料管子，将屋内的办公设备、墙上的字画、博物架上的瓶瓶罐罐，统统砸了个稀巴烂。两个保安被匡世勇的疯狂吓破了胆，只管扒在门口咋咋呼呼，不敢近前阻止。这时，门外突然涌进来七八个男人，喝阻声震天盖地，一起拥上去，扭胳膊的扭胳膊，拽腿的拽腿，犹如屠夫擒猪，猎人抓狼，七手八脚就把匡世勇摁在地上了。

第二天，匡世宗突然接到李杰局长打来的电话，说他的兄弟匡世勇因为殴打天丽饮品公司老板昨天被公安拘留了。李杰让他抓紧去见见公司女老板，当面给人家承认个错误，把该赔偿的损失主动担起来，如果人家能原谅，能主动撤诉，匡世勇就可以免受二次牢狱之灾了。匡世宗道了声谢，跑到校门口搭上公交车，直接就去了天丽饮品公司。在美贺子办公室，他向这位素不相识的日本女士介绍了自己跟匡世勇的关系，说事情的起因他都知道了，错在自家兄弟，希望看在世勇是她多年的营销客户上，能够网开一面，损失该赔赔，过错该认认，司法起诉就免了吧。

美贺子脸上贴着纱布，趔着腰，走路一颠一跛的。她指着脸上的伤，摸着腿和背上的几块黑青，委屈地一句一顿地向世宗诉说着那天被打的经过。她说她感到很无辜，很茫然，不知道为什么，匡世勇会把她这个普普通通的日本商人硬是跟当年的小鬼子牵扯在一起。她眼里闪动着泪花，委屈地望着世宗，希望他能给出一个合理的解释。匡世宗向前挪了挪凳子，隔着茶几对坐在沙发上的美贺子说，这回你是碰上了匡世勇，下回你如果碰上匡家峪的任何一个人，他们都会对你不礼貌，因为他们每个人的心里都揣着难以抹去的恨。"什么恨？你是说，世勇他是被哪个日本人欺负过？"美贺子坐直了身子，上身向前倾着，急于想得到下面的答案。匡世宗本来不想讲过去的那段历史，俗话说，对着矬人不说短话，讲多了显得对客人不尊重，更怕影响今天的这场调解。既然美贺子追着要问，他也就无所顾忌了。他用了将近半个小时的时间，将匡家峪过去所发生的一切，原原本本地讲了一遍。随着匡世宗的讲述，美贺子的脸色、眼神、情绪、以至于她的坐姿立姿，一直在发生着微妙的变化。听到最后，她似乎忘记了身上的伤痛，从沙发上站起来，握住世宗的手，惊喜地说：

"哎呀，真是的，大水淹了龙王庙，一家人不认一家人了！"美贺子一反常态，喜悦的脸蛋像一朵盛开的白莲花光芒四射，"你知道吗，我的爷爷当年在你们家乡当过八路军，做过独立师医院的军医。"

"真的？"匡世宗两眼发直，惊讶地问。

"当然是真的。"美贺子爽朗地说。

"他老人家尊姓大名？今年高寿？"

"我爷爷叫村岛，今年六十七岁。都这把年纪了，他还一直念叨着要来中国一趟，想与他的老战友见见面。这次来中国之前，爷爷还千叮咛万嘱咐，让我来到中国之后，务必到老区走一走，代他向健在的老战友们问声好，在牺牲的老战友墓前献上一束花。"

"请你转告他老人家，老区欢迎他来。"

"谢谢，我一定转告他。"

匡世宗说："有一个人你爷爷肯定记着。"

"谁呀？"

"李要东，匡家峪抗日民兵大队原副大队长。'3·18'惨案中他和他的妻子全都被小鬼子杀害了。李要东不是别人，正是被你送进监狱的匡世勇的亲爷爷。"

"啊——，"美贺子长叹一声，"原来是这样，我说他怎么那么憎恨日本人。"

世宗说："我家兄弟性子直，刚从农村出来，头脑比较简单，希望你能见谅。"

"理解理解，我不会记恨他的。我这就给公安打电话，我要撤诉，让他们立即放人。我喜欢世勇这样的脾气，天真无邪，一身的正气，多好的一个小兄弟啊！"美贺子跑到桌案前，当即拨通了皇家坎公安分局李杰局长的电话。

匡世宗望着回到座位上的美贺子，心存感激地说："贺子女士，你如此宽宏大量，不计前嫌，我代表俺家世勇谢谢你了。"

"谢什么谢，都一家人了，说谢就见外了。"美贺子说。

对于村岛的身世，匡世宗有些迷惑不解。他是个日本人，怎么会到中国来参加抗日呢？难道说他是日本共产党，像白求恩那样被共产国际派过来的？还是被俘之后，弃暗投明，自愿留下来的？他委婉地向美贺子提出了这个问题。

美贺子说："小孩没娘，说来话长。我爷爷原本是个外科医生，当初在日本东京开着一家私人医院。一九四一年初冬的一天，他突然接到当局通知，说要送他到中国，为侵华日军当随军军医。日军当时在中国战场仗打得越来越被动，伤亡很惨重，急需补充外科医生。听爷爷说，他们这一批被选中的有一百多人呢。

"身为医生，爷爷一向尊奉救死扶伤的人道理念，可这次他不依了。他说，他不能去为一场侵略战争卖命，将那些杀人不眨眼的魔鬼一个一个地救活，然后让他们再去杀人，这等于自己在犯罪。其实打一开始，爷爷就是日本国内众多反战人士中的一员，而且是东京医疗界反战组织的领头人。

"为了抗拒当局的决定，爷爷没有东躲西藏，而是选择了公开抗争。他联合业界反战人士，组织起一千多人的队伍，打着横幅，呼着口号，在街上游行示威，在政府门前静坐绝食，试图以此来迫使日本当局取消他们的决定。然而，丧心病狂的日本军国主义政府，哪能听得进爷爷他们的抗议？政府出动军警，一夜之间就把一百多个医生像囚犯一样押上了去往中国的航船。

"随军军医干了不过半年，爷爷就在一次响春岭战役中被俘了。俘获他的部队就是驻韩王山一带八路军独立师某英雄团的战士们。由于爷爷思想转弯快，改造时间不长，师首长就正式批准他加入到师部医院的医生队伍了，而且还成为了一名正式的八路军战士。在历经数年的抗日战争中，他以他精湛的医疗技术，救治了许许多多的八路军伤员，直到抗战结束。日寇投降之后，师首长曾征求过他的意见，问他想不想回国，回国欢送，留下来欢迎，去和留由他自己选择。爷爷选择了留下。因为在他看来，只有共产党所领导的部队，才是中国人民翻身求解放的唯一希望。在接下来的三年解放战争中，他随部队转战南北，冒着枪林弹雨，从血泊中救起了无数个战士的生命。残酷的战争伴随着爷爷走过了将近八年，八年的腥风血雨，已经让他的心紧紧地跟中国这个名字贴在了一起。期间他曾屡立战功，多次受到师首长的嘉奖。在一次庆功会上，肖军政委曾经这样赞誉过他：'村岛先生以自己的实际行动，为国际反法西斯战争和中国人民的解放事业做出了杰出贡献，中国人民永远不会忘记他。'在家闲居的时候，爷爷经常会拿出那些金光闪闪的奖章，在胸前的衣服上一挂就是一大片，非常骄傲地让家人欣赏。

"新中国建立之后，爷爷因为思念家人，于一九五〇年中秋节前夕离开了中国，回到了自己阔别已久的故乡。他把原来设在东京的、关张了多年的、挂满了尘土和蜘蛛网的医院重新进行了一番整修，以一个得胜者的心态再次干起了他的老行当。"

美贺子这里绘声绘色地讲，匡世宗的心绪跟着村岛的故事跳跃起伏。他为美贺子有这样一位抉择关头能够义无反顾地投入到中国人民的抗日战争中来的爷爷而深受感动。两个人越谈越亲，关系越拉越近，聊着聊着便聊到了各自的事业上。美贺子说，她能够来到中国，完全是爷爷的主张。她的父亲福田，年轻时就喜欢实业而不喜欢跟爷爷学医。他在东京经营着一家跨国公司，主要生产天丽牌奶茶，生意做得很红火。大学毕业以后，她在父亲的公司做副总，父亲对她寄予厚望。前几年，听说中国开放了，爷爷村岛非要让她来中国发展，他说中国人多地广，将来的发展不可估量。父亲福田当然支持爷爷的想法。在家人的鼓励下，年仅二十四岁的她便只身来到中国，开始独闯天下了。来中国这两年，最让她不顺心的就是语言交流上的障碍和人情世故方面的不通。她想找个中国人做助手，帮她料理公司的外围事务；同时也想多结识一些中国朋友，遇事也好相互有个照应。她问世宗，大学毕业以后有何打算，能不能来她公司，帮她一起干。世宗婉言谢绝，说他必须回去，家里还有两位老人需要他照顾。美贺子又问，世勇怎样？他应该可以吧？世宗说这需要征求他的意见。美贺子似乎有点等不及了，慌着要去公安把世勇接出来，打算一块吃个饭，把彼此的关系说透，理顺一下感情，同时也想听听他的意见，看他愿不愿意来公司跟她一起干。匡世宗表示赞同。

美贺子开上她的奔驰车，拉着世宗先去向李杰局长表达了谢意，回头到拘留所，把糊里糊涂不知道为什么要拘留自己的匡世勇，从架着铁丝网的高墙小院里领了出来。匡世勇坐到车上，心里好像还窝着天大的委屈，他执拗地闹着嚷着，我要下车，我不坐小鬼子的车！世宗坐在他的身边，抓着他的手，抱着他的头，像哄孩子一样一边劝一边把美贺子爷爷的历史讲给他听。说，兄弟，小鬼子有罪，但日本人民没罪，你不能混淆了这两个概念。村岛老先生帮助过中国人民的抗日战争，他是功臣，连老政委肖军都夸他。今天你能平平安安地出来，正是贺子女士看在这层关系上才主动撤诉的。你难道不应该向她表达一声感谢吗？美贺子驾着车，没有搭腔。匡世勇终于反过窍来了，他啪啪地敲打着自己的胸膛，懊悔地向美贺子做起了检讨。

美贺子把两个人拉到一家高级饭店，上等的菜肴点了一大桌，顶尖的好酒要了两三瓶，美贺子一边满酒，一边欢欣鼓舞地说："今天我高兴，特别特别的高兴，是我到中国以来最最高兴的一天，用你们中国人的话说，酒逢知己千杯少，今天咱们要开怀畅饮，喝个一醉方休。"说完，端起杯就向两个人敬酒。"你别慌着敬，先敬的应当是我。"匡世勇拦住说，"贺子老板，对不起了，怨我见薄识浅，行事鲁莽，多有得罪了。你的宽宏大量，让我深感汗颜。来，我先自罚三杯，然后我再敬你。"匡世勇嗞溜嗞溜喝完三杯，然后又与美贺子连碰了三杯。美贺子饱含深情地望着他，问："你今年多大？""二十三岁。"世勇说。"你比我小了整整三岁，以后就称我姐吧。"美贺子说。"你有那么大？我怎么看你比我还年轻？"匡世勇的眼珠子在美贺子的脸上瞄来瞄去，恭维地说。"我不仅比你大，估计比你哥世宗都大。世宗，你今年二十几岁？"美贺子看着世宗问。"二十四。"世宗说。"今天能结识两位兄弟，是我三生有幸，以后少不了会麻烦你们。"美贺子说。"放心，今后遇到啥麻烦，只管说就是。"世宗世勇齐声应承。美贺子掂着酒壶，走到匡世勇座位前，为他满上酒，说："刚才你敬了我三杯，按照中国的礼节，有来无往非礼也，我也应该回敬你几杯才是。不过，我这三杯酒可不是白敬，我有一个请求，希望你能答应。"匡世勇笑咧咧地说："不要客气，有话你就直说，只要我能帮上。"美贺子说："我希望你能到我的公司来工作，我给你一个副总，专司公关事务。因为我对中国了解不多，好多业务往来中的人情世故处理起来很棘手，迫切需要你来帮我。"匡世勇一时哑语，望着匡世宗发愣。世宗笑了笑，说："你看我干什么？自己的事自己拿主意。"停了片刻，匡世勇还是婉言谢绝了美贺子的请求。说："你的意思我理解，你看这样行不行，我的店我还经营着，暂时我还不想放弃，你这里我可以兼顾，有事你尽可通知我，我保证随叫随到。"美贺子看他心事很重，只好尊重他的选择。

三个人你谦我让，一会儿就把一瓶白酒喝光了。美贺子喝得云雾飞舞，两颊绯红。世宗世勇的脸上像抹了一层猪油，亮堂堂的沁着微汗。喝到兴奋处，三个人不由得拉起了相互的婚事。各自通报的结果都是未婚，并且都说眼下连异性朋友都没有找到。美贺子说的大概属实，而世宗世勇的话明显带有水分。匡世勇喷着酒气，涨着被酒烧得像猪肝一样的紫糖脸，问："姐，姐，你说什么？到现在你还没有谈男朋友？"美贺子说："如果不来中国，也许早都谈上了。现在倒好，身处异国他乡，人生地不熟，想要找个男朋友，简直比到天上摘颗星星都难。"匡世勇忽闪着两只醉意蒙眬的眼，问："你是想嫁个日本人，还是想嫁个中国人？"美贺子坦诚地说："原来是想找个日本人来着，但现在我主意变了，是中国这块神秘的土地让我改变了初衷。我已把未来的希望全都寄托在了中国，我已经离不开中国了，因此我想找一个中国丈夫，在这里安家扎根。"美贺子对中国的一往情深，令世宗世勇颇为敬仰。两个人端起酒杯，说："难得你有这份心情，这事就包在我们两个身上了，不出一年半载，俺俩一定为你介绍一个中国的如意郎君。"碰完酒，美贺子身子一晃，臂腕一软，酒杯当地一下丢在了地上，人险些要摔倒。匡世勇赶忙过去将她挽住，扶她坐稳，又端过茶杯喂水，温情地抚慰道："酒喝多了，可不能再喝了。"美贺子抱住世勇的一只胳膊，一双醉眼直愣愣地望着他，说："……好……好兄弟，昨天的事千万别放在心上，姐不会怪你的，俗话说，不打不成交，没有你的这场闹腾，我们还做不了好朋友呢，你……你说是吧？……"匡世勇一边哼哼着，一边把椅子搬过来放在美贺子的身边，贴身护着她，生怕她摔到地上。美贺子的身子软得像一摊泥，脑袋一歪，便靠在世勇的肩膀上，迷离着两只眼，继续咕哝道："兄弟……姐，姐就喜欢你你这样的倔脾气……过来吧……过来跟姐一起干……姐不会亏待你的。"匡世勇受宠若惊，胡乱地应和着。

自此之后，美贺子的影子就悄悄进入了匡世勇心中的爱情领地。他一边打理着小店，一边回味着美贺子对他的殷殷之情。不知道是错觉，还是以为对方真的有意，他仿佛从美贺子的眉眼里，领悟出一种爱的音信在向他传递。他反复回味着这位日本姑娘的每一个细微举动，每一句情意融融的话，感觉好像刚从温凉的海水中爬上岸，躺在被太阳晒得暖烘烘的沙滩上，浑身有种钻心抓痒般的冲动。当冲动的劲一过，他又觉得好笑，笑自己自不量力，癞蛤蟆想吃天鹅肉，人家那么高的身价，哪会看上自己这样一个普普通通的小店主，纯粹是自作多情。

自打认识了匡世勇，美贺子的心思就再也收不住了，她有时约他吃饭，有时约他一起外出游玩，有时会主动与他商量公司里碰到的疑难问题，一来二去，两个人的感情渐渐就变得不一般了。

这天深夜，美贺子睡不着，一个人跑到匡世勇的天丽超市，坐下来就向他要酒喝。匡世勇从冰箱里拿出几包现成的小菜，一边捯饬，一边就问："天都半夜了咋还不睡？"美贺子跟在他的屁股后面，边忙着烧水沏茶，边说："知道你睡不着，过来陪陪你。"顿了下又说，"身边原来守着两个女人，现在说没都没了，单身难熬啊！"世勇笑笑说："同命相连，彼此彼此。"摆上菜，斟满酒，两个孤男寡女，半个时辰不到，一瓶酒就喝下多半瓶。美贺子喝得面颊红润，两眼泛光，忍不住问道："怎么，就不想再找一个？"世勇叹了口气，说："在卢花的事没有水落石出之前，我是不会谈新的女朋友的，不然我就对不起她。"世勇对卢花的一往情深，令美贺子十分敬佩，夸奖道："真是一位重情重义的大男人，我要能攀上你这么个老公，一辈子都该满足了。"

听话音，她好像真的对我动起心思了，现在她是一步一步地试探我，待会儿她如果直截了当地提出要做我的女朋友，我该怎么应答呢？答应，心里觉得没谱；不答应，又不是自己的真心话。这可怎么办呢？心情慌乱的匡世勇，越想越觉得没有主意了。接下来，美贺子的话还果真被他言中了。她直言不讳地说："世勇，你心里怎么想我不管，但我必须把我的想法讲出来。答不答应是你的事，说不说是我的事。说真心话，自打我第一次见到你，我就爱上你了，觉得你才是我最最想要的那种理想中的伴侣。你人长得数不上帅，但你的真诚，你的为人，的确让我感佩。也许你认为我冒昧，认为我是乘人之危，但我并不这么认为。我尊重你跟卢花的感情，你可以等她，但我也可以等你，等三年等五年，无论结果如何，我都不后悔。"美贺子发自内心的求爱，让世勇感动不已。心想，人家姑娘都把话讲到这份儿上了，自己还有啥好犹豫的？说："贺子姑娘，你的爱来得太突然了，以至于让我毫无思想准备而且有点受宠若惊，我……我可以……"匡世勇才要答应美贺子的请求，一个可怕的念头猛地又浮上他的心头……不行……万万使不得……我怎么把她日本人的身份给忽视了……家人们若是知道了……肯定不能接受……想到这里，匡世勇不得不把涌到嘴边的话重新又咽了回去。推诿说："姐，婚姻毕竟不是件小事，我觉得，你还是慎重考虑考虑再说吧。"

之后不久，公司遇上了一桩麻烦事，让美贺子备受困扰。麻烦是由公司占地引起的。建厂的时候，公司占地就一次性全部买下了。其中大部分买的是国有地皮，另有一小部分，大约就一亩多地，买的是附近几户居民的庄基地。当时在几方的见证下，拆迁赔偿，协议手续，方方面面都办得很严谨，很稳妥，并没有留下什么后遗症。然而就在最近，几户居民突然反悔了，说他们当初上当了，受骗了，要求将原来的卖地协议推倒重签。他们一边上访，一边来厂里寻衅滋事，弄得厂里人心惶惶，鸡飞狗跳，生产也受到了影响。面对群众闹事，美贺子感到既心烦又不可思议。她向有关部门反映过，但效果并不理想；后来她又向法院起诉，法院的判决虽然支持她，但居民的无理取闹并没有因为法院的判决而有任何的收敛。无奈之下，美贺子只好用钱来堵，闹一次给一次钱，几次下来拿出不下几十万，结果是给得越多，嘴张得越大，如此没完没了的纠缠，让这位来自异国他乡的女小老板，真的有点招架不住了。

走投无路之下，她找到了匡世勇。尽管觉得匡世勇不一定能帮上这个忙，但她还是愿意当着他的面发泄一下。急着想在美贺子面前表现一下自己的匡世勇，听了美贺子的诉说，没犯思量就一口应承下来了："放心吧姐，这事包在我身上。"吹出去的大话已然覆水难收，无论如何也要给美贺子一个满意的交代，不能让她小看自己。匡世勇一边自我打气，一边思量着解决问题的途径。为此他曾请教过世宗。依照世宗的指点，这天他装作一个收破烂的人，挨门走访了四个闹事的居民户，没想到各户的反应几乎如出一辙。他们的老庄基原来都临街，后来见旁人都把临街的房子改造成了门店，一年几万十几万地挣，他们就眼红了，后悔不该把老庄基卖掉。他们的经济账是这样算的：假如把临街的房子改造成门店，一年少说也赚它十来万，十年就赚一百万，二十年就赚二百万，父亲干不动了转给儿子，儿子再转给孙子，祖祖辈辈经营下去，赚的就不止几百万了。他们依这个算法同公司的赔偿相比，心里自然觉得不平衡。他们怨气十足地对世勇说："那么大一个公司，干吗坑我们这些小家小户？一户给个三万两万的就想把俺们打发住，哄傻子啊？"匡世勇问他们当初签协议的时候为啥不把这个想法提出来？他们说，当时是当时，现在是现在，谁知道形势会变得这么快，早知现在让开门市，他就是给俺磕仨响头俺也不会把庄基卖给他们。摸清了几户居民的想法，匡世勇经过一番谋划，找到美贺子，建议她从厂子的一角辟出一溜地，盖上四间门店，一户分给他们一间，就一劳永逸了。还说，门店可以买，也可以租，但不能白给，白给等于无原则让步。美贺子接受了世勇的建议，使得这桩十分棘手的公司与居民之间的占地纠纷很快就得到了平息。匡世勇的形象也因此在美贺子心目中的地位变得更加牢固了。

匡世勇这边经管着自己的小店，身在校园的匡世宗，却在为他默默地筹划着一件惊天动地的大事。明年他就要大学毕业了，利用毕业前的这段时间，他想帮助世勇筹措一批资金，购置一块地皮，建一座属于他自己的大型综合性商厦，改变他目前小打小闹的经营状况。在参加课外实践活动中，匡世宗实地考察了一些大工厂大公司，飞速发展的形势，奇妙的外部世界，犹如一块巨大的磁铁深深地吸引了他。考察中让他听得最多的一句话就是，要敢于负债经营，敢于拿明天的钱干今天的事，敢于拿老外的钱干中国的事。这些话听起来既新鲜又动人，让他本来就想帮世勇干点事的想法，一下子就被激发得跃跃欲试了。

这天，匡世宗带着肖菡来到店里，向世勇谈了自己的想法。老早就想干一番大事业的匡世勇，听了之后自然是惊喜万状。"哥呀，兄弟早都盼着这一天哩！"说着便打开一瓶葡萄酒，倒进三个高脚杯，"来，咱们边喝边谈。"

作为一种漂洋过海来到中国的新兴营养饮料，短短两三年时间，天丽饮品已经在北京市场独占鳌头，照这样发展下去，用不了几年就有可能风靡全国。匡世宗正是看好它的市场前景，才生出这样一个大胆设想：他想把天丽饮品中国销售总代理的名分，从美贺子手中争取过来交给世勇干，这一步如能顺利实现，世勇的生意就可以做到全国去了。

哥呀，不愧是学经济的，目光犀利，算计精到，我看行，就照你说的办。匡世勇心悦诚服地连声夸赞。

看着他得意忘形的样子，肖菡就给他泼冷水，别高兴得太早，美贺子放不放手总代理还难说哩。

放心，只要我一句话，管叫她拱手相让。匡世勇看来是底气十足。

呵，听这口气，好像美贺子爱上你了？肖菡逗趣道。

世勇嘻嘻一笑，嗔肖菡胡说，反问道，你觉得可能吗？

怎么不可能？

她可是个日本人呀！

日本人咋了？上次就因为这个你把人家姑娘打了，怎么，还为这事纠结呀？

哪里哪里，我是说家里的那帮爷爷们接受不了。

别自我陶醉了，即便他们接受，美贺子也不会嫁给你。

那不一定……世勇顿了一下，差点儿没把美贺子向他强烈求婚的愿望讲出来。

肖菡说，好了好了，我不跟你斗嘴了，听世宗哥讲完。

匡世宗抿了一口葡萄酒，就中国天丽大厦的建筑构造与内部设置继续讲起了自己的想法。根据他在北京考察的情况，他建议大厦要建成六层，面积不少于两万平方米，设计要超前，风格要现代，建成后应当成为市内令人瞩目的一处地标性建筑。至于将来的经营，他建议分两条线运营：一支队伍专司商厦本身的零售、服务类业务；另一支队伍专司天丽饮品总代理业务，负责商品配送和销售网络的健全和指导。

哥呀，你可真敢想，你的想法全都说到兄弟我心里去了。匡世勇兴奋得几乎要乐不可支了。

匡世宗说，我的这些想法，也是结识了美贺子之后才产生的。有美贺子的跨国公司做依托，这么好的条件，为啥不利用？明年我就要毕业了，毕业之前能把这件事完成，我也就可以放心地回家了。

世宗接着就谈起了资金、用工、管理等方面的问题。他说，钱是逼出来的，靠自己一分一毛地攒钱，驴年马月也攒不够。据我了解，北京的项目建设，大都靠的是银行贷款，要不就是合伙出资，要不就是与外商合资，别人能做，咱们为啥就不能做？没有人可以招聘，北京有的是人才，我也可以从华克大学聘请两名教授过来，做你的经营顾问。至于企业管理，凭你的勤奋，凭你的执着，哪点都不比别人差，干中学，学中干，没有过不去的火焰山。

肖菡仗着在北京熟人多，认识两个银行的行长，答应帮世勇一块跑贷款。当说到招聘人才时，肖菡半是认真半是凑趣地说，如果世勇不见外，毕业后她愿意过来做他的帮手。一句不经意的话，顿时就把世宗世勇惊得欣喜若狂了。两个人以惊疑的目光盯着肖菡问，不会吧，高干子女，大家闺秀，到大机关做官还差不多，怎么可能屈就于一家私营企业呢？肖菡轻松地笑了笑，说，时下许多干部都在思谋着下海，你们却要我往机关里钻，这不是逆潮流而动吗？匡世勇当即表示愿意让出部分股权份额，与她共同经营。肖菡当即予以婉拒。匡世宗高兴地端起盛着葡萄酒的高脚杯，说，肖菡学的专业就是企业管理，不愿做股东，可以做副总，有肖菡的辅佐，相信世勇的事业定会取得成功。来，为了我们的共同目标，干杯！

三个人商定以后，接下来便紧锣密鼓地行动起来了。一个多月的筹备，半年多的建设，一座颇具现代风格的中国天丽大厦，便赫然矗立在首都闹市区的街头了。这会儿匡世宗正好大学毕业，参加完开业剪彩，他就乘上火车，回到自己的家乡匡家峪了。

告别的头天晚上，已经坐上中国天丽饮品贸易有限公司董事长兼总经理位子的匡世勇，怀着强烈的感恩之心和依依难舍的兄弟情意，特意安排了一桌丰盛的酒宴，为匡世宗学成返乡设宴饯行。酒宴邀的人不多，除了他们兄弟两个，另外就是肖菡和美贺子。肖菡这会儿已经被匡世勇聘为公司主管业务的副总，大学一毕业就过来上班了。作为第二大股东，美贺子在管理自己公司的同时，又在世勇这边兼了个副董事长的职务。另外她还派来一名高管，协助匡世勇做副总经理。志得意满的匡世勇，今天显得格外的兴奋和激动。他频频举杯，向三个帮助过他的人再三表示感激之意。一想到世宗马上就要离开北京，世勇心里觉得空落落的，像失去了疼他爱他的长辈一样难过。匡世宗劝他放宽心，有肖菡美贺子相助，相信他今后的路子会越走越顺。顿了下问道，兄弟，她们两个对你如此地慷慨相助，你知道这是为什么吗？世勇说，大概是以心换心吧，彼此都信得过。世宗说他只说对了一半，应当说她们对他信任的根子在匡家峪，在韩王山，在云青河，在韩王山下那片永远也移不走的墓地。那里有我们祖辈几代人共同的魂。世宗以期待的语气对肖菡和美贺子说，几十年前，祖辈们在韩王山下一起战斗；几十年后的今天，他们的子孙又相聚北京一起共事，这难道是巧合吗？应当说是天意，是先烈们的在天之灵，将我们促合在了一起。我希望在我离开北京之后，你们三个能够珍惜祖上留下的这份缘分，团结一心，同舟共济，以蒸蒸日上的业绩，去告慰那些在天之灵。匡世宗的临别赠语，如细流入心，如蝉鸣枝头，如平湖激石，如春雨润物，将四颗滚烫的心，紧紧地绑在了一起。

火车票订的是下午两点，趁着上午时间，匡世宗带着世勇、肖菡、美贺子，先到医院看望了患病中的老师长陈志峰，回头又来到肖菡家，跟肖军老两口告别。当从世宗的嘴里得悉美贺子的情况时，老两口的脸上顿时堆起一道道喜悦的花纹，他们把目光聚焦到美贺子的身上，极力想从她的长相上搜寻到当年村岛的蛛丝马迹。肖军动容地说："姑娘，当年你爷爷帮助中国人民翻身求解放，如今你又来帮着中国搞发展，这都是缘分哪，分不开的呀！"老政委理了下稀疏的白发，嘱托道："回去代我向你爷爷问好，趁我们都还活着，希望他再来中国一趟，就说我想他了。""谢谢肖爷爷，我一定把你的话捎到。"美贺子激动地说。世勇以前来过家，自然不用再做介绍。对于肖菡选择从商的路子，龚秀珍起初并不愿意，后来在肖军的劝解下，她才松了口。今天，当着世勇肖菡美贺子的面，她忍不住又想叮嘱几句。说："世宗马上就要毕业回家了，公司搞好搞坏今后就全靠你们三个了。俗话说买卖好做，伙计难搁，奶奶只希望你们搞好团结，相互配合好，有事多商量，千万不能闹意见分歧。三人同心，其利断金，只要你们心往一处想，劲往一处使，就一定能够实现自己的理想。"肖菡抱住龚秀珍的胳膊，摇晃着说："放心吧奶奶，你都说过好几遍了，我的耳朵都听出茧子来了。"

中午十二点多，匡世宗在世勇肖菡美贺子的陪伴下来到了火车站。候车大厅里人声嘈杂，喊的、叫的、哭的、笑的，还有争嘴吵架的，震得四壁嗡响。售票口排起了几条长龙，个别人因为不守规矩、随便加塞，与排在后面的人争得面红耳赤。刚下车的人背着大包小裹急着检票出站，排队进站的人携儿带女推推挤挤簇拥着向前蠕动。一排排长椅凳上站满了人，有的在打牌消磨时间，有的靠在椅背上打盹儿，有的打着呼噜躺在排椅上睡大觉。另外还有两个乞讨者，穿着破衣烂衫，手里端着破碗，挨着向坐在排椅上候车的人乞怜要钱。当乞讨者来到世宗他们面前的时候，四个人有多有少都给他的碗里投了零钱。乞讨者连忙打躬作揖，感谢菩萨恩赐。世勇和美贺子坐在一起，低声细语地交谈着。肖菡拉上世宗，没给世勇打招呼，绕过排椅，穿过排队买票的长队，躲到一个僻静的地方亲密去了。还有不到半个小时世宗就要上车了，在这短暂的一分一秒里，肖菡想再争取一下，希望临别前能从世宗的嘴里得到一句让她等待了许久许久的宽心的话。四年来，她不知费了多少口舌，想让世宗留在北京工作，却始终换不来他一声顺从；也记不清有多少个夜晚，她伴着他漫步在月光下的小湖旁、公路边，敞开心扉向他求爱，却始终看不到对方反射给自己的哪怕只有一丝的光亮。肖菡揽着世宗的腰，以一双痴情的泪眼盯着世宗，说："你就这样丢下我走了？你走之后我该怎么办？没有你的日子我真的不知道怎么过……"看着肖菡满眼泪花一脸难过的样子，世宗的心随着来往火车的剧烈震动和一声声震耳欲聋的轰鸣声而索索地颤抖着。所有该说的话，在漫长的大学生活中都说过了，此时此刻，无论他再说什么，都显得无聊、虚伪、轻飘且于事无补。他忍不住抱住肖菡，泪珠在眼眶里滚来滚去，呆若木鸡，哑然无语，愧疚得连句劝慰的话都说不出来了。肖菡难以抑制内心的冲动，遂伸出双臂，吊在世宗的脖子上，轻轻向下一勾，就把那张滚烫的小嘴，放肆地吻在了世宗的嘴上。

"嘿，嘿，别亲了，该上车了。"

匡世勇美贺子在候车室内转了一大圈，好不容易才在一个黑暗的旮旯里找见他们。世宗羞红了脸，赶紧地松开肖菡，与他们匆匆惜别后，便向即将启动的火车门口跑去。

12

回家后不久，匡世宗就被县人事部门分配到了昌史县工业局工作。此时，县里正在进行机构改革，大力推进干部队伍的年轻化和知识化。但凡有学历的年轻人，仿佛一夜之间都成了各级领导眼里的香饽饽。匡世宗作为名牌大学的高才生，自然被县领导更加看重。在县委书记关东州的关照下，二十六岁的匡世宗，从工业局的股级干部，一下就升到了昌史县副县长的高位。可谓是平步青云，春风得意。

从开始推行土地大包干，到后来实行统一的土地承包制，前后也就短短几年的工夫，农民的温饱问题就基本解决了。由过去的糠菜半年粮，到现在一年四季都能吃上净粮，而且时不时地还能吃上一顿白馍馍或是猪肉水饺，这让刚刚进入温饱阶段的农民感到由衷的满足。在匡家峪，每当提起当年推行大包干的情景，人们总会念念不忘匡世宗在那场改革中所展现出来的聪明才智。

解决了粮袋子，下一步就该解决农民的钱袋子了。为了让农民的腰包尽快鼓起来，下一步的工作重点，就是大力发展高效农业和乡镇企业。这是县委书记关东州向全县各级领导干部提出的新目标新要求。作为分管农业和乡镇企业工作的副县长，匡世宗感到自己肩上的担子尤为沉重。

调查中他发现，有了责任田的农民，仍然沿袭着小农经济的种植习惯，每年除了种粮，别的几乎什么都不种。能不让孩子老婆挨饿，是他们终年辛勤劳作的唯一希望。对于高效农业、集约农业，脑子里压根儿就没有这样的概念。对农业尚且如此，对发展乡镇企业就更加难以理解了。一些农民认为，办工厂是城里人的事，让农民办企业，简直是天方夜谭。全县几百个村子，乡镇企业基本上是一张白纸，别说是一座像样的工厂，就连一家简陋的手工作坊都很难找到。

常言说无农不稳，无工不富。像这样一种状况，农民什么时候才能富起来呢？匡世宗边调研边思考，竭力想从中寻找到一条符合昌史县县情的发展路子。他认为，昌史县的优势在于山冈坡地广阔，土地资源、林果资源丰厚，做好山地这篇大文章应该是大有可为。生产出高效优质的农副产品，不仅可以卖出好价钱，而且还可以用来深加工，为发展加工型乡镇企业提供原料。加工后的农副产品，附加值高，农民的收入自然会跟着增长。

针对各个乡村不同的特点和优势，他觉得在部署和推动工作上应当从实际出发，因地制宜，发挥优势，一村一策，不能搞一刀切、瞎指挥。调查中听到最多的话，是来自干部群众思想上的阻力。他们有的怕变，怕再变回大集体，将辛辛苦苦挣下的财产充公；有的怕扣帽子，怕挨批斗，怕割资本主义尾巴；有的担心不懂技术，没钱投入，也不敢投入，更怕担风险。对干部群众中存在的保守思想，匡世宗一开始有点不理解，甚至是惊讶。但后来他还是想明白了。昌史县地处深山，天高皇帝远，交通不便，信息不灵，不能拿这里硬去跟一些开放地区相比。除了地理上的原因，另外还可能跟革命老区的独特环境有关。这里的人们对共产党有着特殊的思想感情，认为过去的那一套都是铁律，是天经地义，永远都不应该改变。调研中，匡世宗深深地感受到观念更新上的难度，但这是绕不过去的一道坎儿，他必须设法冲破这道关。时隔不久，由他亲自主持制定的关于发展高效农业和乡镇企业的实施意见出台了,《意见》开宗明义,第一条讲的就是开展好第二次思想大解放,迅速掀起新一轮农村改革浪潮。

这天,匡世宗一个人闷在办公室,全神贯注地在写着什么东西。一位姑娘轻轻打开门,蹑手蹑脚走到桌案前,站了许久,他竟然浑然不知。

姑娘轻轻拍了拍案头。

世宗仍未抬头,只说,没看我忙着嘛,有事改天说。

咯咯咯咯……姑娘忍不住朗声欢笑,哥,是我。

嚯,小妹呀!世宗这才抬起头,见是妹子匡世玉,忙丢下手里的笔,抹擦一把僵硬的脸皮,喜乐乐地走出桌案,先去把门关上,转身拉住世玉的手,一屁股就顿在了沙发上。来县城有事?还是专程来看我的?

你说呢?

前几天不是刚来过嘛。

怎么,烦了?

不是不是,我是说……

你说什么,没事就不要来打扰我,是吗?……也是,人家是县长了嘛!世玉斜着白眼珠,小嘴跟刀子似的挖苦世宗。

你这丫头……看我怎么收拾你!世宗一边说着气话,一边就把手伸到了世玉的胳肢窝抓挠。世玉蜷缩在沙发上,扭来滚去,左抵右挡,叽叽咯咯地笑着求饶。躲闪不得,索性钻到世宗的怀里,柔声地撒起娇来。一缕阳光从窗帘的缝隙里跳了进来,仿佛一束多情的目光,在屋内飘来飘去。忽而洒在姑娘的脸上,俏皮地撩拨几下,又迅疾离开;忽而在墙角里稍作停留,回头便又一次飘到姑娘的脸上,胆子仿佛越来越大了,缠绵着久久舍不得离去。就听咣当一声,人被惊得抖了一下,侧目看时,原来是一扇被风吹开的窗扇,在来回地摇曳。窗扇不动了,由玻璃反射进来的那缕俏皮的光束,似乎也躲了起来。

哥，跟爷爷谈过我们两个的事吗？世玉依在世宗的怀里，再次提起他俩的婚事。

还没呢。刚上任，工作太忙，过阵子再说吧。

你打算怎么谈呢？

你说呢？

依我说，世玉从世宗的怀里坐起，咱们就光明正大地跟爷爷谈，爷爷是个开明人，我想他不会反对的。

不行不行，匡世宗急忙否定，爷爷太传统了，一旦惹恼了他，就再没有回旋余地了。我说还是由下至上，先易后难，一个堡垒一个堡垒地攻克，最后再对爷爷发起总攻。

你是说？……世玉有些不解。

世宗说，先三婶，后三叔，再奶奶，最后才是爷爷，循序渐进，确保稳妥。

能不能说得具体点？

匡世宗起身站在地上，盯着坐在沙发上的世玉，心计十足地讲起了他的攻心战术。比如说，我们可以在你妈的眼皮子底下，有意做出一些超乎兄妹关系的情感表演，故意让她生疑。当她沉不住气的时候，她就会暗地里向你询问：怎么回事？看你跟世宗眉来眼去的，是不是爱上他了？这时你不必急着回答，而是以模棱两可似是而非的话与她搭讪。你越是藏头护尾，她就越生疑，摸不着底细就越要追根问底。这个时候你可以反问她，就说，假如我们真的相爱了，你是支持呢，还是反对呢？你妈如果往死里反对，那后头的戏就演不下去了；如果她半推半就，说明后头还有戏。这时我们可以联合起来做她的工作，估计不用费多大气力，你妈就会站到我们这边来。拿下三婶之后，下一个目标就是你爸了。他的工作由你妈去做。为了闺女的终身大事，老两口肯定会前瞻后顾，左右拿捏，反复思量，行得通还是行不通，准会给你一个回话。不过你尽可放心，三婶是什么人啊？要人样儿有人样儿，要口才有口才，别说三叔，就连爷爷也让她三分，你妈想干的事，你爸他想拦都拦不住。过了三叔三婶这道关，下一步就轮到奶奶了。奶奶的工作仍然由三婶去做，不能让三叔去，女人跟女人之间心灵通，话相投，比三叔去成功率高。奶奶如果答应我们的婚事当然好，假如她不答应，咱们就叫上你爸你妈四个人一起去跟她死磨活缠，估计应该问题不大。奶奶这一关被攻破之后，剩下的就是爷爷这个老大难了。你也知道，奶奶的面子在爷爷的眼里比磨盘都大，架不住奶奶三句话，爷爷准会举手投降。这大概跟他们风风雨雨的爱情经历有关。小时候他们一起在地主张善义家当雇佣，生活凄苦，同命相连，十几岁上他们就彼此爱上了。那个时候爷爷比奶奶小，遇到地主欺负，奶奶经常护着他。那次张善义设套害他，不是奶奶提前为他通风报信，爷爷恐怕早都没命了。尤其在抗战时期，奶奶冒着生命危险，做军鞋、送军粮，抬担架，收养烈士遗孤，舍生忘死地支持爷爷，这是多深的感情啊！你想想看，奶奶说出的话，爷爷他会不听？

哥，世玉腾地从沙发上站起，你可真够煞费苦心的。

你当怎的，世宗说，想讨个好老婆就那么容易？

新官上任，工作繁忙，匡世宗有阵子没回家了。他惦记着爷爷奶奶，向世玉问起他们的近况。世玉说，奶奶还是老样子，只是爷爷左腿上的那处枪伤，前阵子又发作了，天天嚷着难受，走起路来一瘸一拐的，家里人都为他捏着一把汗。匡火鼎腿上的枪伤，是在战场上落下的，过来虽有过复发，但忍一忍就过去了。这一次好像比以往都重，这让世宗很是挂心。对世玉说，抽时间我把爷爷接到县医院检查一下，不能再耽搁了。

匡世玉理了下披散在脸上的几缕发丝，得意地说，自从你当上县长，村里人见了爷爷都以羡慕的口气夸他养了个有出息的孙子。邻居们一夸，爷爷就回敬以谦和的笑，是谦和中伴着自豪伴着自信的笑。

137

世宗问，村里贯彻县会议精神的动员会开过了吗？

世玉说，开是开了，但开得不成功，爷爷又遇上麻烦了。

什么麻烦？又是卢旺堆？世宗问。

除了他还会有谁？世玉气鼓鼓地说。会议召开前，爷爷做了充分准备，又是征求群众意见，又是制定发展规划，决心要把这次会议开好。他还私下里对我说，县里的会议是你哥开的，意见是你哥讲的，咱匡家峪必须带头，为你哥争光捧场。爷爷在会上讲，匡家峪山冈坡地多，水利条件差，许多地块并不适合种植粮食。不适合种就别种，不要勉强种。既要讲以粮为纲，也得讲实事求是，不能脑筋死得不转弯。匡家峪祖祖辈辈就有种植干果的传统，只可惜我们把它丢了。在退林扩耕极端口号的鼓动下，过去我们曾大片大片地砍伐果树，然后投入巨大的人力物力修梯田、种粮食。粮食是种上了，但因为没水，种上也白搭。玉米长得只有一尺高，谷穗长得像老鼠尾巴，豆秧子不挂荚儿，棉花不开花儿，小麦不吐穗儿，黍稷直打蔫儿，一亩地最多也就收上百十来斤，有的地块甚至连种子都捞不回来。相比较种核桃、板栗、柿子、花椒，收入可是差远了。我们这里出产的核桃，皮薄仁厚，白嫩脆香，嚼一口满嘴流油，可谓是历史悠久，远近闻名。人们都说，吃核桃健身养脑，老人吃了返老还童，孩子吃了脑瓜聪明，壮年人吃了整年没病。早在一百多年前，我们的核桃就年年向朝廷进贡，光绪皇帝和老佛爷慈禧太后吃了都赞不绝口。会上，爷爷还专门引用你在县里讲过的一句话，说，只要来钱快，想种什么就种什么，可以放开胆子种。爷爷还当众宣布：奋战三年，完成五万亩优质核桃栽植任务，让核桃成为匡家峪的支柱产业，成为老百姓致富的摇钱树。爷爷的话听着虽说有点土，但他讲得实在，句句都讲到了群众的心坎里。在讲到发展集体企业、私营企业和家庭工副业时，爷爷的讲话就更加绘声绘色了。他举了两个例子，一个是后街开馒头房的拐神仙，一个是你三叔，我爸，开铁匠铺的匡大禾。爷爷说，最近这几年，拐神仙家里连着起了三座青砖大瓦房，除了两个儿子一人一座，连闺女家的房都是他给盖的，瞧人家这老丈人当的，多给闺女长脸啊！为了鼓励大家向拐神仙学习，爷爷风趣地说，拐神仙这么趁钱，大家知道他靠的是什么吗？很简单，把麦子变成面，面变成馍，馍变成钱，钱变成房，说到底就两个字——勤奋。一些人看着眼红，自己不干还要在背后嚼人家的舌头，说人家是资本主义尾巴，是个人发家致富，戴着有色眼镜看人，圆的都能让他给看扁了。讲到这里爷爷就朝人伙里喊："拐神仙来参加会没有？"拐神仙从人堆里站起来，拍着屁股上的土，拘束地说："来，来了。"爷爷高了嗓门说："以后你就把馒头房开到大街上，别老是偷偷摸摸闷在家里，挂上牌子，光明正大地干，不要听一些人胡叨叨，有我匡火鼎为你撑腰，谁也不敢把你怎么样！"拐神仙一激动，眼泪哗哗地就流下来了，说："千好万好，不如党的政策好；能掐会算，不如扑下身子实干。谢谢老书记了！"会场上报以鼓励的掌声。在讲到我爹的铁匠铺子时，大概是因为匡大禾是他的儿子，爷爷只寥寥数语便一带而过了。随后，爷爷如数家珍一样对村里的能工巧匠点着名一个一个为他们指出路：让擅长木工活的匡盼水开家具加工厂，鼓励裁缝好手卢云梅办服装厂，开导卖烧鸡的大胖开肉食门市，支持泥瓦匠韩大麻子领头组建一支建筑队，把村里的人带到省城带到北京去，挣外头的钱，别老在村里打转转。爷爷还鼓励他们，只要照我说的办，一年挣个万元户绝对没问题。爷爷朴实而极具鼓动性的讲话，把几百人的会场搅动得顿时就沸腾起来了。

会场前台放着一张三屉桌，桌子腿上绑着一根细竹竿，竹竿顶端挑着一只电灯泡，灯光昏黄，许多飞虫围着灯泡起舞，仿佛绕着太阳旋转的一群卫星。卢旺堆坐在桌子后面的一条长板凳上，像猫头鹰一样昂着头，用他那可怕的目光扫视着场下一片黑黄色的脸庞。人们一边听爷爷讲话，一边以担忧的眼神，偷视着卢旺堆腮帮子上的那块红痣，留心红痣上的那根宛若蝗虫触角一样的长毛有何异动。他们的担忧也并非没有道理，因为爷爷和卢旺堆之间，每逢遇到大事常常会因为观念上的分歧而闹得波澜起伏。

爷爷讲话一完，卢旺堆拉着大长脸从桌后走到台前。人们恐惧地盯着他阴深的面目表情，好像在等着一场暴风雨的来临。他往桌前一站，先给爷爷戴了顶高帽，说火鼎老书记的讲话我完全拥护，希望大家认真贯彻执行，而后话锋一转，调门就变了。他说，农民生来就是种粮的，不种粮吃什么呀？不种粮拿什么备战备荒呀？中苏一旦打起来，拿什么去支援前线呀？上面号召深挖洞广积粮，不种粮能广积粮吗？积砖砾瓦块啊？所以嘛，大家不要错误领会火鼎老书记讲话的意思，乱种什么药啊、菜啊、果树啊，种一点够吃就行了，不能多种，多种就保证不了粮食种植面积，就是违反以粮为纲。在谈到发展私营企业时，卢旺堆说，私营企业早在五十年代初就被改造了，现在哪还有什么私营企业？私营企业说白了就是培植新兴资本家的温床，国家能允许吗？谁要不服气你就试试，到时候如果遇上二次改造，财产充公，不大不小给你扣个资本家的帽子，我看你怨谁去？现在有人就是在故意扭曲上头政策，试图将农村改革引入歧途。像这样的人，上层有，下层也有，县里有，村里也有，大家务必要擦亮眼睛，千万不能上当受骗。他以革命派自居，自我标榜说，只要有我卢旺堆在，匡家峪这块红色阵地就决不允许被错误路线所占领！哥呀，你听听，他这不是赤裸裸地在指责你和爷爷吗？匡世宗说，指责让他指责去，不用管他，成不了什么气候。

卢旺堆的话引起会场一片混乱。世玉接着说，爷爷的脾气你是知道的，他哪能容得下卢旺堆这般嚣张？爷爷把桌子拍得咚咚响，像只咆哮的野牛气汹汹地扑到卢旺堆面前，日娘剥奶奶地就大骂起来。"卢旺堆，你他娘的算个什么东西，我讲的这些意见，哪条没经过你同意？你明一套暗一套含沙射影出尔反尔，你究竟安的什么心？"爷爷瘸着一条伤腿，边骂边耸着身子向前凑，气得只想上去扇他两个耳光。爷爷的激烈反应是卢旺堆始料未及的。他以为自己很聪明，耍一套阳奉阴违的手法就可以把爷爷哄过去，没想到爷爷还真的跟他翻脸了。他了解爷爷的威严，不敢跟爷爷生顶硬碰，吓得一步一步往后退，脸上的笑跟雕出来的一样皱巴巴的，说笑不像笑，说哭不像哭，哆嗦着为自己辩解："火鼎叔……别着急，我只不过要求下面要正确理解你的讲话精神，难道我说错什么了吗？我可是在维护你啊！""少他娘的跟我扯淡！"爷爷怒气难消，不依不饶，"我的话全都被你否定光了，还说维护我，会说赶不上会听的，咱让在场的群众说说，你这是维护我吗？"果真让群众评理，卢旺堆觉得自己肯定占不了上风，于是便软了口气："你有你的观点，我有我的认识，如果我有说错的地方，你可以批评嘛，犯不着这样大动干戈。"想了想又觉心里不甘，转而又以攻为守，像上回反对土地大包干那样当场就向爷爷索要红头文件，说没有红头文件做依据，讲啥都不靠谱。爷爷手里正好拿着你在全县大会上的讲话稿，就让他看，他摆着手接都不接，说，我要的不是领导讲话，是红头文件，只有红头文件才具有指令性。他还趁机取笑爷爷，说，是不是土地大包干证明了你的正确就忘乎所以了，请你不要高兴得太早，包括今天你讲到的发展私营企业，我敢肯定，这些与社会主义格格不入的东西早晚有一天都还会变回去。老匡叔，听我奉劝一句，世宗还年轻，熬个副县长不容易，有机会你要劝劝他，别总爱跟风，别老想着冒尖，将来一旦秋后算账，被别人抓住了辫子，没占上便宜再把老本搭进去就不划算了。尽管卢旺堆是老调重弹，故技重演，但爷爷却屡屡受其所惑。尤其是他讲到的最后那几句话，不管他出于好心歹心，由于牵扯到你的工作前途问题，爷爷的底气立马就让他给说动摇了。就这样，好好的一个动员会，硬是让卢旺堆给搅得不欢而散了。听世玉讲到这里，匡世宗忍不住慨叹道，真可谓，螳臂当车不自量，只缘心地太狂妄；历史车轮挡不住，自讨没趣徒悲伤。这就是卢旺堆。

"走，回家看爷爷去。"匡世宗拉住世玉就往门外走。他惦记爷爷腿上的枪伤，又担心他吃不消卢旺堆施加的压力，恨不得尽快回到爷爷的身边。小车飞奔在宽阔的省道上，仰在后排座位上的匡世宗仍然在回想着卢旺堆对爷爷近乎疯狂的反扑。由此他不由得联想到了卢花，卢花的死无疑加剧了卢旺堆对爷爷的报复心理。大学毕业那年，世宗一回村就把卢花跳河自尽的事如实告诉给了卢旺堆两口子。卢旺堆不仅不感激世宗对卢花的爱护，反诬世宗和世勇就是害死卢花的凶手，为了报复他这个当爹的，生生把闺女逼上了绝路。什么苗雨啊，人贩子啊，他认为统统都是谎话。卢旺堆跑到柿树院，闯到世勇家，连着大吵大闹了好几天都不肯罢休。后来，卢旺堆亲自去了一趟北京，向北京警方详细询问了卢花的案情。在事实和证据面前，他不得不承认世宗和世勇的清白。明里虽然不闹了，但他心里仍然疑神疑鬼，如鲠在喉，总觉得这事跟匡家二兄弟脱不了干系。一想到这些，世宗对卢旺堆就更加不放心了，担心他抱着复仇的心理再耍出什么阴招来。

县城到匡家峪就半个小时的车程，匡世宗把司机打发走，脚还没有踩进柿树院，洪亮的呼叫声就传进了小北屋：

"爷爷，爷爷，我回来了。"

匡火鼎急忙跑到院里来迎接。吴桂贤拧着小脚，人还没跨出门槛，就被大步走进门里的匡世宗迎面给抱住了。世宗把脸贴在奶奶的面颊上厮磨着撒娇，接着又将吴桂贤抱了个脚不着地，风葫芦一样在地上打转转。尔后放在地上，亲昵地说："奶奶，想孙子了吧？"两眼盈满泪水的吴桂贤，望着被自己从小一手带大的孙子，翕合着两只鼻翼，抖动着缺血的干嘴唇，说："都两个月没见了，咋能不想哩。让我仔细看看，看我的孙子当上县长以后，是发福了，还是累瘦了？"伸手捏住世宗的腮帮子就往起掂，"瘦

142

了，也黑了，你瞧，只丢下松皮了。"世宗说："瘦了黑了好啊，这叫健康美。"吴桂贤把世宗推到椅子上坐下，问："晚上吃啥饭？奶奶给你做。"世宗说想吃奶奶的拿手戏——手擀打卤面。吴桂贤笑眯了眼说："我就猜着你想吃这个，你等着，我这就去做。"回头又对世玉说，"闺女，你哥轻易不回来，陪你哥一块吃。"世玉笑笑说，"奶奶，孙女就等你这句话呢。"

当世宗问起村里的工作时，匡火鼎苦笑了一下，就把在全村群众大会上他跟卢旺堆之间发生的那场冲突讲了一遍。说，我倒不是怕他，我只是担心你年轻气盛，说话没有把门，被人抓了辫子。今天好不容易把你盼回来了，你给爷爷透个底，你讲的那些话，究竟有没有根据？有根据咱就坚持，没有根据就趁早收回。世宗赶忙为爷爷壮胆，说，我一个堂堂的副县长，讲话没根据哪成？推行土地大包干的时候卢旺堆就常拿红头文件来吓唬人，结果怎么样，最后还不是老老实实地归顺了大包干？爷爷，你干你的，用不着跟他置气。匡火鼎终于打开了紧锁的眉头，说，有你这句话，爷爷就放心了。

匡世宗在调查中发现，像匡家峪这样前怕狼后怕虎的村并不在少数。为了打开局面，他计划重点帮扶几个典型村，扶持一批重点项目，采取以点带面的办法，推动全县工作的开展。此前没有征求爷爷的意见，他就把匡家峪纳入了县里的重点扶持对象。问爷爷有没有意见。

匡火鼎惊喜地说："想要都要不来，咋能有意见哩。"顿了下又问，"当典型不是白当的吧？给不给扶持资金？"

世宗说："只要项目好，县里可以帮着协调一部分银行贷款。"

匡火鼎说："只要是钱就要，贷款也行。"

说到抓典型，世宗接着就给匡火鼎出主意，让他动员一批有专长、有技术、思想开放的人做领头羊，只要这些人取得成功，对别人就是无声的带动。

匡火鼎完全同意，说，村里能人多得是，他们都盼着这一天呢。

我倒有个建议，世玉说，找能人就先找自家人，有自家人带头，别人就会群起而效仿。

匡火鼎表示赞同。别人不敢干的，自家人先干起来就更具说服力。

我也是这么想，世宗说，二叔喜欢养牛，可以让他办一家大型养牛场。牛肉低脂肪高蛋白营养丰富，牛皮还可以用来制作服装皮具，随着人们生活水平的不断提高，养殖业前景十分看好。另外还有三叔，他有铁匠手艺，可以开一家三码车制造厂。土地现在都分户耕种了，送肥拉粮，起土盖房，赶集上会，做点买卖什么的，家里有辆三码可就方便多了。比起生产队原来的马车，三码车拉得多跑得快，山路泥路不嫌赖，不吃草不吃料，夜里尽管睡大觉，孩子老婆往车上一坐，跟坐小汽车一样光彩。他这里绘声绘色的描述，把爷爷和世玉全都给逗乐了。

我哥是县长，脑子里的道道就是多。这样吧哥，吃罢饭咱就去动员我爸和二叔，让他们尽快干起来。世玉急不可耐地说。

三个人正讨论得起劲，匡火鼎突然哎呀了一声，两手抱着左腿，哧哧哈哈地嚷着疼痛。他想站起来走动走动，不料腿刚一跷起，扑通一下又倒在了椅子上。

"爷爷，怎么了？是不是腿上的枪伤又犯了？"世宗赶忙过来扶住匡火鼎。

匡火鼎哎呀着点了点头。

在世宗的记忆里，爷爷腿上的伤疤一直以来都比较平稳，只是遇到阴雨天才有点发痒的感觉，疼成今天这个样子，他还是头一回碰上。世宗蹲在匡火鼎的脸前，挽起他的裤管一看，顿时就吓了一跳。伤疤的颜色原来跟皮肤相近，现在却变成了跟馒头差不多大小的一团黑印，胀鼓鼓的，已经长成了大脓包。世宗轻轻地摁了摁，匡火鼎疼得立马就叫起来了："哦……哦……轻点……我的孙子……"

144

放下裤腿，世宗果断地对爷爷说："明天就跟我到县医院做检查，不能再耽搁了。"

正在灶房做饭的吴桂贤，这会儿正好一脚门里一脚门外叉进来，见世宗世玉都在劝说老头子去县里看腿，催促说："早都该去了，这次抬也要把他抬去，说啥也不能听他的了。"

世宗问爷爷："当年做手术的时候，是哪个医生给你做的？"

匡火鼎说："八路军师部医院，主刀医生叫村岛，是个日本俘虏。"

"日本俘虏？"匡世玉惊讶得脸色都变了，"怪不得呢，怎么会让一个俘虏做手术？"

匡火鼎说，村岛可是跟其他俘虏大不一样，他不仅是位有名的外科医生，而且是日本国内难得的一位反战人士。归降以后他就成为一名正式八路军战士，转战南北，救死扶伤，为部队服务了八九年，直到建国初期才回到日本。匡火鼎撩起褂子，指着胸脯和肚子上的两处枪伤，对世宗世玉说："你们瞧，这两处就是他给治好的，不是他，爷爷早都去见马克思了。记得他比我大几岁，说不定已经离开人世了。"

"爷爷，村岛还健在呢。"世宗突然说。

"是吗，你是怎么知道的？"匡火鼎问。

"他的孙女在北京，叫美贺子，是她亲口对我讲的。"

"你咋会碰上她？"

"同世勇合作的那个日本老板，说的就是美贺子。这事怨我疏忽，没有将她的身世向你老介绍清楚。"

"哎呀，这老先生，原来他还活着……唉，世宗啊，抽时间你跟世勇打个电话，让他通过美贺子给村岛捎句话，就说我想她爷爷了，如果方便，希望村岛能回来中国一趟，现在不见，以后见面的机会就不多了。匡火鼎对老朋友的思念之情溢于言表。

"好，村岛正好也有这个想法。"世宗说。

13

在世宗世玉的陪伴下，第二天上午，匡火鼎就被送到了昌史县医院。老伴吴桂贤，儿子大地、大禾本来想陪着父亲一块去，却被世宗劝住了。告诉他们，等有了检查结果，需要去的时候再去。

就诊在骨外科，因为提前有预约，各项检查仅用了一个多小时就结束了。主诊医生是个中年男人，医道精湛，谈吐文雅，浑身上下透着一股学者型的气质。胸牌上标着，姓名：于康；职称：主任医师；职务：骨外科主任。

诊断结果一出，于康把世宗、世玉和匡火鼎叫到医办室，一进门就埋怨，我的县长同志，你是怎么搞的？工作再忙，也不能对老人的病不管不问嘛！如果提早过来，治疗起来也许很简单，但现在迟了。

世宗拧着眉，紧张地瞪着于康："怎么了，情况不好？"

于康说："腿保不住了，必须锯掉。"

于医生此话一出，世宗世玉顿时就被吓坏了，齐声道："没有别的办法了？"

于康摇摇头，说："你就是跑到北京上海，也不会有更好的办法。"

于医生指着挂在日光灯箱上的片子，细细地讲起病症。以他的判断，胶片上显出的阴影，样子好像是一颗子弹。当年取出一颗不假，但里头的确还留着一颗。那个时候没有 X 光机，伤口里留点东西也不足为奇。随着时间的推移，子弹会渐渐生锈，生锈的子弹在一定条件下会滋生毒素，使好肌肤腐烂变质，并引起骨头的局部坏死。于医生指着片子上小腿腿骨与正常骨头不同的影像解释说，正常情况下，骨头的影像应当是白色的，圆润的，光滑的，而老人家的腿骨已经变成了黑色，而且形体粗糙，周延不规整，这是坏死骨头的典型症状。于医生根据自己多年的临床经验，给出了一个毫无商量余地的治疗方案——必须尽快把膝盖以下的小腿锯掉。

世玉哀求道："医生啊，你再想想办法吧，无论如何也要保住俺爷爷的腿呀！我代表俺全家人、全村人求你了！"世宗哄着世玉，劝她不要急。匡火鼎坐在凳子上，愣了半天没说话，他分明记着，当年村岛为他做手术时，还专门用小夹子夹起那颗刚被取出来的沾满浓血冒着热气的子弹在他的眼前晃了晃，他看得一清二楚，怎么可能没有取出来呢？他向于医生说明了这些情况。匡世宗疑惑地问道："于医生，会不会是小刀子小剪子之类不小心留在了里头？"于康说不会，刀子剪子的影像跟子弹是不一样的。世宗接着推测："如果不是别的遗留物，那就只有一种可能：子弹连着射进去两颗，一颗深，一颗浅，取出一颗浅的，留下一颗深的，误以为里头没有了，慌里慌张就把伤口缝住了。你觉得有这种可能吗？"于康沉思了一下，说："这种情况倒是有可能。"匡火鼎点了点头，好像也默认了。

世玉泪流不止，骂小鬼子罪恶滔天，死有余辜；怨村岛粗心大意，给爷爷留下这么大的后患。匡世宗的心情也十分沉重，心想，爷爷果真要失去一条腿，这对爷爷的打击实在是太大了。他是匡火鼎从小带大的，爷爷在他的心里比对爹娘的感情都深。他觉得自己没有尽到责任，如果提早带他老人家来医院看看，也不至于有今天这样一个结果。爷爷都快七十岁的人了，没想到老了老了却又遭此厄运。世宗越想越感到懊悔，越想越觉得对不住爷爷，愧疚的泪水像泉涌一样流个不止。

动这么大的手术，应当让全家人拿主意，自己可不敢轻易地答应。他一边派人回家去接奶奶和叔叔婶婶们，一边就给在部队服役的父母打电话，通知他们赶快回来。办好住院手续，世宗世玉刚把匡火鼎安排住下，奶奶和叔叔婶子们就被接过来了。吴桂贤进门就问诊断结果，世宗担心奶奶经不住打击而支吾其词。匡火鼎满不在乎，张口就把锯腿的事说出来了。儿子儿媳们一听，吓得脸色都变灰了，有的哭，有的叫，嚷嚷着要去找医生，非要让医生改变目前的治疗方案不可。世宗世玉偎在奶奶的身边，一边向她解释医生的诊断意见，一边劝她不要生气。说不生气是假的，老两口风风雨雨大半辈子都走过来了，没想到老了老了，该到安享晚年的时候了，却遭遇如此横祸，这让她如何平静得了？然而，吴桂贤毕竟是从战火中爬出来的人，关键时候该怎么做，自然有她的定见，她必须当好这个家的主心骨。对世宗世玉说："奶奶不是纸糊的，不是泥捏的，放心，奶奶倒不了。"随后又冲着情绪焦躁的儿子儿媳们说："大家都给我听着，没祸不惹祸，是祸躲不过，丢条腿总比丢条命强，手术该做做，听医生的，不会错。当着你爸的面，谁都不许哭，都给我笑。"吴桂贤的一句话，把儿孙们的泪水全都给堵回去了。

第二天下午，在匡火鼎即将被推进手术室的时候，从部队赶回来的大儿子匡大山和他的媳妇魏菁，就急慌慌地赶到了医院。两口子拦住护士们推着的担架车，握住匡火鼎的手，弯着腰，抱歉地说："爸，儿子儿媳回来晚了……"匡火鼎睁开眯着的眼，平静地笑了笑，说："山儿，回来了？别担心，爸能扛得住。"

家人们守在手术室门外的走廊里，一边拉着家常，一边焦急地等待着。身躯高大的匡大山，穿着一身深绿色毛呢戎装，浑身透着威武的军人气质。已经退役的魏菁，穿着一身淡蓝色便装，显得朴素而大方。两口子担心吴桂贤难过，你一句我一句地加以宽慰。爸，妈，别劝了，奶奶什么人呀，她过的桥比我们走的路都多，别担心奶奶想不开。世宗一边说，一边与父亲并肩站在一起，说，奶奶，叔，婶，你们瞧，我长得像不像我爸？像，一根秧子上的瓜，咋能不像哩！奶奶这里说，大家都跟着笑。匡大地指着匡大山肩上的两个肩章，好奇地问，大哥，记得上次你回来的时候，肩章上是四个星，这次怎么变成一个星了，不会是降职了吧？叔，你说得不对，世宗纠正道，我爸现在已是少将师长了。大地依然不解，问，这么说，官越大星越少？世宗咕哝咕哝嘴，没说上来。匡大山说，军衔标志很复杂，一时半会儿说不清，这么跟你说吧，校官和将官是两个不同的层级，校官分少校上校大校，肩章上分别是两个星、三个星、四个星；大校上面是将官，将官又分少将中将上将，肩章上分别是一个星、两个星、三个星。在将官层次里面，我属于最低级别的。

直到傍晚，匡火鼎才被推出手术室，送进病房。于康跟着也进来了。他摘下口罩和眼镜，一边用纸巾拭着脸上的汗水，一边向家人们报告：手术做得很成功。家人们站在病榻边，看着还未从麻醉中醒过来的匡火鼎，一个个面色凝固，心情沉重。两个女护士为病人打上吊滴，向家人叮嘱了几句就离开了。

一直到第二天早晨，匡火鼎才渐渐从麻醉中清醒过来。他吃力地睁开双眼，瞄了下身边的家人，话还没来得及说上一句，就被阵阵发作的剧烈疼痛打乱了他暂时的安静。他一会儿紧锁眉额，咝溜咝溜地喘着气，一会儿又用手去拍打那只打着绷带的伤腿，痛苦的样子看着让人心焦。世宗端着杯子，拿着汤勺，一口一口地给爷爷喂水。世玉拿着纸巾，细心地为爷爷擦拭着溢在下巴的水滴。儿子儿媳们围在床边，轻声安抚着这位慈祥的父亲。老伴吴桂贤凑到匡火鼎的耳边，攥住他的手，又是心疼又是鼓励地说，老头子，忍着点，熬过这两天，疼就过去了。记着当年打小鬼子的时候，枪子打烂脑袋穿透胸膛咱都不怕，咱啥大风大浪没见过啊，还在乎这点小伤小痛？匡火鼎欠欠身，苦笑一下，颤抖着嘴唇说，这是锯腿，又不是锯树，哪能不疼哩。

上午一上班，于康就来到病房，为匡火鼎查体。经检查，血压心脏正常，伤口也未发现异常。而后便问，老爷子，忍得住吗？忍不住就用点止疼药。没事，忍得住。匡火鼎昂起发丝杂白的头，笑眯眯地强打着精神说，于医生，说不疼是假的，我只不过经得多了，忍受力比别人强些罢了。你大概不知道，抗战那会儿，在师部医院临时搭建的医疗棚里，天天都躺着几十个缺胳膊断腿的伤员，手术的时候连碘酒都没有，能用大盐水冲洗一下伤口就不错了，哪用过什么麻醉药啊！

一位女护士从门外进来，两手端着一个精美的纸箱，里边装的是从匡火鼎身上锯下的半截带脚的小腿，以及那颗锈迹斑斑的子弹。这是匡世宗特意让于医生给留下来的，他觉得这是日寇侵略中国的又一铁证，他要把它安放在韩王山抗日烈士陵园的陈列室里，让村民们牢牢记住小鬼子的累累血债。

于康示意女护士将纸箱交给匡县长，世宗接过，放在桌子上，打开白色的包布，让奶奶、世玉和叔叔婶婶们都来看。盯着半截干瘪蜡黄的死腿，家人们不禁泪流满面。大地大禾呜咽着跪在地上，大声嘶叫道，爸呀……儿子不中用……没有尽到孝道……辜负了你老人家的抚养之恩。额头咚咚地磕着地面，竟磕出了血，流了满脸。看着悲伤的两个兄弟，匡大山也忍不住流泪了。

吴桂贤急忙将两个儿子拉起，劝道，快起来，我不是说了吗，当着你爹的面，只准笑，不准哭。

匡火鼎见孩子们为他这般忧伤，身子一折，呼隆一下就从床上坐起来了，一边龇牙咧嘴地忍着痛，一边强装大笑，若无其事地说，唉，唉！都给我坐下，哭什么哭，好像我死了一样！随即以矍铄的眼神扫了一圈屋子里的人，然后把目光落到于康的脸上，问，于医生，我给你讲个故事吧，想不想听？

于康惊诧不已，赶忙跑过去扶住匡火鼎。劝道，躺下，先休息，等病好了再讲。

匡火鼎坚持要讲，说讲故事比吃止痛药都灵。

于医生不解其意，疑惑地望着世宗。

想讲就让他讲吧，世宗说，关键时候爷爷总爱讲他当年的那些英雄壮举，一串串的故事仿佛是装在宝葫芦里的灵丹妙药，只要一讲，他的胆子就大了，劲头也来了，人就显得特别的有精神。他的伤口疼得厉害，讲一讲兴许好受些。

于康敬服地点点头，啊，原来是这样，那就讲吧。他搬过一个凳子，坐到床头，俯下身对匡火鼎说，老爷子，讲吧，我爱听，想讲哪一段呀？

匡火鼎从被窝里抽出一只手，抹擦一把疼出来的脸上的虚汗，说，就讲这颗子弹吧，它可是有来头哩。

好，就讲子弹。于康温情地应着。

故事发生在一九四四年的中秋，匡火鼎说，那年年景好，山野里到处是一片丰收景象。沉甸甸的谷穗像狗尾巴一样弯着腰，棒槌大的玉米穗像别在士兵身上的匣子枪，一排排整齐地站着，脱光了叶子的大豆秧上，留下一串串饱盈盈的如同小刀一样的干豆角，在微风的吹拂下发出唰唰唰的声响。山上林果缠腰，果实累累，色彩斑斓。有绿油油的核桃，红艳艳的柿子，紫糖色的花椒，还有红了半边脸的苹果和黄里透翠的鸭梨。

吃水不忘挖井人。百姓们都说，没有八路军的帮助，做梦他们也不敢想能有今年的好年景。抗战那些年，日寇一面对根据地进行疯狂扫荡，一面进行严密封锁。山里头出产的山货卖不出去，外地的生产生活物资购不进来，致使边区物资极度匮乏，百姓和部队的生活遇到了前所未有的困难。为了粉碎日寇的封锁，一九四三年初春，陈、肖首长带领根据地数万军民，沿云青河两

151

岸摆开战场，开山凿渠，垒堰筑坝，经过一年多的艰苦奋战，绵延几十华里长的云青河大渠终于建成通水，使沿河两岸的十几个村庄、八万多亩岗坡旱地由望天收变为了水浇田。

正当人们喜迎云青河大渠建成后的第一个丰收季节来临的时候，八路军独立师突然收到延安方面发来的一封电报，说驻扎在边区以东的日寇某旅团，正在密谋一项秋季抢粮计划，妄图将边区东部与敌占区接壤地带数个村庄的粮食一举掠夺了去。电报提醒陈、肖首长要密切注意敌人的动向，摸清敌人的安排部署，适时打一场军民联合粮食保卫战，确保一粒粮食不能落入小鬼子手中。

秋粮收获时间很快就要到了，为了做到知己知彼，决战决胜，师首长决定派一名胆大心细、机智果敢的侦察员，乔装打扮，深入敌占区，打入敌人内部，窃取敌人情报，为师部反击日寇的抢粮计划提供决策依据。

考虑到本地人熟悉当地民俗、方言，便于应对敌人的盘查，陈、肖首长将选派侦察员的任务交给了我，由我负责从村抗日民兵大队中挑选。我深感这次侦察行动事关重大。我扳着手指头，将民兵大队一百多号人挨个儿捋了一遍，比较来比较去，经过反复斟酌，最后还是觉得自己去最合适。我跑到师部，向首长报告了我的想法。首长说我是大队长，帅不离位，要求换人。我说我走了以后，可以由副大队长匡华堂（他的前任副大队长李要东已经牺牲）代理我的大队长一职，这个人绝对可靠。另外我还向首长讲了一个别人比不了的条件。在日寇某旅团司令部驻地——黑水县黑水镇——有我一个干兄弟叫王铁锤，他家就住在黑水县城，有他做掩护，侦察行动会方便许多。王铁锤小的时候曾随母亲来我们村逃过荒要过饭。有一天他的母亲突然身患重病，生命垂危。我父母看其母子可怜，便将他们接到家中，好生调养，等到铁锤母亲的病完全康复以后，他们母子才离开我家。为了感恩，王铁锤的母亲让王铁锤认我的父母做了干爸干妈，当然也就成了我匡火鼎的干兄弟。我信心十足地向首长保证，有铁锤兄弟做掩护，我这次去定能圆满完成任务。陈、肖首长会意地笑了笑，随即便答应了我的请求。首长嘱咐说，一定要活着回来，我们等着你的好消息。

领到命令之后，当天夜里我就单人匹马地上路了。我把自己装扮成乞丐的样子，以防引起别人的注意。我贴身穿一件褪了色的旧白布坎肩，腰间扎了一条黑色布带，两把匣子枪插在背后的腰带上，外面罩了一件黑不溜秋打满了补丁的破褂子。裤子前后都磨出了洞，前边露着两个膝盖，后边露着腚眼，好像专门为放屁留的出气孔。脚上的一双鞋，前露脚趾，后露脚跟，好像从破烂堆里捡来的。除去两把枪，另外我还带了一件防身武器——一根长五尺、粗一把、光滑瓷实的梨木棍。我扛着梨木棍，上面挑着一个蓝色的旧布包，感觉跟《水浒传》里的哪位英雄一样神气。

接近黎明的时候，我就赶到了根据地与敌占区交界处的路口。路口设有关卡，路灯闪亮，灯下站着两个日本兵和两个皇协军，倒背着长枪，正在对早起零星过关的行人进行盘查。距路卡不远处有座碉堡，上面有数个供射击用的方形枪眼，黑洞洞的，像老虎嘴一样吓人。碉堡顶上站着一个放哨的日本兵，横端着枪，胸前挂着望远镜，转动着身子东撤西望，帽子两边的两个扇耳，如同乌贼鱼游动时豸开的乱腿，扑扑闪闪地随风摆动。

我躲在路旁的庄稼地里，向前方瞅了一阵子，随即像兔子一样钻进了高粱地。沿着用钢丝网打起的隔离带，向南钻行了数百米，张望四处无人，便猫腰贴近拦网，用手钳掐开一个洞，我便麻利地钻了过去。正在暗自窃喜，不料被碉堡上放哨的小鬼子发现，那东西像驴一样嗥叫着，"有人越网啦！有人越网啦！"接着就是连串的子弹如火蛇一样在我的头顶上哧溜哧溜地乱响。

枪声惊动了碉堡内的鬼子和皇协军，十几个人像猎狗一样端着枪从低矮的碉堡口窜出来，朝着放哨士兵呜哩哇啦所指示的方向猛扑过来。茂密的高粱地像一片红色的海洋，粗壮的高粱秆跟小树林似的阻挡着我奔跑的速度。我弯着腰，伸着头，两只又黑又长的胳膊像船桨一样左右分拨着高粱秆，干硬的高粱叶子如同锯齿一样割着我的脸，跑呀跑，跑够有几百米，跑出了高粱地，眼前现出一片空旷的茅草地，茅草地对面是一片林地，黑压压阴深深的一片。眼看着没有别的去路，撒腿我便踏入茅草地向林地跑去。

敌人在我的身后估计就一两百米远，绕了那么大一块高粱地也没有把他们甩掉，这让我的心里既紧张又生疑，敌人好像具备猎犬的功能，闻着我身上的气味在追。跑出高粱地，望了一眼背后的碉堡我才明白，原来我的行踪，一直被碉堡上拿着望远镜的哨兵紧紧地盯着，是他在为地上追我的小鬼子做导航。我急了，停住奔跑的脚步，站在茅草地上，从背后抽出一把匣子枪，瞄定碉堡上的鬼子叭勾就是一枪，不偏不倚，一枪命中，小鬼子跟个狗熊似的，摇晃着便倒了下去。"狗娘养的，回你的日本老家报到去吧！"我为自己的枪法神奇而沾沾自喜。我一口气穿过茅草地，跑到了林子里，以为敌人再也找不到自己了。不料回头一看，十几个刚跑出高粱地的小鬼子，好像发现了我的背影，像一群黄毛狗一样呼啦啦朝林地跑来。

林地里到处是坟头，有大的有小的，有土墓有砖墓，也有用方石建起来的十分阔气的大型古墓。墓群间除了苍翠的松柏就是齐腰深的杂草。我像只猎豹一样潜伏在一座高大的坟墓旁，静静地等待着正在一步步逼近林地的一群猎物。

为头的鬼子呜里哇啦地叫了几声，意思好像在排兵布阵，就见十几个鬼子沿着林子外围一溜小跑分散开来，每隔一二百米一个人，将个不大的林子团团围住，然后一同向林地中央搜索包抄。

我有点紧张，心想看来是逃不出去了，要么被敌人抓住，要么就拼个鱼死网破。"要活着回来，我们等着你的情报。"首长的话再次回荡在我的耳边。绝望中我从敌人布下的阵势里瞧出了一点破绽。尽管敌众我寡，但敌人是分散单个行动，人与人相距比较远，正好可以单个收拾他们。

顷刻间，就见一个肥胖黝黑、长相跟猪一样的鬼子，端着盖板枪，用枪前的刺刀拨弄着脸前的杂草，咋咋呼呼地向我靠近。眼瞧着就要踩到我的身上，说时迟，那时快，我猛地伸出一只胳膊，如同一条黑色的蟒蛇跃出草丛，胳膊肘子卡住敌人的后颈，手绕到前面捂住他的嘴，然后将敌人勒翻在地，两只手像铁箍子一样掐住他的脖子，用不了两分钟的工夫鬼子就蹬腿了。有过这第一次的胜利，我的胆子立刻就鼓胀起来了。我用杂草掩饰好鬼子的尸体，像鳄鱼一样在坟墓间匍匐前行，悄悄潜伏到另一个敌人的前方。

这回来的不是一头肥猪，而是一只瘦猴，矮小的个子在草丛里只露出半个头尖。他不是直行向前搜索，而是转着圈往前走，估计是觉得这样做视野更宽更容易发现目标抑或是觉得好玩。有了前面宰猪的胆子，宰掉眼前的这只瘦猴就更不放在我的眼里了。人不用站起，趁其转过身，梨木杠子轻举重下，像打一只烂西瓜，只一闷棍，就结束了这只瘦猴的性命。

就这样，我用同样的方法连着就干掉了五六个小鬼子，并且干得干净利索。这时，敌人合围的圈子越来越小，我被困在中央，眼看就要暴露在敌人的眼皮子底下了。我机警地望了望四周，选了一个敌人与敌人之间相距较宽的间隙，爬行出包围圈，绕到了敌人的背后。此时，我想过逃跑，但林子周围都是开阔地，藏不住身，逃跑反而容易被敌人发现。我隐蔽在一棵大树后，准备伺机而动。不一会儿工夫，敌人就从四面合围到林地中央，因为没有搜索到目标，敌人显得很丧气，有的把枪靠在树上，有的倒背在肩上，一边擦着汗，一边呜哩哇啦地议论着什么。趁此有利战机，我从腰后拔出两把手枪，出其不意，乘其不备，两手一齐扣动扳机，冲着敌人就是一阵猛射。有几个小鬼子应声倒下，另有几个鬼子调转枪口就朝我开枪。我端着两把盒子，边射击边大喊着冲向敌人，没等我冲到跟前，几个鬼子便全都让我给报销了。

我不敢久留，收好枪，找到丢在草丛里的包裹和梨木棍，拔腿就跑。谁知刚迈出几步，忽然觉得两腿一软，犹如马失前蹄，扑通一下我就栽倒在了地上。我两手摁着地，弓起腰，忍受着剧烈的疼痛，翻身坐在地上，往腿上一瞧，裤腿上满是泥血，这时才知道我中枪了。黑色的血浆像蚯蚓一样顺着腿流经脚踝钻进鞋里，鞋旮旯里像灌满了稀泥浆似的黏糊糊的。我挽起裤腿，就见腿肚子上被枪打出的一个肉窟窿像泉眼一样仍然在汩汩地向外冒着血。血液红里透着紫，紫里透着光，宛若一堆篝火，映红了墓地的树林和远处的红高粱。我从周围的枯草里薅了一大把燕尾草——它可以止血，又可以消炎——用手揉搓成一团散发着苦涩味道、浸着绿色汁液的、软绵绵的草球，将其捂在伤口上，不出几分钟，血流就被止住了。然后我从包裹上撕下一块布条，像打绷带一样一道一道把伤口缠裹好，放下裤腿，心里才感觉轻松了许多。为了防止让人发现我身上的血迹，我随地抓了几把干土，撒在脚上腿上，反复搓磨了好几遍，血迹马上就不见了。我拄着梨木棍，颠簸着离开林地，穿过茅草地，像只中了彩的野狐狸，很快又钻进了一块玉米地里。直到天完全黑下来的时候，我才从庄稼地里钻出来，上了路。

约莫走了十多里，我跟跟跄跄地走进一个村子，经打听才知道，该村叫五里铺，距黑水县县城只有五里之遥。趁着夜幕的掩护，我忍着疼痛，一瘸一拐地沿街而行。街上黑洞洞的，偶尔有行人穿街而过。这时的我已经一天一夜没吃饭没喝水了。正觉得饥渴难耐、疲惫不堪，忽然发现街旁有一盏用麻头纸糊的像冬瓜一样的圆筒子灯笼还亮着。灯笼闪着灰黄色的光线在微风中摇曳，灯笼上"马家驴肉铺"几个字映进我的眼帘，肚子里的馋虫一下就被勾起来了。我拄着梨木棍，腿伤了索性就装作拐子，一步三瘸地跨进门槛。屋里点着蜡烛，一个肥胖的汉子光着膀子靠在墙上打盹儿。"掌柜的，"我冲店掌柜叫了一声，"有啥吃的吗？"胖子睁开一双小眼睛，从凳子上站起来，两只胳膊举过头顶，打了一个响亮的哈欠。他上下打量了我好一阵子，说："你也配吃驴肉？你吃得起吗？""放心，不会白吃你的。"我从衣袋里掏出一把零钱，在掌柜的脸前晃了晃。胖子哼了一声，转身端来两个烧饼一盘驴肉，随后又泡了一壶茶，放到了我脸前的桌子上。我一连喝了三壶水，接着又吃了三盘肉七个烧饼。看着我狼吞虎咽的吃相，胖子一边笑一边揶揄："真个是穷大肚，好像几辈子没吃过饭似的。""掌柜的，开棺材铺的盼着死人，卖雨伞的盼着下雨，卖饭的不怕大肚汉，怎么？被我吃红眼了？"我装出一副穷不值的样子跟他斗嘴。我一边吃，一边就跟他唠起了黑水县城的情况。"掌柜的，我想去县城投家亲戚，讨些钱粮度日，但不知城门外盘查可严？"掌柜的说："平时不太严，但今天不行，今天盘查得特别紧。""咋了？出什么事了？"我说。胖子凑到我身边，压低了声音说："你没听说吗？日军在西岗的一个炮楼，今天上午被八路给端了，十几个鬼子，没留下一个活的。据说八路只单身一人，长的是红发青面，锯齿獠牙，仿佛是神兵天降下凡。这人来无影，去无踪，会飞檐走壁，能腾云驾雾，身手好生了得。日军司令佐藤，派了一百多号人，从上午一直搜查到下午，结果连八路的影子也没见到。佐藤怕八路混进县城，因而加强了全城警戒。""我一个穷要饭的，他们不会把我怎么样的。"我假装镇静地嘻嘻一笑，付了饭钱，谢过店掌柜，掂起木棒便扬长而去了。

腿上的枪伤白天更易被敌人发现，因此我不敢歇息，决定连夜进城。弯弯的月亮少气无力地挂在村子西边的树梢上，劳累了一天、光泽挥发殆尽的它，似乎急着要回到山后的老家休息。肥大的高粱穗高昂着头，饱盈盈的籽粒像一堆猫眼闪闪发光。原野上弥漫着一层厚厚的秋雾，高粱的清香在秋雾中四处飘荡。庄稼和草儿们沐浴在秋雾的海洋里，浑身湿漉漉的，挂满了晶莹剔透的露珠，散发着透心的凉气。秋雾染白了我的头发和眉毛，在身上热量的蒸腾下，它们很快又化作水滴，从发梢流到面颊，又从面颊流向嘴角，我伸出舌尖舔一舔，一股清凉的味道顿时就沁透了我的心脾。我打着饱嗝，扛着梨木棍，挑着蓝布包裹，大步流星地向前赶路。腿部的枪伤由于我强烈的进城欲望而显得不屑一顾了。

走出五里铺没多远，麻烦又一次找上门来。路旁的高粱地里，冷不丁蹦出三个人，迎面拦住了我的去路。他们一人端着一根木棍，指点着我的鼻子，怪声恶语地喝道："站住！把钱留下，不然就乱棍打死你！"

夜色昏暗，看不清人的面目。开始我还以为又碰上了鬼子，后来听话音我才肯定，他们既不是鬼子也不是皇协军，而是几个截路的毛贼。惊慌之余我平添了几分镇静。"给，都在这包袱里，全给了你们。"我把肩上的梨木棍猛地向前一甩，搭在杠子上的包袱像只黑老鸹一样从劫匪的头顶上飞了过去，远远落在他们身后的土路上。三个毛贼拖着木棍，转身向包袱扑去，像狗抢热屎一般你争我夺。包袱里其实并没有什么值钱的东西，我只是虚晃一枪，趁劫匪抢包袱之机，机警地钻进了高粱地，巧妙地躲开了他们的纠缠。

我从地里绕到城门口，站在一百米开外的地方小心窥探着城门口的动静。城门口一边吊着一盏汽灯，耀眼的白光照得四周如同白昼。城门前放着两排铁栅篱。几个起得早的推车担担的行人正在挨个儿接受日本兵的搜查。为了掩饰好自己，我从路边打了一把高粱叶子，编了个草圈戴在头上；又跑到临近的玉米地里掰了一只玉米棒子，剥去青皮后攥在手里。经过一番简单的装扮，自以为没问题了，便开始向城门进发了。我一手拄着讨饭棍，一手掂着玉米棒，走一步啃一口，一边吃一边走，摇头晃脑，疯疯癫癫，哼哼唧唧，一趔三晃，不一会儿便走到了城门楼子跟前。正在忙于盘查的日本兵估计是没注意到我，当然我也不会主动去理会他们，旁若无人地径直朝城门洞走去。我正在沾沾自喜，庆幸自己闯过了这一关，不成想一个日本兵像疯狗一样从后边追了上来，一边追一边狂叫："八格牙路！站住！八格牙路！"我装作没听见，该走继续走，忽听耳后一阵风起，紧接着膀子上就挨了一枪托。我向前踉跄了几步，几乎被打趴下。小鬼子呵斥道，"八嘎，良民证的有？"我装作听不懂他的话，继续啃我的玉米棒子。日本兵以为我是个聋子，抓住我就开始搜身。我慌了神，担心背后的手枪、小腿上的枪伤被敌人发现。日本兵刚把手伸进我的胳肢窝，我便叽叽咯咯地跳跃着笑起来，一边笑一边像旋风一样转着圈向城门内颠去。心想，狗娘养的，不来追便罢，如若来追，便一棒子结果了他的狗命。小鬼子大概以为我真的是个乞丐，没来追，骂了几句转身就回去了。

天这会儿大概是凌晨三四点钟，县城的大街上漆黑一片。小的时候，我随爸来过一次王铁锤的家，大概方位虽然还有些记忆，但具体是哪条胡同哪个门户却记不太清了。街上没有行人，店铺都关着门，想找个人打听一下都不方便。连着找了几道街几条巷，街旁的一座关帝庙突然勾起了我的记忆。"是这里，不会错……"我自信地念叨着。因为搞不清哪家哪户，我的心情马上又陷入彷徨之中。眼前有家门店，门前挂着两只羊皮灯笼，灯笼里的洋蜡已经燃尽，滴在门前台阶上的两摊鲜红的蜡汁，已然凝结成光焰夺目的两朵莲花。店门前挂着一个木牌，白底黑字，写有"王家酒肆"几个字。我颓废地跌撞在门口的台阶上，靠着墙角，迷迷糊糊就睡着了。

睡梦中我被人吵醒了，睁眼一看，天已经大亮。

我从地上爬起，怔怔地打量着这位跟我年龄差不多的小伙子，极力想从他身上寻找到王铁锤的影子。他穿着一件白色中式对襟上衣，七只紫色的布纽扣系得严实整齐，从颈前一直排到小腹，好像一条长长的蜈蚣趴在他的胸前。他白裤子的前襟上，沾满了斑斑点点的油渍，一股酸辣油腥味扑面而来，呛得我直打喷嚏。他的头上顶着一只高筒子白帽，帽檐罩住了半个脸，眼睛、鼻子、嘴巴显得特别的拥挤。他一手掂着一把笤帚，看样子是早晨起来准备打扫门前卫生的；另一只手拿着一个窝头，伸在我的脸前，不冷不热地说："给，走吧，到别的门转转去吧。"

我知道他的意思，他是把我当要饭的打发。我说了声谢谢，假装感激地接住窝头。随后我便问他："掌柜的，我向你打听一个人，有个叫王铁锤的可住在这条街上？"

"你认识他？"小伙怔住了。

"他是我家兄弟。"

"你家兄弟？你叫啥？"

"我叫匡火鼎，从西边山里头来的……"

我的话刚说出半截，就被小伙以诡异的眼神给打断了，轻声说："随我来，街上说话不方便。"

一说我是从西边山里头来的他就紧张，估计他是把我当成八路看了。他把我带进他的店，转身把门关上，随后又带我穿过店堂，从后门钻进去，进到一个空旷的小院。小院东边是两间泥厦子，西边是三间土坯房，南面拉着一堵围墙，靠墙根长着一棵老枣树，老枣树弯着腰，树头一直伸到院子的中央，红艳艳的枣儿像蒜辫子一样挂满了枝头。一看到老房子老枣树，我的记忆马上就清晰起来了。"这不就是我要找的王铁锤的家吗？"我随口问了一句，"兄弟，你就是王铁锤吧？"

"你当真是火鼎哥？你怎么变成了这个样子？"

我摘下头上的高粱圈，丢掉啃了半截的玉米棒子，从院子的水缸里舀了一盆凉水，稀里哗啦洗掉满脸的污垢，然后往王铁锤脸前一站，说："兄弟，再仔细看看，我是不是你火鼎哥。"

王铁锤舒展开紧锁的眉头，扑上来就拉住了我的手，激动地说："哥，真的是你呀？我不是在做梦吧？……对不起哥……都怪兄弟眼拙。"

"好兄弟，这不能怪你，要怪也只能怪我这身人不人鬼不鬼的装扮。"

在内院小西屋，我一边吃着王铁锤为我准备的饭菜，一边跟他聊家常。问他老母亲啥时去世的，问他为啥到现在仍然独身，问他有没有跟日本人做事。我估摸着，在小鬼子管制下的黑水镇，肯定有不少软骨头当了汉奸。在没有搞清楚王铁锤的身世之前，我不敢轻易地向他暴露出自己的真实身份。王铁锤像痛说革命家史一样声泪俱下地向我讲述了自己家的悲惨遭遇。去年秋季的一天，有两个小鬼子来他店里喝酒，酒后兽性大发，把他有孕在身的媳妇给强暴了。媳妇难忍其辱，带着肚子里的孩子就悬梁自尽了。病恹恹的母亲也因为架不住这突如其来的打击而一病身亡。王铁锤泪流满面地说："哥呀，这日子实在是没法过下去了。听说你们那里住着八路军，是真的还是假的？你见过八路军吗？认识部队当官的吗？能不能把我介绍给他们？反正我光棍一个，一人走了全家放心，我想参加八路军，我要打鬼子，为家人报仇。"铁锤兄弟的深仇大恨，让我既同情又兴奋。我把饭碗一推，筷子一丢，响亮地拍了下桌子，说："好兄弟，哥支持你参加八路，咱们一起打鬼子！"接着我就把自己的真实身份，以及这次来黑水镇的任务，一一告诉给了王铁锤。同时我还向他摆明，昨天上午只身干掉十几个小鬼子的那个神秘的八路就是我。王铁锤眉飞色舞地说："哥呀，你真行，真让兄弟佩服！从今天起，兄弟我就是你的人了，该怎么干，你尽管吩咐。"

匡火鼎问他，日军司令部有没有你熟悉的人？

王铁锤说有，街坊王文举，眼下就在日军司令佐藤身边当翻译，他是黑水镇大地主王鳄的儿子，说起来我们还是王姓同宗。

别的认识的人还有吗？可靠一点的？

没有，我就认识王文举。

那好，就找他了。

我突然抱起那条伤腿，龇牙咧嘴地嚷着疼。

王铁锤惊讶地问道，怎么了哥？

我将裤管慢慢撸到膝盖上，腿上的惨状一下将王铁锤惊呆了。腿上缠的绷带上沾满了像烂泥一样的黑色的血块，伤口处湿漉漉的，咕嘟咕嘟浸着血泡。王铁锤惊讶地问："哥，你受伤了？是昨天上午被小鬼子打的吧？"我说是。他要去请医生。被我制止了。

王铁锤按我的要求，准备了几壶晾凉的白开水、两瓶高度白酒、半斤大盐、一团新棉絮、一条白布绷带。而后蹲在我的面前，在我的指导下，一步一步开始为我清洗和包扎伤口。他锁着眉头，心疼地咧着嘴，将沾满泥血的绷带解开，接着用放凉的白开水洗净腿上的泥血，再用烈性白酒冲洗伤口，一边冲，一边用棉签伸进伤口深处拨弄，将里边的泥沙彻底冲洗干净。清洗后的伤口呈现出粉红色，宛似一朵绽放的桃花，将整个屋子都映得红彤彤的。临包扎前，我让他抓来一把大盐摁在伤口上，盐的外面箍上一层新棉絮，最后用新绷带一道一道裹好。清洗过程中王铁锤一直在关切地安慰我鼓励我，夸我是铁打的汉子，问我疼不疼？我两手抓着椅子的扶手，攥得咯吱吱吱响，疼得脸上的汗跟水洗的一样，身上的褂子全湿透了，但嘴上还在说硬话，不疼……没事……

我在王铁锤家饱饱地睡了半天。

吃晚饭的时候，我向他交代了今天夜间的行动计划……

王铁锤一脸的惊讶，担忧地说："是不是太危险了？你的腿？"

不入虎穴焉得虎子？沉住气，听我的。我说。

半夜时分，在王铁锤的引领下，我们躲过大街上鬼子的巡逻队，拐弯抹角就来到了大地主王鳄的庄园外。我们翻过围墙，摸到王鳄的住房门口，见屋里亮着灯，透过窗户向内窥探，就见王鳄坐在太师椅上，正抱着七姨太打情骂俏。我向王铁锤递了个眼神，遂一脚踢开屋门，一起闯了进去。

"不许动，动就打死你们！"我用手枪点住王鳄的眉头，王铁锤用匕首逼向七姨太的颈项，闷声恶气地喝道。

七姨太蜷缩在王鳄的怀里，筛糠一样抖个不止。

王鳄吓得面色苍白，早已哆嗦成一团，惊惶地问："两，两位好汉从哪里来？是，是为钱，还，还是为，为别的，一切好商量，好商量。"

我说："我们是西边来的，知道吗？"

"啊！八八八……八路？……"王鳄吓得身子一软，一出溜就从椅子上揽着七姨太一块滑到了地上。

"算你有眼。明白告诉你，日寇已是秋后的蚂蚱——蹦跶不了几天了，八路军就要打过来了，你就不想为你的汉奸儿子留条后路？"我这里威胁道。

王鳄和七姨太双双跪在地上，磕头如捣蒜一般。"留后路……留后路……好汉你说，要我儿子做什么？我这就告诉他。"

"立即叫他回来，我们有要事向他交代。"

王鳄拉着七姨太从地上爬起，战战兢兢地打通了儿子的电话。

王文举果然听话，没过几分钟就骑着自行车回来了。他把自行车支在门口，正了下衣帽，咳嗽了一声，推开门，一个"爹"字刚喊出口，屋内的阵势顿时就把他惊呆了。王文举见势头不对，正要掏出手枪顽抗，不料被躲在门后的王铁锤从身后勒住了他的脖子，一把闪亮的刺刀顶着他的咽喉。我趁机抢上一步，下了王文举手里的枪，并示意王铁锤将王文举放开。王文举哆嗦着站在地上，惊慌失措地看着王鳄："爸，爸，这究竟是怎么回事？你倒是说话呀！"

王鳄战战兢兢地说："这两位是西边山里来的八路，要你为他们办事，将功赎罪，洗刷汉奸罪名，为自己留条后路。爹已答应他们，所以唤你回来。为了你的前程，为了爹这把老骨头，你就应下他们吧，爹求你了。"王鳄边说边哭，索性跪在地上，向儿子求情。

身处敌人心脏的王文举，又何尝不知小鬼子眼下的处境，八路军已经展开战略反攻，日军节节败退，地盘收缩，失败投降几乎已成定局。所谓留条后路，其实他也早有打算，只是不得机会。机会既然送上了门，又何必顽抗到底呢？想到这里，王文举便一改窘态，满脸赔笑道："我也是中国人，深知做亡国奴的滋味不好受。不是为求口饭吃，我才不去当这个被万人唾骂的汉奸呢。家父的话正是我的心意，愿为贵军效劳，有需要我做的，只管吩咐便是。"

见王文举还有点中国人的良心，于是我就问他："听说日军有一个秘密计划，也就在这几天，准备以突袭合围的方式，抢夺抗日根据地农民的秋粮，可有此事？

王文举一听，神色立马紧张起来，结结巴巴地说："有，有，这可是绝密呀，怎么这么快你们就知道了？"

"少废话！"我怒声呵斥，"讲具体一点，行动时间、兵力部署、武器装备、计划对几个村进行抢粮，一项一项老实交代，如若有半句假话，让你全家活不到天明！"

"是，是，活，活，活不到天明，活不到天明……"

王文举这里讲，王铁锤趴在桌子上用笔记，讲完记完最后又跟王文举核对一遍，王铁锤才把那几片纸折了折递进我的手里。

"二位爷，文举求你们了，我向你们提供的情报，可千万不能说是我说的，佐藤司令如果知道是我泄的密，我的脑袋立马就会被他砍成八瓣。"

我说："不讲可以，但你要答应我们一个条件。"

"可以，你说。"王文举点头哈腰。

我说："既然你已经帮了我们，就要一帮到底。以后有情况，或者本次计划中途有变动，要随时向我们报告。你的每一次立功，我们都会记着。"

"好，好，我保证做到。但不知今后怎么跟你们联系？"

话说到这个时候，我们两个才把蒙面布摘下来，我指着王铁锤，问王文举："这个人你应该认识吧？"

王文举父子一看是乡邻王铁锤，好像被点了穴一样似哭非哭，似笑非笑，呆滞了半天才回过神来。一个喊大侄子，一个叫大兄弟："怎么会是你呀？"

王铁锤嘴角翘了翘，半笑不笑地应了一句，"没想到吧？"

我灵机一动，马上给王铁锤安了个头衔，说他是八路军驻黑水县秘密联络站站长，要求王文举今后有什么情报就直接与王铁锤联系。这既是我的随机应变，同时也是我的一个长远设想。王铁锤渴望参加八路军，王文举父子又有立功赎罪的表现，双方如果能配合得好，对于今后获取敌人的情报肯定会有所帮助。至于王文举父子会不会出卖王铁锤，我想给他们一百个胆子他们也不敢。后来在八路军解放黑水县城的时候，王文举还真的帮了不少忙。

回到王铁锤家，他忍不住冲我朗声大笑起来，说："哥呀，兄弟我寸功未建，上来就捞了个站长的头衔，你是一时应付，还是当真要我做这个站长？"

我说，军中无戏言，当然是真的，下次再来的时候，我会把独立师对他的任命状捎来，首长有什么新指示，到时会向他做进一步交代。

王铁锤挽留我住上一宿，赶天明再走。我急着回去复命，哪有闲心在此久留。我把该嘱托的话嘱托过之后，便连夜离开了到处都在捉拿我的黑水镇。腿部的伤为我在回家的路上增添了不少艰辛和麻烦，但我还是顽强地回来了。在八路军师部医院，村岛先生为我的伤腿做了手术。他的确为我取出过一颗子弹，但他没有想到会遗漏下一颗，更没有想到遗漏下的这颗子弹会在四十多年后的今天让你给取出来。"于康医生，尽管你让我少了一条腿，但我还是要感谢你。"

于康握着匡火鼎的手，热泪盈眶地说："老爷子，我原以为这是一颗普通的子弹，没想到它的来历是这样的不平凡！"他把匡火鼎的胳膊掖回到被窝里，说："伤口还疼吗？""不疼，放心，我忍得住。"匡火鼎说。

消息像刮风一样很快就传遍了昌史县人民医院，凡是能腾出手的医生护士，都想来听听抗日老英雄的传奇故事。病房内挤满了人，连门外的走廊都塞得满满的。当匡火鼎讲完自己的故事以后，于康说他想跟院领导建议一下，等匡火鼎病好之后，专门邀他来医院向全体职工做一次爱国主义教育报告。匡火鼎由衷地感到一种自尊和满足，谦虚了几句，就愉快地答应了。

由于军务在身，儿子匡大山没等父亲出院，就提前返回部队了。

14

半个月之后匡火鼎就出院回家了。他坐在轮椅上，由孙女匡世玉推着，每天坚持去大队上班，像之前一样继续当他的党支部书记。

住院期间，昌史县县委书记关东州、凹店乡党委书记林中青，曾多次到医院看望匡火鼎，给这位威震太行的抗日英雄以很多关照。有一次，关东州在医院碰到了同样来看望匡火鼎的大队长卢旺堆，叮嘱他，老支书身患重疾，以后村里的工作要他多担些，工作不能受影响。卢旺堆谦恭地表示，请县领导放心，我一定会尽力而为。然后又对匡火鼎献殷勤，说，老匡叔，以后你坐着轮椅指挥就行了，该跑腿的事都有我来跑。你是班长，又是长辈，我有哪儿做得不对的，该吵你就吵，该骂你就骂，该打你就打，当晚辈的绝不会有半点怨言。

从打匡火鼎锯了腿、住了院，卢旺堆就觉得机会到了，老头子干不长了，总算该到自己上台的时候了。他抱着一种幸灾乐祸的心态，主动跑到医院，通宵彻夜守护，殷勤恭维献媚，想方设法讨好匡火鼎。他清楚匡火鼎在县里乡里的说话分量，关键时候如果得不到他的支持，想顺利接班恐怕没有那么容易。

出院回家以后，匡火鼎也开始为自己的退位做打算了。如果讲论资排辈，大队长卢旺堆当然是接任支部书记的第一人选。然而，对于卢旺堆的品行，匡火鼎压根儿就信不过。在他看来，这人天生就是个不安分的主。他思想激进，爱出风头，权欲熏心，占便宜没够，一旦掌权，匡家峪还不知道会被他折腾成什么样子。可是，选其他副职做一把手，卢旺堆肯定不服气，他要是闹起来，班子和村子都将永无宁日。住院的时候，关书记也曾好心劝他离岗休息，并嘱咐他选好接班人，为匡家峪的长治久安负责。匡火鼎懂得关书记的心，书记的意思是说匡家峪跟别的村不一样，从中央到地方各级领导都在关注匡家峪，匡家峪一旦走上歪路，出了问题，乱了套，别说他匡火鼎担不起这个责任，就连他这个做县委书记的都难辞其咎。

匡火鼎每天早出晚归，从来都不愿意因为腿疾而影响村里的工作。一天奔波下来，常把他累得哼啊嗨呀的难受。世玉推着轮椅，像专职司机一样每天都推着他。奶奶年龄大了，伺候爷爷有困难。世玉为给奶奶分忧，索性把铺盖搬到了奶奶家，在北屋加了一张床，陪二位老人一块住。她除了帮奶奶洗衣做饭，还要帮爷爷挠痒痒、捶背、洗脚、擦身子、抻被窝、协助他大小便。爷爷啥时睡下，她才能睡。

夜里睡不着，三个人常常会躺在床上为匡火鼎的退与不退、以及由谁来接班的问题而争论不休。

"他爷，想好让谁接替你了没有？"吴桂贤再次催促。

匡火鼎伸了伸残腿，掖了掖被窝，叹了口气说："没呢。"

"怎么？非等累死不可啊？真的不要命了？"老伴不耐烦地说。

匡世玉从床上坐起来，带气地说："不管谁干，反正不能让卢旺堆干。"

"世玉，谈谈你的看法，你觉得让谁干比较合适？"匡火鼎说。

匡世玉皱着眉头，咕哝两下嘴，心里似乎有对象，却欲言又止。

吴桂贤插话道："老头子，依我看就叫世玉干，别看她是个女孩子，想事做事一点儿不比男人差。"

"不行不行，我可干不了。"匡世玉一口拒绝，"奶奶，我倒有个人选，比我要强上十倍。"

"谁呀？说来给爷爷听听。"匡火鼎从床上坐起来，拿起放在枕旁的"抓挠"，裸露着半身松皮干肉，勾着头，一只手背到脑后，边在背上挠痒痒，边催问世玉。

世玉跳下床，跑过来用手给爷爷搓脊梁。"依我说，数我哥最合适。"

匡火鼎让世玉回到自己的床上，说，"你哥当着县长，怎么可能回来当支书呢。"

"当县长就不能当支书？我看不一定。爷爷，大家不是常说，匡家峪是个上下都关注的'通天村'。既如此，能在'通天村'干出一番事业来，贡献其实并不比当副县长小多少。"

吴桂贤极力反对世玉的提议，说："净出些歪点子！匡家峪再重要它也是一个村，昌史县再不重要它也是一个县，一个村对一个县，怎么能相提并论？"

"奶奶，"匡世玉说，"我的意思不是说村和县哪个更重要，而是说村和县哪个更需要。县里少一个匡世宗工作照样转，能干的多的是，也不缺我哥一个；而村里就不行，除了我哥，这样的人选还真的不好找。是吧爷爷？"

匡火鼎只顾咧着嘴笑……

吴桂贤气呼呼地在床上翻了个身，没有理睬世玉。

匡世玉这么说，除了为工作着想，其实还揣着一个小心眼。自从世宗到县里工作，他俩见面的机会少了，担心倒是增加不少。县里俊闺女那么多，又都是有学历有身份有心计的一堆情鬼，论条件哪个都比自己强，哥一旦陷入她们的情网，想让他再跳出来可就难了。水要常流动才不会变腐，花儿常加水才不会枯萎，土地常被雨露滋润才能长出新芽，冷热气流相遇才能酿出甘露，情感如同玉石，愈打磨愈亮，放久了也会生锈斑的。一想到这上头，世玉的心里就急着想让世宗回来。让哥接爷爷的班,既能让爷爷放心、又有利于村子的发展、同时也能巩固他俩的爱情,三全其美的好事为啥就行不通?尽管她讲了许多正大光明的理由,但奶奶始终不肯松口,爷爷的反对声调虽说没有奶奶高,但他也没有明确支持的意思。

身在昌史县城的匡世宗,工作之余也在思考着同样的问题。住院的时候,爷爷自知体力不支,已经就他退下来之后由谁来接班向他征求过意见。从爷爷紧锁的眉宇间,世宗已经感悟到爷爷内心的纠结。匡家峪就像他从腥风血雨中救出来的一个遍体鳞伤的婴儿,在他几十年的悉心呵护下,现在总算是走上了一条茁壮成长的道路;匡家峪又像是屹立在太行山上用无数先烈的血肉筑起来的一座丰碑,他不想让它的纯洁、崇高和秀美受到任何的玷污。

夜半三更,世宗睡不着,望着窗外忽明忽暗的月光,心思早已随着飘动的云朵飞到了匡家峪。隆隆的闷雷在窗户上划出几道白光,一团一团的乌云像烂棉絮一样瞬间便从天边翻滚到县城的上空。一阵凉风掠过,水晶球一样的雨点子噗噗嗒嗒便从天而降,天就像一个漏水的筛子,顷刻间就把一座不大的县城浸泡在一片泽国之中了。雨点子敲打着窗户玻璃,发出纷乱的毫无节奏的噼噼啪啪的声响。他的心好像是一只孤雁,跟着风雨起伏,撵着径流激荡,在风雨交加的夜空艰难地翱翔。他冲出门外,站在雨地里,任凭雨水拍打,任凭电闪雷鸣,任凭狂风发飙,他向着万里苍穹,向着蒙蒙天际,发出了震耳欲聋的呼叫:"爷爷,我要回家!爷爷,我要回家!"

话音刚落,雨便停歇了,漫天乌云被一阵风卷走,一轮明月宛若一张明净的笑脸,将她美丽的光芒洒向了小城的角角落落。匡世宗回到屋里,换了一身干衣服,擦了擦水淋淋的头发,坐在桌案前发呆。随后他拿起笔,伏在桌案上,在一片纸上规规整整地写下了四个字:辞职申请。

第二天，匡世宗跑到县委大院，将辞职申请书当面交给了关东州。关东州大感意外，以惊异的目光盯着他镇静的脸庞，急切地问道："你这是怎么了？啥原因让你做出这样的决定？"

世宗哈哈一笑，轻松地说："没别的，只为爷爷。"

他向关书记汇报了匡火鼎的重重心事，说，只有他回去，接住他的位子，爷爷才能放心。这也是不得已的选择。

"你爷爷同意吗？"

"目前他还不知道，不过我可以料到，他会赞成我这么做的。"

关东州离开座椅，锁着眉头，抽着闷烟，一边在地上转悠，一边恋恋不舍地说："难道就没有别的路子了？非得辞职？我，我，唉！我是真舍不得你走呀。"

望着老书记焦急而期待的目光，世宗的眼眶顿时溢满了泪花。关书记对他有知遇之恩，从参加工作到提拔副县长，处处都对他关爱有加。世宗歉疚地说："老书记，我这么做，唯一对不起的就是你。你像父辈一样一直都在关爱着我，希望有一天我能长成参天大树，为国家担当更大的责任。可我不争气，没能按照你的想法去做，辜负了你对我的厚望。老书记，对不起了，请原谅属下吧。"

"千万可别这么说，关心年轻人成长进步是我分内的事，没啥对起对不起的。"关东州话里既带有一点儿官腔，又谦和可亲。

在匡世宗的反复解释和请求下，关东州思量再三最终还是答应了。匡家峪虽说是个农村，但其影响力绝非一般农村可比。不说别的，就说北京和省里来的大官，路过县城连往县里拐都不拐一下，直接就跑到匡家峪去拜见匡火鼎这个村官了。大官们对匡火鼎像敬神一样敬着，而我倒成了他身边的一个小跑腿的，鞍前马后地奉迎着。来昌史县工作都快满八年了，匡家峪在全县工作大局中的位置，关东州心里自然跟明镜似的。

"世宗，你看这样好不好，"关东州忽然想出一个新的主意，"你不用辞职，可以一马双跨，副县长兼任匡家峪党支部书记，这样也算为你留条后路，什么时候不想兼了，一句话我就让你回来。你说呢？"

"谢谢书记老为我着想。"匡世宗说，"既然回去了，就没有打算再回来。职务，工资，都不要了，该免就免，该停就停，这样才能逼着我破釜沉舟、背水一战。也让群众知道，我匡世宗回村，不是来镀金的。"

关东州深吸了一口烟，然后仰面喷出，一缕白雾冲向屋顶，像柳絮一样在大花板上绕了几个弯，随后便悠悠地飘向户外。他深情地说："免了职，停了工资，剩下的就只有一个空头公职了……哪天如果想重新回到机关工作，一切都得从头再来……这些你都想过吗？"

"没想，也没有吃回头草的打算。"匡世宗毫不犹豫地说。

关东州深沉地点了点头。

半个月之后，匡世宗没让家人知道就把辞职手续办完了，告别机关同事和领导，他便义无反顾地回到了自己的家乡。除了世玉在一旁偷着乐，家里的人都在埋怨他做事欠思量。世宗赶忙解释，在做出辞职决定的时候，其实我的心里，斗争也是蛮激烈的。我不是救世菩萨，也不是什么圣人，更不是大公无私为解放全人类而献身的伟人，我只是为了爷爷，让他老人家能睡个安稳觉。匡火鼎一边听一边咧着嘴笑，对家人们说，生米已做成熟饭，你们就是说一千道一万，世宗也不可能再回去复职了。我认同世玉说过的一句话，县里的官不缺他一个，匡家峪却急切地需要他，大家就不要再埋怨了，回来就说回来好，我欢迎。匡火鼎一句话，把奶奶和叔叔婶婶们的话全都给挡回去了。

在匡火鼎的提议下，村里举行了隆重的新老支部书记交接仪式。会场设在韩王山下抗日烈士陵园。陵园陈列室门前有个露天土台子，土台子前口用木杆子搭成了个门字架，门字架两边的竖杆子上贴着对联，上面的横木上粘着横幅，插着彩旗。锣鼓队敲

172

得震天响，唢呐队吹得心花怒放，秧歌队挥舞着彩带扭着欢快的舞蹈，像欢迎得胜归来的八路军一样。舞台前边是一片土广场，土广场上摆放着一排排长短不齐粗细不等的圆木，来参加会议的党员和群众，人挨人挤坐在圆木上，如同一群埋头啃草的羊。十几个抗日老民兵被安排在舞台中央就座。县委书记关东州、乡党委书记林中青、驻军炮旅旅长庄烈焰和群工处处长黄刚，以及村干部们，都在舞台两侧站着，他们时而环视一下会场，时而伏在耳旁嘀咕着什么。会议由村主任卢旺堆主持，他站在舞台一角，不时对着麦克风吼上两句，招呼台下的人落座，安静。

交接班大会共七项议程：

> 1. 全体起立，向烈士陵墓默哀；
>
> 2. 林中青宣布乡党委人事任免决定；
>
> 3. 匡火鼎发表卸职感言；
>
> 4. 匡世宗发表就职演说；
>
> 5. 举行抗日民兵大队队旗传接仪式；
>
> 6. 部队代表黄刚致祝贺信；
>
> 7. 县委书记关东州做重要讲话。

仪式进行得隆重、热烈、庄重、肃穆。近千名与会群众，抻着脖子，夯着耳朵，瞪着像牛一样的眼睛，听得十分认真。从一张张挂满激动、感念、惊讶和期待的脸上，已经可以看出，被裹在破衣烂衫内的一颗颗剧烈跳动的心，对他们新老当家人这样非同凡响的举动，充满着发自内心的敬佩。经久不息的掌声如春雷一样响彻墓地上空，响彻太行山的沟沟壑壑。人们以掌声告慰墓穴内的千百个亡灵：匡家峪的第二个春天，马上就要开启了。

匡家峪是太行山革命根据地建起来的第一个支部，匡火鼎又是该党支部的第一任支部书记。从一九四零年冬由老政委肖军亲自介绍他入党、担任党支部书记至今，他已经干了四十大几年了。四十多年的风风雨雨，匡火鼎亲历了世事巨变，尝尽了人间沧桑，现在终于可以停下来歇一下了。

仪式中传接抗日民兵大队队旗一项，是匡火鼎特意安排的。他把这面队旗当作村里的传家宝，当作抗战精神世代传承的象征，当作匡家峪艰苦奋斗永续发展的不竭动力。在血与火的战场上，在一次次冲锋陷阵中，为了让这面旗帜高高飘扬在前沿阵地，曾有四位旗手前仆后继为了它而倒在血泊中。他要让世宗铭记，也让今后一任又一任党支部书记铭记，他们的爷爷们，为了今天的幸福生活是怎么跟日寇浴血奋战的。

队旗上弹痕累累，千疮百孔，血迹斑斑，烟熏火燎。匡世宗站在坐着轮椅举着战旗的匡火鼎面前，庄重地打了一个敬礼，然后跨前两步，从匡火鼎手里接过战旗。他站在台前，将战旗举在空中，用力左右舞动。台下的人们都主动从圆木上站了起来，千百双眼睛凝视着风起云涌的战旗，只听得耳边军号嘹亮，杀声四起，仿佛被带入硝烟弥漫的战场。

在发表就职感言时，匡世宗对自己回村任职只淡淡的几句话便一带而过。他重点讲了让匡家峪尽快富起来的各项举措。他说，匡家峪只有富起来，才能让长眠于韩王山下的英烈们，让死在小鬼子枪口下的无辜百姓含笑九泉。

关东州在讲话时高度评价了匡火鼎的历史功绩，并祝愿他安享晚年。同时对匡世宗辞职回家任党支部书记的举动给予了充分肯定。他说，匡世宗是革命老区培育出来的众多青年中的优秀代表，是大学生和年轻干部学习的楷模，是改变老区落后面貌的带头人。关东州的讲话，深深打动了在场的干部群众。

主持会议的卢旺堆，脸色一会儿发紫，一会儿发蓝，像被霜打过的一片枯叶，皱巴巴的没了一点血色。他甚至不敢正视台下，台下的眼睛好像都在冲他嘲笑，让他感到十分的尴尬和孤立无援。

仇恨在他的心里升腾，像火一样烧得他浑身颤抖。他怎么都不能理解，匡世宗为啥会放着副县长不做，回来跟他抢这个小小的农村党支部书记的位置。今天让他来主持这次仪式，简直是对他的极大的讽刺。碍于县乡领导的面子，他只能强打精神，将仪式主持到底。

散会之后，卢旺堆像只被抽了筋的癞皮狗，没精打采地回到了家。

老婆孙冬梅见他垂头丧耳的样子，心里就猜到了几分，说："花她爹，世宗既然回来了，你就不要再跟他争了。当上怎么样，当不上又能怎么样？干吗非要自己跟自己过不去！"

卢旺堆气呼呼地跑到水缸边，舀了一瓢凉水，架在头顶上就浇了下来，接着又浇了一瓢，头发衣服全给浇湿了，像只落汤鸡一样打着哆嗦。然后，他将手里的水瓢恨恨地砸进水缸里，砸得水花四射。

"你疯了？跟水置什么气？"孙冬梅赶忙从屋里拿来毛巾，为他擦头发抹身子，随后拉到屋里，让他换了一身干衣服。卢旺堆坐在椅子上，打了两个喷嚏，出了一身鸡皮疙瘩。他拿过放在方桌上的卢花的黑白照镜框，捧在手里用衣袖揩着镜面，看了又看，瞧了又瞧，不由得鼻子一酸，一串泪珠夺眶而出，滴在镜框的玻璃上，划出道道泪痕。卢花的照片勾起了他的新仇旧恨，腮帮子上的那根白毛，此时已翘成了钩状。

孙冬梅看得真切，担心他对世宗再次做出非分的举动来，劝道："她爹，想开点吧，世宗这次能保留你的大队长，已经给足了你的面子，千万不能再闹了。"

卢旺堆呆呆地望着院子里正在打斗的两只红毛大公鸡，一股难以遏制的复仇心理，将他那张消瘦的大长脸顿时憋成了黑紫色。

15

支部村委班子原来共有五名成员，这次包括匡火鼎在内的三名成员由于年龄和身体原因主动退下来之后，由匡世宗亲自选定的两名新班子成员得到了及时补充：卢小九任支部副书记，匡世玉任支部委员兼民兵连长。他们都是世宗高中时的同学，有文化，有能力，思想开放，踏实肯干，世宗对他们颇为欣赏。副支书兼村委主任仍由卢旺堆担任，卢犬继续做村委副主任。两个人属远门叔侄关系，平时走得比较近，遇到矛盾分歧，卢犬往往会护着自家叔卢旺堆。有人建议将卢旺堆和卢犬调出领导班子，世宗不同意，说化解矛盾不能单靠动人，稳住卢旺堆和卢犬，对稳定全村有利，在卢姓家族中，毕竟他们还有一定的影响力。

匡世宗一上任，就把主要精力放在了发展个体私营企业上。原先让二叔匡大地建养牛场、让三叔匡大禾建三码车制造厂的打算，重新提上了议事日程。这天晚上，匡世宗来到三叔家，同匡大禾陶金凤两口子，以及他们的宝贝女儿、现在已是村党支部委员的匡世玉，就筹建三码车制造厂的事进行了一番讨论。铁匠出身的匡大禾，虽然已年近五十岁，但他的身板依然跟牛一样的健壮。常年打铁让他练就了一身发达的肌肉，无论是腹肌背肌，还是臂膀上的肌肉，处处都条块分明地暴突着，疙疙瘩瘩，布满青筋，看上去就像是一位威猛的运动健将。别看他体魄粗壮，心和手却如女人一样的精细灵巧，谁家的犁耧锄耙坏了，自行车、手推车、排子车出了毛病，都会找上门来让匡大禾帮忙修理，经他手打磨出来的物件，个个都像正规厂子里制造出来的一样让人称心如意。今天，当匡世宗动员他筹建三码车制造厂时，匡大禾随即就打断了他的话："老侄子，明白人不用细讲，你就说咋干就行了。不瞒你说，几年头里我就有过这样的想法，只因为怕别人抓辫子才没敢动手。如今你当了支书，叔就什么都不怕了。"三叔既然这般干脆利落，说服动员的话自然就免费口舌了。在谈到厂子占地、银行贷款等方面的具体问题时，匡大禾显得有些为难。匡世宗让他放心，答应帮他解决。

说完事天就到了半夜，匡世宗让三叔三婶休息，说自己要和妹子去西屋玩一会儿。世宗拉住坐在凳子上的匡世玉的手，拽了几下没拽动。世玉斜着白眼珠，含情脉脉地瞪着世宗，瞪了半天才哼哼唧唧地说："累了，走不动，你抱我过去吧。"世宗往世玉面前一蹲："来，让我背你。"世玉小嘴一噘，娇声道："不让背，我要你抱着我，像新郎抱新娘那样抱。"陶金凤看不过眼了，嗔道："北屋到西屋就一拃远，抱什么抱？多大闺女了，不嫌害臊！"坐在床边的匡大禾，埋着头只管大口地抽烟。小妹的娇柔作态，让世宗突然想起了他们曾经定下的"攻心大计"。他一改平时的斯文，主动配合世玉，当着叔和婶的面就表演起来了。他一只胳膊托住世玉的背，一只胳膊扤住她的腿腕，托起后轻轻往空中一抛，接住，然后再抛起，再接住，逗得世玉叽叽咯咯尖叫不止。随后世宗又抱着她在自己的前胸后背、左肩右膀，像滚大刀一样翻转起来。世玉一边喊我怕，我怕，我头晕。"世宗，快放下，别把她摔着。"老两口揪心地呼叫着。世宗不管不顾，遂一步跨出房门，托着世玉就向小西屋跑去了。

兄妹俩过来走得近，大禾金凤都能看得出来。自小的兄妹，脾气对，说得来，也没啥大惊小怪的。可他们今天的举动，让老两口觉得的确有点出格了。世宗抱着世玉刚去往小西屋，老两口随后便叨叨起来了。"玉儿她爹，你觉得他俩正常吗？"陶金凤气呼呼地说。"怎么，你多心了？"

陶金凤揪心揪肺地站在北屋门口，心情复杂地注视着小西屋泛黄的窗户纸上亮起的一抹淡淡的灯光，心想，果真他俩真的要爱上了，这乱子可就闯大了。别说爷爷奶奶不同意，就连街坊邻居这一关都难过。画虎不成惹人笑，瞎子点灯白费蜡，明摆着不能成的事，干吗还要找这麻烦？不行，我得去给他们提个醒，灭灭他俩的心气，不能由着他们的性子来。陶金凤忍不住走出北屋，踩过小院，轻手轻脚地走到小西屋门前，猫着腰，将耳朵贴近门缝，悄悄听起屋内的动静来。

屋内传出世宗的说话声："小妹，今天你表演得不错，三叔三婶看了，准能引起他们的猜想。"

"导演是你，主角也是你，我只不过依照导演的指挥棒，厚着脸皮装疯卖傻罢了。"这是世玉的声音。

刚听到两句话，陶金凤的心跳就加快了。她调整了一下站姿，屏住呼吸，正要继续往下听，不料背上却突然被人拍了一下，吓得她打了个冷战，侧头一看，原来是玉儿她爹。"该死的老东西，瞧你把我吓的！"陶金凤一边在心里骂，一边挤眉弄眼示意他不要弄出声响来。匡大禾捂住嘴，还了个无声的闷笑，凑前两步，把头伸到陶金凤的脑袋上面，仿佛一根绳上吊着的两个葫芦，跟着也偷听起来了。

这时，屋里又传出下面的一段对话：

"哥，你觉得我妈会问起咱俩的事吗？"

"会，要有心理准备。"

"妈要问，我是不是爱上你了，我该怎么说？"

"实话实说，就说爱上了。"

"妈要反对呢？"

"讲道理呀。"

"讲不通咋办？"

"会通的，好事多磨。"

……

老两口听得正来神，屋内的说话声突然停止了。过没有两分钟，里边又渐渐传出窸窸窣窣的响声，若似老鼠偷粮，又像猫儿舔食，接着就是一阵呼哧呼哧的喘息声，如同拉起的风箱，为打铁炉子加火。"这是怎么了？是病了还是哭了？"陶金凤一阵狐疑。

匡大禾扯住老伴的衣襟就往北屋拽。一进屋，陶金凤反手将门关上，惊惶地问道："听到了吗？我怎么觉着玉儿在哭？"匡大禾嘻嘻一笑，说："傻老婆，你是听不出来？还是拿着明白装糊涂？……来，让我教教你。"努着嘴，噘得像鸡屁眼，抱住金凤就吻。陶金凤闪开他的嘴巴，怪道："老东西，没正形！"转而惊诧道："你，你是说，他们已经那个了？"大禾点点头，又是嘻嘻一笑。陶金凤急得像火燎腚一样非要到小西屋将世宗世玉冲散，想狠狠地教训他们一顿。匡大禾急忙将她拦住，说："多好的一对啊，你疯了还是傻了？"陶金凤转过脸说："你当我不愿意？我才恨不得让世宗做咱的女婿，可他俩是兄妹啊，你怎么这么糊涂？"匡大禾憨笑着说："别急别急，你听我说，是兄妹不错，但他们是在祖辈情谊的基础上结为的兄妹，并不是血亲嘛。革命情谊加上儿女亲情，岂不是亲上加亲？这没什么不妥嘛。为了玉儿的婚事，这些年你没少为她操心，现在孩子有对象了，你倒要横插一杠子，怎么，想棒打鸳鸯啊？你要知道，一个人如果爱上一个人，那是九头牛都拉不回来的，一个发誓非他不嫁，一个发誓非她不娶，逼得松了不理你，逼得紧了跟你寻死觅活，到时我看你怎么收拾？"经老头子这么一劝，陶金凤心回意转的速度倒是蛮快的，说："理儿是这么个理儿，可我不是担心咱爸咱妈嘛，老人都爱念老理儿，他们如果不同意，咱就是磨破嘴皮子也白搭。"匡大禾半是奉承半是怂恿地说："你陶金凤是谁呀？你是眼睫毛上绑棒槌——爸妈的当眼棍子，只要你出面去说，爸妈准会同意。"陶金凤白了他一眼，半嗔半喜地说："只会撺弄人，凡事都把我往前头推。"想到世宗要做自家的女婿，陶金凤尽管心存忧虑，但她仍然像只饥饿的鲸鱼发现味鲜肉嫩的海豹一样恨不得一口将他吸进自己的肚子里。她把大禾拉到床边，喜眉笑眼地夸道："老头子，还是你们男人有定见，不是你拦着，这桩美满婚姻差点儿让我给搅黄了。"

第二天吃罢早饭，世玉放下饭碗，跟妈知了一声就往外走。陶金凤心事重重地望着闺女，说："晚走会儿不行？妈有话跟你说。"从妈的眼神里，世玉已忖出她想要说什么。"有事等我回来再说吧，上午我要跟世宗哥去二叔家，动员他建养牛场。"世玉说着就跨出屋门，见爸正在院子南头的铁匠棚子下叮叮当当地敲打着，说："爹，该考虑考虑建新厂的事了，别尽忙活你的铁匠炉子了。"匡大禾直起腰，将手中的锤子点在砧子上，看着世玉说："先前留下的几件零活，收收尾。"顿了下就问，"你妈不是有话跟你说吗，急着走啊？""哦，哦，知道，回来再说。"世玉边答话边往外走，人都走到了街门筒子，爸还在身后嘟囔："民兵连长就屁大点官，忙得连说句话都顾不上了，真是的……"

世玉来到大队，见世宗已经在办公室等她，不好意思地说："来晚了哥，走吧，找二叔去吧？"两个人步出大队部，一块来到大街上，世宗忍不住悄声问道："叔和婶问起过昨晚的事吗？"世玉说："问了，但我没顾上跟她谈，估计回去以后，妈还会问的。"世宗嘱咐说："记住了，按既定方针办，决不能妥协。"

街上有不少人还在吃早饭，有蹲着的，有站着的，有的只管埋头吃饭，有的海阔天空夸夸其谈。小到柴米油盐，大到国内国外奇闻秘事，好像没有他们不知道的。人们一人手里端着一只青花大瓷碗，里面盛满了玉米粥，粥里泡着一块黑乎乎的老咸菜，托着碗的手里夹着窝头，吃的是香甜可口。大伙儿里的饭碗，唯独匡靠社与众不同。他端着一碗荷包蛋挂面，汤里飘着一层绿油油的韭菜花，老远就闻着打鼻子香。他一会儿夹起鸡蛋，一会儿挑起挂面，高高挑起，轻轻放下，总是舍不得吃，好像故意在人前显摆自己比别人吃得好。

"大家瞧来大家看啊，看谁家的饭碗不一般啊；有老婆的喝的都是玉米粥啊，咱光棍汉吃的是白生生的挂面外加一个荷包蛋啊；有老婆的一天到晚忙不停啊，咱光棍汉一年到头逍遥自在像神仙啊……"匡靠社正得意扬扬地念叨，身旁一个叫匡二蛮的小伙子当面就揭他的丑，说他吃的挂面和鸡蛋都是从他的姐姐和姑姑家偷来的。这下匡靠社可不干了，羞红了脸骂道："娘的个腿，有能耐你也偷去！"二蛮还口道："我家鸡蛋攒了两瓮子，用得着偷吗？"匡靠社说："吹牛，你吃啊，怎么不见你吃呢？"二蛮说："我比不得你，你是吃绝户，我得省着让我媳妇吃，她马上就要给我生大小子了。"匡靠社又要反驳，恰好碰上世宗世玉走到跟前，拦住就向世宗告状："老侄子……不是不是……瞧我这张嘴，该叫支书……支书啊，也不是，该叫县长大人……你来给评评理，二蛮这王八羔子，说我吃的鸡蛋挂面是偷来的，这不是存心坏我的好事吗？"匡世宗问道："他坏你什么好事了？"匡靠社急歪歪地说："叔都奔四十的人了，到现在身边连个女人都没有，你怎么不明白叔的心啊。"匡世宗沉着脸说："既然你在顺口溜里把光棍说得那么好，为啥还想着娶媳妇呢？"旁人一听便知，世宗这是在用激将法教训匡靠社。匡靠社往地上一蹲，碗往地上一丢，仰着脸就哭起来了："爹呀……儿子对不起你呀……没给家里留后啊……"他这里只顾哭，跑在街上的猪儿狗儿们喜出望外地奔将过来，毫不客气地就把一碗好端端的鸡蛋面吃了个精光。既然匡靠社对讨媳妇如此地上心，说明他对未来还抱有希望，并非打算一辈子破罐子破摔。恰在此时，村里的一个女人突然出现在世宗

181

的脑子里，心想，如果匡靠社能变成个勤快人，到时把她介绍给他，准是一对美满姻缘。世宗突口就说："别哭了，你不是想讨媳妇吗？我手里还有个现成的茬子，可以给你介绍介绍。""真的？"匡靠社腾地从地上站起，伸着刺猬头问，"说的谁呀？多大岁数了？带孩子没有，是个二茬吧，不准是黄花大闺女吧？"匡靠社如饥似渴的样子，逗得饭场的人嘻嘻哈哈乱笑。"先别问谁，"世宗一本正经地说，"人家说了，只要你能把承包地种好，就嫁给你，地种不好，面都不跟你见。""哦，哦，我明白，"匡靠社拍着胸脯说，"请县长放心，两天之后你去我地里检查，假如有一根草还活着，我匡靠社就头朝下见你。"

离开街头饭场，世宗世玉来到二叔匡大地的家，经过一个上午的交谈，建养牛场的事才算敲定下来。大地不像大禾做事爽快，心里顾虑多，老怕卢旺堆卢犬给找麻烦。另外他还担心牛养多了易得传染病，防治起来是个问题；同时也担心市场发生变化，到时有牛卖不出去。至于建牛场所需资金，匡大地说不用银行贷款，儿子世勇能为他解决。世玉高兴地赞美二叔养了个出息的儿子，动辄几十万，说拿就拿，连眼都不眨一下，就是比她爸财大气粗。匡大地谦和地笑了笑，说："没有世宗帮他，哪有他今天。"

二叔一提到世勇，匡世宗的心思不由得就飞到北京去了。这两年，兄弟俩虽然不在一起了，但他们不断相互通个电话，把心里的想法向对方倾吐一番。世勇在问候家人的同时，每次都念念不忘世宗在京时对他的帮助。世宗惦记着他的天丽大厦，每每讲到经营方面的问题，世宗都会帮他出点子提建议。听说世宗当上了副县长，世勇为他激动得欢欣鼓舞。时隔不久世宗又说他辞去了副县长回村当支书了，世勇又惊讶得不得了，世宗的远见、抱负、担当，令他不胜惭愧。他表示，只要哥有用得着兄弟的地方，他一定会全力支持村里的工作。电话上世勇常会提到肖菡，说肖菡一直在爱着世宗，每每谈起总是泪流满面。他追问世宗，肖菡是个挺不错的姑娘，为啥就不能接受？世宗理解世勇的心情，可他又有嘴说不清。反过来他又追问世勇，兄弟，先说说你吧，你是继续在等卢花呢，还是已经开始谈新的女朋友了？世勇说，时间都过去两三年了，卢花的消息如石沉大海一样没有任何反应，你觉得我还能继续等吗？世宗对他说，有合适的就谈吧，不要再等了，估计卢花是等不来了。得住世宗这句话，世勇突然爆出一个令世宗难以置信的消息——说美贺子爱上他了。世宗惊讶道，真的？她一个外国人，怎么会爱上你这个中国人呢？世勇说，正如你以前讲过的，大概是脱不开老区的情结吧。世宗问，你爱她吗？世勇说，说心里话我爱她，但又不敢爱。我忌讳她是个日本人，担心家里人反对，也担心那帮缺胳膊断腿的爷爷们接受不了她……哥呀，我想让你帮我拿个主意，你说行就行，你说不行，趁早我就跟她吹。匡世宗边听边琢磨，美贺子能主动提出嫁给世勇，这已经是个很了不起的决定了，难得她有这份心。然而，世勇的担心也并非没有道理，美贺子虽说有一个开明的爷爷，但村里人能不能理解还很难说。不过，世宗对于成全他俩的婚事还是希望胜过担心的。他告诉世勇，如果你真的爱她，就大胆地去爱，不要伤了美贺子的心，家这头你放心，我会帮你疏通好。长期受困于美贺子身世的匡世勇，此时犹如觅到了知音，找到了靠山，高兴得直夸哥哥好。转眼半年多过去了，包括爷爷奶奶、二叔二婶，家里人谁都不知道，远在北京的世勇正在跟一个日本姑娘谈恋爱。

从二叔家出来，天就中午了。揣着重重心事的匡世玉刚踏进家门，就被陶金凤迫不及待地唤到了小西屋，背转匡大禾，委婉地问起闺女的婚事来。

陶金凤：玉儿，晚吃会儿饭，妈想跟你说几句话。

匡世玉：说吧。

陶金凤：瞧你和世宗昨天晚上亲热的样子，好像你们相爱了，是吗？

匡世玉：是。

陶金凤：世宗呢？他爱你吗？

匡世玉：当然爱。

陶金凤：你们相爱几年了？

匡世玉：七八年了，高中的时候就开始了。

陶金凤：为啥不早点儿给娘说一声？

匡世玉：不是担心你们反对嘛。

陶金凤：多好的一桩亲事，妈咋会反对哩。

匡世玉：真的不反对？

陶金凤：当然真的。

匡世玉：我爸呢？

陶金凤：你爸也一样，都支持。

匡世玉：哎呀妈，你真好，还是妈懂得女儿的心。

陶金凤：闺女，你听我说，我和你爸都没问题，怕就怕你爷爷奶奶那一关不好过。

匡世玉：好过也得过，不好过也得过，反正我和我哥都已经拿定了主意，这辈子非他我不嫁。妈，女儿的事就全托你办了。

陶金凤：放心，妈会尽力的。不过你不能急，我得慢慢向两位老人吹风，试着脚步往前走，俗话说心急吃不了热豆腐，太急了恐适得其反。

匡世玉：谢谢妈。

16

匡世宗从供销社买回来几张白报纸，还买来一打赤橙黄绿青蓝紫七种颜色的彩色铅笔和一块用于涂擦修改的橡皮。夜里，只要大队不开会，他都会一个人关进自家的房间里，通宵达旦，忙着绘制两张图：一张是匡家峪村工业园区示意图，一张是匡家峪村养殖园区示意图。在他辞去副县长、准备回村当党支部书记的时候，他就萌生了这样的想法。与其说他在绘制村里的发展蓝图，倒不如说他在绘制自己的梦——一个让他为之奋斗一生的梦。

村西边的云青河南岸，有片相对平缓的岗坡地。匡世宗上任不久，就把这里规划成了匡家峪工业园区，面积大约有三平方公里左右。依世宗的设想，他打算用十到十五年的时间，从园区建设起步，逐步做大做强，梦想有一天，能够在这块不毛之地上，崛起一座拥有十万人以上规模的现代化小城市。

养殖园区安排在村东云青河两边的滩涂上，与村西的工业园区形成两翼并驾齐驱之势。云青河从村后流经村东，河道突然变得开阔起来，宽阔的滩涂上覆盖着一层厚厚的沙石，白茫茫的沙土像经年不化的冰霜，在阳光的折射下闪烁着耀眼的光芒。沙滩上的鹅卵石，黑黢黢，光唧唧，仿佛露出水面的一颗颗秃脑袋。耐旱的茅草、败酱草、芦荻、苍耳子和酸枣棘，东一墩、西一簇，稀稀拉拉地萎缩在白花花的沙滩上，如同秃子头上的毛发，凄惶而又干巴。世宗想在河道内，顺着河道走向，南北各筑一条水泥坝，使河身变窄，在不影响坝内行洪的情况下，将坝外的上千亩沙滩地通过改造利用起来，作为村里的养殖园区。

上大学的时候，他曾专修过《产业化与城镇化》这门课程，深知产业化对于城镇化建设的重要。他想通过园区建设，首先把产业基础搞扎实，以此来带动商贸、流通、服务、农业和旅游业的兴起，汇聚人流、物流、信息流，将村西的工业园区，一步步推向城市化目标。正是出于这样一种长远打算，他在绘制村西工业园区规划图的时候，就把十五年以后的小城市框架全部都勾勒出来了。生产加工区在哪儿，商业服务区在哪儿，哪里做居民生活区和休闲娱乐区，世宗都按照他的设想进行了合理化布局。另外他还觉得，既然把小城市作为目标定位，区内的基础设施建设，一开始就应当以城市化标准进行高起点规划。有些东西规划以后可能一时难以建成，但建不成也必须先规划。事先没规划，等用得着的时候再去拆迁，损失就大了。区内修几条街，南北几条，东西几条；水、电、气、暖、通信等设施如何铺设、如何走向；云青河上架几座贯通南北的水泥大桥，桥位定在哪儿，他都用不同颜色的铅笔在图纸上一一标了出来。

草图绘出以后，世宗从北京华克大学请来了自己的几位恩师，对草图进行了一次详细的评估论证。同时他还让几十个村民代表参与到论证的全过程，并认真听取他们的意见。他觉得，规划应当有群众基础，群众不理解不接受终归难以推动。尤其是卢旺堆那帮人，没事总爱找点事，对付他们的最好办法就是以群众的力量来抑制他们的无理取闹。只要大多数群众拥护，谅他们也翻不出大浪来。通过这样的一个互动过程，他想把自己的理想变为全体村民的共同理想，以凝聚人心、鼓舞斗志。

最终确定的规划，基本上维持了匡世宗原图纸上的设想。为了加快园区建设进度，吸引国内外客商来村里投资，他适时制定并出台了对内外客商具有强大吸引力的十五条优惠政策。随后，匡世宗将两个园区的规划以及这些优惠政策，在全村群众大会上正式公布了出去，号召村民以各种形式踊跃到园区内投资置业。宏伟的发展目标，美好的生活憧憬，一下子让这个积贫积弱、历经苦难的小山庄沸腾起来了。人们奔走相告，热烈地议论着。议论中有欢呼、有赞美、有夸耀，也有忧虑、有嘲讽、有反对，不过这些早已在匡世宗的预料之中。要平息这些杂音，他觉得唯一的办法就是让事实说话。

随后，匡世宗带着图纸就跑到了县里，向关东州书记详细汇报了自己的设想，并请求他将匡家峪的园区建设作为县里的重点项目给予大力扶持。工业园区也好，经济技术开发区也好，当时也只有南方人在搞，而且是个别的、试验性的，北方还从来没听说过这种新鲜玩意儿。关东州虽然觉得世宗的设想有点超前，有点异想天开，但也确实令他很受鼓舞，看着世宗信心十足的样子，急于想着建功立业、搞出点不同凡响的关书记，最终还是表示了大力支持。

有了关书记的支持，匡世宗的胆子就更大了。他利用自己当过副县长、人际关系熟悉的便利条件，打着县委关书记的旗号，将县里的交通、建设、水利、电力、银行、农业、包括几个有实力的县属工业企业等十几个相关单位的一把手请到县招待所，为恳求他们的支持特意举行了一次简朴的求援酒会。会上，匡世宗首先介绍了园区建设的总体规划，讲了村里的决心和举措，然后把需要大家帮助的各项具体任务交代给各个单位。世宗心里明白，对于这些单位来说，干点工程倒不算啥，他们关心的是工程费用，不出钱让他们白干，恐怕哪个单位也想不通。为了消除大家在这方面的顾虑，匡世宗坦诚地告诉大家："请各位放心，施工合同咱们该签签，工程费用该怎么算怎么算，今天当着各位弟兄们的面，我匡世宗拍着胸脯向大家保证，绝不会让大家白干，不会欠大家一分钱。不过话又说回来，我匡世宗没有开银行，匡家峪也不是印钞票的工厂，眼下我囊中羞涩，真的没钱，就连今天的这场酒，也是我东拼西凑凑来的钱。但是，钱的问题大家不用担心，银行方面我已经跟几位行长见过面，关书记也给行长们分别打过电话，他们表态都不错，都答应给解决一部分。"世宗说到这里，就向来参加求援会的几个行长喊话："李行长、王行长、张行长、范行长，各位，我说的不错吧？""对，对，放心吧，一定支持。"几个行长尽管对这笔贷款办不办、办多少心里仍然在犯嘀咕，但在这样的场合，他们还是给足了世宗的面子。世宗满意地表示了感谢。接着说："另外，我也打算到北京跑跑、到省里市里找找，上头有几个熟人，估计也能争取来一批扶持资金。总而言之，不管用什么办法，我匡世宗就是钻天拱地，也要想法把钱筹到手。前期费用请大家先垫着，缓几个月就兑现。"匡世宗的真诚坦白，感动了在场所有的人，许多人当场表态："放心匡县长，支持你就等于支持老区建设！你放着县长不做，甘愿回村尽义务，你能做出如此大的牺牲，我们支持你一把，也是应当的嘛。"心情归心情，工程毕竟不是县里的工程，施工费用该付还得要付。临散会时，世宗一再向大家保证，决不会欠大家一分钱。

　　几天之后，各路施工大军便浩浩荡荡地开进了园区工地，昔日的荒山秃岭，如今已变成机器轰鸣、人喊马叫、红旗招展、千军万马大会战的战场。除了县里的几个施工队，匡世宗把村里的三百多名青壮劳力，以民兵连为组织，分成两支队伍，一支由副支书卢小九带队，负责村东养殖园区建设；一支由支委兼民兵连长匡世玉带队，负责村西工业园区建设。别看这些民兵们土里土气，手里也没有什么像样的施工设备，但要让他们干起凿眼放炮、开山打洞、垒堰砌石来，他们可毫不逊色于正规施工队。

　　另外还有一支特殊的施工队——解放军驻狼牙洞某炮旅工兵连——也被匡世宗给邀请来了。这里所说的狼牙洞，就是老政委肖军的老婆龚秀珍，当年被吴桂贤冒着敌机的狂轰滥炸送来生孩子的地方，这里属匡家峪最西端的地盘，距村有七八公里。过来，军地之间经常相互走动、相互支持，军民之间的情谊自不必说。带队的领导是一位二十五六岁的年轻军官，名字叫黄刚，山东人，目前是炮旅群工处处长。他身材高挑，皮肤白皙，举止斯文，加上他鼻梁上戴着的那副镶着金边的近视眼镜，不用问就能猜到，他是一位学生出身的军官。他和工兵连的战士们一样，穿着一身迷彩服，连头上的帽子和脚上的球鞋都涂着迷彩，看上去就像一只出没于丛林中的野性十足的花豹子。黄处长是部队负责军地关系的干部，无论是节日期间相互走访慰问，或是军地之间相互有用得着的地方，哪次都少不了黄处长出面应酬。记得几年前云青河发过一次大水，前来帮助匡家峪抗洪救灾的几十名部队战士，就是在黄刚的带领下开过来的。别看他柔弱得像个书生，可干起活来却一点都不服软，样样都冲锋在前、不惧生死、像个铁打的汉子顶天立地。那一次他们都住在匡家峪，先是昼夜守坝抗洪，等洪水泄下去之后接着又帮助村民抢救田间被洪水淹没的禾苗，连着干了半个月，才依依不舍地离开。黄刚当时被身为党支部书记的匡火鼎安排在他的儿子匡大禾家吃住。匡世玉当时还在上高中，黄刚一来，就把她住的小西屋给占领了。她只好住到北屋东头、放着烂七八糟旧东西的、黑暗潮湿的小套间瞎凑合。开始，沉默寡言的黄刚并没有引起匡世玉的多大注意。但到后来，得知了黄刚的底细，又听到村民们对他的不少赞美之词，她才慢慢地对黄刚肃然起敬起来。见了面她主动向他打招呼，吃饭的时候也不再躲他了，遇到学习上的难题还主动向他请教，短短几天时间，世玉就跟这位帅气的军哥成为了好朋友。部队撤离那天，黄刚送给世玉一部长篇小说，书名叫《苦丁》。

"这是我写的，没事的时候可以翻翻。"黄刚说。

世玉看了扉页上英姿飒爽的照片和作者简介，惊喜道："呵，没想到你还是位大作家呢？"

"什么大作家，"黄刚说，"业余时间随便写几句，权当是消遣解闷。"

匡世玉像个小妹妹一样以崇敬的目光笑眯眯地望着黄刚："以后再有新作，记着第一个送我，让我先睹为快。"

"一定一定。"黄刚说，"不过，书不能白看，要多批评指教。"

"我哪敢啊！"世玉诚惶诚恐地说。

匡世玉一口气读完了泱泱二三十万言的一部长篇小说。小说语言细腻精妙，极富艺术性；故事构思巧妙，曲折委婉；情节跌宕起伏，动人肺腑。世玉感慨万端，世玉了解黄刚的身世，故事中的"我"，分明写的就是黄刚，或者说黄刚在写他自己。一个自小沦为孤儿的苦孩子，不幸的事怎么就全都让他给遇上了呢？当时还处在妙龄少女期的匡世玉，怎么想都想不通。尤其是那个面似外国女郎嫌弃军人穷，转投有钱老板怀中的梦娜，想起来她就恨得牙根疼。这要在匡家峪，一说嫁给军人，姑娘们都会感到是一种自豪、一种荣耀，村里假如出了像梦娜这样的女人，准会让唾沫星子给淹死。她由不得同情起黄刚来，她在心里为他默默祈祷，愿他在以后的人生中，找到属于他自己的幸福。后来又见到黄刚的时候，匡世玉出于同情心劝说过他，说爱情上的失败是常有的事，到该放弃的时候就要放弃，遇到合适的该谈就谈，不能老陷在里头跳不出来。不急不急，目前我还没有这个打算。黄刚倔强地说。

部队这次来支援园区建设，带队的恰恰又是黄刚。考虑到部队机械装备好，施工力量强，匡世宗就把园区内最艰巨也是最关键的一项工程——迎宾大道——交给了他们。这条路虽然只有三公里长，四十米宽，但其工程量却是十分艰巨。中间要凿通两座山头，填平三道沟，架设一座混凝土大桥，全部拿下来至少需要两年时间。迎宾大道是园区连接省道的一段公路，也是园区走向外面的唯一通道，能否按时完工，对园区发展举足轻重。

为了尽早啃掉这块硬骨头，匡世玉特意将民兵连中战斗力最强的第一排安排在这里协助部队一块施工。民兵连的其他各个排，一个排跟一个施工队，全都分派到了县里来的几个施工队去了。匡世玉每天穿梭于各个民兵排所在的工地上，调配人力物资，督促施工进度。她十分关心部队这边的工程，生怕由于施工进度慢影响了整个大局。世玉问一排长匡二蛮："知道为什么把你们一排放在这里吗？"匡二蛮憨笑着说："连长信任呗！"世玉说："这段公路可是进出园区的咽喉要道，通车越早，对园区建设越有利。我对一排寄予厚望，希望你们勇挑重担，克服一切困难，争取提前完成任务。有决心吗？"二蛮打了个立正，抬起右手，行着军礼，绷着脸说："请连长同志放心，一排面前没困难，困难面前没一排，一排要当龙，不做小爬虫，敢上九天揽月，敢下五洋捉鳖，泰山压顶不弯腰，十八级台风吹不倒，任务交给我匡二蛮，只戴红花不丢脸。"二蛮铿锵有力的誓言，说得世玉心里热烘烘的。

是啊，有着光荣革命传统的匡家峪民兵连，多年来无论是在村里的救灾抢险、维护社会治安，还是在上级军事机关组织的民兵大集训、大比武中，一排都是拿着第一、扛着红旗、带着奖状回来的，从来都没有打过败仗。当年匡火鼎所领导的抗日民兵大队，在抗击日寇中所留下来的传家宝精神，无疑是鼓舞他们奋发上进的力量源泉。世玉一边想，一边跟着民兵们，扛着铁锤钢钎，爬到了山头上。一排的五十多个民兵，同黄刚带领的一百多名部队战士混杂在一起，投入到了凿眼放炮、崩山运石的战斗中了。大家两个人一组，一个人蹲着握着钢钎，一个人抡着长把子大铁锤，抡出一个圆弧，一锤一锤地砸在钢钎上，每砸一锤，握钢钎的人都要将钢钎转动一下，为的是让打出的炮眼又直又圆。一批炮眼凿成以后，他们会装上炸药，插上雷管，接上引信，让人躲起来，随即将其引爆。几十个石炮如同一枚枚重磅炸弹，在山头上同时炸响，半个山头像棒槌砸西瓜一样顿时就开了花。大石块飞不起来，只好滚到山沟里，碎石和泥土冲上几十米的高空，然后像陨石雨一样哗啦啦从高空落下，将地上砸出无数个深深浅浅的坑。炮放过之后，还有一道程序是排瞎炮，由专门排炮手负责，啥时排掉了瞎炮，啥时才能恢复施工。不管是放炮还是排瞎炮，这些都要听匡二蛮一个人的指挥。指挥时他会站在高处，左手拿一面红色三角小旗，右手拿一面绿色三角小旗，胸前还吊着一个不锈钢哨子，仿若挂在婴儿脖子上的一枚长命锁，非常认真地履行他的使命。准备放炮的时候，他会站在高处，举起手中的红色旗子，一边摇动，一边呼叫："放炮了！放炮了！请大家注意安全，赶紧躲起来！"喊几句，吹上一阵哨子，再喊几句，再吹一阵哨子，如此反复数遍，以确保施工安全。放炮结束以后，他会举起手中的绿旗在空中晃动，照样一边呼叫一边吹哨子，告诉大家危险已经解除，可以出来施工了。

中间歇工的时候，匡世玉和黄刚会凑在一起，除了谈施工上的事，也会聊聊他们共同感兴趣的话题。世玉忍不住又问起他的婚事："谈对象了吗？还单身呢？"黄刚说："没谈，仍然光棍一个。""怎么？心里放不下梦娜？"世玉戏逗说，"也是，梦娜那么漂亮，又是初恋，放不下也在情理之中。""我想她？你也太小看我黄刚了吧？""那又为啥？"世玉打破沙锅问到底。"啥都不为，只为清静。"黄刚敷衍道。世玉试探地问："嫌不嫌弃农村姑娘，如果不嫌弃，我可以从匡家峪为你介绍一个。"黄刚俏皮地笑了笑，说："怎么？你动心了？不会是毛遂自荐吧？"世玉脸一红，连忙予以否定："不是我毛遂自荐，是你自作多情！俺心里早都有人了。"黄刚问："谁呀？"世玉说："天机不可泄露。"黄刚说："我就知道，像你这么优秀的姑娘，眼里根本就看不上我们这些穷当兵的。"世玉反驳道："又胡说，当兵的怎么了？当兵的是最受尊敬的人，没有当兵的哪有国家？没有国家哪有小家？别以为女人都跟你小说里的梦娜一样物质！"世玉的话说得黄刚的心里既惭愧又感觉热乎乎的，心想，一个农村女孩，能把话说到这份儿上，足见老区群众对部队的情感之深。他一边夸着世玉，一边做自我检讨，说自从跟梦娜分了手，他也不知道自己怎么了，见了女人就像青蛙见了毒蛇一样心里堵得慌，他也意识到自己对女人存有偏见，可他就是跳不出这种梦魇般的伤害。"谢谢你世玉，是你给了我爱的勇气，我一定要找一个像你这样爱部队爱军人的女孩做老婆。""这就对了，一个大男人，不管干什么，都应当拿得起放得下，不能在一棵树上吊死，更不能被一个不值得爱的女人把自己弄得两眼一片漆黑，看哪个姑娘都不顺眼。"世玉说着就站了起来，拍了拍屁股上的土，说："黄处长，我到别的工地看看去，天快黑了，记着早点下班，别累着！"说着就往山下走，走到半坡，回头又喊了一声："喂！生活上有什么困难只管说，别不好意思。"黄刚站在山头上，深情地望着浑身是土、满脸是汗、朴实敦厚、令他喜欢的匡世玉，应道："没困难，没困难，忙你的去吧。"

部队和县里来的几个施工队，都在工地附近建有自己的帐篷，吃的喝的住的用的，全都由他们自己料理，连锅碗瓢盆、柴米油盐甚至连做饭的大师傅都是他们自己带来的，生活上不用村里太费心。尽管如此，匡世宗还是嘱咐世玉，要多到各个驻地帐篷走走看看，想法照顾好他们的生活。

西边的太阳就要落山了，柔柔的霞光将整个工地抹成了一幅色彩斑斓的油画。远处，挖掘机摆动着黄色的巨臂，将一铲一铲的沙土碎石从高处向低处填埋。满载土石的汽车一辆跟着一辆，像条土龙一样拖着一道荡起的沙尘，在弯曲起伏的土路上来回奔波。地势平缓、作业方便的路段，路基的轮廓已初步成形。几辆推土机，伸着两只健壮的臂膀，端着像簸箕一样的长形铁斗子，将翻斗汽车卸在路面上的一堆堆土石推得平展展的。几辆压路机，推着笨重的钢磙子，在路面上来来回回地碾压。戴着红白黄色安全帽的电力和邮电部门的职工，忙着在路旁架设电杆和线路。穿着一身灰制服的市政技术人员，站在已经挖好的沟槽旁，指挥着穿着裤衩、光着膀子、淌着满脸泥汗、抬着沉重的水泥管子的十几个民兵，认真地铺设着净水和污水双重管道。云青河岸边，堆放着像小山一样的钢材和水泥，来自水利部门的架桥职工，正在河底的滩地上钻眼、绑钢筋、浇制混凝土、建造圆柱形桥墩……匡世玉沿着坎坷不平的坡路，一边走，一边四处眺望着园区内的一片繁忙景象，一幅未来的城市美景，像演电影一样一幕一幕地浮现在她的脑海——宽阔平坦的大街，漂亮气派的高楼大厦，美轮美奂的霓虹灯，宽敞明亮的工厂，琳琅满目的店铺，秀美宜人的公园，新颖别致的学校、居民楼、医院、光荣院……真的到了那个时候，山里人也可以享受到城里人的生活了，天天能洗热水澡，家家能看上彩色电视，冬天能用上暖气，闲暇的时候也可以到公园里散散心，谈恋爱的少男少女们再也不用钻到野外的麦秸垛里去偷着亲热了……

　　她不知不觉来到县交通局施工队所在的施工路段，恰好遇见匡世宗和卢小九，正在跟这里的施工队队长邓经理谈论着什么。匡世玉走路累得上气不接下气，老远里就喊："哥，哥，你不是到县里跑贷款了吗，啥时回来的？"匡世宗见是世玉，忙大声喊："回来一会儿了，小妹，快过来，哥正要找你呢。""贷款怎么样，搞到手了吗？"世玉接着又喊了一声。"已经定了，晚几天就办。"世宗说。"太好了，太好了！"世玉边说边就风尘仆仆地来到他们的跟前。当着世宗和小九的面，世玉夸起了交通局施工队的邓经理，夸他修路有经验，活儿做得扎实，进度也快，是全工地的红旗标杆单位。邓经理摘下蓝色的头盔，不好意思地抓挠着满头的杂白头发，说："是你匡连长领导有方，不是你监工严，催得紧，工程也赶不了这么快。还有你派来的民兵，干起活儿来一个顶仨，真帮了我们的大忙了。"匡世宗笑呵呵地对老邓说："算你有眼光，

194

别看我妹其貌不扬，可她绝非等闲之辈，堪称是北魏的花木兰，大宋朝的穆桂英，唐朝的樊梨花，西晋的苟灌娘，有她在这里督阵，我是一百个放心哩！""哥，当着别人的面吹自家妹子，你倒说得出口。"世玉涨红了脸说。这阵子，大地大禾一直在为上项目紧锣密鼓地筹备，购设备进原料聘请技术，忙得不亦乐乎。好不容易筹备就绪了，却因园区道路施工滞后而迟迟不能进场。弟兄两个多次催促世宗，希望尽快在园区内划块地方，把厂址定下来，好让他们早点进区筹建。世玉来之前，匡世宗和卢小九刚在村东养殖园区为匡大地的千头牛养殖场划定了场址，到这边来，是想跟世玉共同商定一下她爸匡大禾的三码车制造厂的厂址。世宗提议将厂址定在云青河南岸的"滨河大道"与迎宾大道交叉口东南角，说这里是县交通局施工队修的路段，目前路基已基本建成，过几天就能铺油面，完全不影响三叔进区建厂，问世玉可不可以。世玉环视一眼周边的环境，满意地说："好，就这么定吧。"

　　厂址确定下来之后，经过两三个月的紧张筹建，大地大禾的厂（场）子便分别在东西两个园区第一个建成投产了。工人都是从本村招的，两个厂（场）子各招了二十来人，年龄大都在二十到三十岁之间，文化在初中以上。在外聘技术人员的培训和手把手的指导下，原来只懂得种地的农民，现在都堂而皇之地变成了熟练的钣金工、铸工、旋工、焊工、喷涂工、电工等有技术的工人，有的还成了图纸设计、成本核算、产品销售方面的能手。相比较二叔的养牛场，三叔的三码车制造厂建得要气派许多。占地十多亩的生产车间，宏伟高大，宽敞明亮，结构新潮，色调新颖，处处闪耀着迷人的色彩。外观看着虽然气派，其实所用材料却十分简单。房子的骨架用的是废旧钢材，房顶铺的是石棉瓦和油毡，几道连环玻璃窗几乎占去了墙体面积的三分之二，剩下的墙体空当，是用细木棍和高粱秸插起来的，里外用泥一抹，泥面上再抹一层用旧棉絮和烂麻头拌成的石灰浆，白墙面上再涂上一层天蓝色涂料，看着既漂亮又经久耐用。整个车间建下来，总共花了还不到十万元。厂门口的砖垛子上，挂着一块大木牌子，上面端端正正地写着"匡大禾农用三码车制造厂"黑色仿宋字体。当新造出的第一辆三码车下线时，匡大禾特意搞了一个庆祝仪式，邀请周边村的干部群众来场内参观。随后又让工人开上新出厂的三码车，在周遭十乡八村兜了一圈。三码车披红挂彩，坐在车斗上的几个年轻的男女工人，有的散发广告，有的手里拿着电喇叭，走一路宣传一路。名声一出去，前来订货的人渐渐就多起来了。

到了夜间，园区像一个孕育中的婴儿，在大山的怀抱里恬静地熟睡。星星点点的灯光在昏暗的旷野中忽明忽暗地闪烁着。一簇一簇的荆棘丛里，一片一片的石头缝里，各路昆虫们争相鸣唱。有的声调委婉，有的亢奋激昂，仿若为这片千年处女地的开发正在上演一场盛大的音乐庆典。远处的山林里，不时传来野狼和山鹰的歌喉，叫声里透着杀气，与虫儿们的吟唱相比，显得很不协调。河道内沙多风高，没夜没日地刮，风沙打在脸上，像针扎一样疼。用苇席搭起的简易办公房四面透风，风从墙缝钻进来，发出飕飕飕飕的叫声，如同一群野鬼围着屋子打呼哨。漫长的黑夜孤寂难熬，睡不着，大地大禾就沿着村后的河岸，你来我这里走走，我到你那里看看，弟兄两个聚在简易的房子里，伴着飕飕的风声，听着河里的流水，一边抿着小酒，一边唠着创业的艰辛。

17

　　弟兄两个建厂的举动很快便在匡家峪引起一场不大不小的波动。人们有的羡慕，有的为之担忧，有的横挑鼻子竖挑眼，但更多的人都在瞧稀罕、看热闹。"走着瞧吧，别看他们现在干得欢，哭还在后头呢！""人家用的是贷款，赔了是国家的，赚了是自己的，人家怕啥啊？""这回怎么不见卢旺堆出来闹腾了？变老实了还是被匡世宗的气势给镇住了？"如此冷言热语，不一而足。

　　自从世宗当上村支书，卢旺堆像只凫水的鸭子，表面上装得平静，潜在水下的两只蹼脚可是没闲着。他从县里乡里找来一沓文件资料，每天晚上熬夜翻看，试图为自己反对匡世宗发展私营企业找出几条政策依据来。这天，他终于从报纸上找到了一段话，是这么说的："出于经营所需，个体工商户在业务繁忙的时候可以雇用几个零工，但最多不允许超过八人。"在另外一张报纸上，他还翻出这么一段话："农村要以发展集体经济为主导，走共同富裕的路子，个体私营经济作为公有制经济的补充，要注意加强引导，防止出现人剥削人的现象。"

　　卢旺堆如获至宝，像败退的部队等来了援军，像迷航的小船望见了航标，又像落魄的帝王看到了复辟登基的希望。他跑到院子里，兴奋得大呼小叫。已经入睡的孙冬梅被他吵醒了，冲着院子就骂："该死的老东西，深更半夜发什么神经！"卢旺堆返回屋里，望着躺在床上睡觉的老婆，伸手捏住摊在冬梅肋骨上的两只软塌塌的奶子，哄宠道："花她娘，安生睡你的觉，我有大事忙哩。"孙冬梅没好气地推开他的手，屁股一拧，翻了个身，蒙住头又睡了。卢旺堆坐在桌旁，头上顶着一只昏暗的小灯泡，戴上老花镜，拿起圆珠笔，将刚才从报纸上看到的两段话，一丝不苟地往笔记本上抄写。写完之后，他又逐字逐句地校对了一遍，哪怕是写错一个标点符号，他都要改过来。

第二天深夜，卢旺堆把卢犬叫到家，钻到卢花原来住的东厢房，煞费苦心地编造了一封告状信。内容是这样写的：

"尊敬的各级领导，也许你们不知道，革命老区匡家峪，正在经历着由社会主义向资本主义的剧烈演变，红旗就要倒下，生产队已经解体，集体经济面临崩溃，新型资本家甚嚣尘上，人民在水深火热之中挣扎抽泣。

"尊敬的各级领导，你们哪里知道，挖社会主义墙脚的人不是别人，正是当年赫赫有名的抗日英雄匡火鼎，还有他的孙子——曾经是昌史县副县长，如今是匡家峪村党支部书记的匡世宗。爷儿俩打着改革的幌子，美其名曰发展乡镇企业，实际是个体私营企业。匡世宗仗着跟银行的人熟悉，骗取国家贷款数百万，帮他二叔建了一座千头牛养殖场，又帮他三叔建了一座三码车制造厂，他们各自雇工二十多人，对工人实行残酷的剥削和压迫，跟旧社会的资本家简直没有什么两样。

"尊敬的各级领导，他们这么做，符合以公有制经济为主体、大力发展集体经济的要求吗？符合雇工不能超过八人的规定吗？符合走共同富裕的道路的精神吗？我们代表全村百姓，强烈要求上级派人，迅速查清问题，严肃处理祸国殃民的党支部书记匡世宗。"

信的最后，密密麻麻地写了几十个人的名字，名字上都盖着血红的手印。名字有真的也有假的，有活人也有死人，有大人也有孩子，反正上级都不认识，写谁都一样。名字和手印都是他们擅自写上去摁上去的。唯独没写他俩的名字。

两个人绞尽脑汁，字斟句酌，反复修改，定稿后又誊写了几份，打算分别寄给省市县各级领导。

信写好天就亮了，卢旺堆伸着懒腰，望着泛白的窗户纸，打了一个长长的呵欠，说："老侄子，还满意吧？"

卢犬恭维道："老叔，我看行，这一炮打出去，准够他匡世宗喝一壶的！"

卢旺堆抖索着腮边的黑痣，明知故问道："喝一壶什么意思？"

卢犬揣摩着他的心思，大胆地说："至少是撤职吧？"

卢旺堆得意地一笑，说："你小子，瞧着你笨，其实比狗都精。"

卢犬摇尾乞怜道："叔啊，你当了支书，可别忘了让侄子接住你的村主任位子。"

卢旺堆像恩赐奴仆一样地仗义，说："叔不会亏待你的。"

卢犬赶忙站起来，连连点头哈腰，说："小的每一个进步，都离不开你老的提携，小的就是你身边的一条狗，任凭你吆三喝四，让咬谁我就咬谁。"

卢旺堆像只老狐狸一样哈哈大笑起来……

遵照卢旺堆的吩咐，卢犬当天就把信寄出去了。

信寄走没几天，省调查组果然就进村了。一个组长一个兵，共两个人。组长叫王佐，五十岁上下，前脑秃到后脑，娃娃脸，薄嘴唇，塌鼻梁上架着一副圆形黑边眼镜，一看就是个书呆子型的高级知识分子。他穿一身藏蓝色中山装，一双三接头皮鞋打磨得油光黑亮。他有一个高雅的、令人尊敬的身份——省委政策研究室副主任。跟王佐一起来的是位年轻人，姓蓝，人称蓝干事。

一进村，王组长就开了个村干部会，说明调查组的来意，要求村干部积极配合调查，不准掩盖事实，不准压制群众举报，不准搞小动作。然后他把告状信中所反映的问题摆到桌面上，让匡世宗一个一个向他做出解释。匡世宗沉着坦荡，有一说一，有二说二。因为他觉得自己没错，没什么见不得人的东西。汇报中王佐只追问没有指责，因而世宗也没有反驳没有红脸，这一关过得还算平静。随后，应王佐的要求，世宗又陪他们到三码车厂和养牛场进行了一番实地查看。去之前，世宗悄悄嘱咐过世玉，让她先走一步，安抚好二叔三叔，见了调查组要以礼相待，千万不能耍横。二叔三叔还算听话，无论王佐如何吹胡子瞪眼，他们都不跟他发火。接下来的几天，调查组避开大队干部，开始在他们住的小院单个约见村民，个别了解情况。一些人显然是有备而来，开口便路线政策满天飞，对匡世宗大力兴办私营企业的做法表现出很大的不满；一些人显然是被迫而来，一谈到实质问题，个个都避之不及，推说自己什么都不懂。不少人都想来为世宗说句公道话，但都被世宗制止了。调查一结束，王佐便把全体大队干部召集在一起，当面宣布：匡大地匡大禾的厂（场）子违反上级政策，必须立即关停。

厂子刚开工不久，员工们的生活才觉得有了点奔头，突如其来的坏消息一下就把他们触怒了。已经在三码车厂担任销售科长的匡靠社，当即就跟几个合得来的员工团在一起，分头动员西厂和东场的全体员工，要去跟王佐讲理。"走！弟兄们，找王佐去！他不让咱过，咱也不能让他好受！"在匡靠社等人的串联鼓动下，两个厂子的四十多名员工，呼呼隆隆就跑到了调查组住处，进门就跟王佐顶上了。

三码车厂招工时，匡靠社随着村里的年轻人也报了名。大概是由于名声不好，匡大禾没有要他。他不甘心，回头找见世宗，求世宗为他说句好话。世宗没有给他好脸色看，说："当农民都不够资格，还想当工人？"匡靠社拍着胸脯表示："今后你瞧，如果我再偷懒，你就当我是只臭虫、屎壳郎、癞蛤蟆，一脚把我踢开，从此再别把我当人看。"世宗问他为啥迫切要求当工人。匡靠社说当工人能挣现钱，女人看得起，讨老婆容易。前阵子世宗就说过，只要他种好地，就亲自为他介绍一个老婆，结果没有好好干上几天，好吃懒做的毛病就又犯了。世宗总想让他变得勤快起来，将来帮他成个家，也算对他牺牲的父亲有个交代，可他就是不争气。今天看着匡靠社心诚意切的表现，世宗心一软，就想再给他一次机会，于是就答应了他的请求。世宗头天跟三叔打了声招呼，匡靠社第二天就到三码车厂上班了。干满头一个月，他就领到了三十几块钱的工资，高兴得浑身的汗毛眼都滋滋地向外冒喜气。他不仅在厂里干得出色，而且他的承包地也面貌一新了，大腿深的荒草不见了，庄稼苗长得绿汪汪的，地垄也被他锄得松松软软的。匡大禾看他干得不错，最近还提拔他当上了厂里的销售科长。官帽一戴，匡靠社的穿戴、五官、精气神，处处都跟从前不一样了。他一边自鸣得意地自我欣赏，一边享受着从未享受过的别人看他时充满尊敬的眼神。

厂里有位叫雪灵的大龄姑娘，因为人长得干净漂亮，村里人还给她送了个"大美人"的绰号。就在前几年，来家为她提亲的媒人一度排着队。别人越是高看，她挑得就越高，觉得自己就是当今的西施，好像哪个男人都配不上她似的。就这样，瓜里挑瓜，挑得眼花，孬瓜不想要，好瓜又捡不到，几年一过，花样年华稀里糊涂就白白地耽搁过去了。如今已三十多岁的她，虽风韵犹存，却也大不如前，自恃姿色出众的她，便渐渐生出一种剩女难嫁、人老珠黄的危机感。像匡靠社这号人渣，原本就不是她盘中的菜，平时碰着面，她都懒得看他一眼。而如今，她像换了双眼球似的，进厂不久就跟匡靠社对上眼了。她由开始的笑脸相迎，到试着主动去接近他；由背转人的时候说说温存体贴的话，到偷偷跑到家为他整理凌乱邋遢的家务，她的心渐渐就跟匡靠社走在一起了。

年近四十岁的匡靠社，做梦都没想到这位"大美人"会看上他。一厢情愿的想法终归不可靠，雪灵对他是不是真的动了心思，应当由雪灵亲口讲出来方可相信。可雪灵不开口，自己又不好意思问，情急之下他就想到了世宗。世宗多次说过要帮他找老婆，现在机会来了，估计他不该推辞。人家现在当着支书，以前还当过县长，让他当媒人总比用那些老娘们儿强，怎么说雪灵也得看他几分面子。这事若是成功，俺会感激他一辈子的。这天他见了世宗，事还没说出口，匡世宗冲口便说："是来请我给你和雪灵当媒人的吧？""对，对，"匡靠社说："你是怎么知道的？"世宗说："先前我准备给你介绍的那个茬子，说的就是雪灵，人家姑娘不让我对你讲明，意思想等等看，啥时等你变勤勤了，人家姑娘才会向你表达爱意。你大概不知道，你在厂里的表现，雪灵每天都向我汇报，包括她决定向你示好，也都是经过我同意的。"匡靠社一下明白了，说："多谢多谢，没有你这位大贵人暗里相助，死了转来世雪灵也不会爱上我。"顿了下又问，"这么说你这个媒人算是当定了？""没问题。"世宗干脆地说。回去以后，当天晚上匡靠社就把雪灵约到了家里，把他去找世宗，以及世宗对他所说的话，全都说给了雪灵。然后就问，论年龄我比你大七八岁，人又懒，长得也不咋地，你真的会看上我？"雪灵说："我就喜欢像你这样比我大的男人。说你懒，那是过去，现在还有人说吗？有让懒汉当销售科长的吗？"匡靠社腼腆地笑了笑，半辈子没碰过女人的他，此时也不知哪来的勇气，上去就牵住了雪灵的手。说："你能看上我，是我匡靠社上辈子修来的福，你放心，别人家女人有的幸福，我会全部给你。"也许是受够了独身的煎熬，相爱时间不长，雪灵便主动提出就近要与他办结婚典礼。匡靠社慌忙阻止，说，别急别急，缓几年，等我攒些钱，将来把这旧房子拆掉，盖上几间真砖大瓦房，买几件新家具，给你置办一套像样的嫁妆，然后再风风光光地把你娶过门来。尽管他讲得在理，但雪灵还是坚持要让他现在就把她娶过去。说，有钱就富娶，没钱就穷娶，旧房子用白灰水一喷就是新房，旧衣裳旧被子一洗就是新的，穷

202

富不在眼前，以后日子还长着呢。匡靠社拧不过雪灵，只好依了她的心愿。无奈之下，他只好厚着脸皮来找世宗借钱。这样的好事世宗自然会解囊相助。他简单整修了一下房子，买了几件家具几床被褥，为雪灵添了几件新衣裳，随后订了个黄道吉日，两个人的婚礼便在匡世宗的一手操办下热热闹闹地办下来了。甜蜜的日子过了没多久，指望今后为他们带来幸福生活的三码车制造厂，突然说要被取缔，这下可把他们给惹恼了。

　　一个人尾随在员工们的身后，像幽灵一样从大街一直跟踪到调查组住的小院。这人躲在小院的墙旮旯里，静静地听着拥在屋内的员工们同王佐高一声低一声地争吵。这人叫卢早起，三十岁出头，个子高瘦，眉额前倾，两眼深陷，颧骨高凸，尖嘴削腮，脸长如刀，活脱脱一副骷髅相。他是受卢犬的指令，专门来监视员工们的。

　　屋里，王组长端着领导架子，摆出一副政策专家的派头，对着嗷嗷乱叫的员工摇头晃脑地高谈阔论。他说，村集体经济，是社会主义新农村的一个重要标志。我给大家打个比方，好比一个人的身体，集体经济就是人的躯干，家庭工副业最多也就是人身上的一根脚指头、一只耳朵或者是一根毫毛。如果脚指头、耳朵、毫毛，长得比人的身体还要粗大，那他还像是个人吗？不就变成一只怪兽了吗？同样道理，家庭工副业的份额，如果超越了集体经济的份额，那我们的农村经济还能称得上是社会主义农村经济吗？显然不能。他说，家庭工副业有四个特定标准：一、经营场所应当在家，也就是手工作坊；二、经营主体应当是本家的家庭成员；三、经营范围必须遵循对公有制经济以适当补充这一原则。比如，扎笤帚、磨豆腐、吹糖人、蘸糖葫芦、炸油条、编筐箩、做铁匠、卖针头线脑、捏花盆、烧砂锅等等，这才是家庭工副业经营的范围，超出这个范围就违反了上级政策；四、忙时可以雇用几个零工，但最多不得超过八人，超过这个规定，性质就变了。乡亲们，大家听我讲，匡家峪是全国著名的革命老区，大家都是革命老区的后代，对什么是社会主义，什么是资本主义，理应比别的地方的农民分辨得更清楚，政治觉悟应当更高，千万不能蒙头转向地跟着别人瞎跑。实话跟你们讲，由匡世宗一手扶持起来的匡大地匡大禾的两个厂子，已经大大超出了家庭副业的范畴，违背了上级规定，必须立即取缔。当然了，这件事跟大家没有关系，主要责任应由党支部书记匡世宗来负。我作为上级领导，奉劝大家一定要擦亮眼睛，跟匡世宗划清界限，千万不能受他的迷惑。

王组长讲了大半天，员工们似乎一句都没有听进去。几十个员工乱哄哄地喊道："王大人，留着你的理论回省里讲去吧，我们都是大老粗，土包子，我们没有上过学，没有你那么深的文化，不懂得什么主体、肢体、毫毛、耳朵，我们就认钱，谁能让我们多挣钱，让我们吃饱肚子，让我们盖新房娶老婆生孩子，谁就是我们的救命菩萨。说空话，放空炮，狗屁不顶！谁如果胆敢停了大地大禾的厂子，我们就跟他没完，就跟他拼了！"

王组长满以为经过一番说教员工们能俯首帖耳地散去，不成想这伙人反而更加的肆无忌惮了。他心里有些发慌，担心遭到围攻谩骂。他四下搜寻了两眼，想找个大队干部为自己解解围，结果都不在场。敏锐的阶级斗争意识，促使他马上就把眼前的职工闹事同暗中有人鼓动联系起来了。他毫不犹豫地认为，这事就是匡世宗在背后鼓动的，企图逼迫他中止调查，早点离开。员工们粗野的话语、狂躁的肢体动作和不屑一顾的傲慢，令他既愤怒又无以应对。他的手在哆嗦，嘴唇在颤抖，凶狠的目光像火苗一样从他的金丝眼镜里向外翻腾着。他想重振自己的尊严，吓唬吓唬眼前的这伙软硬不吃的泥腿子，吼道："你们要干什么？想造反啊？真是一伙顽冥不化的愚氓，只顾蝇头小利，什么都不懂！"

"谁是愚氓？你侮辱谁？我们看你倒像是个一百斧子也劈不开

204

的榆木疙瘩！"暴怒的员工如干柴烈火一样怒言相向。

王组长胆怯地躲开众人的目光，战栗地向后退了几步，想坐在椅子上，不想一屁股坐空，蹾在了地上，后脑勺磕在椅棱上，疼得龇牙咧嘴，惹得满屋子的员工哄然大笑。

躲在角落里的卢早起，感觉形势不妙，便偷偷溜出小院，去向卢犬报告这里的混乱局面。一会儿工夫，就听门外传来踢踢踏踏的脚步声，卢早起带着绿毛豆、小胖子等四五个人，怒冲冲地闯进了小院。几个人拨开人群，挤到王组长面前，像一伙保镖护在他的左右。卢早起一边安慰王组长不要怕，有他们在，谁也不敢动你一根毫毛；一边冲着四十多个员工冷嘲热讽，骂员工是一伙狗熊，给块肉就表演，没有政治头脑。

员工们也不都是吃素的，捋起胳膊挽起袖，眼一瞪，眉一拧，火辣辣地就跟对方杠上了。话不投机半句多，有性子暴烈的人早都看卢早起不顺眼，边对骂边就大打出手，一拳打出去，如流星点穴，白蛇吐芯，不偏不倚，正戳在卢早起的眼上，一只眼顿时就变成了乌眼青，接着又是一拳，这回打中的是鼻梁骨，鲜红的血珠滴滴答答就从鼻孔里蹿了出来。卢早起被打了个趔趄，随即便反扑上去，揪住对方的衣领就扭打起来了。一见两个人动了手，其他人哪肯袖手旁观，几十双手像一群甲壳虫的螯足交叉撕斗起来，有揪头发的，有捆耳光的，有拧耳朵的，有踹裤裆的，有扭抱着在地上滚打的，顷刻之间，屋内屋外便打作一团。

"住手！都给我住手！"闻讯赶来的匡世宗，高大的身躯如铁塔一样站在院子里，声如洪钟地怒喝着。

随他而来的大队干部卢小九、匡世玉赶忙冲上去拉架。

殴斗停止了。被打的卢早起几个人狼狈地滚在地上，一边声嘶力竭地叫骂，骂得不成言语，一边向大队干部们喊冤叫屈，声言要到上头上访告状。占了便宜的员工们，低着头，哭丧着脸，像犯了错的一群孩子，呆呆地听着匡世宗的训斥。匡靠社不服气，极力为员工们辩解。匡世宗瞪了他一眼，呵斥他住嘴。

员工们灰溜溜地被吵走了。滚在地上的卢早起几个人仍然赖着不起，有的说腿被打折了，有的说脊梁骨被打断了，有的说头被打成脑震荡了，要求匡世宗严惩犯罪分子，揪出幕后操纵者。经干部们好一阵子劝说，几个人才从地上爬起，你扶着我，我揽着你，歪歪扭扭地离开了调查组小院。躲在屋内的王佐，不知是气得还是被吓得，当世宗小九世玉来屋里向他赔礼道歉时，见他人瘫在椅子上，脖子在靠背上搭着，脑袋向上，两眼紧闭，脸像白菜帮子一样煞白，仿若昏过去了一样没有任何反应。蓝干事倒还正常，他勉强堆着笑，客气地向世宗他们让座。从王佐大幅度翕动着的鼻翼和起伏急促的胸脯上，世宗料到他肯定还在为刚才的殴斗生气。世宗向前凑了几步，轻声安慰道："王组长，对不起，让你受惊了。"王佐一动不动，也不搭腔。世宗接着说，"刚才我们在开会，听说后就跑过来了，你放心，这事大队一定要查清楚，决不放过打人者。"王佐呼隆一下折起身子，像诈尸了一样摆出一副狰狞的面孔，扶了扶脱掉一只腿的眼镜，冷笑道："呵呵，你倒是推得干净，没有你的撑腰，那帮土包子敢对一个副厅级干部肆无忌惮地围攻谩骂？不是卢早起他们来保护我，挨打的恐怕就是我而不是他们几个了。告诉你匡世宗，这决不是一件纯粹的群众殴斗，而是一起严肃的政治事件，是暴力抵抗上级调查，不管你承不承认，想逃脱责任是不可能的！"王佐的话当即把匡世宗给激怒了，他不再以尊重的口吻、亲和的面孔跟他说话了，他挺起了胸脯，昂起了脑袋，两条粗黑的眉毛像鸟翅一样拧在了一起，脸上暴起的肌肉、青筋，堆得像小山一样沟壑纵横。他气恼地怒吼着，像一只被触怒了的老虎，指着王佐责问："王组长，你有调查吗？有根据吗？凭什么说我在为他们撑腰？请不要忘记了你的身份，说出的话是要负责任的！"王佐的秃脑袋上冒着热气，米粒大小的汗珠在他白亮的额头上密密麻麻地布了一层，他假装镇静地摘下眼镜，一边擦着镜片，一边发着狠话说："你等着，证据早晚会摆在你的面前。"

其实，这场恶作剧打一开始就是在卢旺堆的一手操控下酿成的。卢犬接到卢早起的报告后，当即就跑到卢旺堆的家，请示他如何对付这帮员工。卢旺堆不动声色地端坐在椅子上，叼着烟，眯着眼，抻着大长脸，像个老佛爷似的皱眉深思，久久不语。卢犬等得心急，问他可不可以动员更多的卢姓群众，将闹事的员工狠狠地揍上一顿，给他们一点颜色瞧瞧。老奸巨猾的卢旺堆赶忙予以制止，说不可不可，这样会坏了我的大计。他让卢犬转告卢早起，只准带三五个人，不准多带，见了王佐，就说是来保护调查组的，让王佐感到自己并不孤立。依我看，员工们闹事并非空穴来风，背后肯定有匡世宗和他的两个叔叔的指使。因此，卢早起他们去了之后，要当面揭穿匡世宗的阴谋，但不要点名，点到为止，王佐也不是傻子，点醒一下就行了。话说到这里，就见长在卢旺堆腮帮子红痣上的那根毛像蝎子钩一样悠悠地翘起来了，脸色也随即变得铁青，蓝色的火苗从他阴深的眼窝里像弧光一样喷射着。卢犬心里一紧，下意识地料到，卢旺堆又要出狠招了。未停片刻，卢旺堆果然发话了。他想借力打力，借风纵火，借着职工闹事，造出点轰动效应来。他让卢犬吩咐卢早起，要想方设法挑斗员工们打自己，最好能被打伤打残几个，闹出点儿官司来，才有他匡世宗的好果子吃。卢犬嘻嘻一笑，恭维道，这一招够狠的，还是老叔精明。回过头，卢犬就把卢旺堆的指示交代给了卢早起，命令他依计行事。卢早起显得很仗义，表示宁可被打伤打残，也愿意效忠领导。进村就带着偏见看人的王佐，完全被卢旺堆制造的假象所迷惑，他不分青红皂白，上来就把责任赖到了匡世宗的头上了。

卢早起几个人离开调查组小院，转身就跑到乡公安派出所报案去了。警方经过调查，当天就把匡靠社、匡二蛮、卢四喜给带走了。人一被抓，村里就炸了锅，是是非非的议论像料峭的寒风一样就在村里弥散开了。

省调查组走后没过几天，上级就来宣布，免去匡世宗的支部书记职务，由支书降为副支书，继续主持村里的工作。错误主要有三条：一是热衷发展个体私营经济；二是擅自扩大雇工数量；三是唆使群众斗殴，暴力抗拒调查。事后，县委书记关东州，带着乡党委书记林中青来到村里，为安慰世宗专门进行了一次谈话。他们鼓励世宗，不要背包袱，继续把工作干好，还说眼下王佐正在气头上，等过去这阵子，就恢复世宗的党支部书记职务。关东州还特意解释说，即便是目前这个处理结果，也是他多次跟王佐交涉才争取来的。依王佐的主意，非要将世宗一撸到底，调回县里当一般干部不可。对于关书记的一片好意，匡世宗表达了感谢之意，但他并不认为自己有什么错。他满怀气恼地骂起了王佐，骂王佐是个学究、书呆子，只知道抠文件、搬教条，完全不食人间烟火。他讲了他在北京的所见所闻，讲了他在当副县长期间去南方考察时了解到的情况。他说，北京也好，南方也好，个体私营企业如雨后春笋一样遍地开花，他们家家都有雇工，少则几十人，多则数百人，难道他们跟我们不是一个中国？不伙着一个老天爷？在谈到什么叫做集体经济时，匡世宗不服气地说，别看王佐是什么理论家，其实他狗屁不懂。他所谓的集体经济，就是继续维持"一大二公"的老模式不变。真正的集体经济，应当是不同经济成分、不同产权持有者、以契约形式自愿结合在一起、责权利明晰、相互制约、相互监督的混合经济体。这不是我的创造，是华克大学我的一位老教授这么讲的。因此我考虑，今后的集体经济，就要按照这样的模式去发展，而不是过去所谓的"一大二公"纯而又纯的老模式。没想到我的计划还没有来得及实施，就被王组长揪住了小辫子。不过请二位领导放心，处分归处分，干归干，我匡世宗就是当个光杆儿农民，也不会离开匡家峪，更不会停止我为之奋斗的步伐。王佐不是限令我三天拆掉那两个厂子吗？我还就是跟他较上劲了，我就是不拆，我倒要看看他能把我怎么样！匡世宗的一番议论，让关东州和林中青听得心清气爽，佩服得五体投地。理是这么个理，关东州开导说，但面对像王佐这样一个食古不化之人，我还是劝你讲究点策略为好。如今各级领导都在讲"变通"，"变通"说白了就是想着法与上面的政策玩猫捉老鼠，你不让我这样做，我可以变个手法、换个面孔绕过你，事不耽误办，同时又不让你抓住我的把柄，这也就是人们常说的，遇着绿灯快步走，遇着红灯绕着走。南方人都是这么做的，你就不能跟南方人学学？匡世宗理解关书记的良苦用心，可他一时又想不出合适的变通办法。

记得在副县长的任上，爷爷曾为他在县里大会上的讲话而担心，问他有没有上头政策做依据。当时他很自信，认为爷爷多虑了。而如今，严酷的现实偏偏就让爷爷给言中了。令他百思不解的是，各级领导过去在讲到发展个体私营经济的时候，讲得一个比一个调门高，一个比一个思想解放，可一遇到实际问题，他们却跟叶公好龙一样个个都噤若寒蝉。面对所受处分，世宗心里尽管想不通，但他在面对家人，面对一拨拨来家里看望他安慰他的街坊们的时候，并没有流露出丝毫的软弱和牢骚。他尤其在乎匡火鼎的态度，满以为爷爷会抓住这件事教训一下自己，可爷爷没有，不但没有，反而对他上任以来大刀阔斧的举动给予高度评价。匡火鼎坐在轮椅上，挥舞着两只长满老人斑的又黑又干的大手鼓励说："孙儿，你没错，错的是他王佐，你尽管大胆干，爷爷支持你！"说到激动处，匡火鼎忍不住搬出肖军，赌气说，"实话告诉你，爷爷恨不得去趟北京，当面向老政委讲讲你受处分的事，我就不信真理会在他王佐手里。"匡世宗赶忙阻止，说："算了算了，村里这点事，犯不上去打扰他老人家。"

那天，匡世宗正在园区工地上检查施工进度，三婶陶金凤急颠颠从河岸边的三码车厂跑来，老远就喊，世宗，不好了，住在烈士陵园的几位爷，今天早晨坐着匡石峁开的三码车，一块到省城为你申冤去了。匡世宗惊慌失措地问道，消息可靠吗？陶金凤说是石峁媳妇刚才亲口对她讲的，应该可靠。这帮爷！真能给添乱！匡世宗怪了一句，让三婶回厂里忙，自己从工地上找了一辆北京212牌绿色帆布篷吉普车，不顾一切地朝县城方向追去。绕过县城北环，在通往省城的国道上，世宗终于追上了他们。他扒着沾满粪疙疤的铁皮车帮，求情地说："各位爷，听我的，都回去吧。"坐在车斗里的匡华堂、卢大旺、匡土根、三愣子、卢老七个个都沉着脸，完全不理会世宗的劝说。双方僵持了好一阵子，匡华堂才开口说话："孙子，告输告赢是我们的事，跟你没有关系，你回去吧。"匡华堂一边说，一边从屁股底下抽出拐杖，一手扶着车帮，一手用拐杖撑着他肥胖的身体从车斗上站起来，怒眉横眼地嚷道："王佐他不就是个副厅级干部嘛，呸！爷我才不尿他呢！爷打小鬼子的时候他干啥了？世宗，俺们的事不用你管，省里告不赢，俺们就到北京找肖军去，我就不信扳不倒他一个小小的王佐！"见匡华堂这般理直气壮，其他几个老民兵也都跟着嚷嚷起来了："干事的挨整，不干事的反倒成了精，天底下还有没有正事了？谁会闹谁就有理了？"疯疯癫癫的卢老七，从车斗里跳到地上，解开腰带，掏出裤裆里的家伙，站在马路中间就撒尿，一边尿一边喊："老哥们儿，快瞧快瞧，咱村的墓地上又起旋风了，这下好了，世宗有保佑了，不用去告状了。"尿没撒到地上，却尿了一裤裆。他甩了甩像干萝卜头一样的小鸡鸡，边系腰边跑到三码车前，抽出发动柴油机的铁拐棒，颠颠着就往回去的方向跑。司机匡石峁追了过去，夺过铁拐棒，拉着卢老七就返了回来。

面对一帮天不怕地不怕的爷爷，来硬的不能，来软的他们又不听，这让世宗好生为难。急切关头他不得不编出一套瞎话，说县里正在跟省里沟通，省里也基本同意了，很快就会让他官复原职，这个时候你们去告状，不仅起不到好作用，反而会帮倒忙。听世宗这么一说，老民兵们的火气马上就泄了半截。"你怎么不早说呀？早知如此，我们还不来呢。"这一手果真管用，只几句话，就把老民兵顺顺当当地给哄回去了。

尽管匡世宗受到降职处分没能让卢旺堆如愿以偿，但他仍然像一个打了胜仗的英雄一样而狂喜不已。他觉得，下一步只要略施小计，将匡世宗彻底赶下台，一把手的位置已经是他的囊中之物了。打了胜仗自然要犒赏那些有功的下属。这天晚上，他让卢犬在自己家里摆了一桌酒宴，将卢早起、绿毛豆、小胖子等五个挨了打的有功之臣全都请来，要亲自为他们庆功压惊。

一开场，卢旺堆便慷慨激昂地说："各位爷们儿，今天在座的都姓卢，都是没出五服的本家。我不说大家也知道，今天的这场酒，是我和卢犬副主任专门为大家设的一场庆功宴，没有你们几个的冲锋陷阵，没有你们冒着带伤挂彩的风险去跟他们斗，他匡世宗的下场也不会有今天这么惨。来来来，大家都端起杯，让我和卢副主任敬大家一杯酒，感谢大家了，干！"

有大队长亲自出面宴请，卢早起几个人早已被这从未有过的超规格待遇搞得受宠若惊了。几个人慌忙端起酒杯，有的叫叔，有的喊爷，连连恭维道："打虎亲兄弟，战场父子兵，打江山不靠自家人靠谁呀？山水轮流转，匡家峪的江山不能只由他匡家人坐，也该到咱们卢家出人头地的时候了。你能当上一把，我们都跟着沾光，一人举官，鸡犬升天，这不是应该的嘛！"听了这些话，卢旺堆高兴得嘴都咧到耳根义子上去了。"说得好！说得好！干！"卢旺堆一干，几个人跟着都喝干了。

卢早起和绿毛豆的头上还裹着包扎伤口的纱布，雪白的纱布上被血洇出一个指甲盖大小的红圆点，跟日本的太阳旗蛮相似。卢旺堆走到他们跟前，一边察看伤情，一边关心地询问："伤得要紧吗？要不要到县医院看看？"两个人嚓啦一下就把纱布扯下来了，伸着脑袋让卢旺堆看伤，说："就擦了一层皮，早都没事了。"小胖子有点纳闷，说："伤好了咋还不把纱布拽掉，跟戴孝似的。"卢早起瞪着小胖子红扑扑的圆脸蛋，嗔怪道："你就知道吃，吃得跟小肥猪似的，只长肉，不长脑子！你懂不懂，这可是大队长的指示，戴着它，等于头上顶着一只喇叭，走到哪广播到哪，要让全村人都知道，是他匡世宗挑动职工将我们打成了这个样子。"小胖子晓得了其中的奥妙，连忙赔笑自责。卢旺堆吩咐卢犬："找个名义，回头从大队财务上支些钱，每人发给他们三百元疗伤费，就说我说的。"大队长如此关爱，几个人激动得眼泪都流出来了。卢早起转身跑到厨房，搬来一摞卢犬家吃饭用的五只大瓷碗，在桌上一溜摆开，抓住酒瓶子咕咚咕咚挨个儿倒满，五个人一齐端起，举到卢旺堆的脸前，感激涕零地说："旺堆叔，卢犬哥，一个卢字掰不开，今后有用得着小子们的地方只管吩咐，就是上刀山，下火海，谁要是眨下眼，谁就不是娘养的。来，你们两个喝小杯，我们五个喝大碗，干！"

卢旺堆狡黠地笑了笑，说："怎么？你们喝大碗，让我们喝小杯，是不是看我老了，不中用了？"就让卢犬再拿过两只大碗来，满上酒，当啷一碰，就跟大家一起干了。酒喝到这份儿上，已经是情意交融彼此不分你我，大有酒逢知己千杯少的味道了。盛满酒的大碗碰得当当响，倾出的酒水像一堆蚯蚓一样在桌面上四处蠕动，盘子里的菜倒腾得烂糟糟的，六七双筷子在盘子里交叉飞舞，猪头肉、卤鸡腿、黑牛肝、红狗肺、火腿肠、白菜豆角花生米，随着如同机械手一样的筷子的翻飞，被准确地送进一张张油汪汪的大嘴里。

酒喝到凌晨三点方才结束，七个人足足喝了七瓶半，合每人一斤还要多。卢早起躺在地上，一边大口呕吐，一边号着肚子疼，吐得满屋子都是酸臭味。卢犬今天喝的最多，趴在桌子上，脑袋在一边歪着，嘴里流着腥臭的白沫，打着呼噜睡觉。绿毛豆和小胖子将卢犬的老婆菜花抱到炕上，一个拱着亲嘴，一个把手伸进女人的怀里，像掏鸽子窝一样乱摸，松软的乳房像两包兜着水的塑料袋，在女人的胸前颤巍巍地晃来晃去。卢旺堆仰在椅子的靠背上，只觉得周身麻木，天旋地转，若似腾云驾雾一般。恍惚间，一个女人的笑声像鸟叫一样钻进了他的耳眼，他呼隆一下折起身子，伸着脖子朝门口窥视，门口果然站着一个年轻女子。只见她倚着门框，两臂抄在胸前，杏眼迷离，玉齿微启，向他暗送秋波。他禁不住叫了一声"仙桃"，问她为啥站在这里？女人只管抿着嘴笑，不予作答。卢旺堆抬起屁股，伸长脖子，像螳螂捕蝉，痴迷地盯着前方，慢慢向门口凑近，当他伸手去抓那美人时，却撞在了冷冰冰的门框上，眉头顿时起了个疙瘩。他摸着伤痛的眉头，跨出门槛，在院子里四处寻觅，却看不见仙桃的身影。正要返身回屋，女人的笑声突然从街门筒子里传来，脆滴滴，轻柔柔，爽朗朗，酸溜溜，甚是迷人。他反身来到街门洞，门洞里黑黢黢的，伸手不见五指，他一边亲昵地喊着仙桃，一边沿着墙壁用手摸索，摸了一圈，依然不见仙桃。他抬腿就往街门外走，没小心脚下的台阶，一脚踩空，如青蛙跳水，老虎捕食，扑通一下便跌趴在台阶下，磕得满嘴流血。他像只受伤的黑狐狸，跌跌撞撞地从地上爬起，站在胡同里向大街望去，就见胡同口有一个花枝招展的女人在向他招手。"仙桃，仙桃，是你吗？你等着。"他发疯似的向大街跑去。大街上阒静无声，寂寥得像一座昏暗的岩洞。吊在电线杆上的灯泡，像几只未熟透的小西红柿，在微风中悠闲地摇曳着。他摁着装满酒的胃口，感觉像是揣着一窝小老鼠在肚子里踢腾打闹。他忍着翻肠倒胃般的难受，歪歪扭扭地四处搜寻仙桃，结果又是一阵失望。他终于忍不住老鼠们的折腾，腹腔一抖，脖子一伸，哇的一声，一股酸臭汤便夺门而出。他眼前一黑，倒在地上，昏昏沉沉，似睡非睡。女人的浪笑突然从四面八方齐声荡起，"旺堆儿——咯咯咯咯——你在哪儿——咯咯咯咯——我在家里等你——咯咯咯咯——快过来啊——"女人的叫声像百灵鸟一样从昏睡中将他唤醒。他想爬起来，四肢却不听使唤，软得像一摊泥。不过他并不笨，他有分身术。他把自己像死尸一样的肉体留在大街上，魂魄从肉体上分离出来，忽悠悠飞到空中，依照他熟悉的航向，踩着云，随着风，像神武老道一样飞向了位于村后的仙桃的住宅。他飘飘然从空中降到天井，化作一缕蓝色的烟雾，从门缝直接飘进屋内。见仙桃恬静地睡在炕上，心里就想，刚才你还笑得浪气冲天，现在我来了你却又装睡。想睡就睡吧，睡美人玩起来更别有一番风味，平时放明枪，这回我可要打暗炮了。他钻进被窝，抱着白嫩娇柔的仙桃，哼哼唧唧地就亲吻起来了。

天蒙蒙亮的时候，他从温存甜美的梦境中渐渐恢复了一点意识，他半醒半睡地眯着眼，喃喃着，用力扯拽身旁的仙桃。他抱着她，手在她的身上摩挲着。蒙眬中他好像有种异样的感觉，觉得仙桃浑身长满了粗糙的皮毛，扎得他浑身刺痒。他不由得睁开一双惺忪的眼，定睛看时，不觉吓了一怔，原来他怀里抱的并不是仙桃，而是一头肥大的老母猪——猪因为吃了他吐出的酒食，醉倒在了他的身旁——他不由得打了一个冷战，像鲤鱼打挺一样跳了起来，掂了掂裤子，慌慌张张就走开了。

鸡打五更，一位起得早的拾粪老汉，走到醉猪身旁，望着已经离去的卢旺堆的背影，叹息道："自己醉不算，还要把猪醉成这个样子。"他一边自言自语地嚷嚷着，一边兴高采烈地将猪屁股下面的一摊稀粪装进粪筐里，似乎有种一大早开门见喜般的得意。然后他便蹲下来，目不转睛地盯着猪腚眼，看着咕嘟咕嘟继续向外冒着的稀屎，用手拍打着猪的臀部，催促说："快屙，屙出来会好受些，你屙得越多，我的地就越肥……"

转眼两个月过去了，大地大禾的厂（场）子依然在毫发无损地运转着。卢旺堆看在眼里急在心上，背地里多次打电话，向省里的王佐报告说，匡世宗软磨硬抗，根本不拿他的话当回事，两个厂（场）子至今都没有停下来，更别说拆了。得知情况的王佐像个催命鬼一样打电话督促关东州，逼着县里抓紧落实他的指示。他好像觉得自己的官还不够大，说话的分量还不够重，每次打电话时动辄就把省某某领导抬出来吓唬人。关东州很烦他，可又顶不住王佐狐假虎威的压力，只好一边虚应故事，一边督促匡世宗抓紧想办法变通。

　　事情发展到这一步，匡世宗已被逼得走投无路，只好走变通的路子了。这天，他把卢小九、匡世玉，以及大地大禾两个叔叔叫到一起，背着卢旺堆和卢犬，共同商定了一个连他们自己都觉得啼笑皆非的变通方案——名义上，由大队将两个厂子的产权买下；暗地里，厂子仍然属于大地大禾私有——只要能瞒过王佐和卢旺堆，拖上一年半载，将来形势一旦有所好转，大队的决定说废就可以废掉。虽然是假收购，但必须假戏真做。匡世宗随后就开了个支委会，把预设的收购方案摆到桌面上，让班子成员们讨论。卢旺堆听后马上就提出一条意见。他说，既然是收购，企业的债权债务就应当由私人户头过户到集体户头上来，可现在的方案并没有这么做，这也叫收购？卢旺堆的意见早已在匡世宗的预料之中，随即他便讲出了一个看上去既符合实际、又让卢旺堆难以辩驳的理由。他说，目前两个厂（场）子的债权债务由两部分组成，一是银行贷款，二是个人筹资。办理银行贷款过户手续相对比较容易，大队多背点债倒无所谓。关键是大地大禾的二百万元自筹资金不好办。既然是收购，大队就应该把这笔钱拿出来支付给人家。可大队目前负债累累，像块蜂窝煤一样累账累得浑身都是窟窿，咱拿得起吗？匡世宗明知旺堆筹不来这笔钱，却故意将球抛给他。说，旺堆叔，你门路广，这二百万就拜托你来筹措吧。不行不行，我可没那能耐。卢旺堆头摇得像得了帕金森病一样赶忙拒绝，生怕这事沾染上自己。他沉思了一下，接着说，不行就先把贷款转过来，个人筹资以后再说。他的话一出，顿时就把世玉给惹怒了，她猛地拍了下桌子，气不平地说，你是站着说话不腰疼，我爹那一百多万，都是东拼西借借来的，以后还不上谁负责？你负责啊？要过户就全部过，不能过户就都别过，缓段时间过户不一样吗，急什么呀？卢小九对世玉大加支持，说，大队先做出一个收购决定，等条件具备了再具体实施，缓上一段时间又有何妨？卢犬望着苦于挣扎却又无计可施的卢旺堆，想帮他说句话，却又不知道从何说起，他低着头，为自己的无用而惭愧。匡世宗瞅住机会，趁火打铁，当即宣布：好了好了，大家都不要再争论了，大地大禾的厂子从今天起名义上就算收归集体所有了。啥时等大队筹够了收购资金再办过户手续。为了取得卢旺堆的相信，他让卢小九将本次会议精神写成文字决定，盖上大队章，存入档案，以便今后有据可查。会后，名义上已被集体收购的两个厂子，其实什么都没有动，唯独跟从前不同的，是两个厂子的头上都换了一顶"红帽子"——挂在厂门口的木牌子上，原来以私人名义题写的厂名，现在都改写成了匡家峪村村办什么什么厂子。第二天，匡世宗就把大队决定报告给了县里的关书记，关书记又报告给省里的王佐，王佐对此做何反应，会不会再给找麻烦，世宗的心里仍然觉得没底。

这天，干部们正在大队开会，门口突然进来两辆小轿车，一辆灰色桑塔纳，一辆黑色伏尔加，像对金龟子一样一前一后缓缓驶进院里。桑塔纳是关东州书记的座驾，世宗一看就知道；跟在后边的那辆伏尔加，世宗似曾见过，却又一时想不起来。世玉小九悄声嘀咕了一句："好像是王佐的车……"向门外望了下又说，"错不了，上次来他坐的就是这辆车。"匡世宗心里猛地一揪，心里就说："老东西，他终于又来了！"

不一会儿，从车上下来三个人，有关东州和林中青，另外一个果然是王佐。来者不善，善者不来，王佐二返匡家峪，肯定没什么好事。世玉小九都慌了，让世宗赶紧躲起来，由他俩出面应

216

付。匡世宗摇摇头说："没做亏心事，怕他何来！大不了副支书的帽子再让他给拿了去！"他这里正要出门迎接，没想到卢旺堆卢犬却抢先一步跑到了他的前面，满脸堆着笑，亲热地呼王主任，就去跟王佐握手。王佐看都没看他一眼，直接就把手伸向了站在他身后的匡世宗，谦虚地寒暄着。领导一落座，世玉就忙着泡茶，小九便挨着敬烟。因为担心王佐再给找麻烦，两个人显得有点手忙脚乱。

　　当着大队干部的面，关东州先把王佐夸了一番。说："各位都了解，王佐主任是省里的大笔杆子，工作很忙，在不到几个月的时间里，王主任就先后两次来匡家峪，足见他对革命老区的关心。"接着又说："头一次，王主任是为一封告状信来村里了解情况；这一次，王主任说因为自己的工作疏忽，在处理世宗的问题上有些欠妥，非要亲自过来向世宗做个解释，当面表达一下他的歉意。我劝王主任，你这么忙，去就不必了，话我给捎到就行了，世宗不是个看不开事的人。不管我如何劝，王主任仍坚持要来，我犟不过他，只好陪他过来了。"关东州的话显然有提醒和安抚世宗的意思，暗示他说话注意，别把王佐弄得下不来台，"我先开个头，下面欢迎王主任讲话。"大家鼓掌。

　　真的没想到，令人厌恶的王佐，竟然是为表达歉意而来，这让准备要迎接一场口舌大战的匡世宗，心理上一下子轻松不少。心想，人家毕竟是省里的大干部，心里境界宽，知错就改，单凭这一点，也值得尊敬……世玉小九不停地向他传递眼色，显然有种暗中祝福的喜悦之情。卢旺堆低着头，猛烈地抽着烟，脸色像死灰一样难看。卢犬不时用眼角扫扫卢旺堆，好像在说，老叔，人算不如天算，这回你我都完蛋了。

　　"王主任，"世宗站起来，主动握住王佐的手，风趣地说："请免开尊口，歉意就不要讲了，只要你不找我的事，我就谢天谢地了。说实话，刚才一见到你的车，我就被吓得浑身哆嗦，我这里正伸出脖子，等你拿我二次开铡呢！"

"不敢不敢，"王佐满面羞愧地说，"是我对上级政策学习不够，理解不深，死搬教条，思想僵化；是我两眼笨拙，不明是非，让你蒙受了不白之冤。世宗，对不起了，希望你能谅解老朽！"

"瞧你说哪儿去了！"匡世宗走上前，主动跟王佐拥抱在一起，落落大方地说："你这么大的官，能放下架子主动来向我表达歉意，即便我有天大的怨气，也该一笑泯恩仇了。"王佐眼里盈满了泪花，对世宗的宽宏大量再三表示感谢。

林中青当场宣布了乡党委的决定：恢复匡世宗的党支部书记职务；同时责成大队，撤销对大地大禾两个厂子的强制性收购，恢复企业的本来面目。在场的人全都站起来热烈鼓掌。

中午，世宗热情地招待了王佐和县乡领导一行。席间，关东州把世宗拉到一边，悄悄说："你小子真的神通广大，把中央领导都惊动了……"匡世宗心里纳闷，慌忙截住问道："我惊动了中央领导？你什么意思？"关东州把脸一沉，说："装什么装！北京肖办，也就是老政委肖军的办公室，昨日有人给省里打来电话，让省领导亲自过问你被免职的事。不是你匡世宗去上头托关系，谁会有这么大的能量？"世宗有点摸不着头脑，说："老书记呀，我匡世宗是那号人吗？你是不是搞错了呀？"关东州神秘兮兮地说："你的话我相信。但肖办有人过问你的事是千真万确。消息是我从省领导身边的一个熟人那里得到的，肯定假不了。王佐并未向我透露，但我估计，他大概是受到了省领导的批评，才乖乖地来向你赔礼道歉的。"世宗一阵狐疑：是谁这么多嘴多舌？

晚上，他把电话打给了远在北京的匡世勇，想侧面打听一下为他说情的人会不会是肖菡。因为只有她有这种可能。结果一问，还果然就是肖菡。肖菡觉得世宗有点冤，就跟在肖军办公室工作的甘处长详述了世宗被处分的情况。甘处长很生气，说："可笑！荒唐！都什么年代了，还出这等怪事！"没向肖军请示，甘处长抓起电话就打给了省里的某个领导。王佐挨了一顿批，赶忙就跑来负荆请罪了。

世宗随即又把电话打给肖菡，想证实一下这件事。肖菡心里喜滋滋的，满以为世宗会感谢她，不料一个谢字没听到，反倒挨了一顿埋怨。世宗说，未经我的允许，你怎么能乱说呢？肖菡不服气，辩解道，这怎么能叫乱说？我这是在保护你，他们对你处理不公嘛！世宗说，公与不公是组织上的事，你插什么嘴嘛！你大概意识不到，你这么做，会让别人说我利用上头关系向下面的领导施压，说我目无组织极力为自己开脱，这让我今后怎么在人前说得起话嘛！肖菡难以理解世宗的说辞，觉得他就是死要面子活受罪。她委屈地嚷道，匡世宗，你可能以为，我是为了博得你的爱情才这么做的，你错了！你大错特错了！你可以不爱我，但我必须坚持我的良心。我这是为改革、为开放、为正义、为勇敢者、为受到不公正对待的人而说情、而呐喊、而鸣不平、而加油助力！我不是为你，我见事不见人，换成任何别人，我都会这么做！请你不要隔着门缝看人，把别人都给看扁了！肖菡越说越伤心，忍不住在电话里啜泣起来，边哭边说，匡世宗，你伟大……你高尚……普天下的人最数你觉悟高……在你的眼里……我就是个什么都不懂的丫头片子……是我自作多情……是我不自量力……是我自作自受……是我不知好歹……是我热脸贴了个凉屁股……是我痴心不改、没羞没臊、死乞白赖……这下你该满意了吧？见肖菡又哭又吵地气成这个样子，世宗的心马上就软下来了，他后悔刚才的话说得有点重，伤了她的自尊。正要安慰几句，没想到对方啪的一下把电话放下了。世宗连着拨打了几次，肖菡一直不接。停了几分钟，电话铃突然响起来了。世宗以为是肖菡打来的，赶忙拿起话筒，没想到却是世勇。世勇和肖菡都在天丽大厦同一层楼上办公，门对着门，听到哭声就推门进来了。哥呀，你怎么搞的？肖菡好心好意为你，你却那么多弯弯道道，你

219

这不是故意伤她嘛！匡世勇听了肖菡的哭诉，立马就在电话上埋怨起了世宗。匡世宗赶忙认错，就让世勇将话筒交给肖菡。肖菡不说话，只听见话筒里嘶啦嘶啦的抽鼻子声。冲着刺耳的话筒，世宗亲切地呼着老同学，叫着小妹，又说好话又赔不是，好不容易才把肖菡给安抚住。世宗跟着就问起了肖菡的婚事，问她有男朋友了没有。不提这事倒还罢了，一提这事肖菡的气就不打一处来。嚷道，我有没有男朋友关你何事？许你打光棍，就不许我打光棍？告诉你，我出家当尼姑的心都有……肖菡气呼呼地又一次把话筒砸在了座机上。站在她身旁的匡世勇赶忙拨通电话，说，哥呀，你的葫芦里究竟卖的什么药？如果你有了心上人，就干脆说出来，明明白白地给肖菡一个解释，别再这样相互折磨了好不好？如果为了工作为了事业，你想晚几年再谈婚事，这也没什么不可以，但你应该给肖菡说句透底的话，她可以等你嘛！世宗尴尬地支吾着，无法解答世勇的追问。

18

　　一九九二年的春季，是一个令人难忘、令人心花怒放的季节。尽管有点姗姗来迟，但总还是把她等来了。暖意融融的春风，裹挟着难得一见的清新气息，迅疾吹遍了大江南北。冰融了，山青了，树绿了，花开了。报春的燕子在天上追逐嬉戏，蜻蜓们咬着尾巴在空中交配。冬眠的小动物小心谨慎地爬出洞穴，成群结队地在野外觅食。蛰伏在泥土里、草丛间、老树皮下的小虫子，蹬蹬腿，伸伸腰，凭着灵活的触角和发达的肢体，开始向新的生活环境挺进。充满生机和活力的春天，像一个含苞怒放羞羞答答的少女向人们翩翩走来。伴随着令人陶醉的春风，新一轮的改革开放犹如脱缰烈马，在广阔的大地上肆无忌惮地狂奔。什么这也不该，那也不行；这条路不能走，那条路走不通；这里是红灯，那里是禁区，许多说不清，道不明，斩不断，理还乱的争吵，经过一场春风的洗礼，顷刻间都销声匿迹了。匡世宗像一头被放生的雄狮，挺着胸膛，张着大口，深情地呼吸着令他荡气回肠的清新的空气。

　　就在这年春天的一天，匡世宗随昌史县招商团，赴北京参加了一次招商会。带队的是关东州书记。参加招商会的大都是县乡干部和县属企业的厂长，村支书只有他一个。因为随团行动，世宗没让世勇和肖菡接站，说是散会之后再去与他们见面。

221

上午，招商会举行了一个简短的开幕式，各种形式的自主招商活动便随即展开了。这是一次全国性的招商盛会，参会人员来自全国各地。有的单位会前已经跟外商谈得差不多了，这次过来就是在会上举行一个双方合同签字仪式。多数单位会前并没有与外商预约，这次来就是在会上寻求合作伙伴。

　　新落成的北京国际会展中心，用材讲究，样式别致，气势恢宏，数万平方米的招商大厅，高大而宽阔的空间给人的感觉像是进入了一座现代化的体育场。厅内布置得井然有序。用轻便薄板、或者用布幔围起来的、半开放式的、面积不超过四五平方米的小屋子，排列在纵横交叉的人行通道的两旁。来自国内外的数百家投资商，一家占据着一座小屋子，作为推介和宣传自己的临时摊位。三面墙上挂满了宣传画，敞开的门口前面各自都摆放着一排桌子，桌子上堆着印制精美、图文并茂、自我推介的资料和宣传画册。人走在中间的通道上，如同进入了店铺林立的商业步行街。

　　匡世宗随着熙熙攘攘的人流，依照自己计划好的招商意向，细心地寻觅着可能的合作伙伴。他一边走，一边浏览着各个投资商的摊位。感觉对心事的，就上前翻翻资料，跟站在摊位里的投资商交谈上一阵子；感觉不对心事的，晃一眼就走开了。一家饲料生产商引起了他的兴趣。摊位里站着一男一女，男的是位中年人，长得粗大黑胖，满脸络腮胡子，一身黑色的休闲装，紧缩着他肥胖的身体，领口下的颈脯上，袒露着像猪鬃一样的胸毛。那女士身材窈窕，面庞清癯，细眉红唇，穿着时髦，一口流利的普通话听着像鸟叫一样委婉动人。匡世宗站在摊位前，边翻资料边与那女士搭讪。早在做副县长的时候，匡世宗就对该公司有所耳闻。这是一家泰国的跨国公司，公司名字叫光泰集团，他们生产的"光泰牌"畜禽饲料，在国际上享有盛誉。匡世宗和那女士及大胡子交换了名片，并主动向客人介绍自己。那女士也不怠慢，指着大胡子向世宗介绍说，他叫阿提实，泰国人，光泰集团驻中国首席执行官。别看他样子凶，其实他是个为人亲和的畜牧业专家。然后又自我介绍，说她叫秋蔓，山西人，在阿提实手下做雇员。大胡子冲世宗笑了笑，以半生不熟的汉语说："欢迎你！"说着便伸出一只长满黑毛的大手，紧紧地攥住世宗的手，用力地摇晃着，"有什么想法尽管讲，只要符合我们的条件，我们会认真考虑双方的合作。"匡世宗一边说着谢谢，一边从手提包里拿出两本来前印制好的、内容既有家乡情况介绍又有招商意向的两本资料分别递给他们。两个人看完资料，接着又询问了一些他们关心的问题，匡世宗都一一给予了解答。交谈的情况令阿提实十分满意，他向世宗提出，双方先草签一个合作协议，随后他会到匡家峪实地考察，考察情况如果满意，投资办厂的事就可以正式定下来。匡世宗连连说好。随后，世宗在秋蔓女士的引领下，来到设在大厅旁边的一间商务洽谈室，共同起草合作意向书。意向书不比正式合同，条文比较简单，不到半个小时就起草好了。

从开始接触到协议起草，秋蔓女士一直在有意无意地帮着世宗说话，让世宗的心里不免有点感激。他客气地对那女士说："今天能把项目谈下来，多亏有你的帮助，谢谢了，秋蔓姑娘。"

秋蔓女士谦虚道："但凡真心实意想要投资的外商，都想找一个靠得住的合作伙伴，阿提实固然看重你的投资条件和投资环境，但他更看重的是你这个人。你学历显赫，事业心强，浑身上下闪烁着新一代年轻人蓬勃向上的朝气，一看就是个干事业的人。不是这些，我就是磨破嘴皮子，也管不了用的。"

世宗说："过奖了，过奖了。"

秋蔓女士冲着世宗矜持地笑了笑，咕哝咕哝嘴，仿佛有什么心事，欲言又止。

世宗就问："还有什么需要嘱托的吗？"

"没有没有……"秋蔓女士若有所思地回应着，"不说也罢，都是些陈年往事……"

"有事就说，别不好意思嘛。"世宗催促着。

"好吧，既然你如此热情，那我就说几句，能帮就帮，不能帮就只当我没说。"秋蔓女士客气地说。在山西老家，我还有位七十多岁的奶奶，整天哭号着要我为她找丈夫，也就是我的那个连面都没见过的爷爷秋满车。爷爷是在解放前离家出走的，到现在都过去几十年了依然杳无音信。奶奶死活不肯放弃，吵着骂着催着儿女们一趟一趟地外出寻找。她说，找不见活人找死人，人死了尸骨也要运回来，找不到你们的爹就别回来见我！奶奶的儿女们——我爸我叔我姑，又何尝不想满足娘的心愿，可他们几乎跑遍了全国，也没有打听到爷爷的下落。奶奶如此任性，如此渴望地找爷爷自有她的想法，她是担心她百年之后，不能跟自己的男人合葬在一起，活着被世人瞧不起，死后还得受阎王小鬼们的气，觉得这是做女人的最大耻辱。近些年，奶奶找爷爷的心思虽然不像过去那么强烈了，但只要一想起，隔三岔五就会哭闹一场。她的两只眼都哭瞎了，身体也大不如从前了，整天卧在床上，喃喃着爷爷的名字："秋满车呀秋满车……你个没良心的东西……你咋就狠心把我扔下……"说到奶奶，秋蔓女士的眼睛湿润了。

"真是苦了她老人家了！"世宗动情地说，"是啥原因逼爷爷离家出走的？"

"说起来话长……"秋蔓讲起了她的家世。据奶奶讲，我的曾祖父秋福寿在世的时候，我们秋家也算得上是个有名的土财主。秋福寿生来就是个会过日子的人，凭着他一股子发家致富的劲头，辛勤劳动，省吃俭用，十年里头就置买了二百多亩上等好地。家里常年雇着十来个身强体壮的长工，每年打的粮食大囤满小囤流，像山一样吃不动喝不动。他又置地又办房产，几盘院子连成一片，全都是清一色的青砖大瓦房，进去之后像进了迷宫一样。家里的红木家具、各种珍奇摆设，一套一套的。家里骡马成群，牛羊满圈，大车小辆一出门能排半道街，谁见了谁都眼气。按这样的家底，你大概会认为，土改时肯定会给我家定个地主成分，可我们家的成分是贫农。你知道为什么吗？秋蔓说完曾祖父秋福寿的辉煌家业，转而问世宗。

匡世宗猜测说："不会是遇上天灾人祸了吧？"

"你说得对，是人祸。"秋蔓女士说，"一九三五年冬，曾祖父因年老多病，就把家里的管理大权交给了长子——也就是我的爷爷秋满车。谁知时间不长，他就染了一身吃喝嫖赌的恶习，两年不到就把曾祖父几十年创下的家业挥霍殆尽了。家里出这等孽子，曾祖父岂能容忍，一气之下就把我爷爷逐出了家门。这一走，便再也没有回来。"

"真的不幸！"匡世宗为之叹息，"知道他跑哪去了吗？"

"后来听说，他在距家一百多里开外的一片荒山野林里入伙当了土匪，跟着一帮不要命的匪徒，整日地打家劫舍。视脸面如生命的曾祖父，得知这个消息气得大口吐血，时间不久便长别于人世了。曾祖父死后，家里曾派人去山上给秋满车报过丧，可他死活都不肯回来看他爹一眼。"

"再后来呢？"世宗说。

"后来听说那帮土匪被国民党军队收编了，成了正儿八经的国军。不管怎么说，当兵总比当土匪好。收编他们的时候，正好赶上日寇侵略中国，也许因为这个缘故，秋满车的人性仿佛被严酷的现实唤醒了。虽然他没回来探家，但从他寄回家里的几封信里可以看出，这几年他在国民党军队中的表现还算不错。在抗击日寇的战斗中，他英勇善战，多次立功受奖，时间不长就当上了连长。听到这个消息，全家人都为他高兴。"

"是该高兴，浪子回头金不换嘛！"匡世宗赞赏着。

"你听啊，好戏还在后头呢！"秋蔓女士兴致盎然地说，"当连长不到一年，爷爷就跟他的上司闹崩了。矛盾源自对受到日寇两面夹击的八路军独立师某团，要不要出手相助。秋满车出于对友军的善意，力主半道上打一次伏击，阻击日寇对该团的进攻。而他的上司们却主张按兵不动，说这是重庆方面的意思。秋满车义愤填膺，大骂道：'只他娘的知道搞内耗，民族大义哪去了？让狗给叼去了？'倔强的秋满车不顾撤职杀头的风险，偷偷带着他的一连人马，趁天亮之前，赶到日军将要经过的路上，埋伏在山半腰的丛林中，以逸待劳，准备给日寇以迎头痛击。与此同时，他派出联络员，摸进八路军某团阵地，设法与身处险境的毕云雷团长取得联系，让他心里有底，做好彼此呼应、合力歼敌的准备。这场阻击战，从打响到结束，整整打了三个多小时，打得十分艰苦也十分机巧。敌人这边一个中队，二百多人，轻重机枪迫击炮要啥有啥。而我爷爷这边，一个连，一百多人，除了一人一杆长枪、几颗手雷手榴弹，重武器就只有两挺机枪，敌我力量之悬殊可想而知。战斗大致分两个阶段，前一阶段是出其不意居高临下打伏击，敌人自然占不了什么便宜。半个小时的饱和攻击，敌人便死伤大半了。之后敌人在迫击炮的掩护下，疯狂地向山上冲来。在敌众我寡的情况下，爷爷没有率部冲下山去与敌人硬拼，而是采取诱敌上山，命令士兵分散开，各自为战，打一枪换一个地方，用捉迷藏的方法逐个歼灭之。幸好是大白天，视线好，不然敌人也不会黑灯瞎火地贸然追上山来。就这样，他们在山上与敌人周旋了两个多小时，一个中队的日寇全都让他们给报销了。仗打完之后，秋满车自知回归原部队已不可能，在士兵们的齐声呼唤下，他便毅然决然地率部投奔到毕云雷团长的麾下了。他们投诚的时间，大概是在一九四三年的秋末冬初。

"当年晚些时候，家里突然接到爷爷在国民党部队里的一个战友捎来的口信，才知道爷爷投靠了位于太行山区的八路军独立师，具体是哪个团哪个营哪个连，他全都没有说清楚。因为兵荒马乱，加上我爸我叔我姑当时都还小，谁都不敢跑那么远去找爹。后来还是我的二爷——秋满车的兄弟秋满囤——从山西老家徒步几百里路，摸进了八路军独立师根据地，向当兵的打听了个遍，结果谁都不知道秋满车这个人。"

"他会不会顾及自己以往的不光彩历史，改名换姓了呢？"匡世宗大胆地揣测说。

"有这种可能，你这么讲倒是提醒了我。"秋蔓女士恍然道。

世宗接着说："如果人在世，解放后这么多年，按说他该跟家里有联系，没联系就只能说明一个问题，战死在战场上了。秋曼女士，你看这样好不好，我和我爷爷认识独立师原来的一些老的官兵们，我可以帮你打听打听，一旦有消息，会立即告诉你。"

"好，好，那就劳驾你了，谢谢，谢谢！"秋曼女士握住世宗的手，激动得热泪盈眶。随后又说："匡兄，项目的事你放心，我会尽力的。"

离开商务洽谈室，两个人回到招商大厅的摊位前，将拟好的投资意向书交给阿提实。阿提实审查了一遍，觉得没问题，双方就在协议落款处分别签了名。

告别阿提实和秋蔓女士，匡世宗沿着摩肩接踵的人行通道，继续他的招商活动。他一边走，一边回味着刚刚跟光泰集团签下的饲料生产项目，心里乐滋滋的，觉得很有成就感。该项目是他回村任职以来引进的第一个外资项目，如若成功，当然是一次突破，更是匡家峪历史上的一件破天荒的大事。尽管后面的谈判路程还很艰苦，变数还很大，但一想到有秋曼女士暗中为他助力，他立马就信心倍增了。他惦记着秋蔓女士的重托。他忽然想起爷爷匡火鼎手里有一本珍藏多年的像宝贝一样的小册子，上面记录着埋葬在烈士陵园里的八百多个独立师战殁将士的名字。小册子是独立师离开太行山时留下的。烈士们的个人信息，包括姓名、性别、年龄、政治面貌、籍贯、生前所在部队番号、本人相貌、军功记录等，除少数人是空白，多数人都有记录。秋满车会不会在上面呢……

突然有人在他肩上拍了他一下，匡世宗回过头，见是一个长得黑瘦高挑，自己并不熟悉的中年男人。那人手里拎着一个镶着"金利来"标牌的黑色皮包，穿着一身前胸后背都印有离奇古怪图案的白色休闲装，大分头梳得一丝不苟，宽大的茶色墨镜，几乎掩住了他面部的三分之一，好像只许他看别人，而不许别人看到他的眼神似的。手指上的翡翠戒指，像猫眼那么大；脖子上的白金项链，像狗脖子上的铁链子一样亮晶晶的。

"你是……"世宗疑惑地问。

中年男人说："我姓罗，叫罗鑫，是马来西亚骏马实业公司驻中国总代理，原籍甘肃。"

一说是位外商，匡世宗心中的疑惑马上就被驱散了，客气地说："恕我不知，失礼了，失礼了。"说着两只手就握在了一起。

"老弟，缘分哪！"自称外商的罗鑫，一见面就跟世宗拉近乎，"我手里正好有一个项目，走吧，到外面谈谈去，里边闹得慌。"

世宗喜出望外地跟着罗鑫便走出了嘈杂的招商大厅，门前广场的左侧，长着一簇枝叶葱郁的毛竹，两个人就谈起来了。

当世宗跟这位素不相识的罗鑫在大厅内搭上话的时候，他大概没有注意到，位于他身旁的一处招商摊位内，另一位男人已经盯上了他。这人看上去有四十几岁，长得敦敦实实，方脑袋，小眼睛，上身穿一件白衬衫，头上扣着一顶鸭舌帽，帽檐拉得很低，几乎看不见他的眼睛。当世宗跟着罗鑫走出大厅的时候，这人像只捕鼠的猫一样尾随其后，见两个人在毛竹边停下，他便从远处绕到毛竹丛的另一侧，偷偷听着他们的交谈。

罗鑫拿出一盒精品熊猫香烟，微笑着向世宗敬烟。世宗婉言谢绝。罗鑫用不锈钢防风打火机点着叼在嘴上的烟卷，两缕灰色的烟雾从鼻孔窜出，瞬间便被风吹走了。他从皮包里拿出一个紫色的小方盒子，打开盖，递到世宗脸前，说："一枚戒指，花了一万元从香港买的，小意思，送给弟妹的，请收好。"匡世宗赶忙推辞："不行不行，这么贵重的东西，我可不能要。"心里就想，这人好生奇怪，现在是我有求于他，他反倒向我讨好送礼……有意思。罗鑫显得很真诚，说："信不过我？马上我们就是合作伙伴了，干吗这般见外！"伸手就往世宗的口袋里塞。世宗掏出来又塞回他的手里，说啥都不肯收。"你这人，真的少见。"罗鑫边说边尴尬地将小盒子放回包里，随手又从包里掏出一沓证件，递到世宗的手上，"给，请你看看这些，看我是不是你想象中的'皮包公司'，是不是骗子！"匡世宗慌忙解释："不不不，你误会了，不收你的戒指，并不等于我不相信你的身份。"接过罗鑫递来的文件，一张一张地翻看，其中有骏马实业公司由其国内颁发的营业执照，有公司授予罗鑫的中国总代理委托书，有公司驻中国办事处的椭圆形红色印章，另外还有印制规整的合同文本、项目简介、推介资料等等。世宗边看边想，证件应该都是真实的，看不出什么破绽，大概是自己多疑了。所谓的皮包公司之类的骗子，世宗听说过，但毕竟是传说，他不相信这种事会轻易让自己碰上。他把证件还给罗鑫。罗鑫收好证件，接着就拿出一份项目推介画册，一边翻，一边指指点点，向世宗推介。这是一个专门生产微型螺钉螺母的项目，主要为家电生产厂家提供配件服务。项目总投资一千万元，全部投资由骏马实业公司承担，接受投资的一方不用承担任何投资风险。介绍完项目之后，罗鑫又拿出两本印制好的合同文本交给世宗审查，并且说，审查后如果没意见，咱们马上就可以签订合同。合同一旦签订，半个月内就开始土建，一个月内设备到位，半年后即可投产。如此优惠的投资条件，让招商心切的匡世宗喜不自禁，草草看了一遍合同文本，便对罗鑫说，同意，签吧。罗鑫夸他有胆有识，办事干脆，转而笑了笑，说，按照公司规定，在签订合同之前，甲方需要向乙方预交十万元保证金。匡世宗一下愣住了，问，这是为什么？罗鑫解释说，交保证金的意思是怕你们毁约。项目只要一开建，钱会全部退还给你。不交保证金，合同就不能签。世宗十分为难。舍弃，不忍心；不舍弃，身上又没带现钱。怎么办呢？思来想去他还是拿定主意要留住这个项目，打算向世勇借十万块钱，下午签合同。罗鑫答应了，说，下午三点半，地点还在这里，不见不散。

罗鑫掂起他的金利来牌黑色大皮包，匆匆地朝别处走去。

世宗看着远去的罗鑫，站在原地发呆……

恰在此时，那位躲在毛竹丛另一侧的矮个子男人，突然出现在匡世宗的脸前。他摘下鸭舌帽，露出秃光光的脑袋，喜乐乐地朝世宗打招呼："呵呵，老弟呀，还认识我吗？"

匡世宗的视线猛地从罗鑫的背影拉回来，怔怔地凝视着眼前的这个似曾见过却又记忆模糊的男人："你是……"

"卢花，做过我家的保姆，想起来了吧？"

"哎呀！干支栋，干兄啊！"世宗惊喜地握住干支栋的手，调侃道，"头上的毛不见长，身量倒是发福不少，胖得我都不敢认你了。"

干支栋笑呵呵地说："上次一别，一晃就是十年，我变老了，你也不是当年的学生娃了。"

"是啊，时光不饶人啊！"世宗发着感慨，就问，"你是来招商的，还是在这里闲逛？"

"我哪有心思闲逛，我是来暗中保护你的。"

"保护我？怎么，有人盯上我了？"

干支栋急火火地说："兄弟呀，这么精明的一个人，就没看出罗鑫是个骗子？"

"骗子，不可能吧，"匡世宗满不在意地说，"人家证件齐全，怎么可能是骗子？"

干支栋说："去年我就被骗了二十万，虽不是同一个人，但他们的花招却如出一辙，所谓的公章、营业执照、委托书，全他娘的是假的！"

匡世宗如五雷轰顶，一下变得惶恐不安起来……

干支栋接着说："当你跟罗鑫在招商大厅搭上话的时候，我就站在你的身旁，你没认出我，我却认出你来了。我一看罗鑫那种土不土洋不洋的做派，就怀疑他不是什么好鸟，十有八九是个打着外商旗号、实施诈骗的皮包公司。在没有搞清那人身份之前，我又不便当面阻止，所以就跟着你们偷偷地溜出来了。你们在毛竹丛的那边谈，我在毛竹丛的另一边听，当听到他向你要那十万元保证金时，我的心一下就提起来了，心想罗鑫的狐狸尾巴终究露出来了。当时我就做好了准备，只要你给他钱，我就立马站出来阻止，豁出去跟他干上一架。幸亏你没带钱。兄弟，你也看到了，现在的一些干部，抢外商像抢疯了一样，不管是真外商还是假外商，也不管项目适合不适合本地干，能不能赚钱，有没有污染，只要能跟外商搭上钩，项目能冠个外商的名分，抓住就不想撒手。无论人家开出什么条件，全都不分青红皂白地许诺，免费免税免地价，好吃好喝好招待，有的甚至雇小姐给外商当三陪，生怕留不住人家。你想啊，在这种萝卜快了不洗泥的形势下，能没人钻空子吗？就像市场上的商品，啥东西缺，啥东西就会出现造假，老鼠肉穿起来能当羊肉串卖，粉丝鼓捣鼓捣能当鱼翅卖，茅草根野生菇能顶冬虫夏草……人也是一样，哪个行当的人吃香，有人就会冒充，骗财、骗婚、骗官、骗机密、骗工程、骗一夜情，什么都有骗的，真的让你防不胜防。兄弟呀，我讲的这些道理，其实你都懂，只不过我受过骗，比你多了一点警觉。骗子之所以能得手，关键是利用了人们的某种心理。像罗鑫这号人，就是看准了一些干部招商急切的心理，才屡屡得手。真正的外商哪有一见面就向客户赠送戒指的？一个投资上千万元的项目，能在不了解不考察不谈判的情形下就匆匆签合同吗？签合同还要预交十万元保证金，天下哪有这等怪事？"

干支栋的一席话，说得匡世宗像从云里雾里钻出来一样顿时醒悟。心想，平时自己也常嘱咐别人出门要小心，防止上当受骗，怎么一轮到自己就鬼迷心窍了呢？人说旁观者清，当局者迷。还是干兄说得对，一旦人的心里抱有某种欲望，就很容易在假象面前失去警惕，被对方牵着鼻子走。他越想越后怕，十万块钱当真被罗鑫骗走，回去后可怎么向乡亲们交代啊？他惭愧地检讨着自己，连声感激干支栋的提醒和相助。气愤地说："干兄，我马上向公安报案，利用下午我与那罗鑫接头的机会，将其抓获，可以吗？""算了算了，只要你不被骗，抓不抓罗鑫你就别管了，空口无凭，抓住了又能怎样？"干支栋劝阻说。

匡世宗想起十年前去干支栋家看望卢花的时候，干支栋曾说，他从国营企业下海以后，自己开了一家私营汽车配件厂，记着当时他抱负满满，闯劲十足，大有壮士断腕、不达目的誓不罢休的雄心壮志。世宗忍不住问他："配件厂怎么样了？还干着吗？"

干支栋未曾开口，脸上就显出一种志得意满的笑容。早在四年前，他就跟法国宝迪莱汽车公司合资建厂了，目前他已是中法合资北京宝迪莱特种汽车公司董事长兼总经理了。公司主要生产低温保鲜特种汽车，在国内同行业中名列前茅。他这次参加招商会，目的是寻找投资伙伴，计划在国内建两家与其总厂配套的零部件生产分厂，以扩大生产规模。听罢干支栋的介绍，匡世宗为他事业上的飞黄腾达而惊羡不已。"不简单！十年不见，小麻雀转眼变成了一只金凤凰，真是了不起！"世宗边夸边拉住干支栋的手就往招商大厅里走，"领我到你的摊位看看去，我想做你的投资伙伴……"

守在摊位内的法方代表莫丽斯小姐，看面相就二十五六岁，活生生一个标准的法国金发女郎。白皙的面孔，蓝色的眼珠如一汪碧水，倒映在碧水里的睫毛，如波纹一样涌动着绿色的光芒。修长的眉毛没过了她的外眼角，若似两只用黄色的黍苗制成的小毛刷向上翘着。鼻梁直而不弯，两唇红而不艳，一双耳朵像插在鬓颊上的两只柔润的蝴蝶在翩翩起舞。干支栋将世宗介绍给莫丽斯，又把莫丽斯介绍给世宗。莫丽斯一边微笑着与世宗握手，一边打趣地望着干支栋说："老板，瞧人家小伙这个头，至少比你高出一头，真的羡慕死我了！"干支栋有点自惭形秽，红了脸应道："喜欢你就嫁给他算了！"匡世宗拍了下干支栋，嗔道："开玩笑也不看对象！"转而讨好似的赞美那女士，"你汉语讲得真好，在中国留过学吧？"一提到留学，干支栋猛地又来了兴头，对世宗说："你不问我倒忘了，莫丽斯小姐前年刚从华克大学毕业，你们还是校友呢！""是吗？"匡世宗惊喜地再次握住女士的手，尽情地唠起校友间的友情。

事情也算凑巧，先遇上个老友，接着又碰上个校友，这让急于招商的匡世宗仿佛有种天助地成的预感。果然不出所料，商谈不到一个小时，双方的合作意向很快便定下来了。匡世宗推出三叔匡大禾作为干支栋的合作伙伴。干支栋欣然同意，说，生产三码车跟生产汽车配件工艺上有其相通之处，有利于将来合作生产。双方商定：匡大禾以现有三码车厂整厂折资入股，北京宝迪莱公司控股，新公司的名字就叫北京宝迪莱特种汽车公司匡家峪分公司。新建的特种汽车配件厂，资金、技术全部由北京总公司负责投入。每年的生产计划由总公司下达，产品由总公司负责收购。

如此合作方式，正合了匡世宗的心愿。该项目不仅为匡家峪增添了一个技术含量高的产品，同时为三码车的发展提供了强有力的技术支撑，可谓是一举多得的好事。匡世宗对干支栋和莫丽斯小姐的信任和支持深表感谢。干支栋动情地说："能为老区做点实事，心里感到充实。再说了，凭卢花做过我家的保姆，做点贡献也是应当的。"莫丽斯小姐却是另外一种口气："双方合作，讲的是互惠互利，不存在谁感谢谁的问题。"干支栋接着就问起卢花的近况，当得知卢花至今仍然没有找到时，他的心情显得十分沉重，说，多好的姑娘，太可惜了。

两天的招商活动，匡世宗谈成了两个中外合资项目，这在县里来的几十个单位中，收获算是最多的。招商活动一结束，本县来的人员陆陆续续都返程了。匡世宗向带队的关东州请了两天假，搭上公交车，就去往世勇和肖菡所在的天丽大厦。

　　公交车上挤满了人，别说座位，连站立的地方都非常紧张。匡世宗站在车上，两手抓着扶杆，望着大街上的车流和擦眼而过的高楼大厦，不由得感慨万端——变了！北京真的变了！跟十年前大不一样了！原来街上的建筑大都是小平房，或者是两三层的小楼，见座七八层的楼都很稀罕。现在二十几层、三十几层的楼像钻天的林木一样一片一片的，楼群错落有致，金碧辉煌，看得人眼花缭乱。街上跑的车也跟过去不一样了，过去满街跑的是帆布篷和小面包，灰不溜秋土不拉叽的像几只土鳖一样在街上爬行，像样的小卧车半天也见不到一辆。瞧现在，各式各样的高级小轿车排行结队，在阳光的照耀下，放射出五颜六色的光芒，犹如一条巨大的彩龙在街上奔腾。人们的衣着也跟过去不一样了，大灰大蓝的色调被花花绿绿的流行色彩所代替。老人们穿着大花褂子，姑娘们穿着超短裙，随潮流的小伙穿着一身牛仔，干部模样儿的人穿西装戴领带，男的女的老的少的，个个都显得那么绅士，那么气度非凡。

　　"天丽大厦到了，有在天丽大厦下车的乘客请您下车……"站在公交车门口的女售票员，以她柔和的北京腔调，热情地向乘客喊话。匡世宗跟着几个同在本站下车的人一起下了车，横穿过马路，直奔天丽大厦而去。大厦还是原来的大厦，但样子显得格外的低矮，甚至有点土气，不是立在门脸上方的天丽大厦四个鲜红的大字提醒他，他几乎就认不出它来了。也难怪，周边新起的楼一座挨着一座，哪座都比天丽大厦盖得高盖得漂亮，将个天丽大厦衬得像个龌龊的乞丐，没精打采地萎缩在地上。

　　进入一楼超市，匡世宗依他原先的记忆，穿过隔离通道，踏上位于一楼西头的步行楼梯，一口气就爬到了五楼。五楼是办公区，比起一至四楼的经营场所要清静得多。楼道内有一位女保洁员，正撅着屁股伸着脖子握着墩布一丝不苟地拖地。披散在她面颊两侧的半截鬏，随着她拖拽墩布的动作而前后晃动。她穿着一身红蓝搭配的工作服，一看背上的"天丽大厦"四个鲜红大字，就知道她是店里雇来的勤杂人员。匡世宗走上前，恭敬地问道：

"大姐，匡世勇董事长在哪个屋办公？"

保洁员停住拖地，悠悠地直起腰，一只手挂着拖把，一只手理了下贴在脸上的几缕散乱的发丝，瞟了世宗一眼，说："往前走，门上有牌。"

就在这对话的一刹那，世宗的脑子里突然闪出个熟悉而令人憎恶的面孔——苗雨——陷害卢花的凶手——难道真的是她？她怎么会在这里呢？窝在他心里的仍然在隐隐作痛的十年前的那块大伤疤，喷着像火一样的血，让他的脸色骤然变得恐怖起来了。他试探性地喊了一句："苗雨！"

那女人支吾道："……嗯……"

匡世宗跨步上去，一手封住她的衣领，挥起像芭蕉扇一样的大手，左右开弓，密不透风，啪啪就是两个耳光，厉声骂道："好你个歹毒的娘们儿！还我的卢花！"

挨了两巴掌，苗雨方才想起，打她的这个体型彪悍的汉子，正是当年她曾经见过的匡世宗。苗雨被打得眼冒金星，口鼻流血，脑袋像茄子一样在肩上歪着，喃喃道："我认出你来了，你叫匡世宗，世勇的哥哥。拐卖卢花是我干的，逼她寻死跳河也脱不了我的干系。我有罪，我罪不容恕，我罪该万死！你打吧，照死里打吧，打死我都不会喊一声冤，如此活着受良心折磨，倒不如死了清静！"

听着苗雨看似真诚的坦白，世宗倒不忍心再动手了："走，跟我到公安去！"

"我已经服过刑了，刚从监狱出来。"苗雨哭着说，案发时我逃过了公安的追捕，在外地躲了两年，觉得没奔头，就主动投案自首。我刚被公安收监，丈夫葛喜来就刑满释放了。男人出来，老婆进去，两口子轮番坐监，这在全中国也恐怕是第一份。男人犯了罪，女人争点气也好，可我没有做到。我不仅没有安抚好狱中的丈夫，等着他出来重新团圆，反而心生邪念，打起了世勇的主意。结果，世勇没有得到手，却把卢花妹子活生生送上了绝路。——罪孽呀！——不可饶恕的罪孽啊！——世宗，你打死我吧！——我早已没脸苟活在这个世上了……苗雨羞惭不已，悲痛欲绝，鼻涕泪水哩哩啦啦流了一摊——你的兄弟世勇是个念旧情讲义气的人，在对待葛喜来上，他比我这个当老婆的强多了。葛喜来服刑期间，世勇时常带着东西到狱中看望他，出狱时，还亲自把他接回天丽大厦，后来还让他当上了公司的后勤处处长。我被放出来之后，先是在大街流浪，后又跟别人打工，明知道葛喜来就在世勇的公司上班，而且我们还是没有离婚的夫妻，尽管如此，我也不敢去找他。想他的时候，我会利用晚上时间，躲在黑影里，望着灯火通明的天丽大厦，在进进出出的顾客中寻找着我渴望见到的葛喜来的影子。有时我会看到葛喜来，也会见到世勇，可我没勇气去跟他们见面，只能在黑影中落泪，在暗中忏悔，祈求他们能饶恕自己。这天傍晚，也不知道自己哪来的一点勇气，见他们两个晚饭后在大厦门口闲聊，我便奋不顾身地跑了过去。见了我两个人全都愣住了——几年的狱中生活，让我脱了相变了形，大概他们是认不出我来了。我赶紧自我介绍，说我是刚出狱的苗雨。一说我是苗雨，葛喜来立马就跳起来了，挥起拳头就朝我打来，骂我没人性，骂我不要脸，当时如果不是世勇拦着，我真的要被他打死了。匡世勇劝住葛喜来，把我们两口子带到他五楼的办公室，两个人轮番又把我骂了一顿，吵够骂够之后他们还是原谅了我。在世勇的劝和下，坚持要与我离婚的葛喜来，终于又跟我破镜重圆了。

世勇兄弟能捐弃前嫌，以怨报德，令世宗多少有些感佩。但他面对恶迹累累的苗雨，依然难以饶恕。他板着面孔，继续对苗雨进行训斥……

恰在此时，匡世勇、肖菡、美贺子一块从楼下上到了五楼，后面还跟着后勤处处长、苗雨的丈夫葛喜来。

"哥，啥时过来的，招商会结束了？"匡世勇扑过来，高兴地问候着。

匡世宗看了他们一眼，没心思搭他们的话，继续训斥苗雨……

"哥，别跟她急了，走，到我办公室去，苗雨的情况待会儿我再对你细讲，"回头又吩咐葛喜来："快把嫂子领走！"

葛喜来愣着没动，疑惑地问："匡总，这就是你常提起的哥哥匡世宗吧？"

"对，你不问我倒忘了。"世勇赶忙在两个人中间做介绍。

葛喜来握住世宗的手，羞愧难当地说："咱俩虽说是第一次见面，但你的大名我早已如雷贯耳，感谢你有这么个好兄弟，给了我们两口子重新做人的机会。"

匡世宗从地上拉起苗雨，语重心长地对他们两口子说："以后好好过日子，别辜负了匡总的一片苦心。"

两个人毕恭毕敬地应承着，哈着腰退着朝楼下走去。

19

　　这几天，匡大地和裘菊香像办喜事一样，为儿子和儿子未婚妻的回来忙前忙后。东西两个厢房打扫得干干净净，床上的铺盖换成了里表一色新，脸盆、梳子、香皂、牙刷，买的都是城里人喜欢用的名牌。为了让饭菜尽量合他们的口味，匡大地还开着三码车专门往县城跑了一趟，选择上等的蔬菜、水果、肉食、海鲜之类，买回来满满的一车斗。除自家留下一半，另外给父母和兄弟匡大禾家送去了半车斗。听说城里人爱吃活鱼，匡大地还专门找了家活鱼店，买了十几条大鲤鱼，装进带水的塑料袋里往回运。店掌柜向他保证说，塑料袋里是充过氧气的，鱼至少可以存活三天，三天内死一条赔十条。头天运回家，第二天早起一看，十几条大鲤鱼全都瞪着眼，翻着白肚皮，停止了呼吸。也就是在这天下午，世勇他们从北京回来了。

　　两辆明晃晃的高级小轿车，一前一后，一黑一白，停在了匡家峪的大街上。前面是一辆黑色奔驰，匡世勇开着，旁边坐着美贺子。紧随其后的是一辆白色奥迪——公司配给副总的专车——肖菡开着。十多年未曾回家的匡世勇，从车上一下来，就把街上的男女老少给惊动了，人们操着浓重的方言俚语，呼着他的乳名，惊奇地围拢了过来。匡世勇一边向乡亲们敬烟，一边热情地问候大家。肖菡美贺子托着大包小包的糖果糕点，笑眯眯地分发给围观的孩子们。"老侄子，你还有这个家啊？俺还以为你死到外头了呢！你的心也真够狠的！"左邻右舍们以爱恨交加的口气，表达着对突然归来的匡世勇的抱怨和惊喜。"老弟，有种！功成名就，衣锦还乡，能混到这份儿上，值了！"一帮同龄人看着仪表堂堂的匡世勇羡慕地赞赏着。肖蔺早前来过匡家峪，尽管她已经从一个十几岁的黄毛丫头出挑成了一位亭亭玉立的大姑娘了，但还是被一些记忆力超强的人认出来了。他们头上包着散发着汗腥味的毛巾，咧着沾满饭垢的黑牙，喜乐乐地打听着她的爷爷肖军和奶奶龚秀珍的近况。初来乍到的美贺子，虽然听不太懂这里的土话，但她从人们憨厚而喜兴的表情上，已领略到了山里人的热情。她依偎在世勇的身旁，挽着他的臂肘，一言不发，只以她那灵气袭人的双眼与四周的人交流。她一会儿伸出手指为世勇梳理头上的发丝，一会儿又帮他掸去衣服上的尘粒，从她的这些细微而亲密的举动里，人们似乎已经看出他们之间的特殊关系。有人就问：

"世勇，站在你身边的姑娘是谁呀？你怎么也不向大家介绍介绍？"

匡世勇歪转头，看了看美贺子。

美贺子微微地躬了躬身，用生硬的汉语微笑着向大家自我介绍：

"乡、亲、们、好！我叫、美贺子，来、自、日本，是个、土生、土长的、日本人。按、中国人、的话、说，不是、一家人，不进、一家门，嫁给、匡世勇，我、就、是、一名中国人了，就是、匡家峪的、儿、媳、妇、了，希望、我们、以后、友好相处。"

大家以惊诧的目光和复杂的心理，注视着这位跟中国人并没有太大区别的日本女子，现场出现了令人窒息的短暂的静默。

世宗世玉这会儿正在北上房为迎接世勇他们的回来忙着准备晚上的酒饮饭菜。奶奶吴桂贤和菊香、金凤两个儿媳妇正在西厢房缝缀被子床单。大地大禾陪着父亲匡火鼎坐在院子里说话。世勇他们一进柿树院，家人们全都从屋子里跑了出来，像迎接贵宾一样欢天喜地。坐在柿子树前面轮椅上的匡火鼎，眼里闪着激动的泪花，伸出一只干硬的老手，冲着世勇一边摇一边呼叫："勇儿，我出息的二孙子，快过来，让爷爷看看你！"匡世勇看着年过古稀、白发苍苍、满脸老人斑、明显比过去衰老的爷爷，不由得鼻子一酸，愧疚的泪水如断线的珍珠扑簌簌涌了出来。自从他十年前不辞而别离开这个家，还从没回来过一次，也很少打电话问候爷爷一声，甚至在爷爷锯腿住院的生死关头，自己都没有回来在床前伺候他老人家一天。想到这些，匡世勇痛悔地跪倒在匡火鼎面前，抱着他那条半截残腿，呜呜地哭起来了。"爷爷，孙儿惹你生气，劳你操心，孙儿是个不孝的逆子，你惩罚孙儿吧！"世勇哭得痛心疾首。匡火鼎抚摸着他的脑袋，颤抖着声音说："孙儿，起来，爷爷不怪你，看你有出息，爷爷高兴着哩！"世勇的痛苦追悔，也感动了在场的家人，大家觉得世勇长大了，知道心疼爷爷了，不是十年前的那个任性不懂事的孩子了。匡世玉上前拽住世勇的胳膊，边拉边劝道："二哥呀，你都熬成大老板了，还为俺领回来一个漂亮的洋嫂子，多了不起呀，快起来吧，别这么悲悲凄凄的，全家人都等着喝你的喜酒呢！"匡世勇从地上站起，抹了一把泪，推着轮椅上的匡火鼎，在家人的簇拥下一起进入北上房。屋内摆着一张漆面斑驳的老方桌，桌上摆着世宗世玉亲手摆弄的十几个荤素搭配色彩鲜艳的菜肴，本县产的两瓶"韩王山牌"浓香型白酒蹲在桌子上，桌上的酒杯已斟满了酒，散发着浓郁的酒香。依村里的规矩，新媳妇头一次见公婆需行跪拜礼，这既是应尽的礼数，也是检验公婆对新媳妇的认可和接受程度。美贺子虽说还算不上正式的新媳妇，但匡世勇觉得，借这个机会试探一下家人们的接受程度很有必要。他牵着美贺子的手，肩挨肩地站到屋地上，一本正经地说："各位家长，美贺子今天第一次来咱家，作为孙媳妇、儿媳妇、侄媳妇，理应跪拜各位家长，这是家乡的礼节，该有的一样都不能少。"两个人齐声叫着爷爷奶奶，先给匡火鼎吴桂贤磕了头，尔后呼着爸爸妈妈，又给匡大地裘菊香磕了头，最后又给叔叔匡大禾、婶婶陶金凤磕了头。美贺子毫不忸怩，表情动作都显得很自然熟练，小嘴叫长辈叫得怪甜，头也磕得实实在在毫不含糊，自然博得了长辈们的欢心。家长们个个笑逐颜开，夸这位洋媳妇知书达理，尊大知小，各人遂掏出事先准备好的用红纸包着的见面礼就往美贺子的手里塞。美贺子一边含羞地说着谢谢，一边半推半就地就收下了。回来之前，匡世勇已经对美贺子就家乡的礼仪进行过一番培训，教她如何对待家人，如何对待街坊邻居；教她哪些话该说，哪些话不该说；教她在长辈面前怎么表现，在晚辈面前怎么表现；教她坐要有坐姿，站要有站姿，举手投足，垂眼抬眉，样样都必须拿捏好。在跪拜长辈的时候，世勇教她每个头都要认真磕，称呼长辈要认真，一口是一口，喊亲切一点儿，不能敷衍了事。家长们给的见面礼该收就收，不收不好，但又不能像乞丐一样伸着手去要，要装成羞羞答答、想收又不好意思收的样子。世勇说，由于你的出现，村里人难免会对你产生一些误会，逢上冷言冷语，甚至是激烈的指责，该忍就忍着点儿，等大家都理解了也就没事了。美贺子像个小学生一样一字一句地听着，一个动作一个动作地学着。她说，为了爱情，为了爷爷村岛的心愿，她什么都豁出去了。两个人拜罢家长，正准备要落座，却被站在一旁的肖菡给拦住了："别急着坐，还有世宗哥呢，怎么，不该给他磕个头？"匡世勇猛地被提醒了，忙说："哥，你是第一个得到消息，并且是第一个支持我和美贺子婚事的人，不是你替我拿主意，不是你给家长们做工作，我和美贺子也走不到一起，来，你站好了，请受我们一拜。"匡世宗赶忙将两个人拦住，说："不行不行，万万使不得，老弟，有句话说得好，父母在子不露头，这点道理都不懂？"世勇争辩说："长兄比父，老嫂比母，你为我操了那么多的心，怎么就不该表达一下我的感激之意！"匡世宗决意不肯接受。长辈们闹着笑着，有的说该磕，

241

有的说不该磕，最后还是匡世玉提出个折中方案：将磕头改为鞠躬。众人鼓掌拥护。两个人恭恭敬敬地给世宗鞠了一躬，转过身又给世玉肖菡分别鞠了一躬，方才过了这一关。席间，大家边饮酒边交谈，焦点当然跑不了美贺子，谈着婚事，谈着事业，一会儿就扯到了她的爷爷村岛身上。一讲到村岛，匡火鼎就来神，抗战期间发生在村岛身上的故事，像串串珍珠一样便从他的嘴里蹦出来了。他将起裤管，用手拍打着他的皮肤皱巴、肌肉萎缩、像只焙干了的南瓜似的半截子残腿，感恩地说，别看他锯了一条腿，但他不埋怨村岛，没有村岛当年为他治腿，这条命恐怕早就保不住了。

　　饭后，肖菡留下来，继续住她曾经住过的匡火鼎家里的西厢房。匡世勇领着美贺子，随父母匡大地和裘菊香回到自家去住。裘菊香告诉世勇，两个屋子都拾掇好了，要他住东厢房，美贺子住西厢房。到了深夜，西厢房的灯还亮着，裘菊香以为两个年轻人大概还在熬夜商谈在村里投资上项目的事，心想年轻人好饿，该给他们做碗面汤，填填肚子。她轻手轻脚地迈出堂屋，走到西厢房的窗户根，正要张口问他们想不想吃东西，不经意间隔着玻璃窗向屋内扫了一眼，屋内的一幕立刻把她的话堵回去了。她的脑袋像蜗牛的触角碰到什么敌情一样缩在窗台下的黑影里，心里怦怦直跳。她匆匆溜回堂屋，俯下身，把嘴对住躺在床上但还没有睡着的匡大地的耳眼，低着声急促地说："他爹，不，不好了，两个人钻到一个被窝里了！"匡大地撩开被子，呼隆从床上坐起，惊讶地问："真的假的？"裘菊香急歪歪地说："两个人脱得一丝不挂，光着屁股正在床上干那种事呢！不信你看看去。""胡说！这是老公公该看的事吗？"匡大地一边怪着老婆，一边气呼呼地穿衣下床，说，"太不像话了，你把他给我叫来，看我怎么收拾他！"裘菊香赶忙把匡大地已经披在身上的褂子扯下来，将他按在床上："急什么急！要吵也得等到明天，深更半夜的吵吵闹闹，让美贺子听见了会怎么想？就你儿子那驴脾气，即便吵也得悠着点，吵翻了，再给你来一次十年不见面，看你怎么收拾！"匡大地气呼呼地往床上一躺，不吭气了。天明一大早，裘菊香就把匡世勇叫到了北上房，背着美贺子，悄声问道："勇儿，东厢房拾掇得好好的，你咋就跑西屋睡去了？"匡世勇看了看坐在椅子上喘着粗气的父亲，若无其事地说："咋了？"裘菊香说："还咋了！没典礼咋能同房哩！"世勇嘻嘻一笑，说："城里人都这样。"裘菊香脸一沉，说："我的傻儿子，这里是匡家峪，不是北京，整出孩子可咋办哩！"世勇叽叽咕咕笑个不止，说："妈呀，办法有的是，哪像你们那会儿，不会整出孩子的，放心吧！"匡大地干咳了一声，神色严肃地说："你妈说的都是正事，别总是嬉皮笑脸的！另外我还要提醒你，对你和美贺子的婚事，家里人虽然都勉强接受了，但要过村里人这一关可并不那么容易。你一走十年没回家，这十年卢旺堆是怎么跟你爷爷、跟你世宗哥闹腾的你知道吗？眼下卢旺堆看似老实了，其实他并未死心，正愁着抓不住你哥的把柄呢。这下好了，一说你跟日本女人攀上了亲，卢旺堆不趁机把匡家峪闹个底朝天才怪哩！"妈是从风俗角度劝，爸是从政治角度批评，他们的话都有道理，是应该多些警觉。匡世勇顺从地点着头，说："爸，妈，儿子明白了，以后一定注意。"

两年前的一个寒风凛冽的冬日，匡世勇和美贺子驾着车，一块到东北某地的一处滑雪场游玩。他们在景点学滑雪、坐狗拉雪橇、赏冰雕，不知不觉就花去了大半天时间。走出滑雪场，两个人依然兴致未尽，转身就往滑雪场旁边的山坡上爬。山坡上长满了粗粗细细的松树，树干挺拔，直冲云霄，到处都充满松香味。树下覆盖着一层半尺厚的积雪，人走过去，伴随着咯吱吱的响声，身后留下一串深深的脚窝。森林里果然另是一番天地，这里远离嘈杂，空气清新，静得连出气都能听得见。他们一边追逐戏耍，一边摘松子、挖野参、捉昆虫、追捕野兔和小松鼠,玩得好是开心。不知不觉天已近黄昏,从山后射过来的晚霞,将林子的上半身染成了紫红色,下半身因为见不到光线——尽管有雪光的映衬——已然变得渐渐昏暗起来。匡世勇呼着像雾一样的白色哈气,为美贺子拍打粘在她羽绒服上的雪,说:"天黑了,咱们该回去了。"美贺子舍不得离开,抱住世勇轻轻吻了下他挂着一圈白色霜雾、冻得发紫的嘴唇,娇声道:"这里真美,有生以来还从没见过这么美丽的地方,真想再玩一会儿。"世勇说:"想玩明天再来,天一黑就摸不着路了。"世勇将美贺子冻得像红萝卜似的小手捧在自己的手里,疼爱地揉搓着,然后又为她搓了几下冻得像红苹果似的嫩汪汪的脸蛋,为她保暖增热。两个人带上捡来的松子、野山参、干酸枣,摸索着来时的脚印就往山下返。晚霞渐渐退去,接踵而来的是四面升腾的雾气,灰蒙蒙的雾气如炊烟一样很快就笼罩了整个林子。羽绒服上挂了一层薄薄的露珠,仿佛被细雨淋过一样湿漉漉的,同时也染白了头发和眼睫毛。两个人相互扶携着,趁着白雪映出的光线,艰难地抬着陷在雪中的双脚,一步一步地爬行。林子里静得瘆人。除了能听到几声怪异的虫鸣鸟叫,几乎什么都听不见。偶尔有三三两两的老鸹放着粗犷的嗓音从树梢擦过,也有猫头鹰在树杈上发出令人毛骨悚然的怪声怪调,蛰伏了一天的蝙蝠们,像成群的麻雀一样在他们的头顶和脸前上下翻飞。就在他们摸索着路径艰难地跋涉时,身后突然传来一声闷雷般的吼声,两个人急忙转过身,惊恐地注视着远处树行间的一个可怕的黑影。那黑影瞪着像警灯一样时而闪着蓝光时而闪着红光的两只眼睛,正晃晃悠悠地向他们逼近。美贺子尖叫了一声就扑到了世勇的怀里,吓得浑身哆嗦,惊叫道:"老虎……老虎,快跑吧!"匡世勇抱着她,眼睛盯着前方,心里害怕却又想在女人面前表现出男人的镇静,说:"这个时候绝对不能跑,快捡些树枝来,点火,听老人说,老虎豹子山猪狍子狼,野兽们大都怕火……"散落在

244

雪地上的松树枝叶随手就捡来一堆，含油性的松枝很容易就被点着了，火堆里发出噼噼啪啪的声响，黄色的火苗如丝绸一样向上伸展着，火苗上腾起缕缕白烟，散发着扑鼻的香气。两个人围坐在篝火旁，用手里的木棍挑着燃烧着的柴棒，掩饰着内心的恐慌。幽灵一样的黑影在距离篝火数米远的地方停了下来。就着火光，他们认出了这位不速之客的真面目，果然是只花纹斑斓、个头硕大、凶猛无比的东北虎。老虎呆愣地站在地上，以犹豫的目光盯着篝火旁长得细皮嫩肉的两个年轻人，它饥肠辘辘，本想扑上去饱餐一顿，却又被眼前的熊熊大火唬得不敢近前一步。踟蹰了好一阵子，它终于掉转头，拖着像棍棒一样的毛茸茸的长尾巴，非常惋惜地离开了。两个人从地上跳起，开心地舞着蹦着，庆祝他们的胜利。"危急时刻镇定自如，真的让我佩服！"美贺子喜乐乐地将双手吊在世勇的脖子上，褒扬着自己的心上人。匡世勇环顾一下周围的夜色，怅然道："不是老虎折腾，这会儿我们恐怕已经回到宾馆了，天现在暗得跟黑洞似的，走是走不成了，只能守在这里等天亮了。"

"我正不想走呢，能在这里过上一夜，比住大宾馆有情调多了！这就叫：一对小情人，露宿大森林；虎们给站岗，鸟们枝头吟；夜幕做洞房，白雪当枕衾；怀抱火堆睡，口含雾生津。"

"呵，呵，中国话还没有学会，倒哼起中国诗来了，听着还真有点五言律诗的味道。"

"中日文化本来就一脉相承，只要稍加用心，深奥的东西不好学，浅尝辄止还是不难的。"

为保持篝火不灭，他们又捡来一堆干树枝，放在身边备用。简单吃过随身携带的食品，喝了几口瓶装矿泉水，两个人便依偎在篝火旁，边甜蜜地聊着，边享受着冰雪世界为他们带来的别样的乐趣。夜越来越深，袭人的寒气也越来越难以抵挡。"哎呀，瞧我这脑子，倒把一件御寒的宝贝给忘记了！"美贺子突然从世勇的怀里站起，边说便打开放在地上的皮包，伸手抽出一条薄如被单一样的东西，抖开后用两手吊在胸前，问世勇："你瞧这是啥？"

"不就是一条旧布单嘛。"

"错！这叫斑鼠皮睡袋，冰岛国产的原装货，一条一千多美元呢！"

"这么昂贵？"

"贵就贵在这斑鼠皮上。斑鼠比老鼠稍大，有野生，也有家养。多产自北极圈周边国家。斑鼠皮很薄，但韧性很强；毛很短，但保温性很好。说明书上介绍，单是这一条睡袋，就用了一百八十八块斑鼠皮，能不昂贵吗？攥在手里它就一把，钻进去比盖两条被子都暖和。斑鼠皮外面罩了一层精细化纺布套，质地细腻坚韧，且能挡风遮雨，的确是件外出旅行不可或缺的保暖皮具。"

"既然这么好，你就赶紧钻进去吧，我给你看着老虎。"

"咱俩一块钻进去，装两个人没问题。"

"不，我，我不冷。"

"快点，别忸怩了。"美贺子边说边脱掉羽绒服，世勇跟着也脱掉了身上的棉衣，便一起钻进了斑鼠皮睡袋。没待几分钟，睡袋里的温度就上去了，冻僵的手脚，紧缩的身体，马上就舒展开了。一个人的睡袋钻进两个人，里头的空间显然有点窄小。无法保持距离，两个人只有你抱着我我抱着你，像一对蟒蛇一样紧紧地缠在一起。世勇架不住美贺子的恣意放情，拿捏不到半个时辰，他便像一匹脱缰的野马一样开始在狭窄的空间里横冲直闯了。僻静的林子里顿时刮起一阵山风，山风裹着雪花，打着呼哨，发出尖声怪气的嗥叫。一群逼近篝火旁的野兽们，盯着地上一堆黑乎乎的东西，完全看傻了眼，那东西既不像牛，又不像熊，没腿没尾没脑袋，却能不停地翻动，还会嘶叫，真的好生奇怪。野兽们摸不着头脑，吓得只好调头逃窜。有了这颇具山野情调的第一回，以后他们就再也分不开了。他们一边过着朝暮相依的甜蜜生活，一边苦苦地等待着委托世宗哥疏通家人接受他们这桩异国婚姻的消息。这天，他们终于等来了世宗的电话，说全家人都答应了他们的婚事，允许他们回家了。

这次回来，匡世勇除了想让家人们相看相看他的日本媳妇，另外就是依照匡世宗在北京参加招商会时与他们共同商定的投资协议，带着项目带着资金回家乡投资办厂的。他们计划以匡家峪及其周边地区盛产的核桃为原料，在村工业园区建一座"天丽牌"核桃露奶茶厂。新项目由美贺子的天丽饮品公司出资百分之四十，其余百分之六十由匡世勇的天丽贸易公司和匡家峪村集体各出资百分之三十。美贺子作为控股方，点名要肖菡做核桃露奶茶厂厂长，常住匡家峪。作为自己的得力副总，匡世勇虽然舍不得肖菡离开，但考虑到新厂的需要，考虑到她对世宗哥的一往情深，他还是忍痛割爱了。晚一段时间，北京宝迪莱公司的老板干支栋和莫丽斯女士、泰国光泰公司的老板阿提实和秋蔓小姐，都要来匡家峪进行实地考察，为了抢在他们的前面，世勇他们提前就回来了。

"老匡家这是咋了，中国没女人了？干吗拿个日本女人当媳妇？""匡火鼎大概是老糊涂了，找媳妇这么大的事，也不知道为孙子把把关，这不是往村里人的伤疤上撒盐嘛！"美贺子一踏进村，沸沸扬扬的议论便在全村蔓延开了。年轻人都没见过日本人，更没见过日本女人，他们印象中的日本人就是从电影里看到的由演员扮演的日本太君、太君的夫人和一些随军妓女们。他们把美贺子同电影里的日本女人相提并论，咋看咋觉得心里恶心，越想心里越来气。有的就放狠话，把这个"女鬼子"赶回日本去，匡家峪容不得这样的媳妇！

自从匡世宗恢复了党支部书记职务，卢旺堆就像只被拔去翎毛的黑老鸹，缩在家里再也振作不起来了。眼看着东西两个园区如火如荼地大干快上，他也只能老老实实地配合匡世宗的工作，在抑郁和苦闷中等待时机。

群众对老匡家的愤怒指责，让卢旺堆这条被冻僵的蛇突然就来了灵光，他觉得这是上苍赐给的机会，机不可失，失不再来。尽管在反对土地大包干、反对发展私营经济的两次较量中都让他败在了匡世宗的手下，但他认为，上两次失败都是因为自己没看透形势，侥幸让匡世宗占了上风；而这一次就不同了，这一次是他老匡家拿日寇的血债跟村民开玩笑，犯的是众怒，相信全村多数群众——包括那些一贯支持他的老党员、抗日老民兵——不可能再像以前那样跟着匡世宗跑。只要他略施小计，鼓动村民们群起而攻之，在愤怒的群众面前，他匡世宗即便有再大的神通也回天无术了。自家出了这等伤害众乡亲感情的怪事，匡世宗身为支书，责任是推不掉的，必须逼迫其下台向乡亲们谢罪。

回到匡家峪第二天，美贺子便在世宗等人的陪同下，代表爷爷村岛首先看望了健在的抗日老民兵，随后又到韩干山抗日烈士陵园举行了一个简朴的祭奠仪式。她说，难得有今天这个机会，爷爷多年的心愿总算是了却了。祭奠仪式上，美贺子素衣恭立，焚香献花，垂首默哀。她望着巍峨的韩王山和郁郁葱葱的大片墓地，不由得心潮澎湃，久久难以平静。对当年那场侵华战争，在国内是一种感受，来到中国又是一种感受，尤其是到了匡家峪，这样的感受就更加刻骨铭心了。错就是错，罪就是罪，干吗总遮遮掩掩的，为啥就不能设身处地地替受害国人民想想？我说中日关系怎么老是摩擦不断，不来中国，不来匡家峪，单凭在日本国内，这个问题是找不到答案的。年轻一代应当架起中日友好的桥梁，罪恶的过去决不能让其再次上演。她默默地嘱咐着自己。之后两天，美贺子在匡世宗的带领下，对村工业园区进行了认真的考察，共同选定了新厂址，安排了施工队，新厂房建设随后就准备上马。世勇和美贺子叮嘱肖菡："过两天俺们就要返回北京了，新厂筹建的事就全靠给你了，希望在村里的支持下，尽快使新厂

248

建成投产。"肖菡柔情地瞟了世宗一眼，信心十足地说："有我的老同学匡世宗在，你们就放心吧。"世勇做了个鬼脸，意有所指地逗趣道："是啊，男女搭配，干活不累，何况有心上人陪着。"说者无意，听者有心，匡世玉本来就对世宗和肖菡的关系心存芥蒂，世勇的一句"心上人"刚一出口，世玉的醋意马上就涌到心口了："我怎么不知道啊，肖菡姐啥时爱上俺世宗哥的，是在大学吧？"匡世宗急忙予以否认："别听世勇胡咧咧，没有的事！"随即便岔开话题，对肖菡说："你是美贺子老总委派到新厂的总经理，是大股东的代表，我们是小股东，理应听你的，你怎么说，我们就怎么干，保证当好你的助手。"匡世玉望着世宗虚与委蛇的慌乱神色，心里像猫爪一样越发感到不安了。"小妹，听说黄刚把脚崴着了？好点没有？"望着失神的世玉，世宗有意转移她的心思。"好点了。"世玉强打笑容，心不在焉地应了一句。

眼下，园区内通路、通水、通电、通气等各项工程大都已经完工，施工队也大部分都撤走了，唯有黄处长带领的工兵连所承担的迎宾大道还没有建成通车。尾工就留下半个山头，工程量虽说不大，但施工难度很大，估计还得两个月才能完工。匡世玉带着民兵，整日同黄刚盯在工地上，边指挥施工，边帮着战士民兵放炮拉车搬石头，累得跟个老太婆似的。姑娘家本就爱打扮，自打上了工地就什么都顾不上了，一头秀发被风吹成了一蓬乱草，白嫩的脸皮被日头晒得像鱼鳞一样一层一层地掉干皮，两只柔软的小手因为搬石头磨得像血葫芦，后来又长出一层厚厚的胼胝，跟男人的手一样粗糙。世宗看在眼里疼在心上，只要晚上有时间，总要陪她到云青河畔遛遛弯，安慰安慰她。两个人的婚事自然是他们交流最多的话题。自打过了匡大禾陶金凤这一关，接下来当陶金凤去做吴桂贤和匡火鼎工作的时候却碰了个不软不硬的大钉子。开始奶奶不同意，后来奶奶同意了爷爷又不同意，爷爷不同意好像又不是那么坚定，一会儿赞同一会儿犹豫，顾虑这又担心那，拖拖拉拉到现在也没个定局。每每谈到这桩马拉松式的婚姻，两个人总是以好事多磨、不达目的决不罢休的话来鼓励自己。肖菡的出现，让世玉本就忧心忡忡的心平添了一份警惕。她极力掩饰着内心的不安，更不敢当着世勇肖菡的面将她和世宗的关系挑破。

项目的事安排就绪之后，因为北京还有一摊子事，匡世勇和美贺子打算明天就要返程。头天傍晚，几个人正在柿树院同爷爷奶奶一块吃晚饭，街门口突然就闯进来一帮子村民。他们的脸像铁一样板硬，眼睛像箭矢一样犀利，脚步像猎狗一样威猛，踢踢踏踏直扑上房而来。匡世宗看势头不对，赶忙放下碗筷，迈出屋门，笑容满面地迎上前去。问道："大伙吃饭了吗？来来来，进屋说话。"他们中间既有王佐在的时候，曾经被员工们打伤的卢早起、绿毛豆、小胖子，也有像卢四喜、卢水罐、匡翠翠这样的烈士后代。他们把世宗推到一旁，径直就闯进了屋内，冲着正在吃饭的美贺子厉声喝道："小鬼子！滚回你们小日本夫！匡家峪不稀罕你们那几个臭钱！"卢早起像个指挥者一样大吼一声："上，把她给我带走！"几个人冲上前去，架住美贺子的胳膊就往屋外拖。世勇世玉肖菡叫嚷着与他们撕拽在一起。匡火鼎吴桂贤仗着辈分高瞪着眼只管骂。匡世宗连声怒喝，威严的脸色像怒狮一样可怕。尽管大伙使尽浑身解数再三说理拼命阻拦，但美贺子还是像只可怜的羔羊一样在挣扎和嘶叫声中被拖走了。

恰逢傍晚，街上聚集了很多人。一些人背着箩筐扛着农具迈着沉重的步履刚从地里下工回来，不少人蹲在街上吃晚饭，刚下学的孩子们叽叽喳喳在街上追逐嬉闹。街道上炊烟悠荡，尘土飞扬，人们在烟尘中说笑调侃。街道旁堆着用秸秆柴草沤制的肥堆，肥堆旁边围着一群龌龊的食客，猪儿拱，鸡儿刨，狗儿满地闻，鸭儿伸着又扁又硬的长嘴在肥堆渗出的臭水洼里吞食。已经步入新时期的匡家峪，依然充斥着挥之不去的沉沉暮气。美贺子被揪到大街上，当即就被满大街的人围了个水泄不通。她披头散发，低垂着灰白的脸，像个罪人似的被勒令站在众目睽睽的人群中间。这些人为啥要这样疯狂地对待自己，她大概已经猜出七八分了。她似乎早有思想准备，料到这场风波迟早都会到来。这几天，她听到不少侵华日军当年在这里犯下的滔天罪行，令她觉得可悲的是，国内当局对那场侵略战争迄今没有做出一个洗心革面的能够让受害国人民理解的诚恳道歉。义愤填膺的群众把自己这个普通的日本人当作日寇来对待，情理上虽然有点说不过去，行为上也有些鲁莽，但站在他们的角度设身处地地去为他们想想，即便觉得不公，也应予以理解。她默默地叮嘱自己，要沉住气，不要闹，不必慌着为自己辩解，相信世宗会有办法解救自己。傍晚吃饭的时候，匡世宗正在为世勇和美贺子的婚事顺利度过了村民这道关而庆幸。人明天就要走了，没想到临走前又给来了这么一出，终归还是没有躲过。他赶忙吩咐世玉，到烈士陵园将几个守墓的伤残老民兵请来。同时安抚匡火鼎吴桂贤待在家里不要出面。对二位老人说，自家的事自己说不清，借助老民兵的嘴为美贺子说情更容易让群众接受。匡世勇是个火爆性子，一见美贺子被掳走，他还真有点舍命救美的劲头，舞胳膊弄拳就追上去了。匡世宗一把将他扯住，呵责道："凑什么热闹！找挨打啊？老老实实给我在家待着！"劝回世勇，匡世宗带着肖菡，随后就追到了大街上。

"小鬼子啊……没人性的小鬼子啊！十七岁上俺就给他们糟蹋了……挨千刀的啊！……"村里一位叫二姑的老太太，哭喊着挤进了人圈中间的空地上。她弓腰虾背，瘦弱得跟干树枝一样。她的后脑勺耷拉着一个小得像驴粪蛋一样的发结，绾着她仿若寒霜一样稀疏的白发。纵横交错的皱纹像年轮一样刻在她的脸上，痛苦的泪水在她深似沟壑的皱纹里流淌着。她捂着两只尖尖的小脚，颤巍巍地摇动着弱不禁风的身子，扑上去扯住美贺子的衣袖，一边愤怒地撕拽，一边声泪俱下地哭诉着。她说，有一次俺受娘的嘱托，去很远的姥姥家串亲戚，不成想半道上遇到了日本兵，像一群恶狼一样不分青红皂白就把俺抓到了他们的炮楼里。俺那会儿才十七岁，俺说的是虚岁，周岁俺才十六。一窝鬼子一二十个人如同禽兽一样就把俺轮奸了。轮奸一圈还不算完，三圈五圈没完没了地糟蹋俺。俺还是个没长成人的孩子，哪架住这帮畜生不说生死地连着折腾？开始俺还知道害羞害怕，后来疼得俺就只顾哭叫了，再后来俺就不省人事了。两天之后，当俺睁开眼的时候，俺已经被转移到一个陌生的大院子里，问了身边的几十个同命相连的姐妹们俺才知道，原来这里就是专门为日军提供性服务的地方。俺想这下完了，离家这么远，再别想回家见爹娘了。大约一年之后，俺得了一种怪病，下身生了脓疮，后来就蔓延到全身，浑身的皮肤都烂了，脓血味恶臭扑鼻。他们说俺得的是性病，怕传染那些当兵的，就把俺如同一只将死的病猫一样给驱赶出来了。好不容易回到家，村里人知道了俺的身世，再没有哪个男人敢娶俺做老婆了。"……哎呀呀，小鬼子啊……你们难道不是娘养的？怎么你们的心就这么黑啊？……千刀万剐这些没人性的东西也解不了我的恨啊！……"二姑哭得死去活来，头一晕，眼一闭，身子如风吹残烛一样晃了两下便跌趴在地上昏过去了。卢早起赶忙让人将昏倒的二姑抬了出去。二姑的哭诉勾起了人们压抑在心底的仇恨。一些人为二姑的苦难童年伤心落泪，一些人冲着美贺子怒声斥责，许多人乱嚷嚷地继续争相诉说着日寇犯下的累累暴行。绿毛豆趁机呼起了口号："打倒日本帝国主义！匡家峪不要日本女人做媳妇！小日本从匡家峪滚出去！"人堆里七零八落地跟着呼喊。卢早起极富煽情地指着美贺子说："乡亲们，正是这位小鬼子的后代，居然被他老匡家当作宝贝疙瘩，要娶她做孙媳妇，这不是朝咱全村人的胸口上戳刀子嘛！这事如发生在寻常百姓家也就算了，可这事偏偏就发生在抗日民兵大队长匡火鼎的家里，发生在党支部书记匡世宗的家里。我不免要问一句，他们的良心到底哪儿去了？被狗吃了还是被鹰叼走了？平时他们口口声声教育别人要牢记历史不忘过去，怎么轮到自己头上就糊涂了？据我所知，匡家峪出现这等怪事，完全是匡世宗一人做的主。为了上项目，为了这个日本女人手里的几个臭钱，匡世宗竟然敌我不分、认敌为友、引狼入室，不惜出卖人格村格，力主让美贺子嫁给匡世勇。大家说，像这样一个丧失原则、背叛千千万万个死难烈士的人，还有资格做我们的党支部书记吗？"人堆里不少人随声附和："不合格！下台！下台！"

匡世宗站在外围，焦虑地观望着纷乱的令人揪心的场景。卢早起刚才的一番激烈言辞，提醒并刺痛了世宗的心。他突然意识到这事并不像他原来想象的只是群众一时不理解闹一闹那么简单。他觉得这里头有阴谋，有人在利用群众对小鬼子的仇恨，以美贺子作为替罪羊，将群众的情绪煽呼到极点，继而将祸水转嫁到自己头上，以达到他们不可告人的目的。这事也只有他卢旺堆能干得出来。靠在北墙根、与他只半街之隔、正在闷头抽烟的卢旺堆，立刻引起了世宗的注意。卢犬站在卢旺堆的身边。两个灰色的面孔在烟雾的熏燎中显得特别的诡谲。他们一边静静地观望着群众的情绪变化，一边埋头耳语，好像在密谋着一桩惊天大事。卢早起的话同样激怒了站在世宗身旁的肖菡和卢小九。两个人气不过，几次要求闯进去同卢早起理论，却都被世宗劝住。世宗说："沉住气，让他们表演，我倒要看看卢旺堆还能玩出什么花招来。"群众中一阵高过一阵的愤怒情绪，给了卢旺堆冒险一搏的勇气。他用胳膊肘磕了下身边的卢犬，示意他照计行事。卢犬转身站到靠墙根放着的一个碌碡上，端起村委副主任的架势，大声呼道：

"喂！喂！大家静一静！大家静一静！"

卢犬装模作样地连着呼叫了几声，几百双愤怒的眼睛哗啦啦便从美贺子的身上转移到了站在碌碡上的卢犬的身上。接着，卢犬面色严肃地喊道：

"在场的党员，请把手举起来！"

十几只长短不齐的黑乎乎的胳膊，像出土的春笋一样慢悠悠地从黑压压的人头缝中冒了出来。人们瞪着疑惑的眼神，直勾勾地望着碌碡上的卢犬，不知道他究竟想干什么。

　　卢犬踮起脚跟，伸长脖子，由远至近，挨个儿清点在场的党员人数。点完之后他让大家把手放下，板着面孔说：

　　"在场的党员同志们，目前的状况大家都看到了，匡世宗已经触犯了众怒，失去了继续担任村党支部书记的资格。有鉴于此，我以一名普通党员的身份，向在场的党员郑重提议：大家以举手表决的方式，现场选出一名大家信赖的新的党支部书记。经过刚才清点，今天到场的党员共计十八名，已超过全村党员总数的三分之二，符合有关规定，可以进行选举。表决前我想向大家推荐一个人，他就是现任党支部副书记兼村主任卢旺堆同志。他不仅资格老，有能力，深受群众拥护，而且是班子二把手，轮也该轮着他了。当然了，这只是我个人的意见，选谁不选谁仍然由党员个人做主。"卢犬左右环顾了一眼，随即喊道："党员同志们请注意，下面开始表决，同意卢旺堆做匡家峪村党支部书记的请举手……"

　　他的话还没有说完，一只不明飞行物突然从半空袭来，仿若一只旋转的飞碟，扑扑棱棱，不偏不倚，恰好砸在卢犬的脸上。卢犬慌忙用手去迎，不料身子一趔，脚跟一滑，颤悠悠如断壁将倾，咕咚一下便从碌碡上摔了下来。他狼狈地从地上爬起，四下看了看，砸在他脸上的那个东西，原来是只旧布鞋。人们嘻嘻哈哈地取笑着。几个刚把手举起来准备要表决的党员，像触了电似的马上又缩了回去。

　　"奶奶的！没王法了！蛤蟆老鼠都要做精了！"刚把一只鞋从远处投向卢犬的匡华堂，光着一只脚，腋下挂着一根拐杖，边骂边颠着他那肥胖的身体，带领着卢大旺、匡土根、三愣子、卢老七几个伤残老民兵，向围着美贺子的人圈里气汹汹地闯了进来。匡世玉从人群里找到世宗，说："车不凑手，来得有点迟了

254

吧？""不迟，来得正好。"世宗说。拥在街上的人们哗啦啦闪开一条通道，以敬畏的目光恭迎这些常年守在墓地的抗日老功臣的到来。匡华堂走到美贺子身边，安慰道："闺女，有爷爷们为你做主，不用怕！"美贺子看了看几位缺胳膊少腿的爷爷们，微微点了下头，激动的泪水顿时溢满了眼眶。匡华堂挺着大肚子，拐杖在地上戳得咚咚响，冲着刚刚从地上爬起、脸上被抢出一块瘀青的卢犬讥讽道："好小子，权力不小啊，竟敢擅自指令党员进行选举了，我看要不是蛋坠着你，你还想上天哩！奶奶的，你懂不懂这叫非法组织活动？"卢犬用手摸着乌青脸，求援似的瞟着卢旺堆。卢旺堆将烟头往墙上一捻，壮着胆子辩解道："华堂叔，请你老人家息怒，这事不能怨卢犬，怨就只能怨匡世宗他自己，为了日本女人手里的几个钱，他竟然良莠不分，敌我不辨，要让美贺子做他老匡家的孙媳妇，这未免有点太荒唐了吧？像这样一个丧失原则丧失立场的党支部书记，难道还不应当罢免他吗？况且，罢免他是在场多数党员的共同要求，卢犬只不过替大家说句话罢了。"匡华堂没有理会卢旺堆，让身边的人将他扶到碌碡上，开口便讲起了美贺子的爷爷村岛，当年在八路军医院为抢救抗日将士们的生命所做出的重大贡献。他指着站在碌碡旁的匡土根、卢大旺、三愣子、卢老七说，当年如果不是村岛先生抢救，他们几个的生命恐怕早都完蛋了。村岛先生如今都七十多岁了，心里还一直惦记着老区。美贺子这次来，就是受她爷爷的委托，前来看望老战友，祭奠那些牺牲的烈士们的。美贺子来村里投资，是想为老区做点贡献；她想嫁给世勇，体现了她对老区人民的殷殷之情。她的一片好心，怎么就被一些人给曲解了呢？讲到这里，匡华堂已经从人们消去怒气的脸上，看出了大家对美贺子的理解。遂趁机喊道："卢大队长刚才说了，因为匡世宗为家里找来个日本媳妇，所以党员们就要求撤他的职，真的是这样吗？我倒要看看，是谁想撤他的职，请你把手举起来。"人们面面相觑，你看看我，我看看你，没一个人举手。有人就喊："华堂爷，早知道人家姑娘有这样一个当过八路的爷爷，谁还会反对呀！"匡华堂笑呵呵地说："不知道不为过，明白就好。"转过脸又对卢旺堆和卢犬说："对不起，影响你们选举了，下边你们可以继续进行，别因为我误了你们的大事。"两个人靠在墙根儿，嘴里支支吾吾，羞得头都不敢抬了。

在众人七嘴八舌的责怨声中，羞辱难当的卢旺堆怀着一腔愤怒向家中走去。他一边走，一边回想着同老匡家这么多年来的争斗经历。他先是阻止土地大包干，结果被打了个落花流水；后又抓住大地大禾的私营企业做文章，结果只高兴了半截，最后还是败在了他们的手下；这一次满以为利用美贺子的身份可以唤起群众，将匡世宗轰下台，不料又是适得其反。三战三败的惨痛教训，犹如《三国演义》中三气周瑜，将个卢旺堆气得真的有点支撑不住了。说起来自己也算是村里有脸有面的人物，却屡屡被他们像耍猴一样在大庭广众面前弄得颜面扫地。他越想越生气，气得头晕目眩，两腿发软，摇摇晃晃，以至于连脚步都走不稳了。当他跨进自家的门口时，不小心脚被门槛绊了一下，眼一花，头一蒙，扑通就栽倒在地上。正在家中做饭的孙冬梅，听见响声便从屋内急溜溜跑了出来，到了街门筒子一看，原来是花儿她爹跌在了地上。她望着口吐白沫、嘴眼歪斜、四肢抖索的丈夫，顿时就被吓得手忙脚乱了。她急忙伏下身，边往起拉，边焦急地呼唤："花她爹……花她爹……你醒醒啊！你这是怎么了？"卢旺堆闭着眼，脸色蜡黄，没有任何反应。孙冬梅搬不动他，遂喊来邻居，帮着把卢旺堆抬到了屋里。邻居回头叫来医生，医生做过检查，说卢旺堆摔成了脑中风，必须到县医院抢救。卢旺堆被拉到县医院以后，前后住了一个月，命虽然保住了，却留下了严重的后遗症：话说不清，情绪易激动，见人就咧着嘴哭，一侧的胳膊腿不听使唤，几乎成了一个废人。从得病到抢救治疗，包括请医生、找车辆、办入院手续，匡世宗和大队伙计们一直跑前跑后悉心照料，所有

256

费用都是世宗自己掏的腰包。孙冬梅看在眼里，心里既感激又惭愧，对世宗说："你叔得的这病，不沾他跟你闹腾的光，你大人不记小人过，生死关头你能不计前嫌如此地善待他，我都不知道该怎么感谢你了。"

匡世勇和美贺子前脚刚返回北京，光泰公司老板阿提实和秋曼小姐，宝迪莱特种汽车公司老板干支栋和法方代表莫丽斯女士，后脚就来到了匡家峪。连着两天，匡世宗都在陪他们考察村里的投资环境，考察结果令他们十分满意。有在北京招商会上的前期谈判做基础，加上干支栋和秋蔓小姐跟世宗之间的朋友情谊，项目谈判没有费多少周折，匡世宗便分头与两个公司签订了正式合同。

秋曼小姐这次来，仍然还惦记着寻找她爷爷秋满车的事。匡世宗高兴地对她说，她的爷爷秋满车有下落了，尸骨就葬在匡家峪抗日烈士陵园。墓碑上的名字刻的是秋占豪，不叫秋满车。但多方证据表明，秋占豪就是秋满车，绝对不会错。世宗说，她的爷爷生前是八路军独立师二团副团长，响春岭战斗中英勇牺牲。为考证他的身份，世宗跑了好几个城市，遍访了秋满车生前战友和首长，查阅了大量历史档案资料，其中最直接最有价值的证明资料，是在独立师历史档案中发现的他生前留下的一本日记，日记里记录着秋满车的真实身世，与秋曼小姐讲的完全相符。秋曼小姐激动地对世宗说："谢谢你这么在心，这下我奶奶该放心了。"

20

　　立冬过后是小雪。秋天的暖意还未散尽，冬天的寒意经过一夜的大风降温便接踵而至了。云雾低沉，北风遒劲。衰草萋萋，枯叶索索，茫茫原野，万物萧瑟。转眼间天上就飘起了淅淅飒飒的雪花，好像在提醒人们：小雪节气到了。雪花落在地上，瞬间就被尚存一丝温暖的路面融为麻麻点点的水印。湿滑的路面结了一层薄薄的冰，绒绒的雪花浮在冰面上，仿若被一层天鹅绒覆盖着。坏天气阻挡不住人们出工的热情。部队战士和村里的民兵们，在匡世玉和黄刚的带领下，顶风冒雪，一大早就开进了迎宾大道筑路工地。

　　依计划，迎宾大道一年内就该建成通车。由于地质条件出现意外，施工难度加大，加上部分群众阻挠，原定的工期不得不一延再延。目前，进区项目已经占了半个园区，一批项目已经建成投产，一批项目还在搞土建。具有标志性意义的几个大型中外合资企业，包括天丽核桃露奶茶公司、光泰饲料公司、宝迪莱特种汽车公司、天马通讯公司、蒙斯娜家具公司、风雅制衣公司——均已相继上马。大批项目进区，意味着大量建筑材料需要运进运出。由于迎宾大道迟迟未能开通，搬运物资的大车小辆只能继续在临时开通的山路上拥挤不堪地爬行。交通不畅，物资供应滞后，俨然成为制约项目建设的瓶颈。对此，匡世宗看在眼里急在心上。

负责道路建设的匡世玉和黄刚更是心急如焚，寝食不安。两个人每天天不亮就上了工地，夜里还要加班加点，与战士民兵同吃同住同劳动，从不敢有半点懈怠。

道路规划线上的两座山，其中一座山酷似乌龟，长久以来一直被群众奉为神龟山，一说神龟山要被拦腰截断，群众马上就不干了。理由是：神龟山是由一只定河神龟变的，云青河之所以世代安澜，没有发生大的洪灾，全都仰赖神龟山的保佑，一旦将其毁掉，匡家峪将永无宁日。嘴说是群众阻拦，其实都是些讲迷信的妇女们，男人大都没人掺和。妇女有本村的，有周边村的，数百人聚集在山脚下，哭的哭，闹的闹，阻止部队死活不让开山。

神龟山有一个美丽的传说。据说在古代，一对年轻夫妇从山西迁徙到云青河畔，男人姓匡叫匡篆；媳妇姓殷，人称匡殷氏。那个时候还没有匡家峪这个村子，漫山荒野中孤零零只有他们一家。据一代一代家谱记载，从外地来的这两口子，就是当今匡家峪匡姓人家的第一代老祖宗。估计是看中了这里的青山肥水沃土，夫妇俩就在这里驻足安家了。他们在云青河南岸——也就是匡家峪现在坐落的位置——搭起了两间茅屋，房前屋后开垦了几亩荒地，忙时种地，闲时打鱼，开始过起恬静的小日子。来年夏季，云青河洪水暴涨，大水溢岸，水深漫过树顶，由他们辛辛苦苦建起来的房屋，种下的庄稼，转眼就被冲了个精光。幸亏人安然无恙。洪水一过，他们从躲避洪水的山上下来，返回旧址，重新建屋垦田。这天，殷氏分娩，产下一子。满月未过，这天家里突然来了几个青壮农夫。领头的是一个被唤作柯半仙的中年男人。他头上戴着一顶蓝色道士帽，身穿一件灰色丝缎长袍，脚蹬一双虎头双脸皂靴，手中拿着一把白色马尾掸尘。一进门，他便阴阳怪气地对匡篆道："匡大哥，你初来乍到，不知本地农家之疾苦。就在几年前，云青河里出了只体魄硕大、相貌恶煞的神龟。那神龟年年把普天下五湖四海的水调到云青河来，淹没两岸的村落和庄稼，害得百姓苦不堪言。贫道出于善心，号召民众拼凑些钱粮，在河的南岸建起一座神龟庙，于每年古历五月初五端午节这天，从民间选出两个俊俏男婴作为祭品，投入河中，供那神龟享用。

　　说来也算灵验，自从启动这项供奉大礼，云青河果然连着几年再无泛滥之忧了。今闻兄嫂新出一子，我等受乡邻委托前来拜求，万望匡兄高抬贵手，舍小家为大家，献出爱子，以解民忧。"柯半仙的一席话，吓得怀抱爱子的匡殷氏，哆嗦着就躲在了匡篆的身后，生怕孩子被抢了去。"好你个妖道！尽是一派胡言！"匡篆怒喝道，"我问你，既然年年祭婴，那今年这场洪水又当作何解释？分明是你装神弄鬼、残害百姓、借机搜刮民财，我看你比那王八精还要心狠手辣！你若胆敢抱走我的孩子，就先来问问我的拳头答不答应！"

　　柯半仙见来软的不行，遂将手中的掸尘一挥，几个青壮农夫扑上去就从殷氏的怀里抢夺孩子。匡篆怒吼一声，抓住柯半仙，单臂将其举过头顶，隔着门口就抛到了院子里。反手又抓住第二个、第三个……抓一个向外扔一个，如同扔碎砖烂瓦一般让人畅快淋漓。柯半仙从地上爬起，慌忙捡起滚在地上的道士帽，一边扑打着帽子上的土，一边恶狠狠地对匡篆说："哼，你小子有种，咱们走着瞧！"带着几个人兔子一样就逃走了。

　　三天之后，柯半仙果然又一次找上门来。这次来的除了那几个护在他身边的壮丁，另外还有上千个男男女女、老老少少、衣衫褴褛、面黄肌瘦的农夫。人们个个手持棍棒，一路狂呼乱叫，顷刻间就在匡家的茅屋前聚集了一大片。匡殷氏抱着孩子早已躲避到山上去了。匡篆抄着一把长柄大刀，跟个守门将军似的，气昂昂地站在自家门口。柯半仙怒指道："姓匡的，今日交出孩子，贫道便不与你计较，如若不然，定将你碎尸万段，何去何从，由你自己选择。"匡篆望着黑压压的人群，不禁为这帮受蒙蔽的苦难百姓心生怜悯。凭他的一身功夫，打败这帮人当然不在话下，可他不想让这些无辜百姓做自己的刀下冤魂。他本来不相信有什么神龟，可这么多百姓都说亲眼见过且深受其害，他不信也得信了。危急关头他生出一个大胆的念想，他要为民除害，制服那神龟，救民于水火。思量再三，匡篆没去理睬柯半仙的追问，转而面向百姓大声喊道："乡亲们，借此机会，我向大家亮明一下我的身份。我乃山西人也，曾在山西太原府做过步兵提辖。有一天我在大街巡防，遇一恶少在当街欺负民女。我上前阻止，不想那恶少根本不把我放在眼里，反跟我厮打起来。气恨之下我只轻轻杵了他两拳，就把那恶少打了个半死。事后我才知道，那人原来是知府的小舅子。知府昏庸无道，一句话就把我贬黜为民了。我无家可归，领着媳妇四处颠沛流离，去年春上来到云青河畔，借得一块宝地，就在这里安家了。乡亲们，不是我吹大话，凭我这身功夫，别说它一只小小的王八精，即便是千军万马又怎能奈何得了我？请大家缓我一段时间，给我一次机会，我愿意用我的本领亲手制服那神龟，以免除大家骨肉分离之苦。如若兑现不了承诺，我甘愿将孩子交出，任由你们处置。"匡篆此言一出，眼前的人群里，顿时爆发出一片欢呼雀跃般的场景，人们惊喜着，欢呼着，赞美着，言说只要匡将军匡大人能将那神龟制服，沿河百姓就把你当神供奉一辈子！柯半仙不肯相信匡篆的话，震怒道："有本事你当面亮出来，休得口吐狂言！"匡篆轻蔑一笑，身子向上一耸，双脚离地，身轻如燕，腾的一下便飞向空中。他双脚掠着树梢、屋脊、山巅，一边舞刀，一边飞奔，如天兵天将下凡。众人引颈注目，啧啧惊叹："真的神人也！"展示完轻功，匡篆轻轻落地，挥刀便朝院子里的一块巨石砍去，手起刀落，如同切面一样便将那巨石劈作两半。众人看得目瞪口呆，半天才爆出一片掌声。此时的柯半仙早已被震煞得心惊肉跳，面如黄土。在众人的一致拥护下，他不得不应下匡篆的请求，限令他一个月内必须制服那神龟。

261

很快就过去了半个月，匡篆天天在河里找那王八精，却始终没有寻见。这天，两口子在河边撒网捕鱼，一网打上来一堆小乌龟。两口子喜出望外，掂住渔网就往家跑，打开渔网，把小乌龟抖搂进水缸里，点了点数，大小计三十六只。小乌龟如人的巴掌一般大，龟盖上的纹理呈菱形，一个菱形闪烁着一种颜色，花花绿绿，光鲜夺目，宛若一块块精美的彩色玉石。其四肢也很特别，前肢为蓝色，后肢为白色，跟鸭掌一样长着宽阔而透明的趾蹼。匡殷氏道："小东西长得如此不寻常，会不会是那老神龟产下的？"匡篆惊喜万状，道："夫人所言极是，看来那老神龟就在附近的河里，你且在家中守候，待我去会会那东西。"两个人扒着缸边，正在喜兴地交谈，忽听身后传来阵阵怒吼："还我的孩子！还我的孩子！不然我就引来大水淹了你们的家！"两口子转过身，就见一只硕大的乌龟，气势汹汹地从河岸朝他们这边蹒跚着追了过来。两口子惊恐地注视着，只见其身长丈余，宽有八尺，四肢如柱，趾蹼如扇，头如巨蟒，眼如铜铃，七彩斑斓的龟甲，跟小龟们长得极其相似。它高昂着扁长的脑袋，张着血盆大口，眼中喷着蓝色的火焰，一副凶神恶煞的样子。

　　"不好，老乌龟讨孩子来了！"匡殷氏神色慌张地尖叫。

　　匡篆让殷氏躲到屋里，抄起靠在墙上的大刀便迎了上去。他一个疾步跳到神龟面前，怒喝道："王八老儿，你可知罪？"

　　神龟晃动着脑袋，道："我何罪之有？"

　　匡篆道："你使动妖法，年年制造水患，吞食男婴，草菅人命，搞得百姓骨肉分离，叫苦连天，怎的敢说无罪？"

　　神龟道："少废话，这关你何事？快还我的孩子，不然我就踏平你的房子，食了你们全家！"

　　"着刀！"匡篆举刀便向那神龟的脑袋砍去。那神龟昂起头，一口将刀片衔住，然后将脖子一甩，将个手握刀把的匡篆甩出一丈开外，重重地摔在了地上，刀也被折作两截。匡篆翻身跃起，从院子里捡起一根绳索，飞身跃到老乌龟的脊背上，打算用绳套束住乌龟的脖子。老乌龟将脖子弯到背后，试图将匡篆一口咬住，可惜脖子太短，试了几次都没有成功。匡篆站在龟背上，夯着双臂，像踏跷跷板一样保持着身体平衡。他趁着乌龟举头的机会，几次将绳套抛过去，却都被甩脱了。此时的老乌龟跟一匹烈马似的，一会儿前肢腾空，一会儿后肢倒立，一会儿疾步狂奔，一会儿猛地折身转体，想把匡篆从脊背上颠下来，结果再次失败。几个回合下来，老乌龟已累得气喘吁吁，无计可施。匡篆手疾眼快，瞅准它动作迟缓的瞬间，顺手将绳套抛将过去，不偏不倚，正好套住了它的脖子。匡篆用力拉紧绳套，老乌龟顿觉呼吸困难。它剧烈地摆动着脑袋，想把绳套甩脱，却是越抖越紧，一会儿工夫便闭上眼，伏在地上一动不动了。匡篆赶忙跳下龟背，用一根粗铁丝穿透乌龟的鼻中隔，窝成一只铁环，将两端钩紧，随后解下束在乌龟脖子上的绳索系在铁环上，就跟穿在牛鼻子上的鼻圈差不多。待不多时，那乌龟渐渐醒了过来，睁开眼看了看鼻孔上系着绳索的铁环，伸出一只前爪想把铁环扒掉，却疼得厉害。它无可奈何地望着匡篆，驯服地说道："算你英雄，我甘愿认输，只求你放过我的孩子们，它们还小，希望你能给它们留一条生路。"匡篆答应了它的哀求，当即就让匡殷氏把三十六只小乌龟悉数放归到河里去了。

这天，匡篆得意地坐在龟背上，手里牵着缰绳，一边吆喝一边赶着神龟，来到河上游的神龟庙前，参加沿岸百姓为他举行的庆功大会。老神龟在会上做了检讨，表示今后再不扰害百姓。已经被捆绑起来的冒充道士的柯半仙，在百姓愤怒的讨伐声中，被几个青壮农夫投进了滔滔的河水中，也让他尝尝当祭品的滋味。第二天，老神龟就在距匡篆家不远的地方——也就是今天迎宾大道的规划线上——化作一座定河神龟山。化身前它对匡篆说："主子，谢谢你将我引入正途，让我重新做人。我愿陪在你的身边，日夜守着这云青河，为这一带百姓免受洪灾之苦尽我一点心力，以将功补过。"

原来的匡氏祠堂，一直供奉着匡篆夫妇的灵位，只可惜"文革"中被毁掉了。匡氏家族世世代代为有这样一位老祖宗而引以为豪。至于匡篆制服神龟的传说，既无文字记载又无历史考证，它也就是上了点年纪的老人在街头巷尾茶余饭后讲给孩子们听的一个津津乐道的神话故事。尽管如此，人们还是对开凿这座神龟山表示了强烈的不满，生怕神脉一断，云青河再次泛滥起来。为做通群众工作，世宗世玉加上黄刚没少费口舌，但始终没能做通。最后他们只得向群众让步，选择了一种妥协的办法：将迎宾大道从山的北端分开，由东西两侧分头绕行到山的南端再重新合拢一起。规划的改变虽说加大了施工量，但这无疑缓和了干部与群众之间的矛盾。神龟山被圈在路中间，倒成了来往于迎宾大道上的人们谈论那段神话故事的一道风景线。

神龟山道路修通之后，施工队伍随即就开进了迎宾大道规划线上的第二座山头。连日来，在匡世玉和黄刚的带领下，战士和民兵们已经在山上凿出了四十八个大大小小的炮眼。三个大炮眼是用钻眼机钻出来的，从山顶一直钻到山的底部，直径一尺，深五六十米，光炸药每个炮眼就要装两吨半，其威力可以想见。其余四十五个小炮眼，都是战士和民兵们一锤一锤用钢钎凿出来的。今天的任务是装药放炮，炸开山头，搬运碎石，清理现场。

"大雪天，影响放炮吗？"世玉担心炸药受潮。

黄刚说："没问题，下雪比下雨强，注意点就行了。"

临近中午的时候，所有炮眼的炸药已全部装好。炮不能单个放，必须采取群点，要响一齐响。群点必须用电打火。四十八个炮眼中埋着四十八个雷管，每个雷管都要接上一根电线引信，然后串联在一根电线上，引到距山头数百米远的掩体内，点炮时只需按下电钮，炮就会全部炸响。

准备工作就绪之后，负责指挥放炮的村民兵连一排排长匡二蛮，依照世玉和黄刚的指令，随即便对现场警戒区内发出安全警示。他站在一块高大的岩石上，一只手摆动着红色彩旗，一只手拿着哨子和用铁皮做的长筒子喇叭，吹一阵，喊一阵："大家注意了，马上要点炮了！请滞留在现场的人员抓紧躲进掩体！凡不听劝告者，崩着伤着概不负责！"三遍警示过后，他便从巨石上跳下来，钻进巨石下面的洞内，伸手便把安装在洞内的引信电钮按下了。就在按下电钮的前一两分钟，躲在另外一个掩体内的世玉和黄刚，突然发现前方的山脚下滞留着一位放羊的老汉，悠然自得地赶着他的羊，仿佛对二蛮的警告毫无察觉。"这人怎么回事，傻子还是聋子，听不见要放炮了？"世玉边责怨边走出掩体，大声喊道："大伯——躲开——要放跑了——快躲开——"喊了几声见老汉没有反应，世玉撒腿就朝老汉跟前跑，边跑边大声呼喊。黄刚跟着也跳出了掩体，先朝匡二蛮那边喊了几句，告诉他前方有情况，要他推迟几分钟点炮，喊罢就去追赶世玉。对于黄刚的喊话，匡二蛮压根儿就没有听见。他按下电钮，电流迅疾引爆雷管，满装数十吨炸药的四十八个大小山炮，顷刻间便一起炸响了。炸裂的山体以排山倒海般的气势腾空而起，黄色的尘团裹着乱石和泥土，像巨浪一样在空中翻滚。大地在剧烈抖动，犹如经历一场超级大地震。强劲的冲击波将周边的树木吹得东倒西歪，惊魂落魄的鸟儿们尖叫着夺路而逃。雪还在下，山上山下已披上一层薄薄的银装。阒静无声的旷野，瞬间就被隆隆炮声所打破。就在山体被炸响的一刹那，黄刚心里猛地一抖，喊了一声"卧倒"，一耸身就把跑在他前面的匡世玉扑倒在地。他把她裹在身下，瞬间便被坠落下来的土石掩埋住了。直到解除警戒，黄刚仍然压在世玉的背上动也不动。匡世玉连声叫了几遍让他起来，黄刚却没有任何回应。不祥的征兆顿时让世玉感到一阵紧张。她用力从黄刚的身下爬出来，蹲在黄刚的身边，一边呼唤，一边为他扒去身上的泥土和碎石。黄刚双眼紧闭，气息微弱，一道黑色的血流从鬓角淌在他的脸上。世玉赶紧唤来战士和民兵，将黄刚抬到一辆军用吉普车上，便火速开往距工地相对较近的炮兵旅驻地医院。

经紧急抢救，黄刚从昏迷中渐渐醒了过来。做完伤势检查，骨科范医生向闻讯赶来的部队首长庄烈焰、村干部匡世宗和卢小九，以及守候在这里的匡世玉和匡二蛮等人通报了诊断结果：从拍的片子上看，黄刚头部和腿部的伤均为外伤，不会留下后遗症，过几天即可痊愈。伤得重的部位是腰椎，已被砸成粉碎性骨折。当黄刚做完手术被推进病房时，范医生以十分沉重的心情再一次向大家通报，黄刚的腰椎神经被砸成了阻断性坏死，已经没法接通了，最后的结果只能落个半身截瘫。医生的话等于宣告了黄刚的终身残废，让在场的人无不感到惊讶和惋惜。匡世玉的眼泪忍不住就涌出来了，她焦急地向医生表达着自己的愧疚之情，说黄处长是为掩护她而负的伤，求医生无论如何也要把他的伤治好。如果有需要，她愿意献血、捐肾、捐骨髓，只要能让他重新站起来，抵上命她都无怨无悔。匡二蛮也跟着检讨，说，此次事故的酿成，责任完全在自己，他愿意拿出家里的所有积蓄，哪怕是卖房子卖家具，也愿意为黄处长承担全部医疗费用。你俩都不要争了，匡世宗劝住世玉和二蛮，对庄旅长说，部队是我邀来的，黄刚是为支援老区建设负的伤，事故的责任应当由我和大队来负。旅长庄烈焰笑了笑说，支援老区建设是部队应尽的义务，出点闪失在所难免，你们就别争抢着承担责任了。几天之后，当黄刚得知伤情的真实状况时，向来十分刚强的他，一下就被这灭顶般的灾难给击垮了。灾难毁灭了他的人生，也毁灭了他对美好未来的向往，仿佛觉得什么都完了。当着大家的面，他默默地忍受着，不愿意让人看出自己的软弱。

从打黄刚住院之后，心怀歉疚的匡世玉没日没夜地坚持在身边照料，为黄刚灌汤喂药、净脸擦身、端屎接尿，像伺候亲人一样无微不至。姑娘家服侍一个男人，大家都觉得过意不去，部队和村里也因此曾几次派人要替换她，但都被她拒绝了。她张嘴说黄刚是她的救命恩人，闭嘴说黄刚是为支援老区建设负的伤，人都伤成了这个样子，自己还有什么好在乎的。这天，世玉正在给黄刚喂饭，门缝里突然伸进一颗包着白毛巾的脑袋，神色恍惚地瞪着世玉。问，这里是不是黄处长住的病房？世玉用纸巾擦了擦滴在黄刚嘴角的饭粒，放下碗，过去将老汉让进屋里，问他什么事。老汉说他是来找救命恩人的，她叫匡世玉，不是她大喊着让俺躲开，俺恐怕早都被石头砸死了。世玉明白了，原来是那个放羊的老汉。世玉没好气地吵了他几句，埋怨他当时为啥不早点离开。老汉说自己耳背，没听见，真的对不起，为了我让你们遭这么大的罪。事已至此，世玉没好意思再过多地责怪他，说，只要你没被砸着就好，回去吧，以后要当心着点。老汉把手里掂的一个纸袋子放在床头柜上，说是几斤羊肉，自己的一点心意。世玉劝他拿走，老汉却坚决不肯，放下肉就跑得不见了人影。

临到伤愈出院的时候，世玉不忍心把黄刚一个人丢在部队，经请示庄旅长同意，就把他接到了自己家，说是调养一段时间以后，再把他送回部队。考虑到黄刚夜里需要人照料，世玉就在自己的小西屋安放了两只床，陪黄刚一起住。大禾金凤开始不理解，担心闺女的名声，遂提出让世玉值白班，让匡大禾值夜班，轮流着伺候。世玉坚决不肯。老两口犟她不过，只好顺从，并主动帮着世玉照顾黄刚。匡火鼎吴桂贤隔三岔五就会带些吃的喝的来看望黄刚，对他在危急关头救下世玉深表感激。匡火鼎拍着自己的半条残腿，忍不住又一次讲起了当年孤身深入日寇盘踞的黑水县城获取情报的故事，鼓励黄刚要笑对人生，坚强地生活下去。吴桂贤也跟着宽慰，说抗战那会儿，匡家峪家家都住过八路军伤病员，老百姓都把他们当亲人看，家里有点好吃的，宁可不让孩子吃也要让给伤病员吃，大家只有一个心思，只盼望他们尽快好起来，早点回前方打鬼子。她叮嘱黄刚只管安心静养，这里就是你的家，千万不要见外。不幸的消息同样牵动着有着光荣拥军传统的村民们，他们拎着水果，掂着瓜菜，捧着炖好的鸡汤肉羹，纷纷前来家中探望。匡世宗几乎每天都会抽出时间，过来跟黄刚聊上一阵子，帮他纾解心中的郁闷。每每谈到人生出路，黄刚的话里都充满悲凉和绝望。他说自己是个孤儿，从小就不知道啥叫家的温暖。原来他还渴望能有个家，如今身体变成了这个样子，对家的渴望已然变成了一种奢望。嫁给一个重度残疾人，没有哪个姑娘会如此地犯傻。他估摸着，他今后的出路很有可能被安排到部队干休所，陪着那些荣誉老军人，无聊地虚度一生。为了帮助黄刚在绝望中看到一缕阳光，聪明的匡世宗提出从本村给他找个媳妇，让他在匡家峪安个家。世玉表示赞同，说，媳妇我可以帮着找，成家后建议你继续搞创作，你的长篇小说《苦丁》写得就非常好，坚持写下去准会成为一名有成就的军旅作家。两个人谈得兴致盎然，而听者黄刚，却看不出有半点心动。

经过一段时间的朝夕相处，从黄刚半吐半咽含混不清的话语里，世玉终于明白了他的心思，原来他一直在暗恋着世玉，除了她，介绍别的姑娘他都不感兴趣。这下可给世玉出了个大难题。且不说救命恩人这一层，单说黄刚的才华和品行，也足以让她敬重和爱慕。然而，他已不是从前的那个四肢健壮帅气俊俏的小伙，而是个终生与轮椅相伴、事事都要靠人伺候的累赘。果真要嫁给他，吃苦受累是意料之中的事，有没有生育能力、能不能给生个一男半女也很难说。本意上她并不愿离开世宗，可良心的驱使又让她难以拒绝黄刚。人总得讲点良心，讲点道义，讲点自我牺牲，一个只顾自己，不能设身处地为他人着想的人，终归不是世玉为人处世的风格。当然了，良心的回报不一定非得以身相许，不一定非得以牺牲爱情为代价。她明白这些道理，但她又纠结得难以自拔。在爱情和良心的博弈中，她最终还是选择了良心，选择了黄刚，决定与世宗分手。

这天傍晚，世宗约她去了一趟烈士陵园，给几个老民兵送了几斤猪肉、几块豆腐，还有奶奶蒸的一大兜子馒头。从老民兵那儿出来天就黑了，心事重重的世玉却不想回家，提出让世宗陪她到陵园里散散步。世宗欣然接受。两个人沿着墓地间的小道，边走边聊，不知不觉就走进了墓地深处。太阳已掉进大山的背后，几片火烧云挂在天边，宛若新媳妇的红盖头。当走到世玉的亲爷爷韩六子的墓前时，两个人不约而同地停下了脚步。

"小妹，报告你一个好消息，"世宗眉飞色舞地说，"爷爷同意咱俩的婚事了！"

"是吗，啥时同意的？"世玉心想，好消息是好消息，不过来得有点迟了。

"昨天晚上。"

"嗯……嗯……"

"你怎么了？不高兴？"世宗把两手搭在世玉的肩上，盯着她暗淡的眼神。

"我……"世玉顿了下，"我，我讲不出口，觉得愧对于你……"

"什么事让你这么难为情？"

在世宗的追问下，世玉横了横心，把纠结了许久许久的话说出了口："哥……我……我想……咱们还是做兄妹吧……"

"什么意思？你改变主意了？"世宗惶遽地问。

世玉艰难地点了点头……

"为什么，为什么？"世宗猛烈地摇晃着她的肩膀，"是我哪儿有对不起你的地方？"

"不是，"世玉低着头，不敢正视世宗，"我，我爱上黄刚了。"

"胡说！我不信！"

"真的，我不哄你。"

"啊，我明白了，敢情让你们在一起筑了两年的路，倒筑出移情别恋来了！"世宗气得浑身发抖，"小妹呀小妹，你真的让我失望！你我自小青梅竹马，这么多年相亲相爱，我们天天等，日日盼，好不容易盼得爷爷奶奶同意了，你却要离我而去，你考虑过我的感受没有？"

"哥，哥，你听我向你解释。"

"我不听你解释……"气血涌心的匡世宗一口气没有缓过来，身子一晃就瘫软在了韩六子的坟头上——哥，你怎么了哥——世玉惊惧地呼喊着，扑上去将世宗抱住——哥，你醒醒啊——你听妹子解释啊——世玉自知闯下大祸，慌乱中又是掐人中又是做人工呼吸，折腾了好一阵子也不见好转。无奈之下她跪在亲爷爷韩六子的墓碑前，痛心疾首地喊道——我的亲爷啊，你显显灵吧，救救我的世宗哥吧，是我害了他啊——凄厉的喊声如闪电一样划破阒静的夜空，在大山环抱的墓地间悠悠回荡。风将墓地间的柏树吹得沙沙作响，飘忽不定的树影仿佛一群从墓地里钻出来的魂灵，披头散发，打着呼哨，在她的脸前手舞足蹈。忽儿又下起了雨，清凉的雨滴把他从昏厥中唤了过来。小妹——世宗慢慢从地上坐起，伸手拉住世玉的手——我这是怎么了？跟做梦似的——世玉泣不成声——哥，你可算醒了？你都要把小妹吓死了——匡世宗一折身子从地上站起，拍了拍身上的雪，极力压抑着内心的痛苦。

"哥，你听我说，我知道你心里只有我，也知道你对爱情的忠诚，提出分手绝不是因为你，你没有哪儿对不起我，说对不起的应该是我，是我背叛了自己的诺言。我有过犹豫，也有过彷徨，想到过婚后日子的艰难，也想到过没有夫妻生活、不能生儿育女的痛苦。我想了很久很久，想了很多很多，但所有这些全被我的良心战胜了。且不说黄刚是为支援老区建设、为救我而致残，即便从道义上讲，一个自小就经历过那么多不幸的人，现在又遭受如此残酷的打击，我真的不忍心置之不理。我能做到的，就是伴随在他的身边，为他分忧，为他分担痛苦，让他感到爱的温暖。哥呀，你一定要挺住，一定要理解我支持我！纵然咱俩不能当夫妻，但你永远都是我心目中最伟大最崇高最受尊敬的大哥！"世玉在用心倾诉，用血和泪表白。

　　看来小妹是铁了心要嫁给黄刚了。像这样关乎个人一生的大事，她宁愿自己受憋屈，也不想让别人不高兴。这就是她的人格所在，不这么想就不是她匡世玉了。她的这样的人格，不正是自己一直以来所敬佩的吗？不错，黄刚是有救命之恩，但救命之恩不一定非得以牺牲个人爱情为代价嘛！想来想去，匡世宗对小妹的做法仍然难以理解。他说："婚姻大事终非鸡毛蒜皮的小事，不能靠一时冲动来决定。你看这样好不好，咱们都给自己宽限一段时间，你我都静下心来想一想，想通了再做决定好吗？"匡世玉本来想彻底说个了断，后又想，凡事都有个消化的过程，这么多年的情感交融，现在说断就断，显然有点不近人情。"好，你我都想想，晚几天我们再见面。"

　　之后，匡世宗虽然又进行了多次争取，但世玉依然初衷难改。既然已经这样了，世宗也只好放手。推心置腹的交流让彼此少了几分怨气，多了几分理解。各自均向对方表示，以往的恋情就让它深埋心底，兄妹还是兄妹，不能让分手伤害到兄妹感情。

21

今天，匡世宗去县城办事，完了拐到县委，同关东州书记亲密地聊了大半天。大概是出于对老区的感情，抑或是工作上干得得心应手，关东州本来有机会换个条件比较好的县去工作，但他坚持要留下来。目前，他已是宁州市委常委兼昌史县县委书记，正经八百的副厅级领导干部了。几个月前，县里在匡家峪开过一次全县乡镇企业现场会，关东州带着全县乡局级一把手，参观了村里的工业和养殖园区，听了匡世宗的经验介绍，给与会人员留下了非常好的印象。匡世宗在会上发言的时候，关书记曾几次插话，问他，你一个偏僻的小山村，一无资源，二无技术，发展快的原因究竟是什么？让他谈谈真经，讲讲自己是怎么抓的。匡世宗憨笑着说，真经谈不上，我跟大伙儿一样，没有长着三头六臂。要说匡家峪这几年有了一些变化，主要还是沾了老区的光。老区有政治优势，有人脉优势，当干部的就是想法利用好这些优势。你说得倒轻松！关东州似乎并不完全认同世宗的话，反问道，老区那么多村庄，条件都差不多，可是像匡家峪发展这样快的有几个？还有就是，有的村庄并不是老区，既无资源又无人脉，可他们照样发展得很快，这又当作何解释？世宗被问得张口结舌。关东州接着说，资源和人脉固然重要，但更重要的是领导班子，否则再好的条件也只能放在那里睡大觉。就拿匡家峪来说吧，如果不是出了匡世宗这么个优秀的党支部书记，匡家峪人脉再广，政治优势再强，也不会得到很好的利用。为了鼓舞与会人员的士气，号召大家向匡世宗学习，关东州忍不住又一次翻腾起他的宗宗往事，把他巧施妙计，冲破阻力，帮爷爷推动土地大包干的有趣故事；把他力辞副县长，回村当支书，做出与常理相悖的选择；把他在农村改革中的每一道重要关口所表现出来的敢闯敢干、不惧个人得失的牺牲精神，一桩一桩讲给大家听。他甚至预言，照此发展下去，用不了几年，至多到本世纪末或下个世纪初，匡家峪很有可能发展成为一座近二十万人口的小城市。他跟世宗开玩笑说，等你当上匡家峪市市委书记的时候，我可能就到宁州市人大政协工作了，到时候可别忘记你这位老叔啊？一句逗趣的话，引来满堂灿烂的笑声。匡世宗意味深长地说，关书记在老区流下的汗水，播下的情感，干部群众有目共睹，无论你在岗还是退休，老区人民永远都不会忘记你。会场响起热烈的掌声。每每想起关书记的教导，都让匡世宗热血滚滚，心潮澎湃，感觉他就像一位循循善诱的父亲，又鼓励又鞭策，让他一息都不敢懈怠。今天，当世宗一踏进门槛，关东州便放下手中的活，像欢迎家里人一样起身离座，把世宗拉到沙发上一起坐下，热情地问长问短。交谈间，关东州忽然想起有件事要向世宗交代。他从案头文件堆中找出一个牛皮纸文件袋递给世宗，说这是县招商局长前天送给他的一份项目资料，介绍的是香港东方肉制品集团公司的情况。该集团是一家跨国公司，在国际上名气很大，目前在深圳设有分公司。此前县招商局与该公司有过一次接触，对方有投资意向。考虑到匡家峪养殖业基础雄厚，原料供应充裕，如能将该项目引进来，搞肉类深加工，对村、乃至对全县养殖业的发展都将起到极大的带动作用。关东州问世宗感不感兴趣，如果有兴趣，就让招商局给搭上线，抓紧去深圳跑一趟，继续跟对方谈判。匡世宗简要浏览了一下资料，高兴地说，求之不得，太好了，一半天我就去，谢谢关书记总惦记着俺们村。

离开县委机关，匡世宗当天就跑到县招商局，进一步询问了深圳公司方面的情况，并让局里给对方写了封介绍信，以方便见面接谈。回村后的第三天，匡世宗拎上提包，一大早就离开了家，步行去往村南三公里以外的省道上赶公交车，坐公交车到县城，然后换乘火车去往深圳。一出村，他就被晨曦中的韩王山的美景给吸引住了。初升的红日像一位妩媚多姿的少女，羞答答躲在雄峻的韩王山背后，裸露着半张娇艳的脸蛋，放射出柔柔的力道霞光，宛若少女舞起的千百条彩练，在大山的上空交相辉映。早霞映红了韩王山，也映红了山脚下的抗日烈士陵园，满园的苍松翠柏，满山坡的烈士墓群，红彤彤的像被烈士的鲜血染过一样，在滚滚晨雾中显得愈发郁郁苍苍、美轮美奂、神秘莫测。掩映在绿树丛中的那栋既是陈列室又住着几位守墓的伤残老民兵的一排青砖大瓦房，仿若一叶灰色的扁舟，在万顷碧波中漂泊荡漾。由房子那边传来的老民兵起床后的咳嗽和粗犷的说话声，依稀还可以听到。世宗一边走，一边想，爷爷们，你们都等着，村里如今有钱了，明年我就给你们建一座高大气派、宽敞明亮的光荣院，让你们全都搬进去，好好地安享晚年。走着走着，忽见路旁停着一辆白色小轿车，车收拾得银光闪亮，汽车尾部的两个排气管突突地喷着白色烟雾，仿佛一匹雪白的骏马卧在路旁喘息。3.0 奥迪，还有那记忆清晰的车牌号，世宗一见就知道是天丽牌桃仁奶茶公司经理肖菡的座驾。"她在这里干什么？"满腹狐疑的匡世宗顿时加快了前进的脚步。驾车人大概是从反视镜里看见了他，待他走到车跟前时，驾驶座旁边的车门突然打开了，车内跳下来一个长腿细腰、细皮嫩肉、留着马尾辫的漂亮姑娘。世宗一看，果然就是肖菡。

世宗忙打招呼："呵，老同学，大早起的，等谁呀？"

肖菡习惯性地摆动了一下后脑勺的马尾辫，笑眯眯地说："还

有谁，等你呗。"

世宗恍惚道："等我？啥事？快讲，我还急着赶公交车呢。"

肖菡不慌不忙地说："你不是去深圳吗？我开车陪你一块去，上车吧。"

世宗感到讶异："我去深圳你是怎么知道的？"

肖菡说："昨天去三叔家看望黄刚，听世玉妹子说的。"

世宗问："是为厂里的事出差吧？"

肖菡说："不，只为陪你。"

匡世宗赶忙阻止："我坐火车就行，不用烦劳你，别影响厂里的生产。"

肖菡说："厂里都安排好了，不必担心。"

肖菡执意要去，世宗盛情难却，说："恭敬不如从命，谢谢你了。"

肖菡从世宗手里接过手提包，放进车的后备箱。坐在副驾驶座位上的世宗，小心地系上安全带。肖菡一手握着方向盘，一手搬动挡棒，油门一点，车便稳稳地启动了。几分钟后车就开上了省道，半个小时就到了县城，绕过外环开上国道，车速很快就攀升到一百六十迈，犹如离弦的箭矢，飞也似的驶向南方。

秋高气爽，天高云淡，清澈明亮的阳光照得满路流银，遍地流光溢彩。承载着丰收希望的五颜六色的原野，如同一幅幅浓墨重彩的油画，行云流水一般打着旋转被甩在身后。玉米棒子从干得发白的老皮里拱出一段金黄色的脸，喜盈盈地朝着他们笑；谷子和高粱都被沉甸甸的穗子压弯了腰，像列兵一样向他们点头致意；山坡上大片大片的果树，各种各样的果子挂满了叶子稀疏的枝头，红的是苹果，黄的是鸭梨，绿的是核桃，紫的是李子，缕缕果香透过车窗钻进他们的鼻息，让他们嗅到了秋天里丰收的气息。路旁的两排白杨树，在飞速行驶的幻象中，像用木桩扎起的篱笆墙一样从窗外掠过。尽管白杨树身上的绿装已不如春日里那样光鲜帅气，但它依然是那么的高洁而挺拔。不时有树叶从空中飘落，偶尔也会撞到挡风玻璃上，但很快就随风飘去。干黄的树叶在路上落了一层，卷曲的叶子像爬着一地青蛙，抑或是小乌龟，车轮碾上去发出瑟瑟啦啦的声响，让人有种车轮飞转势不可挡的快感。硕果累累的晚秋，既是人们希望的寄托，同时也是鸟儿们、小动物们改善生活、饱食美味、储存越冬食品的大好时机。隔着车窗，他们看到了成群的麻雀、老鸹、红嘴雀，忽儿飞走一拨，忽儿又飞回一群，从庄稼地里抢着往它们的家里搬运粮食。为了驱赶这些不劳而获与人争食的自然界的小精灵，辛苦劳作的农民们也想出了不少方法，有的让家里的孩子老人守在地里哄赶，有的在地里绑上几个草人，试图将鸟儿们唬走，但聪明的鸟儿们经过几次试探性的冒险，当确认那草人并不会将它们怎么样时，它们便更加肆无忌惮了。偶尔也会见到一只老鹰在天上盘旋，好像在掠食地上的野兔、田鼠，老鹰所到之处，都会把成群的鸟儿们吓得夺路而逃。

匡世宗一边赞美肖菡驾驶技术娴熟，一边感叹坐好车的享受。说，坐好车就是不一样，速度既快又稳，几乎听不见噪声，就像坐飞机一样过瘾。你坐过飞机吗？肖菡问。坐过，世宗说，还是在县里工作的时候。肖菡说，如今村里富了，大队也该买辆小轿车了。世宗说，同过去比是富了点，但用钱的地方实在是太多了。前几年为开山修路累了一屁股债，没等老债还清，接着又上了四项大工程，有云青河灌渠修复，有旧村拆迁改造，还有独立师纪念馆和抗日老民兵光荣院建设，四项工程一下就投进去两三千万元，哪还有钱买车啊。天哪，肖菡惊讶道，这么多钱，你从哪里凑啊？想法呗，世宗说，摊子既然铺开了，硬着头皮也得干下去。肖菡说，你该到上头跑跑，上级稍稍抬抬手，指头缝里漏几个钱就够你用的了。世宗叹息道，该跑的都跑了，杯水车薪呀。肖菡问，这些工程是上级压下来的，还是你自愿干的？世宗说，当然是自愿，没有谁强迫我。既如此，肖菡说，你就该干完一项再干一项，几项工程一起上马，这不是自己跟自己过不去嘛！哎！心劲催着，锣鼓点赶着，不上都由不得自己，世宗说，你也知道，云青河大渠是你爷爷肖军老政委，当年为粉碎日寇封锁，带着边区军民开山挖洞自力更生建起来的，如今几十年过去了，农田灌溉仍然离不开它。由于年久失修，渠道老化，渠帮渠底到处漏水，不抓紧修一修，不好向村民交代啊。为这事你火鼎爷爷天天在我耳边唠叨，说这条渠是救命渠，是抗日渠，即便是修好不用，也要把它当文物保护起来，绝对不能轻易废掉。哎呀，火鼎爷爷还挺有眼光呢！肖菡惊喜道。是的，世宗说，他的一句话，引发出我对发展红色旅游的极大兴趣。如果说一条渠都可以当文物，那匡家峪的文物可就多了，像独立师司令部旧址，首长们住过的老房子，用过的桌椅板凳、作战地图、茶杯茶壶，还有散布在山沟里的许多著名的战役战斗遗址、军用物资仓库、兵工厂、报社电台，就连龚秀珍奶奶当年生你爸住过的狼牙洞，都是十分宝贵的旅游资源。发展红色旅游既可以增加农民收入又可以用来教育下一代，政治经济双丰收，多有意义啊！对对，你的想象力可真够丰富的，就该这么搞，我赞同，肖菡夸赞道。匡世宗接着说，四项工程中的独立师纪念馆的建设，我其实就是本着这方面的考虑来安排的。纪念馆建在烈士陵园，建筑面积两万平方米，上下四层，计划布置十个展厅，将村抗日民兵大队的抗战事迹融进独立师序列同步展出，图文并茂，既见物又见人，效果肯定错不了。可喜的是，该项目报上去之后，省委很快就以爱国主义教育基地重点扶持项目批下来了，并且给了三百多万元的专项扶持资金，这下可帮了我的大忙了。对于光荣院建设，我是这样想的，以前村里穷，没力量为老民兵们改善生活居住条件。现在村里富了，也该让他们过几年好日子了。目前健在的抗日老民兵仅剩下十几个人了，有几个已陆续去世。我想把光荣院建得面积大一点，水平高一点，老民兵住不完，就让村民中无依无靠的老人搬进来住。我原本想把光荣院建到村里，离家近一点，可老民兵们不同意，理由是不愿意离开陵园，愿意继续为战友们守墓，我也只好答应他们的要求。在谈到旧村拆迁改造时，肖菡说，村里已经建好的几排新民居我都看了，都是二层楼单门独院式住宅，多浪费土地呀！依我之见，应该向空中发展，跟城市那样盖成十几二十几层的高楼，一座楼能容纳几十户，用不了几座楼，就可以把全村的人都装进去，这样可以节省大量土地，难道不好吗？不行不行，农村跟城市不能比，世宗不认可肖菡的说法，你想啊，农民家家都有三码车、小拖拉机，往哪放？农民都有养猪养鸡的习惯，在哪养？养在晾台上？一到秋忙五月，大堆的粮食要晾晒，秸秆柴草要堆放，没个院子怎么行？哦……这些我倒没想到……肖菡似乎明白了世宗的话。她随即岔开话题，边开车边向世宗汇报起桃仁奶茶厂投产后的生产销售情况。说，自从生产出第一批产品到现在，不到一年时间天丽牌桃仁奶茶便在国内外市场上小有名气了。当地产的核桃作为原料被大量收购，农民从中受了益，反过来又促进了他们栽植核桃树的积极性。就在前不久，本厂还被授予全县农业产业化十大龙头企业之一。世宗听了直夸肖菡能干，肖菡更是感激世宗的支持。世宗说山沟里条件不好，让你受苦了。肖菡说只要能跟你在一起，再苦再累心也甜。肖菡突然放慢了车速，把车溜到路边停下，急巴巴地要去方便。世宗顾了下窗外，劝她忍一忍，说前边加油站有厕所。肖菡拧着眉头，抱怨似的说，人家一大早就在路边等你，都憋了大半天了。她迫不及待地跳下车，像只急着找窝下蛋的老母鸡，掐着腰带就往路旁的玉米地里钻。办完急事，回到车上，肖菡没有驱车前行，却心事重重地趴在方向盘上，扭着脖子歪着脸，含情地望着靠在椅背上闭目养神的世宗，冷不丁地问：

"想世玉了吧？想就别分手嘛。"

"你说什么，分手？……"世宗猛地坐直身子，神情慌乱地反问。

"装什么装，以为我不知道？"

"不，我不明白你在说什么。"

"世玉都跟我说了，你还哄我。"

"世玉说什么了？"

"说你们相爱了好多年，因为黄刚，最近她改变了主意，与你分了手，不是吗？"

"我们是兄妹，怎么可能……尽胡说，开车开车……"

"不，你不老实交代，我就不开。"肖菡撒娇似的说。

……

猝不及防的问话让世宗直犯嘀咕：怪不得肖菡如此急切地陪着要去深圳，原来她已掌握了底细，从那双缠绵而渴望的眼神里，世宗已猜到肖菡心里在想什么。世玉呀世玉，你这是怎么了，咱俩的事说好了不对外人讲的，怎么就急着告诉给肖菡了呢？难道说，你是故意给肖菡提个醒？声明自己已经退出，让肖菡该爱爱吧，不用再顾忌她了，有意给肖菡让贤腾位子？……是啊，从打肖菡为办厂来到匡家峪，当着你的面她时常不加掩饰地在我面前释放出令你不安令你厌烦的暧昧小动作，为此你提醒过我，警告我要注意与肖菡保持距离，我也向你做过保证，我说我心里只有你，决不会吃着碗里看着锅里脚踩两只船做出对不起你的事。我也曾劝你忍一忍，等你我的关系公开之后，肖菡肯定会知趣而退。如果你为了给肖菡腾位子而赌气与我分手，这未免有点太小性子了吧？胡思乱想了一阵子，世宗转而又否定了自己的想法……不会……小妹不是这样一个人。她一向胸怀宽厚，心地善良，嫁给黄刚应该是她的自愿选择，不会因为肖菡而跟我赌气，我不应该曲解她。既这样，那她为什么要把这个消息告诉给肖菡呢？世宗想来想去，怎么都想不出一个可以让自己满意的理由。肖菡既然已经知道了，继续瞒着她已没有必要，索性不如坦诚相告：

"嗯，你说的不错，是有这回事。"世宗接着又把他与世玉延宕了这么多年的恋爱经过，详细解释了内中的缘由。

"啊，原来是这样。"肖菡恍然大悟道，"以前你总说自己有女朋友，却又不肯说出是谁，我还以为你在故意搪塞我，现在我明白了，原来背后还有这样一个难以启齿的原因，理解，非常理解，我不怪你。"

"你还爱我吗？"世宗转守为攻，突然问道。

"爱不爱你难道心里不清楚……"世宗的问话似乎点到了肖菡的痛处，十几年的苦苦追索，现在终于看到了一点希望，她鼻子一酸，身子一趔，侧歪在世宗的身上，忍不住捂着脸哽咽起来。

世宗抚摸着她乌亮的发辫，哄劝道："不哭了，听我解释。我与世玉分手之后，本打算过段时间，像城里人那样举行个仪式，正式向你求婚；今天既然把话都挑明了，咱就来他个车内求婚。车内虽然没有飘香的美酒，没有温馨的烛光，没有动听的音响，也没有值钱的定亲信物要送你，但我有一颗诚实的爱你的心。"说到这里，匡世宗扶起肖菡，自己双膝跪在座椅上，因为车篷低，他只好勾下头，牵住肖菡的一只手，庄重而浪漫地说："来，老同学，你坐好，今天就在这车上，就在这去往深圳的半道上，就在这空旷的田野里，让大山为我们作证，让鸟儿为我们鸣唱，让满山遍野的庄稼树木花草为我们起舞鼓掌。肖菡，我爱你，我要你嫁给我，做我的老婆，我愿与你牵手到永远，你能答应我的请求吗？"

"答应，我愿意嫁给你。"肖菡坐在驾驶座上，脸朝世宗这边扭着，两只泪眼痴情地望着他，"自从我认识了你，我就跟着了魔似的再也丢不下你了。当初，如果你提早把你跟世玉的事告诉我，我也不会这么多年一直缠着你。为追你而伤害世玉，这种事我做不出来。世玉的确是位好姑娘，她那么的爱你，最后却做出这样一个决定，我想她的心里一定是非常痛苦的。在情感与良心的挣扎中，她选择了良心，选择了大爱，说心里话，她这么做把我都感动了。我想，也只有在老区，在你们这个号称是满门忠烈的老匡家，才有可能出这样一位令人尊敬的好姑娘。不过你放心，我会像你一样，把世玉当作自己的亲妹子来看待，她和黄刚那边，我会尽力照顾，决不让他们受半点委屈。"

匡世宗说："你能不计较她，我感到十分欣慰……好了，时间耽搁得不少了，开车！"

22

　　两个人起早贪黑，轮换着驾驶，于翌日傍晚便赶到了深圳。当晚住下。第二天上午，他们依照招商局提供的地址，很快就找到了位于市渔港大街上的香港东方肉制品集团公司。公司大厦建得好生气派，楼体呈方柱形，坐北面南，犹如一根擎天柱直刺云霄。大厦外墙面镶的是铁红色马赛克，看上去十分的庄重大器。翠绿色的玻璃窗户，凹在楼面的沟槽中，若似从山崖上泻下的一道道碧光连天的瀑布，从楼顶直通楼底。"东方大厦"四个鲜红大字，矗立在楼的顶端。写有公司名字的金色铜牌，嵌在门口的墙壁上。肖菡把车开上楼门前的雨棚下，车刚停稳，车门就被站在车旁的一位小姐拉开了。匡世宗下了车，冲着这位穿着端庄、文静大方、自称是老总秘书的姓云的小姐微笑着说了声谢谢，等肖菡把车放好，两个人便在云小姐的引领下，一起步进一楼大厅内的电梯。上到六楼，两个人被领进一个小型会客室，会客室布置得简朴而温馨，靠墙放着一圈白色麻布沙发，沙发前面的玻璃钢茶几上，放有饮料、水果，还有本公司生产的几个密封袋肉制品小吃。室内的两面山墙上，一头写着本公司口号式的经营理念，一头挂着名人山水画。云秘书一边让座沏茶，一边很有礼貌地安慰他们稍等，说她马上去叫老总。话音刚落，老总便从门外笑吟吟地走进来了。世宗肖菡急忙起身相迎，握手寒暄。落座之后，相互做自我介绍，并交换名片。老总说自己姓匡，叫匡青，三十一岁，香港人，祖籍广东，三年前受家父委托，来深圳投资置业。世宗打量着眼前的这位比自己小不了几岁的年轻老板，心中不由得生出阵阵仰慕。只见他身材修长，浓眉炯眼，鼻直唇薄，一身朝气。与他身材相匹配的是一身蓝色牛仔和脚上的一双紫色运动鞋，简朴而洒脱的穿着，一看就让人感觉他是个机敏果敢、办事利索的实业家。谈判接着就开始了。由于双方各有所需，都盼着谈判成功，因而半晌时间不到，项目投资就基本敲定了。在准备签订正式合同之前，匡总对世宗说，他要打个电话，将谈判情况告诉在香港的父亲，因为父亲是董事长，没有他的批准，他不敢擅自做主。匡青让世宗稍等，起身回到自己办公室，抓起电话就跟身在香港公司总部的父亲联系上了。汇报完谈判情况，匡青想听听父亲的意见，没想到一直沉默不语的父亲，最后却问出这样一句话：

"青儿，你谈到的合作方，勾起了我儿时的一段往事，你帮我问问，他们的村子里有没有一对名叫匡火鼎和吴桂贤的老夫妇，问清楚了马上给我回电话。"

"爸，你跟他们什么关系啊？"

"别打听，先问明白了再说。"

匡青挂了电话，满腹疑惑地回到会客室，将父亲的话原封告诉给了匡世宗。世宗先是惊讶，接着是一阵狐疑……匡青的父亲，一个香港的大老板，怎么会打听起爷爷奶奶来了呢……世宗猛地想起一个人……难道是四叔匡大柱……也许，不是他又会是谁呢……如果是四叔那就太好了……他来不及多想，也不便冒失地捅透这层关系，迟疑了片刻，就把匡火鼎吴桂贤的情况，一五一十地告诉给了匡青，但没提四叔如何如何。匡青返回办公室，电话上随即就告诉了父亲。父亲显然有些激动，沙哑着嗓子吩咐匡青："你要留住他们，不要让他们走，我这就过去，陪他们一起吃午饭。"匡青被搞得一头雾水，不知道父亲为啥对千里之外来的两位陌生客人这般看重。

不到一个小时，父亲就从香港匆匆赶来了。一进会客室，匡青就把世宗和肖菡介绍给了父亲。董事长冲肖菡点了点头，手都没顾上握一下，照着匡世宗就扑过去了，怔怔地问："你，你就是匡世宗？……昌史县匡家峪人？……匡火鼎的孙子？"

"是啊。"世宗握着他的手，微笑着说，"董事长好。"听奶奶说过，小的时候四叔的小模样长得就怪喜人，白白的皮肤，大大的眼睛，黑丁丁的头发，瘦长瘦长的个子，从小就比同龄的孩子高过半头。七岁那年，他爬到树上逮知了，不小心从树上摔了下来，别的倒没有摔坏啥，地上的一块砖，偏偏把眉头磕出个血窟窿，好了之后还留下一块指甲盖大的疤。世宗一见到董事长，一眼就看到了他眉头上的那块疤，心想，错不了，这人十有八九就是四叔了。世宗留意着他的容貌，尽管他已经五十几岁了，但奶奶描绘的四叔小时候的样子，仍然依稀可见。

"你爷爷是干什么的？"董事长和颜悦色地问。

"解放前打鬼子，解放后当村干部，现在休息了。"世宗回答得简明扼要。

"你知道吗，他是在谁的领导下开展抗日斗争的？"

"八路军独立师，"世宗指着身旁的肖菡说，"师政委就是她的爷爷肖军，司令员叫陈志峰。"

"嚯！"董事长惊喜地转过身，握住肖菡的手，"你是肖政委的孙女？失敬失敬，怨我人老眼昏，还请姑娘见谅。"

"你老不必客气。"肖菡赶忙回答。

董事长继续盘问世宗："你爷爷身边有几个儿子？"

"四个，"世宗急口就来，"大的匡大山，二的匡大地，三的匡大禾，四的匡大柱。除我爸匡大山是我爷爷亲生，其余三个叔叔，都是打小鬼子时爷爷收养的烈士遗孤。"

"你知道我是谁吗？"董事长不再继续盘问了，确信眼前的这位年轻汉子，百分之百就是匡火鼎的后人，他颤抖着嘴唇，泪眼婆娑地说，"我就是你的四叔匡大柱啊！"说着便抱住世宗，情不自禁地啜泣起来了。

"四叔，真的是你呀？"世宗抱着匡大柱，眼泪汪汪地说，"四叔，不是我埋怨你，这么多年，你怎么就不知道回家看看呢？不看养父母也就算了，可你亲生父母的尸骨还埋在匡家峪，怎么说你也该去为他们上上坟烧烧纸吧，连这点空都抽不出来？你大概不知道，每逢清明节，都是爷爷奶奶到你父母的坟头前加土烧纸，他们天天都在念叨你，想你想得跟疯了似的，他们骂你忘恩负义，骂你没有良心，说你一进香港这个资本主义大染缸就变了色忘了本，连亲爹亲娘都忘了，就连我这个做侄儿的，都觉得你做得欠妥……"世宗以责怨的口吻抒发着对四叔的思念之情。

"是，你嗔怨得对，"匡大柱松开手，拭了把眼泪，将世宗拉到沙发上坐下，愧疚地说，"四叔对不起他们，欠他们的太多了……"

坐在一旁的匡青像在梦境中一样呆呆地看着，一面觉得他们关系非常，亲如手足，一面又搞不清楚内中的原委。"爸，你们这究竟是怎么回事啊？一会儿养父母，一会儿亲生父母的，全把我给搞糊涂了。"此情此景，肖菡也被感动了，叔侄俩抱着哭，她也跟着抹眼泪。对于匡大柱的身世，肖菡从爷爷肖军的嘴里听说过，但详情并不是十分了解。趁着匡青的问话，她忍不住也催问了一句："董事长，你可真够保密的，连你儿子都不告说，觉着咋了，讲出来丢人？败兴？我想你肯定还有什么难言之隐吧，能跟我们讲讲吗？"

"青儿，"匡大柱呷了口茶，深情地叫了声儿子，"这件事在我的心里一直埋藏了几十年，现在你长大了，也该让你知道知道了。"一九四二年，我的父亲何楚亮，母亲彭华，也就是你的亲爷爷亲奶奶，当时都在八路军独立师驻匡家峪司令部工作，何楚亮任群工处处长，彭华是机要秘书，夫妻二人深受师首长爱重。这年秋天，边区发生了几十年不遇的大旱，为了发动群众开展生产自救，两个人响应师首长的号召，一起奔赴灾区。临行前，他们把出生才几个月大的我，托付给了匡家峪村抗日民兵大队大队长匡火鼎和他的老伴吴桂贤——也就是你世宗哥的爷爷和奶奶——替他们看几天孩子。谁知去了没几天，他们就在自己的住处——灾区一位老乡的家里——夜里被村里的汉奸给暗杀了。噩耗传来，肖军政委气得痛心疾首。他亲自抱着我，跑到匡火鼎和吴桂贤家，含着眼泪向两口子当面托孤，嘱托他们一定要把烈士后代抚养成人。当时的养父母，身边已经有了三个哥哥。大山哥比我大三四岁，为养父母亲生，二哥大地，三哥大禾，一个比我大两岁，一个比我大一岁，他们跟我一样，都是被收养的烈士遗孤。四个不懂事的孩子，除了天天要吃要喝，还要防备小鬼子的狂轰滥炸，不是他们含辛茹苦地养护，我恐怕也活不到现在。

养父母把我抚养到九岁，记着是一九五一年秋天的一个上午，家里突然来了一位女人。她自称是我的姨娘，名字叫彭茜，香港人，说此次来是奉家父之命，也就是我的外公之命，来领外甥走的，要我随她去香港生活。她话一出口，我立刻就紧张起来了。我惊恐地躲在养母的身后，紧紧地抓着她的衣角，心惊胆战地偷看着这位令人恐怖的不速之客。说她恐怖是因为我从没见过打扮得像她这样妖里妖气的女人，感觉她不像是人，倒像是只从天而降的怪兽。她穿着一件华丽的连衣裙，开襟处裸露着白得刺眼的大腿，脚上的一双高跟鞋，红得像火鸡的爪子，头发卷得像绵羊尾巴，血淋淋的嘴唇像喝过人血似的。看着养父母半信半疑的眼神，那女人拿出一张全家福合影照，让养父母看，说上面有我的外公外婆，有她这位姨娘，还有我的亲生父母，意思是想以此来证明她的身份。我扒着头看了看，照片上的人，一个我也不认识。因为那个时候还没有我。养父母倒是眼尖，一眼就认出了我的亲生父母。养母指着照片上的人头对我说，柱儿，看到了吧，这就是你被汉奸杀害的亲爹亲娘，小鬼子欠下的血债，你一定要永远记住了。我恍惚地点点头。当养父母确认眼前的这个女人就是我的姨娘时，终于很不情愿地同意让她把我领走了。我抱着养母吴桂贤的腿，哭着叫着——娘啊，我不走，我要跟娘在一起，饿死我也不去香港——娘流着泪，一句一泣地劝说——去吧儿子，姨娘不会亏待你的，香港是大城市，天天能吃大米白面，能吃花籽油炒鸡蛋，能穿绫罗绸缎，能上学，能看电影，比咱家强多了，将来你长大了，记着回来看娘——就这样，我被连哄带拉，哭着叫着就被抱上了姨娘的小轿车。

我到香港后的第二年，一九五二年，姨娘就在内地被捕了，随后就听说被枪决了。事后我才知道，她原来是个多年卧底香港、为台湾国民党当局收集内地情报的一名女特务。她能走上这条道，跟她的家庭背景不无关系。我外公是广州有名的大富豪，当年跟国民党高层交往甚密，是位顽固的反共分子，解放前随老蒋跑到了台湾。外公有两个女儿，母亲彭华是他的大女儿，姨娘彭茜是他的二女儿。一个家里走出的姊妹，却各自选择了截然不同的两条道路。姨父是个纯粹的商人，对姨娘背后的身份压根儿就不知道。姨娘被处决后，姨父一直闷闷不乐，几年都没再续弦。十几岁上我被迫休学，跟着姨父学经商。二十岁上离开姨父，开始自己打拼。几十年的风风雨雨，现在总算有了一摊子属于自己的产业。

不幸的命运为我铸就了两个不同的家庭背景，一红一蓝，一白一黑，像背着一座山，压得我喘不过气来。无论过去和现在，回内地看望养父母的念头我从来就没有断过。屡屡难以成行的原因，是内地一年紧似一年的政治形势，迫使我不得不一次又一次地放弃。一方面我对有个八路军烈士父母而感到自豪，另一方面我又对有个逃亡台湾的外公和一个被枪决的曾为国民党女特务的姨娘而感到羞惧。正是由于这不光彩的一面，才使我没有勇气迈出这一步。为这事姨父也经常好心地劝我不要回内地，担心我受外公和姨娘的连累，到了内地被共产党当特务给抓起来，自己遭罪不说，也担心会给养父母带去不应有的麻烦。就这样，我等啊等，盼啊盼，一直等到内地改革开放，才看到了回家探母的一线曙光。然而，心有余悸的我，依然迟迟下不了决心，总想再等一等，看一看，结果拖来拖去，就拖到了现在。为的不给青儿增加思想负担，不让他像我这样活得这么累，因此对上述情况，一个字我也没向他透露。就在几年前，我抱着试探风向的想法，让青儿来深圳办公司，几年来的亲身体验，这里不仅不像我所想象的那么可怕，而且有着比香港还要优越的创业环境。我正打算抽个机会，把家里的背景告诉给青儿，然后带上他一块去内地看望养父母，为亲生父母上坟烧纸，让青儿认祖归宗，没想到你们会找上门来，谢天谢地，真的让我高兴！

"青儿，这下你该明白了吧？快，快过来，认识一下你的这位大哥！"匡大柱一手拉着匡世宗，一手拉住起身走过来的眼含热泪的匡青，三双手紧紧地攥在一起，像失散多年的亲人一样倾诉着内心的情感。世宗原以为四叔跟着姨娘在香港，生活一定会很幸福，以至于富贵迷心乐不思蜀全然把爷爷奶奶的养育之恩抛到了脑后，结果听他这么一讲，情况原来并非如此。"四叔，"世宗说，"你生活在这样一个家庭，因为有顾虑而没能回家探望养父养母我完全可以理解，相信爷爷奶奶也不会嫌弃你。其实你并不了解，内地形势早已不是从前了，你大可不必有那么多的顾虑，你尽管放心回家，放开胆子在内地创业，无论走到哪儿，人们都会欢迎你。"匡大柱摇动着和两个晚辈握在一起的手，欣喜地说："好，好，今天见了你，我所有的顾虑就全部打消了。"匡青的心情久久难以平静，他同情父亲年幼时的不幸，也理解父亲对他长期隐瞒家庭背景的良苦用心。过去，每逢他问起爷爷的情况，父亲总是含糊其词，今天一下子冒出四个爷爷奶奶来，而且都是抗日英雄，自己还赫然变成了一位抗日烈士的后代，心情就别提有多兴奋了。他体味到了那段岁月的沧桑，也感觉到了彼此情感的弥足珍贵。对世宗说："哥，从今天起，你就是我的亲哥，父亲的养父母就是我的亲爷爷亲奶奶，以前你四叔欠他们的，以后我要替他还上，报答爷爷奶奶的养育之恩。"

　　午饭安排在公司内部食堂。为让家人跟世宗和肖菡相互认识一下，叙叙亲情，匡青特意让媳妇卢敏，带着他们未满五岁的儿子匡小辉，一块过来作陪。世宗肖菡坐在餐桌旁，跟匡大柱父子一边交谈一边等着卢敏的到来。一会儿工夫，卢敏领着孩子便从餐厅门外走了进来。儿子小辉长得非常可爱，小家伙进门就伸开双臂，喊着爷爷，冲匡大柱跑来。匡大柱将孙子抱起，努着老嘴在小辉的嫩脸蛋上亲个没够。卢敏嘎嗒嘎嗒踩着高跟鞋，扭动着略显丰腴的身段，笑眯眯地跟在儿子的后头。世宗留心看了几眼这位漂亮的老板娘，只见她梳着一头黝黑乌亮的披肩发，身上穿着一件咖啡色小褂和一件杏黄色拖地纱裙，看上去既玲珑乖巧，又端庄秀气。世宗看着看着，恍惚间想起一个人，觉着眼前的这位卢敏，跟十几年前不明不白死去的卢花特别相像。突如其来的灵感，即刻绷紧了他的神经。"真的是卢花吗？……难道她没有死？……"世宗不敢相信自己的眼睛，脑子像一台飞速运转的电脑，一页一页翻动着当年卢花投河自尽时留下的种种疑团。当时说卢花已投河自尽，唯一的依据是她丢在河边的一双鞋一件褂子和她写给世勇的一封荡气回肠的遗书。而且这仅有的证据，也是被一位好心的老农从河边捡来、亲手送给匡世勇的，卢花跳没跳河，是不是真的死了，老农并没有亲眼看见。再说了，这么多年来，北京公安方面，为破案下了不少功夫，到头来却连一点儿蛛丝马迹都没有摸到。这样的结果，应该说既不符合破案常理，又不得不让人感到蹊跷。正是由于这样一些原因，世宗对卢花的死，始终难以置信。他曾经对卢花的去向有过许多推测，猜她有可能隐姓埋名，流亡他乡；也有可能与世隔绝，独居深山老林，过起隐居生活。因为她太爱面子了，受到侮辱后选择这样的去处，也不是没有可能。但推测总归是推测，见不到人，说啥都是白搭。他这里正在胡思乱想，匡青领着妻子卢敏已经站到了他的面前，来认他这位大哥了。没等匡青介绍，卢敏上来就问："你是世宗哥吧？我是你的同村老乡卢花呀，你不认识我了？"尽管她的话说得很轻松，但她的脸色却显得异常的窘迫，一会儿红一会儿白，一会儿青一会儿紫，跟做了什么亏心事似的显得很不自然。匡青打电话通知她的时候，已经将世宗的身世，以及世宗跟她公爹匡大柱的关系合盘告给了她。听到这个情况，手持电话的卢花马上就紧张起来了——怎么会是世宗？见不见呢？推辞不见显然没法向匡青解释；如果要见，肯定躲不过世宗的眼睛，隐瞒了十几年的身世马上就会露馅。露就露馅吧，反正已是一家人了，躲过初一躲不过十五，丑媳妇迟早是要见公婆的。"匡青，这事怎么从没听你提起过呢？"心知肚明的卢花并没有把她跟世宗的关系向匡青说明，反而故意问对方。"我也是刚听爸说的。"匡青说。"那好，我这就去。"卢花吭哧了半天，最后还是答应要来。心想，从老家跑来深圳，躲开了世勇，嫁了个香港人，满以为与他们老匡家再无缘分了，没想到转了十八个弯，又转到了他们老匡家，真是的，怎么就这么凑巧？卢花放下电话，心里不禁觉得好笑。

那年逃出汤小庄，卢花像个挣脱牢笼的囚犯，舍命地逃跑，生怕被汤罗锅赶来，再把她掳回去。她不敢抄大路，也不敢见人，只管在深山丛林里摸着羊肠小道钻来绕去。累了她就坐下歇一会儿，困了就靠在树上打个盹儿，饿了就去树上够野果子吃，渴了就蹲在山涧掬口凉水喝。约摸奔走了两三天，这天她终于来到了距北京不远的一条大河边。她坐在河岸的一块石头上，望着滚滚奔流的河水，纷乱的心绪像河中的浪花一样让她难以平静。她原本想逃回北京，与世勇重新团聚，如今北京已近在眼前，她却又想起了一年前的那场噩梦，便没有勇气再去见世勇了。即便世勇不嫌弃，答应娶她，她也不愿意以这样一个被人糟蹋过的身子让他晦气一辈子，更不想让这段不光彩的经历成为他人的笑柄，让自己在人前抬不起头说不起话。北京不能去，老家匡家峪当然就更回不得。强烈的羞怯心，让姑娘顿时陷入了走投无路的绝境。如此苟活于人世，倒不如一头栽到河里算了，也好为自己做个彻底解脱，离开这个浑浊不堪的世界。轻生的念头一出，一咬牙她便走下河堤，踩进了浑浊腥臭的水里，没走几步，河水就漫过了她的膝盖，继而淹没了她的大腿，湍急的水流冲得她连脚都站不稳了，身子也开始摇晃起来，她忖摸着，只要向前再迈出一步，人可能就会倒下去，再也起不来了。此时此刻，也不知是什么信号提醒了她，生死关头让她止住了脚步。她站在冰凉的水里，惊怵地望着河对岸昏暗而静寂的林子，感觉那里像座鬼门关，阴森森黑洞洞的，随时会把自己吞进它们的腹中。脸前的水面上，不时有黑乎乎的物体漂过，有随波翻滚的树木枝杈，有漂泊而过的一堆堆裹着草屑的沫团，偶尔也有散发着腐烂气味的猪羊的尸体，在水中时隐时现。她望着猪和羊的尸体，心中不由得发起感慨：如果我死了，大概跟这死去的猪羊没有什么两样，随波逐流，臭气熏天，最后变为鱼鳖嘴中的珍馐，人死后若是落个这般下场，该是何等的悲惨啊！它们是畜生，死亦不足惜，而我是人，而且是个年轻漂亮聪明伶俐的女人，我怎么能与它们为伍？我不能死，我要活着，而且要光彩体面地活着。天下之大，哪儿都可以容身，干吗要死呢？深圳听说就是个好去处，许多年轻人都在那里打工，自己咋就不能去试一试？那里天高皇帝远，人们都来自五湖四海，谁都不认识谁，完全不用顾忌他人的笑话。对！就这么干，到深圳闯闯去！回心转意的卢花转身就往岸上跑，好像怕被河里的什么怪物重新给拉回去似的，急颠颠地蹚着水，大步流星地就回到

291

了岸上。趁着四周无人，她把湿淋淋的裤子脱掉，用力把它拧干，然后抖搂开，重新又穿在了身上。上衣好在没有沾水。正要准备离开，蒙眬中听见林子深处有个男人在声声呼叫着她的名字，仔细听了听，好像是世勇的声音。世勇啊世勇，你真的痴心，分手都一年多了，你怎么还在四处奔波着找我呀？她很想迎声跑过去，找见世勇痛痛快快地哭诉一场，但转念之间她又回到了原来的想法上。她不想拖累他。她机警地躲在一簇荆棘丛中，从枝叶的缝隙里忐忑不安地注视着远方。一会儿工夫，就见世勇从河岸的一头，忽忽闪闪地向她这边走了过来。只见他面色干黄，两眼红肿，满头白发，一脸的胡碴儿，人瘦得像把干柴，身上脏得像个泥人。卢花心疼地望着心上人，心像刀扎一样难受。她再也忍受不住了，高喊一声："世勇，我在这儿！"仿佛一只华丽的小鹿，疾步跃出林丛，哭叫着扑向迎面而来的匡世勇。两个人犹如同巢久别的燕雀，向着对方飞呀飞，飞了好大工夫，却一直碰不到一起，继续飞时，世勇却突然消失得无影无踪了。见不到世勇的卢花，急得像疯了一样一边呼叫，一边在林子里寻找，找了半天也没有见到世勇。明明看着是他，怎么一晃就不见了呢？卢花气喘吁吁地蹲在地上，像做梦一样回想着刚才的一幕。静了好一阵子，她才从幻觉中醒悟过来。才要离开，幻觉中的一幕忽然又勾起她对世勇的挂念。世勇果真如她幻觉中想象的那样，至今还在等她，发誓找不见他就一辈子不去爱别的女人，这对他情何以堪啊！自己去南方容易，说走就可以走，可留下世勇怎么办呢？不行，我不能就这么一走了事，必须想个办法，断其念想，让他彻底把自己忘掉。想到这里，机灵的卢花马上就想出一个自以为绝妙的办法：写封假遗书，谎说自己已经投河自尽，只要世勇能见到遗书，想他就不会再等自己了。主意拿定之后，她从上衣口袋里掏出几片皱纸和一支缠着白胶布、上面沾满黑色油垢的圆珠笔笔芯，伏在一块石头上，一笔一画地给世勇写起了"遗书"。写完之后她跑下河堤，站在水边，先脱掉一双鞋，接着脱下褂子，把写好的"遗书"装进褂子的口袋，并随手塞进去几十块钱，然后将褂子放在鞋上，投河的假现场就算布设好了。塞进口袋里的钱，是她对捎信人的酬谢。她寄望好心人发现之后，能按照遗书上注明的地址，平安转交给匡世勇。

离开河边，历经千辛万苦，卢花终于来到了深圳。一踏进市区，她就把自己的身份重新包装了一遍：卢花改叫卢敏，老家匡家峪改称为卢家庄，被人贩子拐卖的事，自然要守口如瓶，一个字都不能透露出去。这也是她最忌讳的伤疤。为了立足糊口，她很快就找到了一份自己最熟悉的职业——为人做保姆。一年之后，在家主人的帮助下，她办起了一家属于自己的家政公司。随着事业的节节攀升，她的理想随之也迅速膨胀。来年春上，她把家政公司改名为家政婚庆公司，既做家政，又帮人办婚庆。卢花算计得很精到，既在婚庆仪式的套路上不断推陈出新、变换花样，又针对不同身份不同需求的客户，配以不同口味不同价位的婚庆仪式套路。别出心裁的经营理念，很快就让她抓住了富有而新潮的年轻人的心理，卢敏的名字，也因此成为全市婚庆行业中的一面金字招牌。名声一大，身价就往上蹿，除了一些有身份有地位的高门大户，一般人是请不动她的。谁家的婚庆办得风光不风光，体面不体面，请动请不动卢敏竟然成为衡量身份地位的标杆。

这天，一位帅哥前来向卢敏求婚。这人不是别人，正是她现在的丈夫匡青。匡青是在参加几个朋友的婚礼上认识并暗自爱上卢敏的。卢敏主持婚礼时的精彩表演，她的举手投足一言一笑，让他有种如痴如醉、趋之若鹜般的神往。在他的心目中，卢敏简直就是个奇女子。她不仅能歌善舞，能言会道，聪慧过人，温柔贤惠，而且具有超凡的经营管理才能。一个小小的家政婚庆公司，一个在他人眼里简直是不屑一顾的行当，到了她的手里竟然能打理成现在这个样子，真的让人羡慕。自打从香港来到深圳，匡青就把找老婆的目标定在了内地，容貌上丑点俊点他不挑剔，只要人贤惠，品行好，熟悉内地人情世故，经营上能帮帮他就行。卢敏的出现恰好满足他理想中的条件。经过一段时间的接触，两个人很快便坠入爱河，半年不到就梦圆东床了。即便在这个时候，卢花也没有将自己的真实身份暴露给匡青。婚后时间不长，为了协助匡青管好肉制品公司，卢花便主动将自己的家政婚庆公司转让给了自己的下属。

"知道知道，一个村的，哪能不认识！"世宗笑呵呵地握住卢花的手，亲切地说。照常理讲，世宗猛地发现死去多年的卢花，应当十分惊愕、万分惊喜才对。他应当这么说："哎呀！卢花，原来你没有死啊？遗书是怎么回事？原来是骗我们的呀！"但他没有这么讲，不仅没有，而且还装出一副若无其事的样子很随意地同卢花搭讪。世宗之所以要装出这样一副面孔，原因来自两个微妙的信号：一是匡青称呼卢花为卢敏，二是卢花在与他握手时，悄悄向他手心里塞进了一个小纸球。两个信号分明是在告诉他：在匡大柱和匡青面前，卢花显然是隐瞒了当年的遭遇，暗示他为她保密。趁着交谈空隙，世宗背转身打开纸球看了一眼，果然不出他的所料。心想，女孩子爱面子，可以理解。怕肖菡说漏了嘴，世宗又暗中叮嘱了一句。

匡青愣住了，问："你怎么又叫起卢花来了？"

卢花急口就来："乳名，家里人都这么叫我。"

匡青依然不解，接着又问："你家在卢家庄，怎么跟世宗哥同村？"

卢花随机应变："你这叫贵人多忘事，我跟你说过的。当初我要求出来打工，爹娘死活不让，跟他们拌了几句嘴，一气之下就跑出来了。为了避人耳目，防止他们把我抓回去，不得已才变了个村名。"

匡青恍然道:"啊,好像听你说过。"

能言善辩的卢花,只以简单的几句话,就把那场噩梦般的遭遇掩盖过去了。吃午饭的时候,大家一边品酒,一边就投资匡家峪的肉制品项目继续进行商谈。在谈到项目负责人时,匡青卢花主动要求让他们一家子搬到匡家峪常住,这样既可以管项目,搞经营,又方便孝敬匡家和卢家两边的老人。匡大柱表示同意。说,你们的想法正合了我的心意。尤其是青儿,长这么大还没见过老区是个啥样,应该补补这一课,体味一下那里的风土民情。还说,若不是董事会扯着腿,我倒想去匡家峪清清静静地住上几年,守在养父母身边,好好尽几年孝,可我走不开呀。既然定了要去,那你们就抓紧准备一下,明天我就派人过来接替你们的工作,后天咱们就一块回匡家峪。四叔,后天走是不是急了点?世宗说,不如让我们先走,晚几天你们再过去。不行不行,不能再延后了。匡大柱思母心切,决意随世宗一块走。四婶呢?肖菡问,她在香港吧?去的时候应该把她也带上。对,对,匡大柱说,她是这个家的儿媳妇,自然要去认公婆的。席间,卢花避开匡大柱父子,同世宗走到一边,偷偷向他询问,她不在家的这些年,家父家母身体可好,世勇是否还在北京开店,收没收到那封假遗书,他娶媳妇了没有。世宗都如实告诉了她。她为世勇找了个日本媳妇而庆幸,为父亲患脑中风而悲伤。还是在北京的时候,卢花就知道肖菡爱着世宗,但不知他们现在的关系发展到何种程度了。当世宗说他跟肖菡还在谈恋爱时,卢花惊讶道,都多大年龄了,还在谈,准备谈到驴年马月啊?你们可真沉得住气!

难得有空,趁着匡大柱他们为回家做准备的时间,匡世宗和肖菡在深圳痛痛快快地玩了两天。他们去了"中英街",遥望了对面的香港,参观了锦绣花园、博物馆和股票交易中心。一对热恋中的情侣,每到一个地方,都会留下值得纪念的合影照。

人还没回来,匡世宗就通过电话提前把消息告诉给了家里。

一说养子匡大柱找到了，又说卢旺堆的闺女卢花没有死，还活着，而且还成了匡家的儿媳妇，两大惊天喜讯，让全家人都沉浸在了久违的喜悦之中。院子里，匡火鼎坐在轮椅上，向坐在对面轮椅上的黄刚，兴奋地谈论着匡大柱小时候的故事。匡世玉和大地大禾忙着置办欢迎酒席。吴桂贤带着两个儿媳妇，在东西厢房紧张地为他们拾掇住处。一直等到晚上九点，世宗肖菡才领着匡大柱一家子踏进家门。院子里一溜摆着三张红漆大方桌，桌上摆满了自制的菜肴和各色果品酒水。匡世宗先介绍了匡大柱一家，接着又介绍了家里人。看着白发苍苍风烛残年的养父母，匡大柱鼻子一酸，愧疚的泪水滴滴答答就流下来了。他痛楚地叫了一声爹娘，便跪在了匡火鼎和吴桂贤的面前。家人们随着他的下跪，齐刷刷地全都跪在了地上。匡大柱声泪俱下，边哭边检讨着自己的过去，声声责骂自己是个不孝之子，辜负了爹娘的养育之恩，万望爹娘见谅，给儿子一个将功赎罪的机会。夫人谢文瑜和儿媳卢花低着头小声地抽泣。孙子匡小辉搞不懂咋回事，趴在卢花的怀里只管哇哇地哭叫。匡青随着爸的话，偶尔会插上几句，表白自己今后要常住匡家峪，替父亲为爷爷奶奶尽孝的心愿。拜罢养父母，匡大柱带着家人转而又给两房哥嫂行叩拜礼。匡大柱惭愧地对两位哥哥说，除了大山哥，咱哥儿仨都是二老的养子，这么多年来，你们一直悉心孝敬于二老膝前，而我却逍遥他乡，顾虑这，担心那，没能在父母跟前尽半点孝道。哥，嫂，辛苦你们了，小弟在这里向你们磕头谢罪了！哥嫂们赶忙俯下身，拉的拉拽的拽，边安慰边劝他们从地上起来。柱儿，快起来，匡火鼎说，你的情况世宗都讲过了，我和你娘，包括你哥你嫂，大家都理解你的处境，能回来就好，回来就是一家人，谁都不会怪你们。有了匡火鼎这句宽慰的话，匡大柱才带着家人们从地上站起。认过亲行过礼之后，世宗赶忙招呼大家入座，讲了几句开场白，晚宴就开席了。

大喜的日子，一家人边饮酒边交谈，自然有说不完的亲情，喝不够的开心酒。酒喝到兴头上，匡火鼎红着脸，突然提出要给匡青改名字。他说，匡青是他的第四个孙子，为了让匡青跟世宗世勇世玉三个哥哥姐姐的名字衔接起来，应该在匡和青两字之间加上一个世字，这样才像是亲兄妹。匡青欣然接受，端起杯就向匡火鼎敬赐名酒。父亲匡大柱和母亲谢文瑜拍手赞成。世宗世玉邀大家一起举杯，为爷爷赐名，为匡青改名为匡世青，共同为他们道贺。在场的人只有世玉揣着一个鬼心眼。她猜，世宗哥这次去深圳，本不关肖菡的事，可她为什么会陪着一起去呢？机灵的姑娘上来就想到了他们的爱情上了。记得那天她是这么对肖菡讲的，爱上黄刚是我心甘情愿的选择，并非为你腾位子。我只不过觉得你是个好女孩，不想让别的女人将世宗哥抢走罢了。没想到头天刚做过暗示，肖菡第二天就追上去了，抓得也真够紧的。她暗中留意着世宗和肖菡的一举一动，从他俩眉来眼去的亲密举动中，世玉对自己的猜测已经毫不怀疑了。趁着今天这个大喜的日子，何不当着全家人的面捅透这张麻头纸，岂不是喜上加喜？想到这里，匡世玉往起一站，先是诡黠地笑了笑，然后说，报告大家一个好消息，我世宗哥终于为我找下嫂子了，这位嫂子不是别人，就是坐在我身旁的大名鼎鼎的天丽牌核桃露奶茶公司的总经理肖菡女士。众人唰的一下便将目光盯向了世宗和肖菡，急切地询问：真的假的，有这事？裘菊香问世玉，你不是开玩笑吧？人家肖菡可是北京的大家闺秀，咋能看上咱世宗呢？大地用胳膊肘磕了磕她，嗔道，说什么呢，咱家世宗也不是寻常之辈，怎么就不可能？匡火鼎和吴桂贤闷声不语，疑惑地盯着一脸窘态的世宗和肖菡。鬼丫头！世宗白了世玉妹子一眼，红着脸笑了笑，转而对匡火鼎说，我俩刚开始谈，本来想征得爷爷奶奶同意后再确定我们的关系，没想到提前就被这多嘴的小妹给捅出来了。既然大家都知道了，就请各位长辈表个态吧。同意，我和你奶奶举双手赞成！匡火鼎满脸喜悦地率先表态。众长辈随声附和，纷纷加以赞美。

当晚，世宗随爷爷住堂屋，腾出东西厢房让给匡大柱父子分住。第二天上午，在世宗世玉的陪伴下，匡大柱一家到烈士陵园，在何楚亮和彭华的坟前，为亲生父母举行了祭奠仪式。返回村，世宗领着他们又拐到卢花家，拜见亲家和匡世青的岳父岳母。昨天晚上，由于他们回来得太晚，就没去惊动卢旺堆老两口。母女相见，少不了要痛诉一场。过往的那场噩梦，由于卢花的及时暗示，孙冬梅总算没有说漏嘴。卢旺堆脑子清楚，只是无法用语言表达。他用那只好手抓着卢花的胳膊，呜哩哇啦地绕着舌头，好像在说：你还活着？这么多年你是怎么过来的呀？哇啦一句，哭一阵，再哇啦一句，再哭一阵，让人看着怪心疼。然后又握住世宗的手，流着泪，一遍又一遍地重复着一句话，老侄子，过往之错，全是我的不对，叔冤枉你了，希望你能原谅。冬梅赶紧把丈夫的话学给世宗听，世宗回话卢旺堆，叔，客气了，一块搭伙计，磕磕碰碰是常有的事，我不会计较的。卢旺堆抬起那只能动的胳膊，指着靠墙的柜橱，呃呃哦哦地对老婆说着什么。冬梅明白他的意思，对世宗说，你叔是说，柜子里有酒，让我，你和世玉，好好招待招待亲家和女婿。世宗说，两亲家第一次见面，理应在家吃顿饭，好，我们作陪。

　　第二天，匡世宗伙同匡大柱父子，共同在工业园区内为香港东方肉制品公司匡家峪分公司选定了厂址，并就下一步开工建设方面的诸多事项进行了研究。一切安排就绪之后，由于香港那边还有一摊子事需要回去料理，住够有七八天，匡大柱和夫人谢文瑜便告别养父母返回香港了。临行前，两口子对世青和卢花说，这里不比香港深圳，要有吃苦的准备，以后我和你妈会经常回来看你们的。爷爷……我不让你走……爷爷……我让你陪我玩……孙子匡小辉拽着已经打开车门的匡大柱的衣袖，嘶着嗓子哭叫……

23

　　翘首以盼的婚礼终于等来了。匡世宗和肖菡，匡世勇和美贺子，黄刚和匡世玉，三对新人共同约定，要同在匡家峪，选择同一天，在同一个仪式上，一块举行婚礼。家里请来了七八个帮工，提前几天就开始为婚礼的筹备忙碌开了。兄妹三个同时举行婚礼本来就够稀罕的了，加上新人们一个个特殊的家庭背景，把村里人好奇的胃口一下子全都给吊起来了。

　　各方亲友被安排在工业园区内的一家三星级宾馆入住。亲友中有肖菡的爷爷肖军，奶奶龚秀珍，父亲肖洞生和母亲丁然。有美贺子的爷爷村岛，父亲福田和母亲幸子。随村岛来的还有一位特殊人物，这人既不是美贺子的家人，也不是亲属，而是村岛的一位近邻故友，儿时的发小。这人叫铃木，跟村岛的年龄不相上下，已然是两鬓如霜，面色枯黄，神色凝滞，步履踉跄，一副朽木枯株的样子。年轻的时候，他是跟村岛坐同一条船来的中国，是一名货真价实的侵华日军。到了后来，村岛弃暗投明，当上了八路军，而他却一直战到一九四五年日军投降，随大批俘虏被遣送回国。一九四二年三月十八日，日军夜袭匡家峪，制造了骇人听闻的3·18惨案。铃木不仅是那场惨案的亲历者，而且是个双手沾满匡家峪人民鲜血的杀人魔鬼。回国后这几十年，在村岛的现身说法下，铃木的良知渐渐被唤起，一种难以解脱的历史负罪感，一直萦绕在他的心头。这次来中国之前，村岛动员他一块过来，当面向匡家峪人民谢罪。开始他有顾虑，担心这里的人民不会饶恕他。后在村岛的一再劝说下，才答应要来。他对村岛说，去就去吧，再不去就没有机会去了，不亲自向他们说声对不起，躺到棺材里心也会不安的。就这样，跟着村岛他就过来了。黄刚自幼孤儿，老家已无亲友。以亲友名义前来为他贺喜的，是他所在部队首长庄烈焰等几位军官。匡大山和魏菁，匡大柱和谢文瑜，接到通知后都提早赶回来了。与世宗有着深厚情谊的关东州和林中青，也都接受了他的邀请。

婚礼仪式在烈士陵园内新落成的独立师纪念馆门前的水泥平台上举行。平台下面是十几层台阶，下去台阶是宽阔的广场，广场对面是抗日英烈墓地，墓地的尽头是高耸入云的韩王山，山上草木葱郁，花果飘香，云飞雾绕，气象万千。舞台后面挂着一块红布横幅，上面写着：新郎匡世宗和新娘肖菡，新郎匡世勇和新娘美贺子，新郎黄刚和新娘匡世玉，新婚志喜的字样。前来贺喜的村民们熙熙攘攘地站了一广场，像看大戏一样惊奇地注视着舞台上的陌生面孔，人们交头接耳，窃窃私语，争相议论着几个传奇人物的神秘话题。

卢花开办过婚庆公司，又曾是深圳市有名的婚礼司仪，像这样一场意义非凡的婚礼，司仪的人选自然非她莫属。匡世青擅长于美食制作，婚宴上的事就靠给他了。孙冬梅忍不住寂寞，用轮椅推着半身不遂的卢旺堆，陪着丈夫站在广场的一角，期待闺女的出场。

上午十点，卢花宣布婚礼正式开始。在这样一个公开场合亮相，还是她回村后的第一次。为了将这次婚礼主持好，事先她做足了功课。她觉得这是在众乡亲面前展示自己形象的一次难得的机会，她想通过这次展示，改变村里人对自己那段遭遇的种种不切实际的猜测甚至是鄙视的看法。

婚礼一开场，卢花首先宣布：向在抗日战争中牺牲的先烈们默哀。

全场低头肃立……

办喜事还要向烈士默哀，这在匡家峪还是开天辟地第一次。包括将婚礼安排在烈士陵园内举行，全都是匡世宗的主意。他觉着，三对新郎新娘之所以能走到一起，与面前的这块墓地有着不可分割的渊源。

默哀毕，卢花随即便请出了三方共同推举的证婚人关东州登台发言。讲什么呢？关东州因为紧张而没了主张。紧张缘自肖军。肖军是他仰慕已久的中央首长，一见这么大的官，他就跟老鼠见了猫一样浑身哆嗦，生怕讲漏了嘴，惹首长不高兴。心想，首长关心的是老区的发展，趁此机会讲讲这些新郎新娘们为老区建设所做的贡献，顺便也捎带讲上几句昌史县的工作，首长听了准保高兴。他壮了壮胆，按照打好的腹稿，一口气就讲了二十多分钟。讲完之后，他跑到肖军面前，明里是谦虚一下，暗里又觉得自己讲得不错，想让领导夸上几句。说，老政委，不知讲得对不对，请多批评。肖军果然不吝奖赏之词，说，很好嘛，不愧是父母官！

按照兄妹排序，卢花将三对新人分别推到台前，先介绍身世，随后便提出一连串逗乐的话题让新人回答，新人越是忸怩、羞涩，她的话头就越发诙谐、尖刻、穷追不舍，一来一往，你攻我守，逗得人们不时发出阵阵哄堂大笑。

为了烘托喜庆气氛，卢花演唱了一首歌。歌的名字叫《爱在心中》，是她在深圳开办婚庆公司的时候自编自唱的，当时曾一炮走红，风靡一时。今天她一出场，刚唱没有几句，全场的气氛顿时就被搅动得欢声雷动了。歌词中有这样几句：你是海浪，我是沙滩；你是月亮，我是星星；你是小草，我是露珠；你是蓝天，我是白云；我们彼此相依，心心相印，没有什么力量能把我们分开……

匡世勇凝视着卢花的背影，边听歌，边偷偷地拭泪，心中别有一番滋味。世玉仿佛也被打动了，多情的眼神不时瞟向若无其事的世宗。

下一个议程是亲属代表发言，卢花隆重请出了肖军。肖军虽年事已高，但身体还十分硬朗。他健步走到台前，手握麦克风，热情洋溢地向台下喊话：乡亲们，大家好！大家还记着我吧？我是你们的老邻居肖军哪！自从离开老区，我没有一天不想念大家的，今天重新踏上这片热土，与乡亲们再次重逢，高兴得我心都要跳出来了！我的孙女肖菡嫁过来以后，我们就是儿女亲家了，咱们就亲上加亲了！大家说是不是啊？是！说得好！老政委英明！台下数千名群众掌声雷动，呼声震天。肖军讲到了抗战期间在匡家峪度过的日日夜夜，讲到了匡火鼎领导的抗日民兵大队同八路军独立师同仇敌忾打鬼子的英勇壮举，也讲到了众乡亲舍生忘死支援前线的军民鱼水之情。听到老政委的夸赞，坐在台下前排的匡华堂、卢大旺等十几个伤残老民兵不约而同地站了起来，他们一边有节奏地拍着手，一边大声念诵着当年在根据地普遍流传的一支顺口溜：核桃香，豆儿圆，白莹莹的麦粒两头尖；小米香，苞谷黏，滚圆的南瓜甜又甜；纳鞋底，上鞋帮，新鞋做了几箩筐；车儿载，牛儿欢，拉着粮食去支前；八路军，从天降，神出鬼没打胜仗；匡火鼎，大英雄，带着民兵往前冲；埋地雷，炸碉堡，打得敌人像兔子一样没处跑；你能掐，我会算，陈肖首长摆兵布阵指挥若定像神仙……肖军拍着手，边咧着嘴笑，边跟着他们一起念。

站在舞台后面的村岛，早已按捺不住内心的激动，未经司仪许可，他便情不自禁地走到台前，眼含热泪，同肖军拥抱在了一起。他穿着一身浅灰色八路军棉布旧军装，领口袖口磨得毛茸茸的，肩上还有一块巴掌大的蓝布补丁，一枚青天白日帽徽缀在军帽上。自从离开中国，他一直保存着这套旧军装，今天来到老区，特意又把它穿在了身上。他虽年逾八旬，但身板挺直，精神抖擞，走起路来跟年轻人一样刚健有力。他的脸上布满了细如麻线的皱纹，仿似古木年轮，彰显着一位资深医师的神奇智慧。肖政委，亲爱的老首长，村岛激动地说，我年年想，日日盼，今天总算见到你了！当年，若不是你引导我走上一条光明的路，也许我就归到反动的法西斯分子行列里了；若不是这个缘分，我的孙女美贺子也嫁不到匡家峪来。你，我，还有匡火鼎，咱们这些当年的老战友，没想到如今又成为了儿女亲家，我高兴啊！肖军兴奋地说，是，应该高兴，革命情谊，世代相传，建设老区的重任，以后就靠他们这一代了。

两位老人谈兴正浓，有一个人突然跪在了舞台中央，向着台下的观众，向着前方郁郁苍苍的墓地，嘚啵嘚地说着日本话，边说边流泪，情绪显得异常激动。因为事先没有交代，议程上也没有列这一项，一个陌生老头子冷不丁地跪在舞台上又哭又闹，这让司仪卢花感到有些惊慌。她赶忙跑过去，揽住铃木的胳膊就往起拽，边拽边劝：老先生，人家这是过喜事，你又哭又闹的多不好啊，有啥不痛快的事咱台下说，好吗？铃木不予理睬，该说照说。其实，铃木这么做，都是村岛背后一手安排的，他想给大家一个惊喜，事先没跟任何人商量。他先把卢花制止住，让她放开铃木，然后转向肖军，讲明了铃木此番举动的目的。肖军听后猛地一阵惊喜，赞赏道，好啊，一位日本老兵，能有如此大的勇气，难得啊！他比你们国内的那些当政者们的勇气要大多啦！肖军赶忙把麦克风递给村岛，让他把铃木的话大声翻译给全场的人听。

"……我是个日本人，我叫铃木，五十多年前，我是侵华日军中的一名旧军人，我在中国杀过人，放过火，做过许多许多的坏事，其中就包括发生在你们匡家峪、被你们称作'3·18惨案'的那场血腥大屠杀。今天我来到这里，是受村岛老先生的鼓励，专门来向你们赔礼谢罪的，希望大家能给我一个痛改前非重新做人的机会……"铃木一遍一遍地重复着这些话，忏悔一句，脑瓜子就往地上撞一次，撞了没几下，前额就被撞得皮开肉绽血流满面了。

村岛跟着他的话，一字一句地翻译着。

铃木的真诚道歉，让许多人为之动容，同时也激起了一些人的愤怒。"3·18惨案"中被小鬼子杀害的先烈和普通百姓，他们的后人此时就站在广场上。仇人相见，分外眼红。此时不报，更待何时。一些人振臂高呼："打倒小鬼子！打倒小日本！为先人们报仇！""剐了他，砍了他的脑袋，为先烈们祭灵！"几个性情冲动的年轻人，挽胳膊捋袖子搭着帮就想往台上冲。人群中一片骚动，气氛陡然紧张起来。

匡世宗顿觉局势不妙，顾不得新郎身份，带着满脸被人闹新女婿时抹上去的一道道黑色的油污，慌忙跑到台前，从村岛手中夺过麦克风，神色严肃地向台下喊话："乡亲们，大家请安静！你们的心情可以理解，但是，对待历史问题，不能采取以牙还牙的办法，因为这不符合我们匡家峪人的性格。我们匡家峪人既讲与人为善，海纳百川，同时又讲以诚相待，相互尊重。前者是我们的胸量，后者是我们的原则。讲胸量不讲原则是傻瓜，讲原则不讲胸量是狭隘。这两句话，同样适用于历史上日本对匡家峪犯下的滔天罪行，只要他们彻底认罪，真诚道歉，我们就应该给予宽恕和欢迎。刚才，我们的老政委肖军同志已经对铃木先生的真诚道歉，用'非常难得'这句话给予了肯定，希望大家一定要听老政委的话，以理解和欢迎的态度来对待铃木……"世宗借用肖军的威望，讲了一大堆浅显易懂的道理，好不容易才把乡亲们的情绪安抚住。他在上面讲，一些人在下面叽叽咕咕地笑，问他们笑什么，原来是笑他黑乎乎的大花脸。场上已恢复平静，主持人卢花随之也松了一口气。婚礼快结束的时候，卢花又连着唱了几首歌，尴尬的场面再次焕发出一片欢乐的海洋。

应亲友们的要求，匡世宗于第二天上午，安排了一辆中巴，拉着大家在匡家峪参观了一天。为了陪老政委，匡火鼎执意要参加，上下车只得让人带着轮椅将他抬上抬下。参观的第一站是匡家峪的新农村建设。大家步行在干净整洁绿树成荫的街道上，一边听着匡世宗旧村拆迁改造的介绍，一边浏览着一排排崭新的二层楼独院民居。脑子里依然保留着对旧村庄印象的肖军，由不得连声感叹：变化太大了，完全不是原来的老样子了，世宗，这都是改革开放带来的实惠啊！顿了下又问，独立师司令部旧址拆了吗？没有拆，匡火鼎赶忙说，那是国家文物，拆不得的，村里目前只丢下那团老院子了。世宗告诉肖军，下一站就去司令部旧址参观。在大街浏览一圈，世宗随后就把大家领进了自家住的小院，将院里院外，楼上楼下，全都看了一遍。完了之后，世宗又把大家领进了与他的房子隔墙相连的匡火鼎老两口的小院。院墙上留有一扇门，大家不用出街门就可以直接从小门进入匡火鼎的家院。肖军对这样的安排表示赞赏，说，让儿女和老人挨着住，既有各自的独立空间，又方便儿女们伺候老人，很好嘛。接着又问世宗，别的村民也都是这样安排的吗？世宗说，是的，都是这么安排的。肖军连连点头，夸奖道，怪不得村民都拥护你，得人心啊！接下来大伙儿又来到匡世勇和美贺子的洞房，肖军边看边问村岛，怎么样，把孙女嫁到这不后悔吧？不后悔，不后悔，比我想象的要好多了，村岛喜乐乐地说。家乡的发展变化，让已经退役的匡大山突然萌生出一股归乡之情。问世宗，村里还有剩余的房子吗？世宗说有啊，怎么了爸？匡大山说，我想从家买套房子。怎么，想回来住啊？世宗说。是，想回来住。匡大山说。想回来可以，爸，但你必须答应我一个条件。世宗俏皮地说。匡大山瞪了儿子一眼，问，什么条件，无非是钱，老子不会欠你的！世宗说非也非也，钱你当然欠不下，我是想让你为村里干点事。干事？我一个退役老兵，能为你干什么事？匡大山不解地问。世宗接着就把近几年村里发展红色旅游工作做了一番介绍。说，这事我已经考虑很久了，你当了一辈子兵，又当过少将师长，正好红色旅游又跟部队跟军事有着紧密的联系，把这项工作交给你，我觉得是再合适不过的了。这小子，刚回来你就抓老子的公差！匡大山笑呵呵地说。干吧，我看行，干点事总比歇着好。肖军在一旁大加鼓励。匡大山见老政委都发话了，就没再推辞。

独立师司令部旧址就在附近，不用坐车，步行几分钟就到了。见世宗带着人过来了，早就候在司令部旧址门前的年轻的女导游一溜小跑就迎了上来。为了烘托环境，她和在这里工作的其他人员一样，人人都穿着一身统一配制的灰色八路军军装。看样子她就二十岁左右，嫩汪汪的脸皮，水灵灵的眼睛，顺溜溜的身材，一见面就让人觉得可爱。她往前一站，规规矩矩地打了个敬礼，神色庄重地自我介绍，各位贵宾，大家好，我是这里的导游，我姓卢，本村人，大家就叫我小卢好了，服务中有什么不周到的地方，大家尽管批评。她扎着一条紫色腰带，腰带上挎着一只巴掌大的扩音器，扩音器上连着一根细细的软线，软线的一头连着一只微型麦克风，像颗花生豆一样挂在她嘴巴下面的领口上。导游简要讲了几句司令部旧址的概况，就手举小旗，领着大家开始参观了。院里院外到处都是游人。有来这里接受爱国主义教育的小学生；有来这里举行集体入党宣誓的机关单位的青年干部；也有排着整齐的队伍来这里学习的部队战士。院里有棵柿子树，树冠硕大，枝繁叶茂，半个院子都被它罩得荫咚咚的。肖军兴致盎然地走到树前，伸出双臂，抱住粗壮的树干，向坐在轮椅上的匡火鼎问道，匡大队长，记着这棵树是咱俩当年一起栽的，都长这么大了？不会错吧？匡火鼎笑着说，树坑是你挖的，树苗是我贡献的，怎么会错呢？肖军理了下头发，兴致勃勃地站在树前，招呼大家一块合个影。匡世宗从脖子上拿下照相机，调准焦距，连连按着快门，然后把相机交给世勇，自己站过去，又拍了几张。司令部旧址分东西两团院子，司令部各部门在东院办公，西院是几位师首长办公和休息的地方。各陈列室布设有序，干净整洁，室内摆放的桌椅板凳，茶碗茶壶，文件资料，地图电报，大都是过去保留下来的真品。旧物重见，触景生情，曾在这里生活战斗过五年之久的肖军，心中的感受自然有种别人难以体会的滋味。他一边看，一边听着导游小卢的讲解，导游讲得不充分或者不符合实际情况的地方，他就毫不客气打断她的话，自己就滔滔不绝地向亲友们讲起来了。他这么一讲不打紧，竟然把满院子的游客都给吸引来了，人们围得里三层外三层，越听越觉着这位老汉的来历不寻常。

离开司令部旧址，世宗依照事先安排好的行程，驱车出村，带着大家到周边几个村庄又转了一圈，沿途看了位于狮子岭村的独立师医院旧址，位于玉泉沟的独立师兵工厂、报社电台、部队仓库，顺便又拐到龚秀珍生孩子时住过的狼牙洞。回来时车没有回宾馆，直接就开到了烈士陵园，参观了新落成的八路军独立师纪念馆和抗日老民兵光荣院。参观完就到下午一点半了，肖军对世宗说，中午饭就在光荣院陪老民兵们一起吃，不回宾馆了。还特别嘱咐世宗，有啥吃啥，不用单另准备。匡世宗理解肖军的心意，回头就向光荣院负责人做了交代。参观了大半天，故地重游的老八路们自然有抒发不尽的感怀——变了，匡家峪真的是变了，同打小鬼子时的匡家峪相比，已然是今非昔比了——大家一边尽情地回忆着过往的峥嵘岁月，一边津津有味地谈论着今天的发展变化，齐夸党的改革开放的政策好，夸老区后继有人。在谈到村岛先生为战士治病疗伤所做的贡献时，匡华堂、匡土根、卢大旺、三愣子个个都难掩感激之情，纷纷回忆起村岛当年为他们疗伤的经过，夸他对技术精益求精，夸他日夜操劳不计个人得失。世玉故意羞臊村岛，问他，我爷爷的腿当时是怎么回事？伤口里分明有两颗子弹，你咋就只取出一颗？村岛一下被问了个大红脸，结结巴巴地说，是，是误判，真，真的对不起。匡火鼎哈哈一笑，说，你这孩子，提这些干什么，他又不是故意的。肖军理解村岛当时所处的艰苦环境，为其开脱道，村岛一天要做上百例手术，紧张得饭都顾不上吃，尿都顾不上撒一泡，哪能不出一点失误。正说着饭就端上来了，有猪肉炖粉条，鸡蛋炒豆角，白菜烩豆腐，黄瓜笋丝拌青椒，主食有白馍窝头加烙饼，另外还有一盆热喷喷黄澄澄的南瓜绿豆小米汤。跑跳了一晌的亲友们，肚子早已饿得咕咕叫，抄起筷子就大口小口地吃起来了。

上午的行程有点紧张，世宗有意让大家中午多睡了一会儿。下午四点上车，开始游览市容，参观养殖和工业东西两个园区。如今的匡家峪，已然是一座人口近二十万的小城市了。纵横交错的大街小巷，错落有致的高楼大厦，林林总总的商业店铺，川流不息的大车小辆，处处都展现着这座年轻城市的生机勃勃的现代气息。鉴于匡家峪当前的人口规模和产业基础，为了有利于管理，于去年年初，昌史县县委就已做出决定，撤销村党支部，成立匡家峪村党委。支部升格为党委之后，仍然保持原来的行政村体制，没有行政级别，不享受财政供养，村干部身份不变。依关东州的意见，他想让匡世宗向上级写一份撤村设市的申请报告，将匡家峪由行政村直接升格为县级市，正式纳入国家行政序列，但被世宗谢绝了。匡世宗说，几年前他确实有建市的冲动，但后来参观了跟匡家峪发展水平差不多的村庄，觉得建不建市已经没有多大必要了，不建市反倒更自由，活动空间更大。在游览市容的同时，世宗带着大家又看了几家企业。有匡世勇和美贺子委托肖菡在这里开办的中日合资天丽牌桃仁奶茶厂，有匡大禾同北京的干支栋合资兴办的宝迪莱低温保鲜特种汽车制造厂，有泰国光泰集团委托秋蔓小姐在这里独资兴办的畜禽饲料加工厂，有香港东方肉制品集团派遣匡世青和卢花在这里兴办的肉制品加工厂，另外还有匡大地的万头牛养殖场等等。这些都是亲友们所关心的，宁可多占用一些时间，世宗也要让大家亲身去观摩体验一下厂内的情况。在参观泰国光泰集团饲料加工厂时，匡世宗还特意将秋蔓姑娘的身世向肖军做了一番介绍。说起秋满车肖军不知道，但一说秋满车就是秋占豪，肖军当然不陌生。在他的印象中，秋占豪不仅作战勇敢，敢打硬仗，能打胜仗，而且是位出色的军事指挥人才，一说到他的牺牲，肖军难掩惋惜之情，激动得眼圈都湿润了。肖军动情地对秋蔓说，姑娘，你应该为有这样一位爷爷而感到自豪。

　　几天来，亲友们在匡家峪生活得非常开心，儿女们的美满婚姻，老区人的热情厚道，匡家峪的巨大发展变化，都给他们留下了极其难忘的印象。今天，亲友们就要返程了，全家人倾巢出动，由匡世宗和匡世玉分别推着坐在轮椅上的匡火鼎和黄刚，一起到街上欢送。听到消息的乡亲们，一大早就涌到了大街上，像欢送当年的八路军一样欢送肖军和村岛他们。几辆小轿车在前面缓慢地行进，肖军和亲友们步行在车的后头，边走边同一街两行的群众亲切地握手、交谈、话别。乡亲们一直把他们送到村头，才依依不舍地惜别……

图书在版编目（CIP）数据

金色的墓地 / 杨志科著 .—北京：作家出版社，2015.8

ISBN 978-7-5063-8101-7

Ⅰ. ①金…　Ⅱ. ①杨…　Ⅲ. ①长篇小说—中国—当代

Ⅳ. ① I247.5

中国版本图书馆 CIP 数据核字（2015）第 142121 号

金色的墓地

作　　者：杨志科

责任编辑：田小爽

装帧设计：回归线视觉传达

出版发行：作家出版社

社　　址：北京农展馆南里 10 号　　邮　　编：100125

电话传真：86-10-65930756（出版发行部）

　　　　　 86-10-65004079（总编室）

　　　　　 86-10-65015116（邮购部）

E-mail:zuojia @ zuojia.net.cn

http://www.haozuojia.com（作家在线）

印　　刷：北京明月印务有限责任公司

成品尺寸：152×230

印　　张：20.25

版　　次：2015 年 8 月第 1 版

印　　次：2015 年 8 月第 1 次印刷

书　　号：ISBN 978-7-5063-8101-7

定　　价：32.00 元